Dangereux faux-semblants

DÉJÀ PARUS DU MÊME AUTEUR

DANS LA SÉRIE KREWE OF HUNTERS

Le manoir du mystère
La demeure maudite
Un tueur dans la nuit
La demeure des ténèbres
Un cri dans l'ombre

DANS LA SÉRIE BONE ISLAND

L'île du mystère
L'île de la lune noire
Le secret de l'île maudite

DANS LA TRILOGIE DES FRÈRES FLYNN

L'héritage maudit
Les proies de l'ombre
L'île des ténèbres

Autres publications

L'île des disparues
Mortelle confidence
La nuit écarlate
Hantise
L'ombre du maléfice
Sombre présage
Prémonition
Apparences
Dangereuse vision
La crypte mystérieuse
Noires visions

HEATHER GRAHAM

Dangereux faux-semblants

BestSellers

Collection : BEST-SELLERS

Titre original : THE UNHOLY

Traduction française de JULIE ALBIZZI

ÉDITIONS HARLEQUIN
83-85, boulevard Vincent Auriol, 75646 PARIS CEDEX 13.
Service Lectrices — Tél. : 01 45 82 47 47
www.harlequin.fr

ISBN 978-2-2803-0901-1 — ISSN 1248-511X

En premier lieu, mes plus chaleureux remerciements à Michelle Deville, extraordinaire créatrice d'effets spéciaux. Avec toute mon affection !

Merci également à Doug et Laurie Jones, incroyablement talentueux et parfaitement adorables.

Merci enfin à la famille Wexler, Cindy, Bob, Dallas et Reese, qui m'a si gentiment et si généreusement accueillie avec ma famille.

Prologue

— Donc, vous êtes convaincu de savoir la vérité ? insista Dianna Breen.

Elle se penchait sur le bureau du détective privé, dans les locaux miteux qu'il occupait. Elle avait tout de l'authentique femme fatale, avec sa jupe serrée qui moulait ses formes avantageuses. Elle enveloppait Sam Stone d'un regard lascif. Le film était en noir et blanc. La scène baignait dans la pénombre. La tension érotique entre les deux personnages était presque palpable.

Sam Stone fixa sans vergogne le décolleté de Dianna, entouré de dentelles sous une légère veste en lin.

— Oui, répliqua-t-il. C'est simple : vous êtes une garce doublée d'une voleuse, et vous ne reculeriez pas devant un meurtre.

— Vous n'avez rien compris ! lança-t-elle en collant presque son visage contre le sien.

Sans le quitter des yeux, elle prit une cigarette dans un paquet posé sur le bureau, et attendit qu'il tire son briquet de sa poche.

— Voyons, Dianna, dit-il à voix basse en allumant la cigarette, vous êtes prête à tout pour mettre la main sur le musée égyptien, n'est-ce pas ?

Elle s'écarta pour s'approcher de la fenêtre, d'une démarche sensuelle. Dans la froide lumière hivernale, cependant, l'expression tendue de son visage était révélatrice. Sam comprit soudain qu'il s'était trompé. Dianna n'était pas une meurtrière ! Elle fit volte-face et lança d'un ton douloureux :

— Non, vous n'avez vraiment rien compris !

A présent, elle fixait machinalement, à travers la vitre, le soleil qui déclinait sur Los Angeles. La pellicule en noir et blanc rendait admirablement l'atmosphère crépusculaire.

— Le musée ne m'a jamais appartenu, reprit-elle. Jamais, vous entendez ? Il appartenait à Frederick. C'est le musée qui a tué Frederick, pas moi !

Sam Stone la scruta en haussant les sourcils.

La bobine tournait dans le projecteur avec un cliquetis bruyant.

On entendit alors, en voix off, ce que pensait Sam tandis qu'il se levait pour s'approcher de la séduisante veuve.

Je n'y croyais pas, bien sûr. Comment un musée pourrait-il tuer qui que ce soit ? Mais en voyant ces immenses yeux bleus emplis de larmes, ces lèvres frémissantes…

— Salut ! fit soudain une voix dans la salle.

Alistair Archer, qui était en train de regarder le film, faillit tomber de son siège. Il retint un cri : Jenny Henderson, entrée en trombe, l'avait enlacé par-derrière. Il s'y attendait si peu qu'il avait frôlé la crise cardiaque !

Il était amoureux fou de Jenny. Ou, en tout cas, amoureux fou de son corps… Elle avait tout d'une femme fatale de la grande époque, en effet. Sa chevelure sombre, à la Lana Turner, balayait son visage, et elle peignait ses lèvres de rouges profonds. Ce jour-là, elle portait un jean moulant et un chemisier cintré qui évoquaient carrément Marylin Monroe.

— Bonjour, répondit-il en se retournant.

Elle se lova entre ses bras. Encore tout tremblant, il demanda d'une voix mal assurée :

— Comment diable es-tu entrée ?

Il jeta un coup d'œil vers la porte. Le cinéma La Boîte

noire était fermé le dimanche. On ne passait de films qu'en semaine, à 20 heures, et toujours des films noirs, qu'ils soient d'avant-guerre ou plus récents. La Boîte noire était la propriété d'Eddie Archer, le père d'Alistair, un spécialiste renommé en effets spéciaux. Eddie était également propriétaire des studios adjacents, situés tout près de Sunset Boulevard, dans le quartier Los Feliz de Los Angeles. Les bâtiments s'élevaient sur un terrain d'un hectare bordé par un très vieux cimetière, le cimetière de la Paix.

Eddie Archer avait acheté le tout une vingtaine d'années plus tôt pour créer sa propre entreprise d'effets spéciaux. Auparavant, une autre entreprise du même genre, Claymore Illusions, occupait les lieux. Elle avait été fondée par Lucas Claymore et gérée ensuite par son fils, qui avait fini par vendre les locaux. Eddie n'avait eu qu'à moderniser le matériel pour lancer sa propre société, qu'il avait appelée « Studios Archer, Effets spéciaux et Accessoires ». Les techniciens et les artistes qu'il employait se plaignaient qu'il ait conservé le cinéma, dont les clients encombraient le parking, mais Eddie y tenait beaucoup. Il était passionné de films noirs. Avoir son propre cinéma lui permettait de les revoir autant qu'il voulait et, surtout, de faire partager son enthousiasme au public.

Il tenait aussi beaucoup au petit musée du film noir, installé des années plus tôt dans un tunnel qui reliait le cinéma aux studios. Des figures de cire, formant des tableaux grandeur nature, y reconstituaient les scènes les plus célèbres du cinéma des années 1940 et 1950. Alistair savait pertinemment, cependant, que la porte qui y donnait accès était toujours fermée à clé, sauf pendant les heures de visite. Les studios Archer étaient également surveillés par un gardien, de jour comme de nuit. Enfin, quand une production importante était en cours, comme c'était le cas actuellement, l'entreprise était mise sous confinement. L'accès était strictement interdit à toute personne de l'extérieur.

Le confinement était indispensable pour des raisons de

sécurité, bien sûr, mais aussi de confidentialité, pour éviter que les effets spéciaux des films à gros budget ne se retrouvent sur internet avant la sortie en salle. En ce moment, la firme Archer travaillait à une production intitulée *Le Sacrilège,* remake d'un vieux film des années 1940, *Sam Stone et le Mystère du musée égyptien.* Contrairement à d'autres remakes, qui se contentaient de reprendre intégralement le scénario — comme c'était le cas de *Psycho*, le remake du *Psychose* d'Hitchcock —, *Le Sacrilège* transposait l'histoire à l'époque contemporaine. Le « privé », Sam Stone, était maintenant équipé d'un téléphone portable et d'un ordinateur.

Alistair était ravi qu'on ait choisi les studios Archer pour les effets spéciaux du *Sacrilège*, bien sûr, mais il avait des doutes sur la transposition à l'époque actuelle. Dans son esprit, les films noirs s'accommodaient mal des portables et des ordinateurs. Certaines œuvres, en étant modernisées, perdaient beaucoup de leur âme.

— Qu'est-ce que tu fais là ? demanda-t-il à Jenny tandis que la bobine continuait à ronronner. Par où es-tu passée ?

Il avait la clé du cinéma et celle du tunnel, bien sûr, mais il était le seul. Son père lui faisait une confiance absolue. Alistair avait déjà amené Jenny sur les lieux, mais seulement quand c'était ouvert. Comment avait-elle pu entrer pendant une période de confinement ?

Elle lui caressa la joue avec un sourire enjôleur. A vingt-deux ans seulement — un an de plus qu'Alistair —, elle avait déjà l'apparence et même tous les tics d'une femme fatale. Elle recula d'un pas en repoussant une mèche de cheveux qui lui tombait sur les yeux.

— C'est simple, tu as laissé la porte ouverte, gros bêta ! répondit-elle. D'abord, j'ai frappé, et puis je me suis rendu compte que c'était ouvert.

Elle sourit largement, ce qui lui redonna, un court instant, l'air d'une simple gamine.

— Crois-moi, mon cher Alistair… Cet endroit était

totalement barricadé, sauf la porte du cinéma, que tu as oublié de fermer. Moi qui te croyais adulte et responsable…

Elle ajouta avec une moue ravissante :

— J'ai même essayé de t'appeler, mais tu n'as pas daigné décrocher.

Comme toujours, en sa présence, Alistair se rendit compte qu'il la trouvait incroyablement attirante. Il en perdait tous ses moyens. Elle aurait pu l'enrouler autour de son petit doigt ! Ce n'était pas seulement parce qu'elle était très belle, d'ailleurs… Les belles femmes ne manquaient pas, à Hollywood, ni les apprenties starlettes, toujours splendides, qu'elles soient cyniques et arrivistes, ou naïves et pétries d'illusions. Non, Jenny avait quelque chose de plus qui le rendait fou de désir. Même s'il la soupçonnait fortement de ne s'intéresser à lui que parce qu'il était le fils d'un des hommes les plus respectés dans le milieu.

— Excuse-moi…, répondit-il d'une voix plus rauque qu'il n'aurait voulu.

Il sentait sa libido s'embraser et s'en voulait. Face à Jenny, il devenait aussi pathétique qu'un chiot excité !

— J'étais en train de regarder un film, reprit-il. *Sam Stone et le Mystère du musée égyptien*. C'est un de ceux que je préfère. Les effets spéciaux ont été fabriqués ici, à l'époque. Dans les studios Claymore.

Ce détail, il le savait, rendait son père encore plus fier d'avoir été chargé du remake.

— Un grand garçon comme toi, vivre ainsi dans le passé ! s'exclama-t-elle d'un air taquin. Heureusement que le prochain film sera plus moderne !

Même si la production refusait de communiquer quelque élément que ce soit sur le remake, il y avait déjà eu des fuites, évidemment. Les responsables se gardaient bien de les commenter. Vraies ou fausses, les rumeurs constituaient toujours une précieuse publicité.

— Bref… euh… pourquoi es-tu venue ? demanda Alistair.

Même si elle s'amusait à jouer les vamps, Jenny n'était

pas fan de films noirs, ni de films anciens en général, d'ailleurs. Elle préférait les comédies romantiques, les films d'aventure, les héros musclés qui sauvaient le monde après d'incroyables péripéties.

Elle rejeta la tête en arrière et repoussa de nouveau ses cheveux, de ce geste très féminin qu'elle savait extrêmement sexy.

— Il paraît que les studios sont en confinement ? répondit-elle.

Il opina du menton.

— Mais pas pour le fils d'Eddie Archer, apparemment ? poursuivit-elle.

— Jenny, grommela-t-il, mon père n'est pas le seul à décider. Tout le monde veut garder le secret. Les producteurs, le réalisateur… Personne ne doit savoir à l'avance quels costumes ou quels effets spéciaux nous mettons au point.

Jenny fit une petite moue boudeuse qu'elle avait beaucoup travaillée.

— Voyons, Alistair, tu sais bien que je ne dirai rien à personne, protesta-t-elle. On ne saura même pas que je suis venue. Seulement, tu comprends, le remake fait encore des castings pour les figurants, avec peut-être quelques lignes de texte pour certains… Je voudrais tenter ma chance. Ça m'aiderait tellement de pouvoir m'imprégner de l'atmosphère des studios…

Alistair hésita. L'intérêt, avec Jenny, c'était qu'elle savait se montrer reconnaissante. S'il cédait, il était sûr de passer la nuit prochaine avec elle…

Et cette perspective en valait vraiment la peine. Jenny avait bien retenu la leçon des films érotiques. Elle chuchotait à son oreille, le chevauchait en se trémoussant comme une entraîneuse de pole dance…

— Tu as les clés, n'est-ce pas ? insista-t-elle.

— Si jamais j'essaye d'entrer avec quelqu'un, le gardien s'en apercevra, objecta-t-il en soupirant. C'est Colin Bailey, et il est impitoyable. Il donnera aussitôt l'alerte. Nous aurons tous les flics du quartier sur le dos !

Colin travaillait pour Eddie Archer depuis des années. Alistair le connaissait depuis toujours. C'était un employé totalement dévoué et, pendant les périodes de confinement, il se montrait particulièrement féroce.

Jenny se serra contre lui.

— Je sais que nous ne pouvons pas passer par l'entrée principale, mais nous pouvons emprunter le tunnel…, susurra-t-elle. Et comme tu sais où sont les caméras, Bailey ne risque pas de nous voir.

Machinalement, Alistair toucha les clés dans sa poche, mais il hésitait encore. Le gardien n'hésiterait pas une seconde à alerter Eddie Archer, même si l'intrus était le propre fils de ce dernier.

Jenny se frotta contre lui. Il sentit tous ses sens entrer en ébullition. Une paire de seins parfaits — d'ailleurs refaits — se pressait contre sa poitrine. Son propre bas-ventre frôlait celui de la jeune femme…

Saisi de vertige, il en oublia son père. Il oublia le danger, oublia qu'on le manipulait…

— Bon, d'accord, dit-il d'une voix étranglée. Nous passerons par le tunnel.

Jenny sourit, se haussa sur la pointe des pieds et, du bout de la langue, lui effleura les lèvres d'une façon si sensuelle qu'il faillit exploser de plaisir. Puis elle recula. D'une voix minaudante, elle lança :

— Ce n'était qu'un petit avant-goût !

Il se retourna, incapable de dire un mot. Sur l'écran, Dianna Breen fuyait en hurlant dans le musée, pourchassée par un meurtrier déguisé en prêtre égyptien…

D'un pas mal assuré, Alistair entraîna Jenny entre les rangées de sièges. Ils émergèrent dans le hall du vieux cinéma où l'on vendait, pendant les entractes, de la bière, du vin et divers snacks. Sur la gauche se trouvaient des bureaux. Au fond d'une petite pièce, la préférée de son père, une grande affiche dissimulait une porte.

— Oh ! c'est génial…, murmura Jenny. On se croirait dans un film d'espionnage !

— Il n'y a rien de bien mystérieux, répondit Alistair, déchiré entre la culpabilité et le désir violent que la jeune femme faisait naître en lui. Ce n'est qu'une vieille affiche.

Jenny se plaqua contre son dos. Il oublia toute prudence, écarta l'affiche, plongea la main dans sa poche puis, en tremblant un peu, glissa la clé dans la serrure.

Un petit escalier menait au tunnel. Quand le musée était ouvert aux visites, avant et après les séances, tout était bien éclairé mais, ce jour-là, seules quelques ampoules de sécurité jetaient une faible lueur.

— Fais attention, dit-il à Jenny.

— Ne t'inquiète pas.

Alistair descendit les marches avec précaution, conscient du parfum de Jenny dans son dos. C'était la première fois qu'il entrait dans le tunnel avec si peu de lumière. Cela changeait complètement l'atmosphère.

La première scène avec figures de cire était extraite du *Faucon maltais*. Humphrey Bogart était assis à son bureau. En face de lui, la femme fatale incarnée par Mary Astor se penchait, tandis que l'inquiétant Peter Lorre attendait dans la pénombre. Même Bogart, dans l'obscurité, avait l'air menaçant, comme s'il s'apprêtait à étrangler Mary Astor. Le tableau d'en face représentait Orson Welles dans le rôle de *Citizen Kane*. Debout devant une table de petit déjeuner, Welles tournait le dos à Ruth Warrick, l'actrice qui jouait la première femme du magnat. Les vieux mannequins de cire, réalisés dans les années 1950 par les studios Claymore, étaient particulièrement expressifs. Dans la lueur rougeâtre, Alistair avait presque l'impression qu'Orson Welles allait ouvrir la bouche pour signifier à son épouse qu'il n'en pouvait plus de leur mariage. Un peu plus loin, une autre scène présentait Alan Ladd et Veronica Lake, dans *La Clé de verre*. Plus loin encore on apercevait Dana Andrews, Vincent Price et Gene Tierney dans *Laura*. Le tunnel était très long et les tableaux nombreux. Une petite barrière de bois les protégeait du public. En appuyant sur un bouton, les visiteurs pouvaient entendre l'enregistrement de la scène qu'ils voyaient, ainsi que des renseignements sur les acteurs, les producteurs, le réalisateur et les scénaristes. Alistair songea que ce jour-là, cependant, c'était comme si les figures de cire allaient prendre la parole d'un instant à l'autre, sans qu'il ait à appuyer sur le moindre bouton.

Un autre tableau montrait de nouveau Humphrey Bogart, surnommé « Bogie », en compagnie d'Ingrid Bergman. La scène était extraite de *Casablanca*. Rick, le personnage incarné par Bogie, disait au revoir à Ilsa, jouée par Bergman, au pied de l'avion qui allait emmener cette dernière. Il la tenait par les épaules, l'air crispé. Leur émotion, le sacrifice qu'ils accomplissaient en pleine guerre semblaient palpables.

En arrivant au bout de la galerie, Alistair s'arrêta.

Le dernier tableau représentait un extrait du film qu'il avait regardé un peu plus tôt : *Sam Stone et le Mystère du musée égyptien*.

Sam Stone, le détective dur à cuire, était incarné par John de la Torre. C'était la scène où Sam Stone arrivait trop tard dans la salle des Pharaons. Au milieu des sarcophages vides, un prêtre en longue robe serrait les mains autour du cou de la malheureuse Dianna Breen, que jouait Audrey Grant. Des cobras grouillaient sur le sol. Sam Stone se demandait comment franchir l'obstacle pour sauver Dianna…

Alistair contempla le tableau en fronçant les sourcils. Il aurait juré avoir vu bouger l'un des faux cobras.

— Hé, regarde ! souffla Jenny dans son dos, avec une petite tape.

— Quoi ? marmonna-t-il, les yeux toujours fixés sur les cobras.

— La porte des studios est ouverte ! chuchota-t-elle.

Il se retourna. Effectivement, la porte menant aux bureaux

et aux ateliers où l'on concoctait les effets spéciaux était entrebâillée. Alistair fronça encore plus les sourcils. C'était parfaitement anormal… En période de confinement, elle aurait dû être solidement verrouillée, au contraire !

Il jeta un coup d'œil à Jenny. Elle avait plus que jamais l'air de ces femmes fatales qui hantaient les écrans d'autrefois. N'était-il pas tombé dans un piège ? N'y avait-il pas ici ou là des caméras qu'il ne connaissait pas ? On allait le surprendre, il y aurait des ricanements… Il s'était conduit comme un imbécile. Pourquoi avait-il cédé aux sirènes d'une séductrice ? C'était exactement comme dans un film noir. Une femme le menait à sa perte…

Son imagination s'enfiévrait. Surtout qu'il y avait autre chose : le tableau de *Sam Stone*, qui semblait soudain étrangement vivant… Un frisson glacé le parcourut.

Il jeta cependant un regard à Jenny pour lui montrer qu'il maîtrisait la situation et se dirigea vers la porte entrouverte.

Au même instant, Jenny se mit à hurler.

Alistair se retourna. Ce qu'il vit le stupéfia à tel point que sa mâchoire faillit se décrocher.

Le personnage en cire vêtu d'une sorte de toge qui représentait Amun Mopat, le tueur du film *Sam Stone et le Mystère du musée égyptien*, s'était mis en marche. Et surtout… il n'avait pas de visage ! Là où aurait dû se trouver sa tête, c'était un trou noir. Pourtant, debout derrière Jenny, qu'il avait agrippée, il avait l'air de regarder fixement Alistair…

— Hé, dites donc ! protesta ce dernier d'une voix faible.

Il n'avait pas réussi à crier. Seulement à émettre un faible coassement.

Une arme venait de surgir dans la main d'Amun Mopat. Un poignard…

Un accessoire, forcément, se dit fébrilement Alistair. C'était sûrement une mise en scène. Ne se trouvaient-ils pas dans un atelier de fabrication d'effets spéciaux ? On lui jouait un tour. A la demande de son père, peut-être. Pour le punir d'avoir enfreint la consigne, et d'avoir voulu passer une nuit torride avec sa petite amie…

Mais le poignard avait l'air bien réel.

— Lâchez-la tout de suite ! Ça suffit ! cria enfin Alistair en se précipitant au secours de Jenny.

Cette dernière n'avait plus rien d'une femme fatale, à présent. Terrorisée, les yeux agrandis, elle supplia d'une voix étranglée :

— Alistair, au secours !

Au même instant, le grand prêtre en tunique égyptienne posa le poignard sur la gorge de Jenny. D'un geste bref, précis, il la trancha.

Une odeur fétide et écœurante s'éleva aussitôt.

Une odeur de vrai sang…

Le grand prêtre laissa alors retomber Jenny. Puis il fit un pas vers Alistair.

Ce dernier avait passé sa vie au milieu des monstres en caoutchouc, certes. Il avait côtoyé des vampires, des fantômes, des aliens, plus macabres les uns que les autres.

Cette fois, cependant, c'était autre chose. Une folle terreur l'avait envahi. Il trébucha, sa vision s'obscurcit, il tomba…

Et se sentit atterrir dans une mare de sang.

Le sang de Jenny, bien réel.

Rien à voir avec les effets spéciaux.

« Vengeance » !

A Hollywood, il était important de bien choisir son surnom.

« Vengeance », ça sonnait bien.

Oui, c'était joliment trouvé !

Le moment était venu de se tapir dans l'ombre pour observer ce qui se passait. Le sentiment de sa victoire l'enivrait. C'en était presque effrayant ! L'odeur du sang, maintenant, lui imprégnait les narines. La scène allait rester définitivement gravée dans sa mémoire.

Evidemment, on allait juger son geste complètement fou.

Mais ça n'avait rien de fou, loin de là ! Tout avait été planifié avec soin, au contraire. Rien ne serait laissé au hasard. Son nom était « Vengeance », pas « Folie » !

Folie n'aurait jamais pu penser à tous ces détails.

Folie n'aurait pas envisagé les conséquences, la marche à suivre *après*…

Tout s'était déroulé suivant ses prévisions. Admirablement. La fille… le sang répandu…

Puis Alistair Archer trébuchant dans la flaque, perdant conscience…

Maintenant, ce dernier était revenu à lui. Il avait hurlé de nouveau et s'était précipité vers le bureau des gardes.

Les sirènes de la police retentirent dans la rue.

D'un instant à l'autre, l'endroit allait grouiller de flics. Cela ne l'inquiétait pas. Vengeance était insoupçonnable. Les flics ne connaissaient pas les studios. Ils ne savaient rien du passé. Ils ne pourraient jamais imaginer le génie de son plan. Tout portait admirablement ses fruits.

Et demain…

Ah, demain !

Demain, Vengeance serait de nouveau quelqu'un de normal, de passe-partout. Une personne consciencieuse, sympathique…

Impossible à soupçonner.

Nul ne saurait jamais rien.

Sûrement pas de son vivant !

Vengeance sourit puis se mit même à rire franchement dans l'obscurité. On ne risquait pas de l'entendre.

Ah, c'était trop beau !

Il était temps de partir. Dans quelques instants, après avoir savouré encore un peu le succès…

Oui, « Vengeance », c'était bien trouvé. Rien de plus doux que la vengeance.

D'autant que cela venait à peine de commencer.

1

Quand l'alarme de son réveil s'était déclenchée, Madison Darvil avait appuyé sur la touche « snooze » pour somnoler encore quelques minutes. Maintenant, hélas, c'était la sonnerie stridente de son portable qui se manifestait sur la table de nuit. Elle se redressa pour l'attraper, le fit tomber par terre, étouffa un juron et, se penchant pour le ramasser, se cogna le crâne au coin du meuble.

— M… ! grommela-t-elle.

Consternée, elle se rendit compte qu'elle avait juré après avoir décroché. Son interlocuteur avait dû l'entendre.

— Allô ? dit-elle en fronçant les sourcils.

Il était 7 h 30. Qui donc l'appelait de si bon matin ?

Elle entendit un rire étouffé, puis un raclement de gorge.

— Madison ? dit une voix.

— C'est toi, Alfie ?

Alfie Longdale était son assistant. Elle était ravie d'avoir quelqu'un pour l'aider, et plus ravie encore que ce soit Alfie. Il avait un sens du détail exceptionnel et, un jour, il ferait une grande carrière.

— Madison, inutile que tu viennes au travail, ce matin. D'ailleurs, tu ne pourrais même pas entrer.

Madison sentit son cœur se serrer. Est-ce qu'on la licenciait brutalement ? Avait-on soudain jugé qu'en dépit de sa formation, de ses années d'expérience, elle n'avait pas plus de talent qu'une gamine qui s'amusait avec des accessoires ?

— Pourquoi ? répondit-elle. Qu'est-ce que…

Alfie se mit à chuchoter.

— Il y a eu un meurtre, cette nuit. Dans le tunnel. Et Alistair Archer a été arrêté, tu te rends compte ? La victime est une petite starlette qui lui courait après. Il paraît qu'on lui a tranché la gorge… En tout cas, elle est morte. Alistair raconte qu'il a vu bouger le grand prêtre en cire du tableau, celui du film *Sam Stone*, tu sais ? Et que c'est cette statue égyptienne qui aurait massacré la starlette. En laissant une mare de sang !

Alfie se montrait mélodramatique, comme toujours, et Madison avait peine à le suivre.

Une momie en cire ? Coupable d'un meurtre ? Alfie affabulait, à tous les coups. Bien sûr, fabriquer des monstres en tout genre, c'était leur métier. Des super-héros, des rats géants, de petits cochons pour la publicité… Et des personnages de films d'horreur, évidemment. Pour des films à gros budget, qui rapportaient beaucoup d'argent. Mais de là à imaginer…

— Voyons, Alfie, ne viens pas me dire…, commença-t-elle.

— Je ne plaisante pas, Madison. Une femme a bel et bien été assassinée dans le tunnel des studios. Les unités de scène de crime sont déjà sur place. Eddie Archer a fait tout barricader. *Personne* ne peut entrer tant que la police n'a pas tout examiné, les ateliers, les enregistrements vidéo, tout ! Je n'étais pas encore couché quand l'info est tombée, cette nuit. Tu aurais dû voir la tête d'Archer, quand ils l'ont interviewé. Il était livide. On aurait dit un fantôme ! Il affirme à cor et à cri que son fils n'est pas un meurtrier. Alors, il veut que la police puisse fouiller partout, pour comprendre qui a fait ça…

Madison comprit qu'Alfie disait la vérité. Si atroce fût-elle.

Elle plaignit de tout son cœur Eddie Archer, un homme droit et bon.

Quant à son fils, Alistair, c'était lui aussi un type bien. Pouvait-on l'imaginer perdant la tête, et commettant un crime si horrible ?

Non… C'était tout bonnement impossible !

Alistair était adorable, réservé, un peu timide même.

— Il s'agit vraiment du grand prêtre ? reprit Madison à voix haute. Celui qui joue le rôle du tueur dans *Sam Stone et le Mystère du musée égyptien* ?

— Exactement. Juste au moment où on prépare un remake de ce film ! Personne n'est censé le savoir, évidemment, mais les gens commencent à s'en douter. Alors, un vrai meurtre, précisément dans ce tableau-là… Ça va faire jaser ! Bref, je me suis dit qu'il valait mieux que je te prévienne. Ça t'évitera de te déplacer pour rien et, comme ça, tu vas pouvoir dormir un peu plus.

— Merci de m'avoir prévenue, Alfie. Je vais certainement me rendormir, tu penses bien !

Sans paraître saisir l'ironie, Alfie conclut avant de raccrocher :

— Eh bien, à plus tard. Appelle-moi si tu apprends du nouveau.

— Toi aussi.

Après avoir raccroché à son tour, Madison s'extirpa de son lit au milieu des miaulements de protestation de son chat, Ichabod, lové sur les couvertures.

— Désolée, vieille branche, lui lança-t-elle en fonçant vers le salon de la vieille maison pour allumer la télévision.

Elle zappa d'une chaîne à une autre avant de trouver enfin des informations sur le crime.

Tout ce qu'avait dit Alfie était exact. Le reportage montrait d'abord le cinéma et les studios, dont l'accès était barré par des rubans de scène de crime. Venait ensuite l'interview d'Eddie Archer, debout devant les locaux de la police. Il niait farouchement la culpabilité de son fils, et jurait qu'il ferait tout son possible pour démasquer l'auteur de ce crime affreux.

A côté de lui se tenait Mike Greenwood, le directeur artistique des studios, supérieur hiérarchique direct de Madison. Quand Eddie eut fini de parler, Mike prit le micro.

Il assura Eddie de son soutien, émit à son tour des vœux pour qu'éclate la vérité, et ajouta que si la justice avait placé Alistair en garde à vue, c'était uniquement sur des présomptions, non sur des faits. Tout serait mis en œuvre pour qu'il soit libéré. Les studios Archer reprendraient le travail dès que la police aurait terminé ses relevés. Aucun des projets en cours n'aurait à en pâtir, promit-il. Mike s'exprimait avec calme et fermeté. Personne n'osa le harceler de questions.

Madison savait par expérience qu'il ne perdait jamais son sang-froid. Au milieu des pires crises, lorsqu'ils accumulaient les contretemps pour une commande, par exemple, il parvenait toujours à ramener le calme et, comme par miracle, les choses se remettaient à avancer.

Eddie, lui aussi, avait réussi à maîtriser son émotion face aux caméras, mais Madison se sentait infiniment triste pour lui.

C'était un quinquagénaire plein d'allant mais, ce jour-là, l'angoisse lui crispait les traits. Comme l'avait dit Alfie, il était pâle comme un linge. Tout en parlant, il n'avait cessé de passer les doigts dans ses cheveux grisonnants.

Madison fixait toujours l'écran, consternée, quand son portable sonna de nouveau. Elle courut le prendre dans sa chambre. C'était sûrement Mike Greenwood, soucieux de lui annoncer les mêmes nouvelles qu'Alfie…

— Allô ? dit-elle, essoufflée.

Ce n'était pas Mike : c'était Eddie Archer en personne.

— Eddie… Oh ! Eddie, je suis effondrée !

— Tu es au courant, alors ?

— Oui.

— Alistair n'est pas coupable, tu sais.

— J'en suis convaincue. Sans le moindre doute.

— Merci, Madison.

Il y eut un silence.

— Alfie m'a appelée pour me dire de ne pas venir travailler, murmura Madison.

— En fait, je voulais te demander de me rejoindre, au

contraire. J'attends un vieil ami, un spécialiste des effets spéciaux avec lequel j'ai travaillé il y a quelques années. Il fait partie du FBI maintenant, et il va mener une enquête parallèle. J'aimerais te le présenter, et je te demanderai de lui faire visiter les ateliers.

— Je… je croyais qu'ils étaient interdits d'accès ? Sauf à la police ?

Elle fronça les sourcils. Pourquoi diable Eddie faisait-il appel au FBI ? Elle n'était pas juriste, mais il lui semblait qu'en général l'agence fédérale n'intervenait que dans les cas de crimes graves — meurtres en série, kidnappings… — qui concernaient plusieurs Etats.

Et puis, comment un technicien en effets spéciaux avait-il atterri au FBI ?

Surtout, pourquoi Eddie faisait-il appel à elle ?

En fait, elle connaissait la réponse. Même si Eddie ne lui en avait jamais parlé, ne l'avait jamais questionnée à ce sujet, il savait pertinemment qu'elle avait un talent très particulier…

Elle communiquait avec les morts.

— La police a fermé La Boîte noire. C'est moi qui ai interdit l'accès aux studios et aux ateliers, reprit Eddie. L'agent dont je te parle, Sean Cameron, arrivera cet après-midi de Virginie. Je l'ai appelé très tôt ce matin. J'irai le chercher à l'aéroport et, ensuite, je passerai te prendre avec lui, si ça ne t'ennuie pas.

Madison respira profondément. Voilà que son directeur, cet homme qu'elle admirait plus que tout, qui lui avait tant appris durant ses années de formation, à qui elle devait tout — et d'abord de lui avoir ouvert les portes du cinéma —, réclamait son aide.

— Bien sûr, Eddie, murmura-t-elle. Je ferai tout mon possible pour toi… Et pour Alistair.

— Je te remercie. J'ai pensé à toi parce que tu es la plus qualifiée pour assister Sean, à mon avis. Je passerai vers 17 heures. Et merci encore de ton aide, Madison.

— C'est normal…

A l'autre bout du fil, Eddie ne raccrochait pas, disant de nouveau :

— Alistair n'est pas coupable. Je le sais…

Il se tut, puis reprit :

— D'après lui, la figure en cire du grand prêtre, Amun Mopat, est sortie du tableau du film *Sam Stone* pour s'en prendre à Jenny. Alistair a tenté d'intervenir, mais il a glissé dans la flaque de sang. Il a perdu conscience, et quand il est revenu à lui… Il a constaté qu'elle était morte. Je comprends que la police le soupçonne, bien sûr. On va sûrement l'accuser et plaider la folie. Seulement, je connais mon fils ! Il ne ferait pas de mal à une mouche. Le coupable, c'est quelqu'un d'autre… et quelqu'un qui connaît bien les lieux !

— Autrement dit, un acteur, un accessoiriste… Ici, à Hollywood, ce n'est pas ce qui manque ! soupira Madison.

— Je sais, fit remarquer Eddie d'un ton amer, et je sais que nous ne serons pas nombreux à penser qu'Alistair est innocent. Bref, à tout à l'heure, Madison. Si vraiment cela ne t'ennuie pas, bien sûr…

— Pas du tout. Je ferai volontiers visiter les studios à ton agent fédéral, Eddie.

Eddie raccrocha enfin. Madison se laissa tomber sur son canapé Art déco en posant son portable sur la table basse.

— Bonjour ! lança une voix.

Elle faillit sauter au plafond, porta la main à ses lèvres et se retourna, le cœur battant.

L'homme qui venait de parler se tenait debout derrière elle.

Elle le reconnut aussitôt. Il était brun, un peu grisonnant, avec un visage expressif, un regard pétillant.

Madison se détendit. Ce n'était autre que le fantôme qui lui rendait visite de temps à autre. Réel ou fruit de son imagination, peu importait…

— Ça va aller, petite ? demanda-t-il en se perchant au bord du canapé.

Elle sentit sa gorge se nouer, soudain submergée par l'horreur de ce qu'elle venait d'apprendre. Un meurtre atroce, sur son lieu de travail…

— Ça va, répondit-elle, mais j'aimerais mieux que vous ne me preniez pas par surprise.

— J'ai parlé doucement, pourtant. Et puis, vous êtes habituée à moi, maintenant, non ?

C'était vrai. Elle avait fini par s'habituer.

Elle le voyait aussi clairement que s'il avait été en chair et en os, tel un ami venu la soutenir dans une passe difficile. Elle connaissait chaque trait de son visage buriné et viril, jusqu'à cette légère cicatrice sur sa lèvre…

Il se leva. Il n'était pas très grand, un mètre soixante-quinze au plus.

— Ça va, répéta-t-elle, je suis sous le choc, c'est tout.

Elle entreprit de s'expliquer, d'un ton un peu précipité, consciente qu'un observateur extérieur aurait été sidéré de la voir bavarder avec le fantôme d'Humphrey Bogart, au milieu de son salon.

— Je ne sais pas ce que vous avez compris de mes échanges au téléphone, mais il y a eu un meurtre aux studios, cette nuit. Une starlette, qui sortait avec Alistair Archer. Je ne crois pas une seconde qu'il l'ait tuée. C'est inconcevable. Eddie est dans tous ses états. Il adore son fils…

— Il n'y a rien de pire que de voir souffrir un enfant, répondit Bogie de sa voix grave, légèrement nasale.

Madison le dévisagea. Est-ce qu'elle *hallucinait* la présence d'Humphrey Bogart chez elle ? Difficile à dire. Après tout, elle avait commencé très tôt à avoir des apparitions. En grandissant, elle s'était efforcée de les ignorer, de les mettre sur le compte d'une imagination très vive… Imagination qui lui avait permis de réussir dans son métier, d'ailleurs.

Ce n'était pas dans cette maison que Bogie lui était apparu pour la première fois, même s'il y avait brièvement vécu dans les années 1920, et lui avait souvent expliqué qu'il en gardait un bon souvenir. En fait, leur première rencontre avait eu lieu dans le musée du tunnel. Elle l'avait pris d'abord pour un acteur, embauché pour sa ressemblance. Ils avaient bavardé, plaisanté…

Puis, un soir, il était venu chez elle.

Maintenant, il apparaissait régulièrement, quand cela lui chantait. Il avait apparemment d'autres points de chute. Lorsqu'il surgissait, Madison l'accueillait comme un ami, tout imaginaire fût-il. Par moments, elle se disait qu'elle était carrément cinglée ; à d'autres, elle estimait avoir beaucoup de chance qu'un personnage aussi mythique ait choisi de la hanter, *elle*. Elle n'avait pas toujours pensé ainsi, d'ailleurs. Au début, elle était terrifiée par ces apparitions.

Aujourd'hui, par exemple, elle avait simplement tressailli, alors que la première fois qu'elle l'avait vu assis sur son canapé, elle avait frôlé la crise cardiaque. Elle avait appelé la police en bredouillant et ils avaient failli l'emmener au poste, convaincus d'une mauvaise plaisanterie. Bogie s'était répandu en excuses. Il était désolé de lui avoir fait si peur. Mais qu'y pouvait-il ? Il était vraiment un fantôme. Et elle devait le croire !

Elle n'en était pas encore sûre, cela dit. Peut-être avait-elle des hallucinations, tout simplement. Mais, dans ce cas, elle ignorait ce qui pouvait bien les provoquer.

D'ailleurs, si ses visions d'Humphrey Bogart étaient des hallucinations, que dire des autres spectres qu'elle croisait ?

Quoi qu'il en soit, Bogie était maintenant bien installé chez elle.

— Faites-vous donc un café, ma petite, lança-t-il. Ça vous fera du bien.

— En tout cas, ça me réveillera, murmura-t-elle.

— Vous ne préférez pas retourner dormir ?

— Je me demande bien pourquoi tout le monde veut que je dorme, après ce que je viens d'apprendre ! marmonna-t-elle.

Sans répondre, Bogie s'étira et s'approcha de la fenêtre. Puis il se retourna pour demander :

— C'est arrivé dans les studios, ce meurtre ?

— Oui, mais pas dans les ateliers, précisa-t-elle. Dans le tunnel qui mène au cinéma. Là où Claymore avait installé son musée du film noir.

— Je vois, murmura Bogie. Devant quel tableau a-t-on tué cette jeune fille ?

— D'après Alfie, devant celui de *Sam Stone et le Mystère du musée égyptien*. Ils ne l'ont pas précisé, aux informations. C'est vraiment bizarre, surtout que l'entreprise est sous confinement depuis qu'on prépare le remake de ce film. Vous savez, *Le Sacrilège*…

— Ce n'est pas la première fois qu'il se passe des choses bizarres, à Hollywood. Vous avez sans doute entendu parler de « l'affaire du Dahlia noir ». Une malheureuse, torturée, tuée, puis coupée en deux…

Bogie secoua la tête avant d'enchaîner :

— Il se commet des crimes ici comme ailleurs, mais ils sont souvent très spectaculaires. Hollywood appelle plus le drame que la tragédie. Il y eut Fatty Arbuckle et le décès suspect de Virginia Rappe, en 1921, par exemple. Ou, plus récemment, les meurtres commis par Charles Manson, celui de la femme d'O. J. Simpson… Et chaque fois, la presse à sensation se jette sur les détails les plus sordides.

Il haussa les épaules, puis conclut :

— Je regarde les informations, vous savez. Pas seulement les vieux films. Hollywood est un grand théâtre humain. Les passions s'y déchaînent.

Madison opina machinalement. Tout en regardant Bogie, elle se demandait pourquoi il ne hantait pas plus souvent les autres endroits qu'il connaissait. Et surtout d'autres gens… Un jour, il avait avancé cette explication :

— Ils ne me voient pas. Je ne peux pas les atteindre. Je trouve ça trop triste, petite. Vraiment trop triste.

Puis il avait ajouté avec un grand sourire :

— Vous, au moins, quand je vous parle, vous me répondez. Ça me plaît. C'est pour ça que je reviens.

Maintenant, la première surprise passée, elle aussi se sentait ravie de le voir chaque fois qu'il lui rendait visite.

— *Sam Stone et le Mystère du musée égyptien,* je me souviens bien de ce film, reprit-il. J'aurais pu jouer dedans, mais j'étais ailleurs, à l'époque. Sur le tournage de *Casablanca,* je crois. Oui, c'est ça… C'était en 1942. En tout cas, après coup, j'ai remercié le ciel de ne pas avoir tourné dans *Sam Stone.* Il y a eu une mort suspecte, sur le plateau. Peut-être même un meurtre. Un nommé Krakowski…

Madison sonda sa mémoire pour retrouver ce qu'elle savait du tournage de *Sam Stone.*

— Je ne me souviens pas avoir lu ou vu quoi que ce soit à ce sujet, répondit-elle. Pourtant, les documentaires ne manquent pas sur les crimes commis à Hollywood.

Bogie vint se rasseoir sur le canapé à côté d'elle. Elle dissimula un sourire : il ne s'affalait pas, comme beaucoup de gens qu'elle connaissait. Il s'installait de manière décontractée, mais gardait un air très convenable.

— En 1942, dit-il, on était en plein effort de guerre. On tournait beaucoup de films pour soutenir le patriotisme, ou pour distraire les gens du conflit, d'ailleurs. *Casablanca,* par exemple…

Il se tut un instant, pensif.

— Ç'a été un grand moment. Le scénario était formidable. Et quelles répliques ! J'aurais aimé les avoir écrites moi-même. Comme celles d'*African Queen*, d'ailleurs. Même s'il m'arrivait d'improviser, bien sûr. Dans les deux cas, j'incarnais un personnage qui donne envie de se dépasser…

Il fit une nouvelle pause et regarda Madison avec son célèbre sourire de biais.

— Pardonnez-moi, petite, je m'égare. J'en reviens à la mort de Pete Krakowski. Elle n'a jamais été officiellement qualifiée de meurtre. Il n'y a pas cu d'enquête, aucune arrestation… Pourtant, les rumeurs couraient bon train, dans les studios. Rappelez-vous qu'à l'époque les studios étaient tout-puissants et dictaient leur loi. Ils ont décidé que Krakowski avait été victime d'un tragique accident, et les choses en sont restées là. Comme, en plus, c'était la guerre, et qu'il n'était pas spécialement connu, on a fini par oublier l'affaire.

— Comment est-il mort ? demanda Madison, intriguée.

— Il a été électrocuté en manipulant un mannequin. Un défaut dans un circuit électrique, apparemment. D'après ce que je sais, il traficotait sur le plateau, juste avant le démarrage d'une scène. Et tout à coup, il a grillé.

Bogie secoua tristement la tête.

— Personne ne m'a parlé de ça, alors même que nous tournons un remake de *Sam Stone* ! s'écria Madison.

— Cela n'a rien d'étonnant. Il y avait fréquemment des accidents sur les tournages, à l'époque. Krakowski n'est pas le seul à y être passé. Et il n'y avait pas internet, alors. Il n'y avait que la presse, et elle ne s'intéressait qu'aux meurtres à sensation, ceux des gens célèbres tués par un conjoint ou un amant, par exemple. Le décès de Krakowski, outre qu'il ne s'agissait pas d'une star, n'avait aucun intérêt. Evidemment, s'il y avait eu internet, Twitter, Facebook…

Bogie se tut un instant, pensif, puis reprit :

— J'aimerais bien avoir une page Facebook, d'ailleurs.

— Il y en a beaucoup qui vous sont consacrées, fit remarquer Madison. Mais dites-moi, pourquoi les gens ont-ils pensé à un assassinat ? Alors que tout faisait croire à un accident ?

— Je connaissais bien le machiniste et le chef électricien. Ils étaient très réputés, dans le milieu du cinéma. Je suis sûr qu'ils veillaient de près à la sécurité. Cette histoire de court-circuit sur un mannequin me laisse sceptique.

Il agita la main en concluant :

— En tout cas, la mort de Krakowski n'a rien à voir avec cet assassinat d'une starlette dans un tunnel ! Aucune comparaison !

Il hocha la tête avant de murmurer :

— Là, c'est affreux. Vraiment affreux. Surtout que cela

s'est produit dans les locaux d'Eddie Archer, qui est un type bien… Je le connais depuis longtemps, son cinéma. On y passait même des films muets, autrefois. C'est une vraie tragédie. Pour lui et pour cette pauvre fille, évidemment.

Madison se rendit soudain compte qu'elle s'inquiétait depuis le début pour Eddie Archer et pour son fils, Alistair, et qu'elle en avait presque oublié la victime.

Avait-on oublié de la même façon Pete Krakowsi, lors du tournage de *Sam Stone* ?

— Mon Dieu…, murmura-t-elle. Vous avez raison, je ne pensais plus à elle. J'ai honte. La malheureuse…

— Ça se passe comme ça, à Hollywood. On y perd son âme, et parfois la vie hélas. Combien de starlettes sont arrivées ici, pleines de rêves, pour finir tragiquement ? Christa Helm, Dorothy Stratten, Dominique Dunne… Elizabeth Short ou le « Dahlia noir »… Sharon Tate… Vous rappelez-vous Peg Entwistle ? Elle, elle a carrément grimpé sur les lettres géantes de la colline, qui signalent Hollywood, et s'est jetée en bas. C'est son suicide qui l'a rendue célèbre. J'ajoute qu'on ne saura sans doute jamais ce qui est vraiment arrivé à Marylin Monroe…

Bogie fit une pause puis demanda :

— Vous la connaissiez, cette jeune femme d'hier soir ?

— Pas vraiment, répondit Madison en secouant la tête. Je l'ai croisée à plusieurs reprises, quand elle accompagnait Alistair. Je l'ai vue aussi lors d'une soirée dans les studios.

— Je vais vous dire, petite, vous travaillez trop… Vous avez tort de sacrifier votre vie privée.

Madison haussa les sourcils et faillit riposter que, la dernière fois qu'elle avait ramené un petit ami chez elle, elle n'avait pas pu se détendre parce qu'elle avait trouvé Bogie assis devant la télévision et qu'il lui avait jeté : « Ne vous dérangez pas pour moi, surtout ! »

Il adorait regarder la télévision. Physiquement, il ne pouvait rien faire de très compliqué, mais avait vite appris à appuyer sur le bouton de la télécommande. Il se délectait des vieilles sitcoms et écoutait avec avidité les informations.

— Il y a forcément quelque part des détails sur la mort de Krakowski, reprit Madison en revenant à leur sujet.

— Il y a eu un petit article dans le journal, c'est tout. Il est mort, on l'a enterré et ça s'est arrêté là. Même si beaucoup d'entre nous se sont posé des questions à l'époque, l'eau a coulé sous les ponts depuis.

— Je repense à cette pauvre fille. C'est vraiment atroce ! Et tellement affreux pour la famille Archer... Alistair adore son père, vous savez. Il est très attaché aux studios. Lui aussi est fou de cinéma et compte bien devenir réalisateur. Je ne suis là que depuis trois ans, mais c'est la première fois que j'entends dire qu'il fait entrer quelqu'un sans autorisation. Il est vrai que les rares fois où je l'ai vu avec Jenny Henderson, il était clair qu'il était vraiment mordu. Il la suivait partout comme un caniche. Il serait parfaitement incapable de tuer qui que ce soit, et sûrement pas Jenny. Il était bien trop amoureux d'elle.

Bogie hocha tristement la tête.

— Parfois, je me dis que c'était mieux autrefois, quand les acteurs signaient des contrats avec les grands studios. Maintenant, les jeunes sont prêts à tout pour arriver. Je me demande bien ce que Jenny Henderson a pu faire, par exemple ! A moins, évidemment, qu'on ne l'ait pas tuée à cause du cinéma. Si ça se trouve, elle s'est simplement trouvée au mauvais endroit, au mauvais moment.

Le mauvais endroit, le mauvais moment... Mais comment Jenny serait-elle entrée ? Les studios étaient en confinement, songea Madison. Personne d'autre qu'Eddie, Alistair et deux ou trois des directeurs, n'y avait accès la nuit, en ce moment.

Son cœur se serra. Tout cela n'augurait rien de bon pour Eddie Archer, et plus encore pour son fils.

— Vous savez, lança Bogie, c'est dans les ateliers où vous travaillez maintenant qu'ont été réalisés les costumes et les effets spéciaux de *Sam Stone et le Mystère du musée égyptien*… C'était l'entreprise Claymore Illusions, alors.

— Je sais. C'est pour ça qu'il est vraiment formidable que nous ayons été choisis pour le remake. Eddie a racheté les studios parce qu'il savait qu'on y avait fabriqué énormément d'accessoires et de costumes pour les films noirs de la grande époque. Justement ceux qu'il préfère.

— C'est un type bien, je l'ai déjà dit. Talentueux, respectueux du passé…

Tout à coup, Madison poussa un petit cri en sentant quelque chose bondir sur le canapé, à côté d'elle. Puis elle se mit à rire. C'était son chat, Ichabod. Comme s'il sentait qu'elle était bouleversée et avait besoin de réconfort, il miaula et vint se frotter à elle.

— En tout cas, ne vous laissez pas abattre par les événements, reprit Bogie. Ça s'arrangera, vous verrez.

Madison eut un sourire contraint.

Elle n'était pas du tout certaine que les choses allaient « s'arranger », en réalité.

Sean Cameron arriva à l'aéroport de Los Angeles dans l'après-midi. Le soleil inondait la ville et la circulation était absolument frénétique. C'était le royaume du cinéma et des paillettes, celui où des contrats mirifiques se signaient sur un coin de table, où les acteurs de série B jouaient les stars tandis que les magnats, qui n'avaient rien à prouver, se distinguaient à peine de leur jardinier.

C'était le cas d'Eddie Archer, par exemple.

Sean avait travaillé pendant cinq ans avec lui, et Eddie lui avait tout appris. En matière d'effets spéciaux, de personnages ou de monstres en caoutchouc, le fondateur des studios Archer était un véritable génie. Il ne s'était jamais mis aux animations 3 D ou aux images de synthèse : il les méprisait. Il savait qu'ils permettaient d'excellents effets spéciaux, bien sûr, mais, pour lui, rien ne valait des matériaux bien réels pour créer une illusion authentique. C'était grâce à lui que Sean en savait autant sur les techniques de trucage traditionnelles que sur l'imagerie informatique. Avec Eddie, il avait fabriqué des costumes, des accessoires, d'innombrables créatures, tout en travaillant aussi sur ordinateur, naturellement.

Eddie Archer gagnait très bien sa vie. Il était régulièrement sollicité par les plus grands noms du cinéma et s'en félicitait. Ce qu'il aimait par-dessus tout, cependant, c'était son métier, qu'il appelait « son art ». Il le transmettait avec passion et enthousiasme à des générations de jeunes artistes, éblouis d'avoir la chance de travailler avec lui.

Sean avait reçu un coup de fil affolé d'Eddie une heure avant de recevoir un appel de Logan Raintree. Logan, chef de l'équipe spécialisée du FBI à laquelle appartenait Sean, celle des « chasseurs de fantômes », l'avait informé qu'on les chargeait officiellement de l'enquête. Eddie avait sans doute usé de son influence, pour passer ainsi au-dessus de la police locale et de la police de l'Etat. En tout cas, Logan avait demandé à Sean de sauter dans le premier avion. Cela tombait bien : Sean s'apprêtait à lui demander la permission de voler au secours d'Eddie, même sans mandat.

— Et rappelle-toi notre mot d'ordre, avait conclu Logan : « Si quelque chose est impossible, il faut chercher ailleurs. » Je sais qu'Eddie Archer est un vieil ami à toi et qu'il t'a formé. Tu es sans doute convaincu que son fils est innocent mais, pour l'instant, nous n'en savons rien. Notre job, c'est de trouver la vérité. Pas de dissimuler des faits ou de biaiser pour des raisons affectives.

— J'en ai bien conscience, Logan, assura Sean sans se froisser.

Quand l'un d'eux se chargeait d'une affaire où il connaissait les personnes impliquées, on lui rappelait les priorités : c'était la règle.

— Je connais Alistair depuis qu'il est tout petit, avait-il néanmoins précisé. C'est un brave garçon, qui essaie de trouver sa voie et de se montrer digne de son père. Je suis persuadé, effectivement, qu'il est incapable de meurtre. D'après Eddie, il était très amoureux. Sa petite amie le manipulait, mais il en était fou. Il est dans un sale pétrin, maintenant. Il a été arrêté très vite. On l'a libéré sous caution, grâce aux relations et à l'argent de son père, mais il n'est pas libre d'aller et venir. Il a un bracelet électronique à la cheville et on l'a placé dans une clinique spécialisée très chic. Le genre d'endroit où les stars viennent se refaire une santé quand elles sont déprimées ou veulent se désintoxiquer…

— Sans doute l'une des meilleures qui soit, avait dit Logan.

— Oui. Archer adore son fils.

C'était vrai : Eddie Archer aimait infiniment son unique fils. En dépit de trois mariages, il n'avait pas eu d'autre enfant. Alistair était le fils du premier mariage d'Eddie avec Annie Smith, une amie d'enfance de leur ville natale de Valencia, en Californie. Annie avait débuté sur les planches mais avait rapidement préféré s'occuper de sa famille. Elle était morte brusquement, cinq ans plus tôt, lors d'une épidémie de grippe particulièrement virulente. Eddie avait été anéanti.

Alistair, lui, s'était retrouvé orphelin d'une mère profondément aimante. Eddie, esseulé, avait fait de son mieux pour l'élever. Il était toujours resté très proche de son fils.

Cependant, s'il avait eu en Annie une femme tendre et très douce, il avait eu moins de chance avec ses épouses suivantes. Il s'était d'abord remarié avec Benita Lowe, deux ans après la mort d'Annie. Sean avait assisté à la cérémonie. Il avait tout de suite senti que le couple ne durerait pas. Benita, par exemple, avait arraché la facture de la réception des mains du traiteur en déclarant qu'elle trouvait les coûts excessifs. Elle voulait faire faire des économies à Eddie, certes. Mais c'était dans son propre intérêt… Le mariage n'avait duré que quelques mois. Puis, l'année précédente, Eddie avait renouvelé l'expérience. C'était elle aussi une actrice, Helena LaRoux. Sean la connaissait : elle était présente au mariage d'Eddie et de Benita. Il avait bavardé avec elle quelques instants, et vite compris qu'elle trouvait le nouveau mari de Benita, avec sa fortune et ses nombreuses relations, extrêmement intéressant. Quand Eddie avait épousé Helena, Sean lui avait envoyé ses félicitations, espérant en son for intérieur avoir mal jugé cette dernière.

Il entendit soudain un coup de Klaxon et vit la voiture d'Eddie garée de l'autre côté. Il se rendit compte qu'il n'avait pas attendu au bon endroit. Un comble, pour quelqu'un qui avait vécu cinq ans à Los Angeles et y venait souvent ! Il jeta son sac de toile sur son épaule et se hâta d'aller prendre place dans la petite voiture de sport de son ancien patron.

— Ravi de te voir, lui lança Eddie. Je ne te serre pas la main, car on est obligé de circuler très vite, ici !

— Vas-y, démarre ! répondit Sean.

Eddie se glissa dans le flot des véhicules, l'air concentré.

— Merci d'être venu, dit-il enfin.

Sean lui jeta un coup d'œil. Eddie avait les traits tirés, le visage blême. Il avait pris dix ans. Rien d'étonnant, vu les circonstances.

— Ça va aller, Eddie ? Tu arrives à conduire ?

Eddie hocha la tête.

— Ne t'inquiète pas, je suis prudent. Je n'ai pas l'intention de risquer ta vie, ni d'ailleurs la mienne. Alistair a besoin de moi. Je dois tenir le coup… Je sais que mon fils est innocent et je veux qu'on le prouve.

Il pilotait fort bien, à vrai dire, manœuvrant avec habileté dans le labyrinthe complexe qui conduisait de l'aéroport aux voies rapides de Los Angeles.

— Alors, reprit-il, comment es-tu passé des effets spéciaux au FBI ?

Il eut un bref sourire en précisant :

— Je n'en reviens toujours pas, tu sais… Quand tu me l'as annoncé, ça m'a fait un choc. Qu'ont-ils apprécié chez toi ? Tes capacités à construire des géants en caoutchouc ?

— Va savoir ! répondit Sean en s'efforçant de prendre un ton léger. Ils sont venus me chercher, c'est vrai, mais rappelle-toi que j'avais déjà collaboré avec la police du Texas. On a complété notre formation à Quantico, bien sûr. Quand je dis « nous », je veux dire moi et mes collègues de la nouvelle équipe. Tu en as sûrement entendu parler, au-delà du peu que nous nous sommes dit au téléphone. J'ai reçu un coup de fil de mon chef juste après le tien, et je me suis dit que tu avais tiré quelques ficelles…

Eddie opina.

— Dès que mon fils a été arrêté, alors même qu'il était encore couvert de sang, je me suis creusé la cervelle pour trouver le moyen de prouver son innocence. J'ai tout de suite pensé à toi et à ton unité d'élite.

— Je ne suis pas sûr qu'on puisse parler « d'élite », murmura Sean.

— Ecoute, Sean, les flics ont regardé dans tous les sens les enregistrements vidéo des studios. On n'y voit absolument personne entrer ou sortir, mis à part Alistair et Jenny Henderson. Quant au musée lui-même, les caméras n'y fonctionnaient pas puisqu'il était fermé au public. Bref, tout désigne Alistair, alors que je *sais* qu'il n'y est pour rien. Mon avocat parle déjà de plaider la crise de démence… Je ne suis pas d'accord. Alistair n'est pas fou. Il est innocent !

Sean le scrutait du coin de l'œil. Eddie était un père désespéré, prêt à tout pour sauver son fils. Pourvu qu'il n'ait pas fait appel aux « chasseurs de fantômes » du FBI pour la seule raison qu'un de ses amis y travaillait ! Comptait-il sur Sean pour orienter les termes de l'accusation ? Il y avait bien des façons pour un bon avocat de plaider la folie, en effet. Il pouvait dire : « C'est la faute de la télévision, ou des jeux vidéo… » Et donc, pourquoi pas : « C'est la faute des fantômes qui hantent le cinéma La Boîte noire. Ce sont eux qui l'ont poussé. » ? Mais le fait d'imaginer qu'un fantôme puisse être coupable, comme le soutenait Alistair, n'était-ce pas aussi une forme de démence ?

— Eddie, aucun fantôme, aucun monstre quel qu'il soit n'a tué cette fille, fit remarquer Sean à voix haute. Si tu espères que je ferai inculper le spectre d'un acteur des années 1940, ça ne va pas marcher.

— Je sais, Sean, répliqua Eddie en plissant le front. Je ne crois pas qu'un fantôme puisse tuer quelqu'un. Ou alors, en faisant tellement peur à la victime qu'elle en fait une crise cardiaque... Non, je le répète, je ne pense pas que la mort de Jenny Henderson ait des causes surnaturelles. Il y a un vrai coupable.

Il enchaîna, l'air sombre :

— Et ce coupable, c'est quelqu'un qui connaît bien les studios. L'un de mes collaborateurs ? Je l'ignore. Je sais seulement que la police n'a vu personne sur les vidéos, rien d'anormal en tout cas. Juste le gardien, qui n'a pas bougé d'un pouce avant qu'Alistair ne se précipite vers lui, pas même pour aller aux toilettes ! Il y avait quelqu'un d'autre dans les studios cette nuit-là, Sean. Et tu sais aussi bien que moi que ce que l'œil perçoit n'est pas forcément la réalité, même sur un enregistrement. Il y a de nombreux moyens de créer une illusion.

— Je sais, Eddie, murmura Sean, un peu désemparé.

Se montrait-il gêné de faire partie d'une unité aussi particulière ? Les « chasseurs de fantômes du FBI », comme disaient certains avec ironie ? Son équipe venait tout juste d'être créée. C'était la deuxième du genre : ils avaient rencontré les membres de la première équipe, et même travaillé avec eux lors d'une précédente enquête. Certes, les coupables qu'ils avaient fini par démasquer étaient bien réels mais, le moins qu'on pouvait dire, c'est que les aspects surnaturels n'avaient pas manqué dans cette affaire.

C'était d'ailleurs à cette occasion qu'il avait découvert l'existence d'autres personnes douées de talents paranormaux, à part lui-même et sa cousine Kelsey, elle aussi membre de l'unité. Des gens qui, comme eux, pouvaient communiquer avec les défunts, les voir et les entendre.

En tant qu'agents du FBI, ils avaient tout de même suivi un entraînement poussé, évidemment. Il était devenu excellent tireur, ce qui pouvait toujours servir. Lui qui n'aurait jamais pensé quitter son métier de créateur d'illusions pour le cinéma…

En tout cas, dans ses deux métiers successifs, il avait appris que les sens pouvaient facilement être abusés. Eddie avait raison. La difficulté, en l'occurrence, c'était qu'ils avaient affaire à un crime dans un lieu entièrement fermé. Un mystère en chambre close, suivant la formule consacrée. C'était déroutant, mais il y avait forcément une explication.

Eddie l'avait compris. C'était pour cette raison qu'il l'avait appelé.

— Il y a des années que je n'ai pas mis les pieds dans les studios, tu sais, rappela Sean à voix haute.

— J'y ai pensé. Tu verras, certaines choses ont changé. On a déplacé les salles de stockage, par exemple… Le reste n'a pas beaucoup bougé, cela dit. Les pièces techniques, la climatisation, l'atelier de couture, celui des décors, tout ça est resté au même endroit. J'ai demandé à l'une de mes collaboratrices de te servir de guide. Elle te fera tout visiter et répondra à toutes tes questions. C'est exactement l'assistante qu'il te faut.

— Ah bon ? Pourquoi ?

Eddie lui jeta un regard de biais avant de ramener les yeux sur sa conduite, l'air pensif.

— Parce qu'elle a beaucoup de points communs avec toi. Elle est réservée, ne parle pas à tort et à travers… Et en même temps, à moins qu'elle ne soit complètement cinglée, elle parle avec les morts, elle aussi.

2

Le comté de Los Angeles était connu pour son smog. Le brouillard, ce jour-là, était plus épais que jamais. Quand Madison sortit devant chez elle pour attendre Eddie Archer, il faisait si gris qu'on avait l'impression que la ville elle-même se mettait en deuil pour Jenny Henderson.

On était pourtant au début de l'été et, les jours précédents, le ciel avait été radieux, à peine parsemé de petits nuages blancs. Aujourd'hui, cependant, une véritable purée de pois mêlée de pollution obscurcissait l'atmosphère. Pour un peu, se dit Madison, on aurait entendu des corbeaux pousser des cris rauques et des chauves-souris battre des ailes, comme dans un film d'horreur des années 1950.

La petite Ford d'Eddie Archer, qui s'arrêtait devant le trottoir, la rappela à la réalité.

Elle s'approcha. La portière côté passager s'ouvrit et un homme en sortit. Il avait tout d'un vrai Californien, songea-t-elle. Grand, mince, musclé, des lunettes noires sur le nez… Elle tira les siennes de sa poche pour les mettre aussi. Il serait plus facile, ainsi, de dissimuler ses émotions.

L'homme lui tendit la main.

— Bonjour, mademoiselle Darvil. Je suis Sean Cameron. Installez-vous devant, je vous en prie. Je me mettrai derrière.

Il avait une belle voix de basse, un peu rauque, assortie à son physique. Bogie aurait sans doute dit de lui que c'était « un homme, un vrai ». On le sentait sûr de sa virilité, sans affectation. En lui serrant la main, elle songea brusquement qu'elle avait très envie de mieux le connaître. Embarrassée, elle baissa brièvement la tête, priant le ciel de ne pas avoir rougi.

Pourquoi diable était-elle aussi attirée, instinctivement, par un homme qu'elle rencontrait pour la première fois ?

Agacée contre elle-même, elle se força à chasser ces pensées troublantes. La priorité, c'était Eddie et Alistair. On avait assassiné une jeune femme, et tout ce qu'on lui demandait, c'était de faire visiter les studios au nouveau venu.

— Après vous, reprit Cameron.

— Mais non, je peux très bien me mettre derrière, répondit-elle.

Elle eut un petit sourire et ajouta :

— Vous êtes beaucoup plus grand que moi, vous avez besoin de place pour vos jambes… Vous voyez, je vous ai bien regardé !

Elle-même était d'une taille raisonnable — un mètre soixante-quinze —, mais lui devait mesurer au moins un mètre quatre-vingt-quinze. Sans doute aurait-elle dû dire qu'elle était ravie de faire sa connaissance mais, étant donné les circonstances de sa venue, c'était délicat.

— Je suis heureuse que vous veniez soutenir Eddie, préféra-t-elle murmurer.

Il hocha brièvement la tête avec un demi-sourire.

— Merci à vous aussi. Je vous en prie, asseyez-vous à côté d'Eddie. Il y a largement la place à l'arrière. Je préfère être galant… C'est la coutume, au Texas.

Madison déclara forfait. Elle n'allait pas passer des heures à discutailler sur une place en voiture.

Quand elle fut assise, Eddie tourna la tête vers elle.

— Merci, Maddie, lui dit-il. Merci de tout cœur.

— C'est la moindre des choses, Eddie.

— La police n'a toujours pas retiré les cordons de sécurité autour du musée. Sean peut aller partout avec son badge du FBI, évidemment, mais, pour l'instant, contente-toi de lui montrer les studios et de répondre à ses questions.

Il se tut un instant, puis reprit d'une voix un peu tremblante :

— Je ne vous accompagnerai pas… Je file à la clinique voir Alistair. Je n'aime pas le laisser seul, en ce moment. Il y a du personnel, bien sûr, mais… Il a besoin de moi.

— Je comprends très bien, Eddie, dit-elle doucement.

Alistair, surtout s'il était injustement accusé, allait avoir besoin du soutien de ses proches.

Celui de son père, bien sûr, mais aussi, sans doute, celui de sa belle-mère… Il ne l'appelait pas « maman », pas plus que la précédente épouse de son père, mais il avait semble-t-il de bons rapports avec Helena LaRoux. Et pour autant que Madison pût en juger, Helena elle-même aimait bien Alistair. Le jeune homme ne voulait que le bonheur de son père et, à l'époque, avait trouvé plutôt désarmant qu'Helena fasse des pieds et des mains pour arracher son père à Benita. Qui sait ? Peut-être aimait-elle sincèrement Eddie, d'ailleurs. Même si elle avouait sans détour qu'elle rêvait surtout de gloire et de fortune. Bref, elle considérait apparemment sans déplaisir l'existence d'un beau-fils.

Apparemment… Il ne fallait pas oublier qu'ici, à Hollywood, tout n'était souvent que simulacre et illusion.

— Helena lui tient déjà compagnie ce matin, dit Eddie à voix haute, comme en écho aux pensées de Madison, mais même s'ils ont l'air de bien s'entendre, ce n'est pas sa vraie mère, évidemment. Et nous ne sommes mariés que depuis un an. Or moi, conclut-il d'une voix rauque, je suis son père.

— Personne ne peut te remplacer, Eddie.

Madison remarqua que Sean Cameron, depuis le siège arrière, avait tendu la main pour presser l'épaule d'Eddie.

Elle avait déjà entendu parler de Sean Cameron, bien sûr. Elle savait qu'il avait commencé sa carrière dans les studios Archer. Maintenant qu'elle le voyait en chair et en os, elle se rendait compte qu'elle l'avait déjà vu en photo, dans les ateliers ou dans des cocktails professionnels, à côté de ses créations. Une fois, elle avait même plaisanté à son sujet avec Carla, une couturière : « Quel homme sexy ! Dommage qu'il ne soit plus ici, hein ? »

Madison travaillait énormément. Elle faisait souvent soixante-dix à quatre-vingts heures par semaine, dans une entreprise qui comptait 80 % d'hommes. L'atmosphère, cependant, était sans ambiguïté. Les salariés masculins se comportaient avec leurs collègues féminines comme des frères, des oncles ou des cousins un peu taquins. Pour ceux qui s'intéressaient aux femmes, en tout cas.

Certes, et Carla ne s'était pas fait faute de le rappeler, Madison était souvent invitée à dîner par des acteurs célèbres dont elle créait les costumes. Si elle avait voulu…

Elle n'avait rien contre les liaisons sans lendemain ou les aventures d'une soirée, bien sûr, mais, en général, elle préférait garder ses distances. D'abord parce qu'elle n'était jamais tombée sur quelqu'un qui lui donnait envie d'aller plus loin. Ensuite parce qu'elle tenait à conserver de bonnes relations avec des clients qu'elle avait toutes les chances de revoir dans son travail. Sans oublier qu'elle n'avait aucun intérêt à se mettre à dos épouses ou petites amies ! Certains se montraient froids et arrogants de toute façon, même si, heureusement, ce n'était pas la majorité. En tout cas, le fait d'être réservée suffisait souvent à gagner leur estime, même celle des séducteurs les plus aguerris. Les hommes avaient tendance à respecter ce qu'ils ne pouvaient obtenir, en définitive. Les femmes aussi, sans doute.

En outre, elle avait traversé des épreuves très douloureuses au cours de son existence et, en un sens, elle avait trop souffert pour s'engager. Mieux valait se plonger dans le travail. Peut-être un ami comme Bogie était-il le seul capable de comprendre ce que ces épreuves avaient eu d'étrange et de terrible, d'ailleurs…

En tout cas, pour l'instant, elle devait se concentrer sur

la tâche qu'on lui avait confiée, au lieu de penser à Sean Cameron. Surtout qu'elle le connaissait depuis quelques minutes à peine. Elle l'avait vu sortir d'une voiture, lui avait parlé, lui avait serré la main… et rien d'autre. A présent, elle l'observait discrètement en train de tapoter l'épaule d'Eddie, dans un geste de réconfort amical. Il lança quelques mots d'une voix chaude, profondément apaisante. En l'écoutant, on avait l'impression d'avoir trouvé un refuge face à un monde hostile. Eddie avait été bien inspiré de l'appeler au secours.

Quand ils arrivèrent devant les grilles des studios, elle vit que quatre voitures de police en barraient l'accès. Elle jeta de loin un coup d'œil au cinéma La Boîte noire, avec son élégante enseigne et les motifs Art déco de sa façade. Le bâtiment était classé, et cela serrait le cœur de le voir avec des rubans de scène de crime tout autour.

Le parking, derrière les grilles, était entièrement désert, alors qu'en général il était plein pendant les confinements, même la nuit. C'étaient des périodes où tout le monde était sur le pont pour respecter les délais d'une commande.

En fait, il y avait tout de même une voiture : une vieille Cadillac, incongrue à côté des véhicules de la police. Un homme appuyé sur le capot observait les bâtiments et les allées et venues d'un air attentif, comme s'il surveillait les policiers. Madison se pencha un peu et reconnut Andy Simons, l'associé d'Eddie.

En les voyant arriver, il s'approcha avant même qu'ils ne descendent de voiture. Eddie baissa la vitre de sa portière.

— Ça va, Eddie ? demanda Simons.

Madison le connaissait beaucoup moins bien qu'Eddie. Elle savait qu'il s'occupait des aspects financiers, Eddie se réservant la partie artistique. Les deux hommes étaient des amis de longue date, et elle était certaine que Simons soutiendrait son collègue sans hésiter. Le contraste entre eux était frappant : Eddie, mince et sportif, était un quinquagénaire séduisant, mais très simple dans ses goûts et sa façon d'être ; Andy, au contraire, portait toujours des vêtements de la meilleure coupe, même s'il était en jogging, comme Madison l'avait vu une fois. Il avait des cheveux blonds qu'il teignait avec soin, et des ongles manucurés. Il se montrait toujours courtois avec les employés, mais sans l'aisance naturelle d'Eddie. Cela n'avait d'ailleurs pas d'importance, car on le voyait rarement.

— Ça va, Andy, répondit Eddie d'une voix rauque. Je tiens le coup.

— Et Alistair ?

— Il résiste du mieux qu'il peut, étant donné les circonstances.

Eddie montra Sean de la main.

— Tu te rappelles sans doute Sean Cameron…

— Bien sûr, dit Andy en penchant la tête vers la banquette arrière, le sourire aux lèvres. Ravi de vous revoir, Sean. Vos compétences nous ont beaucoup manqué. Vous ne tombez peut-être pas au meilleur moment…

— Sean ne vient pas reprendre son ancien travail, expliqua Eddie. Il appartient au FBI maintenant, et son unité va piloter l'enquête. Comme je te l'ai dit, j'ai lancé quelques coups de sonde en haut lieu, dans l'intérêt d'Alistair…

— Vous avez rejoint le FBI, Sean ? Pourquoi donc ? demanda Andy avec étonnement.

— Oh ! les hasards de l'existence…, répondit Sean avec nonchalance. Vous savez ce que c'est.

— C'est un changement radical, en tout cas !

Andy reporta les yeux vers Eddie en fronçant les sourcils.

— Je n'étais pas sûr que tu arriverais à faire venir le FBI, tu sais… On voit que tu as l'habitude des tours de magie !

— Nous travaillerons en liaison avec la police, bien sûr, souligna Sean. Mieux vaut mettre toutes les chances de nôtre côté.

— Et… vous avez l'occasion d'exploiter vos talents d'accessoiriste dans vos nouvelles fonctions ? s'enquit Andy en souriant de nouveau.

— Ma foi, ça peut arriver !

Il y eut un bref silence, comme si tout le monde attendait qu'il précise sa réponse, mais il s'en tint là.

Eddie reprit alors la parole.

— Madison va lui faire faire le tour des ateliers. Il y a longtemps qu'il n'est pas venu.

— Parfait, dit Simons en hochant la tête.

Il regarda Eddie, puis ajouta avec une gaieté forcée :

— Madison travaille d'arrache-pied. Elle connaît tout sur le bout des doigts ! Elle vous guidera mieux que personne, Sean. Et nous nous félicitons d'avoir l'appui du FBI.

Se penchant un peu plus, Andy adressa un clin d'œil à Madison :

— Je ne plaisante pas ! Vous êtes la meilleure. Cela ne vous ennuie pas de nous prêter main-forte ? Vous n'êtes pas obligée, vous savez. J'ai conscience que c'est beaucoup vous demander…

— Cela ne m'ennuie pas du tout. Je suis prête à tout pour aider Alistair, répondit-elle.

— Vraiment tout ? murmura-t-il.

Sa remarque la déconcerta. A part leur petit groupe, tout le monde était convaincu de la culpabilité d'Alistair. Simons voulait-il insinuer qu'elle devrait s'apprêter à *mentir*, si nécessaire ? Irait-il, lui, jusqu'à trahir la vérité ? Sa fortune, après tout, était étroitement liée à celle d'Eddie. Il avait apporté des fonds à l'entreprise, mais c'était le talent d'Eddie qui avait fait leur réussite.

Le seul aspect de l'affaire dans lequel il n'avait rien à voir, c'était le cinéma. La Boîte noire appartenait uniquement à Eddie.

— Eh bien, conclut Simons en se redressant, bienvenue parmi nous, agent Cameron. J'avoue que je suis planté dans ce parking depuis des heures. C'est peut-être idiot, mais je me suis dit que si la police voyait que nous avons l'œil sur eux, elle comprendrait à quel point nous sommes convaincus de l'innocence d'Alistair.

— Je te remercie, Andy, déclara Eddie. Tu es un véritable ami.

— Maintenant que Sean est là, je vais rentrer chez moi, mais si jamais tu as besoin de moi, surtout, n'hésite pas !

— C'est promis. Encore merci.

— A mon tour de vous remercier, dit Sean en tendant la main par la fenêtre pour serrer celle d'Andy.

— Eh bien, à plus tard, lança ce dernier avant de rejoindre sa voiture.

— Cela fait chaud au cœur de se sentir soutenu, murmura Eddie. De savoir qu'Alistair ne sera pas seul face aux loups…

— Pour les jurys, la personnalité compte beaucoup, Eddie, assura Sean. Et la personnalité d'Alistair n'est vraiment pas celle d'un meurtrier.

Tout en parlant, il avait ouvert sa portière pour sortir de la voiture. Madison l'imita.

— Garde confiance, Eddie ! lança Sean par la vitre ouverte.

— C'est promis.

Eddie remit le contact et s'éloigna.

L'un des policiers en faction s'approcha de Sean et de Madison. Elle se sentait embarrassée, mais Sean restait parfaitement à l'aise. Il exhiba calmement son badge du FBI, et le policier ouvrit la lourde grille pour les laisser passer. Ils remontèrent l'allée jusqu'à la porte du cinéma, où un autre policier les arrêta.

— Vous êtes sûrs qu'ils vont nous autoriser à entrer ? chuchota Madison.

— Ils n'ont pas le choix. Les forces de l'ordre des différents services sont tenues de collaborer, et je tiens à voir les ateliers aujourd'hui, même si les techniciens n'ont pas fini les relevés. Je veux aussi rencontrer le responsable de la police de Los Angeles sans attendre.

Il se tut un instant puis reprit en la scrutant avec attention :

— Qu'est-ce que vous pensez d'Andy Simons ?

— Andy ? Je ne le vois pas très souvent, vous savez… Il vient beaucoup moins souvent qu'Eddie. Quand il est là, cela dit, il se montre toujours cordial, très aimable… très intéressé par ce que nous faisons.

— Cela ne me dit pas comment vous le *ressentez*, insista Sean.

Elle eut un brusque sourire.

— Eh bien, disons que… Eddie a un contact beaucoup plus facile avec les gens, alors qu'Andy peut avoir un côté un peu… condescendant. Mais comme je l'ai dit, il est toujours très correct. Si dissemblables qu'ils soient, ils sont amis depuis longtemps. Vous ne pensez tout de même pas qu'Andy…

— Pour l'instant, je ne pense rien. Nous avons beaucoup de travail devant nous, Madison.

Il se tut, les yeux fixés sur elle. Elle sentit un léger frisson la parcourir, stupéfaite de se sentir à ce point attirée par lui alors qu'elle venait juste de le rencontrer. Elle admirait la gravité de son regard quand il s'exprimait, le son de sa voix, la sincérité qui émanait de lui. En outre, sans avoir la carrure d'un sportif endurci, il était musclé, vibrant d'énergie.

— Je comprends, répondit-elle.

Il ne fallait pas perdre de vue qu'ils allaient simplement partager quelques semaines d'enquête. Et que leur collaboration se limiterait à cela.

Un autre officier de police s'approcha et entra dans le cinéma. Ils attendaient toujours sur le seuil.

— Ils ne m'empêcheront pas de voir les lieux ! grommela Sean.

L'officier réapparut, accompagné d'un homme d'une quarantaine d'années au crâne chauve. Ce dernier regarda Sean d'un air soupçonneux mais, apparemment, il avait été prévenu de son arrivée. Il donna son nom — officier Benny Knox — et se montra relativement poli, même s'il ne jeta qu'un vague coup d'œil à Madison, comme si sa présence lui était indifférente. Il semblait comprendre, en tout cas, qu'elle n'avait pas la moindre expérience en matière de scènes de crime. Sean la présenta comme « l'une des accessoiristes les plus douées des studios Archer », et l'homme se contenta de hocher la tête, après un dernier regard.

— Il paraît que vous avez travaillé ici autrefois, agent Cameron ? lança-t-il.

— C'est exact.

— J'imagine que c'est pour ça qu'on vous a fait venir ?

Sean haussa légèrement les épaules.

— Entre autres, mais les choses ont changé depuis mon époque. Madison a repris le poste que j'occupais. Elle est donc bien placée pour répondre à mes questions.

— D'autant que c'est la « chouchoute » d'Eddie Archer, paraît-il…, marmonna Knox.

— Je ne suis la « chouchoute » de personne, officier Knox, rétorqua-t-elle. Comme M. Cameron vous l'a dit, je suis ici pour le mettre au courant de toutes les modifications intervenues dans les studios.

Knox haussa brièvement les sourcils, puis hocha la tête.

Il finit par les autoriser à circuler dans les lieux, mais à condition qu'ils commencent par les ateliers. Les policiers n'avaient pas encore fini d'examiner le cinéma et le tunnel. Cameron était du métier. Il comprendrait bien qu'il ne fallait pas contaminer une scène de crime. Dans les ateliers, au moins, les relevés étaient terminés. Les techniciens avaient pris les empreintes sur les portes et passé toutes les salles au peigne fin. Knox avoua même avec un demi-sourire que plusieurs de ses hommes — pourtant très aguerris — avaient sursauté en découvrant certains des monstres en caoutchouc stockés ici et là. Madison se força à sourire en retour.

Bref, conclut Knox, pour le cinéma et le tunnel, il fallait attendre.

— Avez-vous déjà les premiers constats ? demanda Sean.

— Oui, ceux de l'officier Braden, et aussi les miens. Braden est un type méticuleux. Il est arrivé le premier, mais n'a touché à rien avant mon arrivée. La scène de crime avait déjà été perturbée, cela dit, puisque Alistair Archer a piétiné dans le sang et que le gardien est venu voir ce qui se passait. Après eux, cependant, personne n'est intervenu. Si vous avez besoin de quoi que ce soit, faites-moi signe.

Knox se tut quelques secondes, les yeux rivés sur Sean, puis ajouta :

— D'après ce qu'on m'a dit, et ça vient directement du bureau du gouverneur, c'est votre équipe qui va piloter l'enquête… Le FBI prend la tête des opérations, alors ?

— Détrompez-vous, objecta Sean. Nous comptons bien sur votre coopération. Je vous demanderai d'ailleurs de garder la main jusqu'à ce que nous soyons prêts. Je suis venu en éclaireur, pour m'imprégner un peu de l'atmosphère. Mon chef, Logan Raintree, n'arrivera que ce soir ou demain, avec le reste de l'unité. J'ignore encore quels sont ses plans. Maintenant, si vous le permettez, je vais examiner les ateliers. N'ayez crainte, je ne dérangerai rien.

Knox, l'air rasséréné, hocha la tête.

Sean et Madison le laissèrent sur le seuil du cinéma pour se diriger vers l'entrée principale des studios.

Tout en marchant, Madison demanda :

— Est-ce que c'est toujours comme ça ? Je veux dire… est-ce qu'il y a toujours autant de méfiance entre les services ? On avait vraiment l'impression que vous vous regardiez en chiens de faïence ! Pourtant, vous poursuivez le même but, non ? Faire en sorte que la vérité éclate…

Sean eut un léger rire. Elle ne put s'empêcher de songer, une fois de plus, qu'il était extrêmement séduisant. Avec son physique, il aurait pu facilement devenir vedette de cinéma, au lieu de se cantonner dans les coulisses à concevoir des effets spéciaux.

Attention où tu mets les pieds... N'oublie pas qu'on t'a simplement chargée de le guider! se gourmanda-t-elle.

Elle n'avait pas encore très bien compris comment on passait du métier d'expert 3D à celui d'agent spécial, mais elle se réjouissait de le voir sourire. Même si elle n'oubliait pas les tragiques circonstances de leur rencontre. Si seulement elle avait pu remonter le temps, empêcher Alistair Archer de s'approcher du cinéma, vérifier elle-même la fermeture des portes... A l'heure qu'il était, elle aurait été tranquillement à son poste, en train de consulter ses collègues, d'examiner des croquis, de choisir des matériaux...

— Il est déjà arrivé que la police de Los Angeles se fasse réprimander pour des échecs où elle n'était pour rien, répondit Sean. Ça les rend méfiants. En outre, il existe dans tous les services un solide esprit de corps. Mon unité diffère un peu, cela dit, puisque nous devons toujours être prêts à nous effacer discrètement une fois le travail accompli. Mais pour le reste, vous avez raison : nous poursuivons tous le même but et, pour ça, la coopération est indispensable. Notre équipe ne peut pas réussir seule. Elle a besoin de la police, si elle veut mettre toutes les chances de son côté.

— Vous avez travaillé pour Eddie pendant plusieurs années, n'est-ce pas ?

— Oui. Et puis, je suis rentré au Texas parce que... pour des raisons personnelles. Et en fin de compte, j'y suis resté.

— Qu'est-ce qui vous a donné envie d'entrer au FBI, finalement ?

— A vrai dire, c'est le FBI qui est venu me chercher !

Ils étaient arrivés devant la porte des studios. Sean Cameron fit signe à Madison qu'elle pouvait sortir sa clé. Elle comprit que le moment des confidences était terminé.

Elle fouilla dans son sac, exhiba la clé, ouvrit et poussa la porte. Comme elle s'y attendait, le gardien, Colin Bailey, était à son poste, dans son bureau vitré du hall.

Pendant la journée, quand tout le monde était au travail, il y avait en fait deux gardiens : Colin et un agent de sécurité, assis à côté de la réceptionniste. Cela permettait de mieux surveiller les allées et venues dans les studios, les ateliers et les bureaux. Aujourd'hui, évidemment, il n'y avait ni réceptionniste ni agent, mais Colin était fidèle au poste. En dépit de son âge, il gardait l'allure impressionnante de l'ancien boxeur qu'il était. Il était entièrement chauve, comme le sergent Knox, mais sa calvitie était naturelle et ne devait rien à un rasage soigné. Il avait un regard très bleu, une mâchoire digne d'un bouledogue, et on voyait tout de suite qu'il avait eu le nez cassé une bonne douzaine de fois.

Bailey pouvait se montrer doux comme un agneau mais, quand il s'agissait de défendre Eddie Archer, sa réputation ou ses biens, il devenait féroce comme un lion.

— L'accès est interdit ! rugit-il. Personne n'a le droit de… Oh… Madison, c'est vous ? Et vous, vous êtes l'agent du FBI, je présume ?

L'ancien boxeur se leva, ouvrit la porte de sa guérite et sortit dans le hall les saluer. Après avoir examiné Sean des pieds à la tête, il s'écria avec un grand sourire :

— Bon sang, mais c'est bien vous, Sean ! Quand on m'a donné votre nom, j'ai pensé à un homonyme…

Il prit la main de Sean et la serra avec enthousiasme.

— Alors, comme ça, vous êtes devenu agent secret ? Pour de bon ?

— Eh oui, mon vieux Colin, pour de bon ! Et vous, que devenez-vous ? répondit Sean.

— Ça va très bien. Enfin, ça allait très bien jusqu'à hier soir, répondit Bailey en s'assombrissant.

— C'est vous qui étiez de garde, non ?

— Oui. Et je peux vous dire qu'en période de confinement, comme en ce moment, je surveille vraiment ce qui se passe.

— Y compris les écrans vidéo, j'imagine ? demanda Sean.

— Bien sûr, mais pour ce que ça a servi…

Bailey fit une moue et précisa :

— Ce sont les flics qui ont les bandes, maintenant.

— Les caméras filment toujours les mêmes endroits qu'avant, paraît-il…

Le gardien hocha la tête, puis leur fit signe de le rejoindre dans son petit bureau. Madison se rendit compte qu'elle y entrait pour la première fois. Elle n'avait jamais pensé aux caméras qui les filmaient.

Il y avait six écrans. L'un montrait le hall. Un autre était braqué sur les ateliers, avec la boutique dans un coin. Un autre encore montrait le parking ; puis venaient le premier étage, une vue du cimetière adjacent aux studios et, sur un dernier poste, l'entrée du cinéma.

— On voit bien les portes de La Boîte noire, fit remarquer Madison.

— Oui, mais, à l'intérieur, La Boîte noire a ses propres caméras, puisque c'est un bâtiment séparé, expliqua Bailey. En revanche, vous pouvez constater qu'ici on voit absolument toutes les allées et venues sur le site, depuis le portail qui donne sur la rue. Si jamais quelqu'un parvenait à se faufiler autrement, l'alarme se déclencherait immédiatement.

— N'y a-t-il vraiment aucune caméra de surveillance dans le tunnel et le musée ? s'enquit Sean.

— Il y en a bien une, mais elle ne sert pratiquement jamais. Ça n'aurait pas grand intérêt, en fait. Le musée n'est ouvert que sur rendez-vous, mis à part les soirs de séance. Ces jours-là, les clients peuvent demander une visite guidée en montrant leur ticket de cinéma. Ça n'arrive pas très souvent, d'ailleurs. Ça n'intéresse guère que les amateurs de films noirs, ce tunnel. Ce n'est pas vraiment l'attraction principale de Hollywood ! Eddie a surtout gardé le cinéma pour montrer ses films favoris à ses amis. Les autres clients sont essentiellement des connaisseurs avertis. Bref, les visites sont rares, et elles sont toujours accompagnées.

Sean ne fit pas de commentaire. Il se contenta de répondre aimablement :

— Merci beaucoup, Colin. Maintenant, Madison va me faire faire le tour du propriétaire, pour m'expliquer les changements survenus depuis mon départ. Nous repasserons vous voir en sortant. De toute façon, il n'y a pas d'autre issue, n'est-ce pas ?

Bailey hocha la tête.

— Exactement. Si jamais vous tentiez de sortir par l'issue de secours, l'alarme se déclencherait comme un feu d'artifice.

Il pouffa, amusé par son astuce.

Sean consulta Madison du regard.

— Si nous prenons sur la droite, nous arrivons aux principaux ateliers, n'est-ce pas ?

— C'est ça. A gauche se trouvent les salles de réunion, et un escalier qui mène aux bureaux et aux réserves de l'étage.

Cameron se mit en marche vers les ateliers. Madison le suivit du même pas vif.

Il était étrange de voir le principal atelier, d'habitude bourdonnant d'activité, entièrement vide. Madison arrivait en général très tôt, mais il était rare qu'elle ne trouve pas déjà des couturières devant leur machine à coudre ou des accessoiristes perchés sur l'échafaudage d'un décor. La salle vrombissait toujours du bruit des marteaux, des scies et autres machines, avec, en arrière-fond, la musique rock ou pop choisie par l'un ou par l'autre. Ce jour-là, la stéréo était éteinte, les tissus empilés sur les tables, et l'atmosphère totalement silencieuse. Madison avait l'impression de rentrer dans une maison dont les habitants venaient de disparaître comme par magie.

Les murs étaient festonnés d'ébauches et de croquis. Des créatures de toutes sortes, créées pour les besoins de films ou de publicités, étaient alignées sur le sol ou rangées sur des étagères, soit parce que l'on comptait les réutiliser un jour, soit parce qu'elles avaient été particulièrement réussies et méritaient d'être conservées. Ils gardaient d'ailleurs aussi certaines réalisations qui n'avaient pas bien marché, pour se rappeler les erreurs à ne pas reproduire.

Un rat géant trônait ainsi à côté d'un pingouin tout aussi grand. Le rat avait servi dans un film publicitaire et le pingouin pour l'ouverture d'un nouveau parc d'attractions, dans l'Oregon. Un peu plus loin, il y avait plusieurs robots construits pour un film de science-fiction et, au-dessus d'eux, un loup à l'air féroce, juché sur une vieille bicyclette. On avait posé contre le mur du fonds des zombies qui avaient servi dans le film *Apocalypse sous les mers*. Sur une étagère, à plusieurs mètres de hauteur, on trouvait les mannequins ensanglantés, en cire, d'un film d'horreur situé à l'époque victorienne. Madison remarqua que Sean regardait les trois personnages — Miss Pary, Parson Bridge et Myra Sue — avec attention. Il semblait pensif, comme s'il se disait que Jenny Henderson, maintenant morte, avait sans doute le même genre d'apparence macabre. Les studios Archer étaient connus pour le réalisme de leurs créations.

— La vie imite l'art et l'art imite la vie, murmura Sean. En l'occurrence, la question est : dans quel sens cela s'est-il produit ?

Madison baissa les yeux, perturbée par la vision des trois victimes, même si elles n'étaient constituées que de caoutchouc, de tissu, de plastique et de peinture. C'était elle qui les avait dessinées. Elle avait également fabriqué le costume de Myra Sue mais, soudain, elle ne les voyait plus comme des pantins, mais comme des êtres en chair et en os.

Couverts de sang…

Et c'était comme si Myra Sue, à présent, fixait sur elle son regard sans vie.

— L'issue de secours est toujours à l'arrière, n'est-ce pas ? reprit Sean.

— Oui, à côté des pantins de *Planet Mondo* qui sont là, répondit-elle en tendant le bras.

Une vaste pancarte indiquait : « N'utiliser qu'en cas d'urgence. » La porte était d'ailleurs en partie bloquée par les ailes d'une des créatures de *Planet Mondo*.

— Ça n'a pas beaucoup changé depuis mon époque, commenta Sean.

Il montra du menton un robot géant, perché à côté du local technique.

— Je me rappelle cet Hugoman, j'avais travaillé dessus. Ça fait un moment qu'il est là !

— C'est vrai ? J'adore ce robot ! Le film était formidable.

Madison était sincère. Elle adorait vraiment la créature, conçue dans le film par un savant fou qui lui donnait la personnalité de son fils, à partir d'un savant clonage. Le robot, profondément bon, se dévouait pour les humains. Malheureusement, il restait incompris et mourait après avoir sauvé une petite ville de l'attaque de mutants. Comme quoi — c'était la morale implicite de l'histoire —, il fallait se méfier des apparences et des jugements a priori… Réalisé sans prétentions, avec un très petit budget, *Hugoman* n'en était pas moins devenu un film culte. Il le devait à son scénario, particulièrement soigné.

Madison se sentit rougir de son enthousiasme. Il ne fallait pas oublier qu'ils se trouvaient là parce qu'il y avait eu un meurtre, et que ce meurtre touchait directement l'un de leurs proches. Pourquoi, cela dit, faisaient-ils le tour des studios ? Le crime n'avait pas été commis à cet endroit, mais à l'extérieur, dans le tunnel du cinéma…

— Je suis content que vous appréciiez ce robot, répondit cependant Sean en souriant. J'ai beaucoup aimé travailler ici. Evidemment, il a fallu que je retourne au Texas, et ensuite… pour tout un tas de raisons, j'y suis resté. Ce sont les aléas de l'existence… En tout cas, je le répète, j'ai gardé un très bon souvenir de mon travail ici, avec Eddie.

Quand *Hugoman* est sorti, il était très fier de ce que nous avions réussi à faire avec aussi peu d'argent.

Il se tut, puis reprit d'un ton affairé :

— Donc, la sortie de secours, pour les ateliers, est toujours par là. Il y en a une autre près des bureaux, si je me rappelle bien.

Un peu interloquée par son changement de ton, elle battit des paupières, mais répondit aussitôt :

— Oui, c'est ça… Il y a aussi des issues à l'étage, avec des échelles en cas d'incendie. Eddie est très pointilleux là-dessus. Nous manions tellement de matériaux inflammables !

Sean hocha la tête.

— D'accord. Maintenant, dites-moi, sur quoi travaillez-vous en ce moment ?

— Vous ne le savez vraiment pas ?

— Non.

— Eh bien, c'est une drôle de coïncidence, car il se trouve que nous travaillons justement à un remake de *Sam Stone et le Mystère du musée égyptien*. Il s'appellera *Le Sacrilège*. Le scénario a été modernisé. Cela pourrait presque être un film différent ! D'après ce que j'en ai déjà vu, cela évoque un peu *Paranoïak*, qui était censé être un remake de *Fenêtre sur cour*, de Hitchcock…

Sean fronça les sourcils.

— Vous préparez un remake de *Sam Stone ?* Et Jenny Henderson a été tuée justement devant la scène extraite de ce film ?

— Oui.

— Ce n'est pas une coïncidence, martela Sean. Ça a sûrement été fait exprès, et ça change tout !

— Mais *Sam Stone* a été tourné il y a plus de soixante-dix ans. Quel rapport ce film peut-il avoir avec notre affaire ?

— Tout, répondit brièvement Sean. Cela peut cacher un mobile, par exemple. Le confinement actuel, lui aussi, est important. Car si quelqu'un d'extérieur est entré, c'est avec une complicité de l'intérieur.

Madison se hérissa pour défendre ses collègues. Elle répliqua, les dents serrées :

— Mais même quand il n'y a pas confinement, on ne laisse pas entrer n'importe qui ! Moi, par exemple, je suis autorisée à faire venir des visiteurs, mais je dois prévenir. Et en ce moment, bien sûr, je n'aurais pas eu l'autorisation !

— Il y a sûrement des tolérances, sans parler des cas où certains contournent le règlement. Je suis sûr qu'il y a régulièrement des employés qui font entrer des amis en douce…

— Vous oubliez les caméras de sécurité. Personne ici n'a envie de perdre son travail !

— Certes. Cela dit…

Il s'approcha à grandes enjambées du local technique, jeta un coup d'œil par la vitre encastrée dans la porte et se détourna, sans même essayer d'ouvrir.

— Où vous mettez-vous pour travailler ? demanda-t-il.

Elle tendit le doigt vers une grande table, un peu plus loin. Il y alla en deux enjambées.

Madison éprouva une drôle d'impression en voyant les choses dans l'état où elle les avait laissées le vendredi précédent. Il y avait là toute une pile de morceaux de cuir dont elle se servait pour coudre le costume d'Oliver Marshall, l'acteur qui allait jouer le rôle de Sam Stone.

— J'étais tout gosse quand j'ai vu *Sam Stone*, reprit Sean. Vous pouvez me rappeler l'intrigue ?

Quel rapport cela pouvait-il bien avoir avec l'assassinat de Jenny ? songea-t-il.

— En quelques mots, il s'agit d'une série de meurtres dont les victimes sont affreusement mutilées pendant la nuit. Un jour, un richissime philanthrope marié à une ravissante jeune femme est retrouvé tué de la même façon, dans un musée égyptien. Comme les policiers veulent arrêter sa femme, celle-ci va demander de l'aide à Sam

Stone, un détective privé. Tous les indices semblent montrer qu'elle est coupable, mais elle s'obstine à nier. A la fin, on s'aperçoit que le coupable est en fait un genre de prêtre, gourou d'un culte inspiré des anciens, déguisé en momie égyptienne du département des antiquités. Sam Stone, qui est tombé amoureux de l'épouse — Dianna Breen —, vole à son secours quand elle est agressée par le prêtre, mais il n'arrive pas à la sauver. Ce qui rend le film remarquable, c'est qu'on hésite jusqu'au bout entre une explication surnaturelle et des causes tout à fait rationnelles.

— Qui joue le rôle de Sam Stone, dans le remake ?

— Oliver Marshall.

— Mmm… Comment se comporte-t-il pendant les essayages ?

— Il est tout à fait correct. La presse à sensation le présente comme un fêtard mais, avec nous, il se montre très pro et très courtois. Il est toujours à l'heure, il plaisante avec tout le monde… Je l'aime bien.

— Tant mieux. Quand est-il venu pour la dernière fois ?

— Vendredi, en fait. Je suis en train de préparer son costume.

Elle montra la pile posée sur la table.

— Il est venu pour que je prenne des mesures. Comme Sam Stone a des armes cachées sur lui, il faut que tout tombe au millimètre près.

— Et ces créatures… ce sont celles invoquées par le prêtre égyptien ? Comment s'appelle-t-il, d'ailleurs ?

Sean tendait le doigt vers plusieurs monstres de caoutchouc : des chacals aux dents pointues, des oiseaux, des serpents énormes.

— Le prêtre ? Il s'appelle Amun Mopat. Oui, ces créatures sont destinées au film.

— Comment sera-t-il habillé ? Avec le même genre de costume que dans le film des années 1940 ?

— Oui, une sorte de grande tunique, très proche de celle du film d'origine. Il y a un mannequin, par là, avec un premier prototype. Le casting pour le prêtre n'a pas encore eu lieu.

— Montrez-moi.

Madison l'entraîna vers le mannequin, planté derrière l'un des chacals géants.

La tunique dont était revêtu le mannequin n'était en fait qu'une simple robe de bure, semblable à celle d'un moine.

Madison tourna vers Sean un regard stupéfait. Un frisson glacé lui parcourait la nuque.

— Je ne comprends pas..., balbutia-t-elle. Le prototype n'est plus là. On l'a remplacé par cette robe de bure. Quelqu'un a dû le prendre... Mike Greenwood, peut-être, pour le montrer à quelqu'un... Je vais lui demander. A lui et à Eddie.

Sean secoua la tête.

— Ils ne sauront rien, répondit-il d'un air sombre. La tunique a été utilisée... par le tueur.

Il posa les yeux sur elle en ajoutant :

— Il faut la retrouver. C'est elle qui nous mènera au coupable.

3

— Reprenez vos esprits ! ajouta Sean en lui frôlant la joue. C'est une bonne nouvelle, en fait. Le fait que la tunique ait disparu est un indice important. Je suis d'autant plus étonné que les gens continuent à accuser Alistair. Car, quand on récapitule : Jenny a été tuée devant une scène de *Sam Stone*, les studios préparent un remake de ce film, on a volé la tunique… Tout cela indique à coup sûr que le coupable a un compte à régler avec l'entreprise Archer. Ou avec le remake.

Madison hocha la tête. Elle était d'accord, sauf qu'elle n'était pas franchement ravie que la tunique ait disparu… Cela signifiait, en effet, que le tueur était au milieu d'eux, sur son lieu de travail. Et qu'il s'était servi du costume pour se faufiler dans le tunnel, au milieu des personnages de cire, et trancher la gorge d'une jeune femme !

Sean parcourut la vaste salle du regard.

— Et là-bas, qu'est-ce que c'est ? demanda-t-il.

— La reproduction d'un échafaud.

— Pour *Le Sacrilège* ?

— Non, il est destiné au film sur lequel nous avons travaillé juste avant, *La Vie dans l'Ouest*.

Elle montra les machines à coudre, les portants chargés de costumes, et expliqua :

— Nous y mettons la dernière main alors que nous avons déjà commencé *Sam Stone*. On doit parfois préparer plusieurs projets en même temps, vous vous en souvenez sûrement.

Quand l'échafaud sera terminé, nous nous concentrerons uniquement sur le projet en cours. Du moins, j'espère !

— Vous avez raison d'espérer. La vie continue, même quand il y a eu un meurtre, répondit-il.

Il se dirigea vers le fond de la pièce, entre les échafaudages.

— C'est cette porte qui mène au tunnel, n'est-ce pas ?

— Oui, murmura-t-elle.

Il se planta devant la porte sans la toucher. Madison aperçut des traces de poudre noire sur le sol blanchi à la chaux.

— La police a relevé des empreintes, expliqua-t-il.

Madison se sentit brièvement mal à l'aise. Il y avait aussi ses empreintes à elle, sur cette porte !

— Ils vont en trouver beaucoup, y compris les miennes, dit-elle à voix haute.

Il la fixa d'un air amusé, un demi-sourire aux lèvres.

— Ne vous en faites pas. Ils vont procéder par élimination… Sans oublier personne.

— Par élimination ? Vous continuez vraiment à penser que le tueur fait partie des studios, ou qu'il en est proche ? Mais alors, cela veut dire que nous le connaissons tous… Et que nous aurions pu être tués aussi !

— J'en doute fort. Le tueur n'avait aucun intérêt à ce que la police fouille partout ici. Son objectif, c'était de faire arrêter Alistair. Il l'a sûrement épié, a noté ses habitudes…

— Nous allons regarder dans le tunnel ? demanda-t-elle en montrant la porte.

— Non. Nous allons laisser la police et les techniciens de scène de crime en finir avec leurs investigations. Nous irons ensuite. Vous ne serez pas obligée de m'accompagner.

Madison demeura songeuse. La perspective d'entrer dans cette galerie obscure où on avait commis un crime atroce ne l'enchantait pas, évidemment. Jusque-là, elle n'avait vu ce genre de meurtre sanglant qu'à la télévision. Elle n'avait aucune envie de voir une authentique scène de crime.

En même temps, n'était-elle pas là pour apporter son aide ? Il fallait sauver Alistair, et c'était à *elle* qu'Eddie avait demandé d'accompagner l'homme qui allait prouver l'innocence de son fils.

Elle n'avait pas le choix, en réalité. Si les expériences étranges qu'elle avait connues durant sa vie avaient un sens, c'était bien celui-là. Car, avec un peu de chance, la jeune femme morte viendrait lui parler. A condition, bien sûr, que l'esprit de la défunte soit resté ici-bas…

Elle secoua la tête et répondit à voix haute :

— Je tiens à venir. On m'a chargée de vous aider, et je le ferai jusqu'au bout.

Sean ne répondit pas, occupé qu'il était à examiner avec soin les alentours de la porte. Un portant chargé de costumes se dressait sur sa gauche ; à droite, il y avait une pile de planches. Madison se demanda soudain si le meurtrier ne s'était pas caché derrière les costumes ou les planches pour échapper aux caméras. Peut-être… Mais alors, comment était-il entré dans le bâtiment ? Avait-il passé la nuit, dissimulé dans l'ombre, à attendre une victime dont il ne pouvait savoir si elle viendrait ou non dans le tunnel ? Car, le samedi précédent, seuls les ouvriers qui construisaient les décors étaient venus travailler. Et le dimanche, il n'y avait eu personne, à sa connaissance.

Ou alors, le meurtrier était l'un d'eux. Quelqu'un qu'elle connaissait, qu'elle voyait tous les jours, qui bavardait et plaisantait avec eux…

— Continuons notre tour, proposa Sean.

Madison pivota pour retraverser le hall en direction des bureaux. Ceux-ci servaient de salles de conférences à l'occasion et étaient équipés d'ordinateurs, d'imprimantes, d'écran et de tout un matériel sophistiqué. Les murs étaient couverts d'affiches. Dans le hall lui-même, on avait disposé de part et d'autre des mannequins provenant de plusieurs films. Il y avait un adolescent loup-garou, une superbe sorcière, un robot démantibulé, un vampire avec une grande cape dont les yeux mordorés semblaient suivre le visiteur, et enfin un zombie, issu d'une de ces innombrables productions dans lesquelles de jeunes gens prennent le risque de camper près d'un lac où surviennent des morts mystérieuses. La malheureuse devenue zombie n'avait pas eu de chance. Il lui manquait la moitié du visage et elle n'avait plus qu'un seul œil, bleu faïence, qui fixait le vide.

En fait, toutes ces « créatures » n'impressionnaient pas Madison. Elle y était habituée, et ce en dépit de leur incroyable réalisme. Dans le premier bureau, par exemple, un mannequin représentait une jeune morte, blonde, les yeux vitreux, étendue sur une table d'autopsie et à demi couverte d'un drap : l'une des victimes d'un film policier. Dans un autre bureau, une femme terrorisée se cachait derrière un buisson. Ces deux mannequins étaient si réussis qu'on aurait pu croire à des acteurs en chair et en os.

En découvrant la femme cachée derrière un buisson, Sean s'exclama :

— Tiens ! Matilda est toujours là…

— Matilda ?

Il sourit à Madison.

— En fait, dans le film où elle apparaissait, elle n'avait pas de nom. C'était simplement « la première victime du cannibale ». Comme nous nous étions pris d'affection pour elle, avec mon équipe, nous avions décidé de l'appeler « Matilda ». C'était l'une de nos créations qui faisait le plus peur aux gens. Je me rappelle un nommé Harry Smith, qui travaillait aux animations 3D, à l'époque. Il disait toujours qu'il détestait se retrouver seul dans ce bureau parce qu'il avait l'impression que Matilda ne le quittait pas des yeux.

— On a souvent l'impression qu'ils nous observent, acquiesça Madison. Nos studios font des prodiges. Nos créatures les plus réussies ont l'air réellement vivantes !

— C'est vrai.

Sean sortit de la pièce. Madison, qui avait pour la première fois de sa vie le sentiment que Matilda la suivait des yeux, se hâta de lui emboîter le pas.

En revenant dans le hall, Sean passa devant le groupe

de mannequins qui comprenait le vampire et la sorcière, puis tourna l'angle qui menait à l'ascenseur et à une issue de secours. Il examina cette dernière pour s'assurer que la police, là aussi, avait relevé les empreintes, puis fit de même devant la porte de l'ascenseur. Ensuite, il hocha la tête et appuya sur le bouton en déclarant :

— Nous allons le prendre.

Ils entendirent ronronner le mécanisme, puis la porte s'ouvrit.

— Est-ce que vous savez que cet ascenseur mène aussi au sous-sol, avec une clé spéciale ? demanda-t-il, une fois qu'ils furent à l'intérieur.

— Quoi ? s'exclama-t-elle, sidérée.

C'était la première fois qu'elle en entendait parler. Elle avait toujours cru que l'ascenseur ne conduisait qu'à l'étage. D'ailleurs, il n'y avait que deux boutons : rez-de-chaussée et premier.

Sean tendit le doigt vers une petite fente dans laquelle on pouvait insérer une clé.

— C'est là, expliqua-t-il. Et cela conduit non seulement aux sous-sols, mais aussi à l'entrée du tunnel. Je crois que personne ne s'en est servi depuis qu'Eddie a racheté les studios, sauf peut-être Eddie lui-même. En tout cas, je pense qu'il n'existe qu'une seule clé, et que c'est lui qui l'a. Je me demande s'il a pensé à mentionner ce détail à la police.

— Aucune idée. J'avoue que, pour ma part, j'ai les clés d'à peu près tous les locaux, mais pas celle-là, effectivement…

— Je n'ai pas l'intention d'explorer les caves pour l'instant. Je vais d'abord demander si quelqu'un s'en est chargé… Mieux vaut nous approcher le moins possible de la scène de crime tant que les techniciens sont là.

A l'étage, la disposition des pièces reproduisait celle du rez-de-chaussée. Ils passèrent devant une autre rangée de créatures, jetèrent un œil dans le bureau d'Eddie, qui abritait une charmante série d'elfes et de gnomes provenant d'un film pour enfants, puis entrèrent dans celui de

Mike Greenwood, le directeur artistique. Mike adorait les extraterrestres, et la pièce était encombrée d'aliens en tous genres et de plusieurs maquettes d'un vaisseau spatial qui apparaissait dans de nombreuses productions.

La fenêtre donnait sur l'arrière des bâtiments. En contrebas s'étendait l'ancien cimetière, avec ses tombes ouvragées et ses mausolées. Sean se planta devant la vitre.

— Une atmosphère paisible…, murmura-t-il.

Puis, jetant un coup d'œil à Madison, il demanda :

— Ça ne vous ennuie pas de travailler juste à côté d'un cimetière ?

— Non, répliqua-t-elle brièvement.

Un peu trop brièvement, peut-être ?

— C'est un très, très vieux cimetière, vous savez…, ajouta-t-il.

— Oui, mais on y fait encore des enterrements. Je crois qu'Eddie l'aime beaucoup. Il dit toujours que c'est un lieu où le passé et le présent se rencontrent…

Elle hésita une seconde. Eddie savait pertinemment qu'elle avait un « sixième sens », comme il l'appelait. Il l'avait compris un jour où ils se promenaient tous deux dans le cimetière de la Paix, et où il l'avait surprise en train de parler avec un fantôme.

— Il court de nombreuses légendes sur cet endroit, reprit-elle à voix haute. Des histoires d'inhumations au clair de lune, de spectres… Il a la réputation d'être hanté, bien sûr.

— Comme la plupart des cimetières ! Eddie m'a avoué un jour que, s'il avait eu le temps, il aurait bien aimé tourner un documentaire sur le sujet.

Madison avait l'impression déconcertante que Sean voyait clair en elle. Pourvu qu'Eddie ne lui ait pas raconté qu'elle était une sorte de cinglée qui communiquait avec les fantômes !

— Et vous ? répliqua-t-elle. Quel effet cela vous fait, la proximité d'une nécropole ?

— En ce moment précis, répondit-il avec un haussement

d'épaules, pas grand-chose. Je vois surtout un endroit par où le meurtrier a pu s'échapper. Continuons, voulez-vous ?

Ils redescendirent au rez-de-chaussée en faisant halte devant le bureau de Bailey. Sean remercia le gardien, puis demanda :

— Vous n'êtes tout de même pas sur place vingt-quatre heures sur vingt-quatre, j'imagine ?

— Non, mais c'est toujours moi qui fais la nuit, le dimanche. Je viens remplacer l'autre gardien, Winston Nash, vers 17 heures, et je reste jusqu'au lendemain matin. Eddie me l'a demandé, même s'il n'y a pas beaucoup de risques d'intrusion, en général. Mais il tient à son cinéma comme à la prunelle de ses yeux ! Si je suis là aujourd'hui aussi, c'est parce que j'ai refusé de repartir. Je ferais n'importe quoi pour Eddie.

— Nash n'a rien remarqué de bizarre non plus ?

— Non. D'après lui, ç'a été très calme toute la journée. Moi, j'ai seulement vu sur les écrans Alistair entrer dans le cinéma.

— Et pas Jenny Henderson quand elle l'a rejoint ? demanda Sean, étonné.

Bailey rougit et secoua la tête.

— Non, je ne l'ai pas vue, alors qu'elle savait pertinemment qu'il y avait forcément un gardien, moi ou mon collègue. Je la soupçonne de s'être garée de l'autre côté du cimetière — c'est là qu'on a retrouvé sa voiture, en tout cas — et d'être passée par le cimetière lui-même, peut-être en escaladant le mur. Peut-être que je ne regardais pas les écrans, à ce moment-là. Il paraît qu'elle a dit à Alistair qu'il avait oublié de verrouiller la porte du cinéma, mais cela m'étonne. C'est en tout cas ce qu'il a raconté à son père.

— Vous ne savez pas s'il a vraiment oublié ? insista Sean.

— Je ne sais pas. Quand il m'a appelé au secours, je me suis précipité et je ne lui ai pas posé la question. Il était totalement paniqué, il hurlait qu'un monstre venait de tuer Jenny. Nous sommes entrés dans le cinéma…

Bailey soupira, puis enchaîna :

— C'était le chaos, croyez-moi... Alistair était couvert de sang. Il a appuyé sur l'alarme pour appeler la police, qui est arrivée très rapidement, puis s'est remis à délirer sur les momies, le grand prêtre égyptien... J'avais beau tenter de le calmer, rien à faire.

— Avez-vous exploré le tunnel ?

— Oui, j'y suis descendu. J'ai vu Jenny Henderson dans une mare de sang et je suis ressorti. Il fallait bien que j'aille voir, non ? C'est mon travail !

Sean hocha la tête, pensif.

— C'était un affreux spectacle, croyez-moi, poursuivit Bailey. J'ai tout de suite compris que la fille était morte. J'avais piétiné dans le sang mais je me suis écarté rapidement, pour ne pas gêner le travail de la police.

— Vous avez bien fait, Colin.

— Alistair était en état de choc. Il n'y avait pas moyen de le raisonner. Et quand Eddie est arrivé, juste après la police, il était profondément choqué, lui aussi. Ils ont arrêté Alistair. Eddie m'a demandé de ne pas quitter mon poste. Ça fait deux jours que je suis là maintenant, mais je n'ai pas bougé, conclut Colin avec fierté. Pas d'un pouce !

— Merci, Colin, dit Sean en lui tendant une de ses cartes. Si jamais quelque chose vous revient, même si cela vous paraît anodin, n'hésitez pas à m'appeler.

— Comptez sur moi. J'ai déjà été longuement interrogé par la police, et je pense avoir tout dit mais, le cas échéant, je vous ferai signe. C'est promis.

Sean et Madison sortirent dans la lumière déclinante du crépuscule. La plupart des voitures de police étaient parties. Benny Knox, cependant, était toujours là, planté devant La Boîte noire comme une sentinelle.

— Je vais lui demander si les techniciens ont fini, dit Sean. Si c'est le cas, je jetterai un œil dans le tunnel. Vous n'avez aucune raison de m'accompagner.

Si ! J'en ai une... Celle qui fait qu'Eddie m'a choisie, moi plutôt qu'un autre.

Elle le fixa en se demandant comment le convaincre. Impossible de dire qu'elle voulait s'imprégner de l'atmosphère, par exemple. Cela ne suffirait pas. Et hors de question d'avouer de but en blanc qu'elle comptait bien croiser un fantôme pour l'interroger ! Sean l'écouterait, certes, il acquiescerait poliment, mais il ne manquerait pas de la prendre pour une aliénée...

— Je tiens à venir, dit-elle enfin. Je suis très attachée à Eddie Archer. Je lui dois tout. Si jamais je peux être utile à quelque chose...

— Ça ne me paraît pas une bonne idée, objecta-t-il.

Il ne comptait donc pas sur son aide. Il la voyait comme un simple guide, et rien d'autre.

— Eddie m'a demandé de vous suivre partout. J'insiste, reprit-elle d'un ton obstiné.

Sean la sentit agacée. Il l'était d'ailleurs un peu, lui aussi.

— Bon, laissa-t-il tomber. Je voulais être certain de votre... détermination. Eh bien, allons donc affronter le chien de garde...

— Le chien de garde ?

— L'officier Knox, expliqua Sean avec un hochement de menton en direction du cinéma.

Ils se mirent en marche sans rien dire d'autre. Benny Knox, déjà raide comme un piquet, parut se figer plus encore à leur approche.

— Vous voulez voir le tunnel, maintenant ? lança-t-il.

— C'est ça, répondit Sean.

— Vous y allez seul, alors. Mademoiselle attendra ici.

— Non, rétorqua Sean. Elle m'accompagne. Je compte sur elle pour pouvoir renseigner mes collègues du FBI.

Knox s'apprêtait à protester mais Sean poursuivit, imperturbable :

— Il devient évident que le coupable est quelqu'un de

l'intérieur, Knox. Madison connaît tout le monde, ici. Tous les suspects… donc, sans aucun doute, le coupable lui-même.

— La seule personne présente sur les lieux, le jour du crime, c'était Alistair Archer, grommela Knox. Il n'y a pas à chercher plus loin !

— Allons, Knox. Vous êtes un excellent policier, sinon vous ne seriez pas ici… Vous savez aussi bien que moi qu'un faisceau de présomptions ne constitue pas forcément une preuve.

— En l'occurrence, ça m'en a pourtant tout l'air, fit remarquer Knox, le visage fermé.

Sa conviction effrayait Madison. Elle craignait le pire pour Alistair et pour Eddie.

— Notre équipe ne s'arrête pas aux apparences. Nous tenons à mener l'enquête jusqu'au bout, expliqua calmement Sean. Madison connaît les gens et la disposition des lieux. Elle vient avec moi.

Madison regarda Knox. Il était visiblement tenté d'argumenter encore. Elle se demanda de quels pouvoirs disposait exactement l'équipe de Sean pour s'imposer ainsi.

— Bien, grommela enfin l'officier. Mais alors, vous mettez des gants et des couvre-chaussures.

— Naturellement, répondit Sean.

Ils trouvèrent les protections dans une boîte à l'entrée. Ils enfilèrent des couvre-chaussures, puis des gants de latex. Madison, qui sentait le regard de Knox fixé sur elle, s'y reprit à plusieurs fois.

Ils avancèrent enfin tous les trois dans le hall. Un technicien en blouse blanche, les bras chargés d'une boîte en plastique contenant des flacons, les salua au passage. Madison vit que Sean enregistrait tous les détails, jusqu'à la texture de la moquette et au vieux distributeur de pop-corn de style Art déco. En traversant la salle du cinéma, en direction du tunnel, elle surprit la conversation de deux policiers qui se trouvaient encore dans le musée.

— La décontamination ne va pas être déçue avec cette scène de crime !

— Oh ! j'ai vu pire ! Tu te rappelles ce massacre, sur la colline ? Le tueur avait laissé partout des messages en lettres de sang. Ce qui est sûr, c'est qu'ils auront du mal à le revendre, ce cinéma !

— A Hollywood, tout se vend ! répliqua l'autre. Finissons-en. J'ai vraiment besoin de prendre un verre !

Les deux hommes sortirent en saluant au passage Knox, Sean et Madison.

— Vous avez bien fait tous les relevés ? leur demanda Knox.

— Dans le moindre recoin. A moins d'emporter les murs, on ne peut pas faire plus, répondit l'un d'eux.

— Parfait.

Ils descendirent les marches qui menaient au musée. Madison avait l'impression de se retrouver enfermée dans une prison, même si le passage était en réalité assez vaste, car large d'une quinzaine de mètres et s'étendant sur cinquante mètres environ.

Quand elle arriva en bas, l'odeur du sang, écœurante, lui souleva le cœur.

En temps ordinaire, ce musée souterrain la fascinait. Il représentait un précieux témoignage d'une époque révolue, l'une des plus glorieuses du cinéma. Ses propres goûts la portaient davantage vers les comédies dramatiques, les films d'aventure et de science-fiction, mais le musée lui avait appris à apprécier les films noirs. En vraie professionnelle, elle appréciait le réalisme des tableaux, la perfection impressionnante des détails.

Ce jour-là, cependant, c'était différent. Il n'était plus question d'émotion artistique. Le tunnel n'était plus qu'un lieu sinistre, encombré de mannequins et d'accessoires, grouillant de policiers. Partout, on avait épinglé des pancartes avec des numéros. Un photographe mitraillait la scène. Un ruban de scène de crime entourait l'endroit où Jenny

Henderson était tombée. Dans le dernier tableau, celui de *Sam Stone et le Mystère du musée égyptien*, on voyait que tout avait été retourné, examiné pour prendre les empreintes, les relevés… puis hâtivement remis en place.

Le sol était couvert de sang. Du vrai sang, pas du sang factice ni même du chocolat liquide, comme Hitchcock en avait répandu pour certaines scènes de *Psychose*, tourné en noir et blanc. Pour ne pas le voir, Madison se concentra sur les mannequins de cire.

Heureusement, on avait déjà enlevé le corps de Jenny pour le transporter à la morgue… Madison soupira. Même si elle avait insisté pour venir, même si elle passait son temps à fabriquer des monstres et des créatures parfois totalement macabres, elle ne se sentait pas à l'aise dans le musée. Pourrait-elle y revenir, quand tout serait terminé, sans repenser au crime atroce qu'on y avait commis ?

Elle se planta à quelque distance du ruban de scène de crime, s'efforçant de ne plus prêter attention au remue-ménage qui l'entourait. Sean, après avoir fureté dans tous les coins, vint se placer à côté d'elle. Elle se rendait compte qu'il se tenait lui aussi immobile, comme s'il guettait quelque mystérieux signal, un message évanescent qui serait parvenu de l'au-delà…

Un peu plus loin, le photographe remballa son matériel et prévint Knox qu'il en avait terminé. Les techniciens finirent eux aussi par s'en aller les uns après les autres. Il ne resta bientôt plus dans le tunnel que Sean, elle-même et Knox. Pendant un bref instant, un profond silence régna, déconcertant, presque… surnaturel.

— Voici donc le tableau de *Sam Stone et le Mystère du musée égyptien*, murmura enfin Sean. Et Alistair est convaincu que quelque chose — ou quelqu'un — est sorti de ce tableau pour s'en prendre à Jenny Henderson.

— Le grand prêtre, je crois, acquiesça Madison. Amun Mopat.

— C'est ça. Il porte encore sa tunique…

— Pourtant, j'ai l'impression qu'il manque quelque chose, fit remarquer Madison en fronçant les sourcils.

— Moi aussi, bizarrement. Mais quoi ?

Madison se concentra sur les mannequins, les serpents, les objets… Oui, quelque chose n'allait pas, indépendamment du fait que les policiers n'avaient pas retrouvé les emplacements exacts.

Sam Stone, les bras tendus, s'apprêtait à tenter d'arracher Dianna Breen des bras d'Amun Mopat. Le sarcophage dont le grand prêtre était sorti gisait à terre, renversé. Les vases funéraires étaient toujours là, tout comme la statue d'un guerrier égyptien, à côté des chacals, des cobras et des sphinx. Mais alors, qu'est-ce qui manquait ?

— Je regrette de ne pas connaître ce musée aussi bien qu'Alistair, murmura Sean.

Madison le regarda examiner l'endroit où le corps était tombé, puis enjamber le cordon de velours qui séparait le tableau de cire de l'allée centrale. Tout avait été tellement piétiné par les policiers et les techniciens qu'il ne risquait pas d'abîmer grand-chose. Paradoxalement, d'ailleurs, le tableau semblait encore plus impressionnant qu'auparavant, lorsque tous les personnages et les objets étaient à leur place.

Madison essaya de rassembler ses esprits pour se concentrer de toutes ses forces sur la victime.

Jenny ? murmura-t-elle mentalement.

Hélas, elle ne sentait rien. Pas la moindre présence. Figée sur place, elle tenta alors d'imaginer l'arrivée de Jenny et d'Alistair dans le tunnel. Alistair ouvrait la marche. Jenny percevait soudain un mouvement derrière elle, se mettait à hurler…

Avant que la lame d'un poignard, brutalement, ne lui tranche la gorge.

La vision était frappante, mais il ne se passait toujours rien d'anormal. Madison poussa un profond soupir. Elle se tenait là où il fallait, pourtant. A quelques mètres à peine de l'endroit où le crime avait eu lieu. Mais même si l'esprit de

Jenny avait abandonné son corps, déposé à la morgue, pour revenir hanter la galerie, il n'émettait pas le moindre signal.

Elle décida de se rapprocher un peu de la flaque de sang, en espérant ne pas donner l'impression d'une curiosité morbide. Puis elle ferma les yeux, s'efforçant de nouveau de reconstituer la scène. Jenny avait dû déployer tous ses charmes pour convaincre Alistair de descendre dans le musée. Jenny débutait dans la carrière d'actrice. Elle était prête à tout pour avoir sa chance. Les studios Archer, spécialisés dans la création d'effets spéciaux, ne faisaient pas de castings, mais sans doute s'était-elle dit que la visite d'un musée du cinéma lui offrirait un atout supplémentaire pour décrocher un rôle.

Alistair et elle s'étaient-ils promenés tranquillement en regardant les diverses scènes ? Ou bien Jenny avait-elle tout de suite entraîné Alistair vers le tableau de *Sam Stone* ? Sans qu'Alistair ne résiste, tant il était obnubilé par la jeune femme ?

Madison mesura du regard la distance qui séparait le corps de la porte menant aux ateliers. Sept ou huit mètres, à peu près. Donc, si Alistair marchait devant…

— Bien ! Faisons le point, lança soudain Sean en la tirant brusquement de ses pensées. Je récapitule ce que m'a raconté Eddie après l'avoir recueilli d'Alistair. Jenny a convaincu Alistair de l'emmener dans le musée pour qu'elle puisse examiner les costumes et les momies des divers animaux que le grand prêtre, Amun Mopat, est censé ramener à la vie. Alistair s'est avancé jusqu'ici…

Tout en parlant, Sean recula de quelques pas, puis enchaîna :

— Ensuite, il s'est retourné…

— Et à cet instant, il a vu le grand prêtre, compléta Madison.

— Exactement. Ce qui signifie…

Sean alla se replacer devant la scène de *Sam Stone* et conclut :

— … que le tueur, déguisé en grand prêtre, venait bien

de cette scène. Il a attendu qu'Alistair soit passé, et il a franchi le cordon.

Sean se mit à genoux devant les figures de cire, le front plissé.

— Donc, le grand prêtre enjambe le cordon, laissant derrière lui les mannequins de Sam Stone et de son héroïne, puis il saisit Jenny Henderson par-derrière, comme ça…

Sean s'était redressé en un éclair et, tout à coup, Madison le sentit derrière elle.

Elle éprouva une brusque frayeur, comme si elle percevait l'haleine du meurtrier dans son cou…

Sean posa la main sur son épaule, et toute la terreur que Jenny avait dû éprouver envahit Madison. C'était comme si elle revivait littéralement la scène.

Sa gorge se noua. Elle parvenait à peine à articuler.

Alistair!

Elle n'avait pas crié, mais fit un pas en avant et s'aperçut qu'elle tremblait de tous ses membres.

Elle faillit glisser dans la flaque de sang…

Plongé dans ses pensées, Sean la regardait à peine.

— Ce film et ce musée sont vraiment au cœur de l'énigme, murmura-t-il. C'est par là qu'il faut chercher.

4

Madison le regarda fixement. Elle se sentait profondément désemparée. Elle avait tellement espéré se rendre utile ! Or, en fin de compte, sa venue n'avait servi à rien. Elle n'éprouvait rien d'autre qu'une terreur glacée. Elle imaginait très bien ce qui s'était passé, mais aucun visage ne lui apparaissait, aucune voix ne se faisait entendre. Même en évoquant la sinistre silhouette du grand prêtre, son pas furtif…

— Pauvre fille…, soupira Sean. Et pauvre Alistair !

— Alistair n'est pas coupable, ne l'oubliez pas, répondit-elle à voix basse, mais avec ferveur. Les choses se sont déroulées exactement comme vous les avez décrites. Pendant qu'Alistair et Jenny avançaient dans le tunnel, quelqu'un les guettait dans l'ombre. Quelqu'un qui savait qu'Alistair venait souvent voir des films le dimanche soir, qui connaissait sa liaison avec Jenny… Et qui s'est dit qu'un jour ou l'autre Jenny insisterait pour descendre dans le musée et qu'Alistair céderait.

— C'est une hypothèse, lança soudain une voix. Malheureusement, il y en a une autre… Qu'Alistair lui-même soit le meurtrier !

C'était Benny Knox. Madison sursauta. Elle s'était tellement concentrée qu'elle avait complètement oublié sa présence.

— Même si le fils Archer prétend qu'une momie en cire est sortie du tableau, il aura du mal à convaincre le tribunal, reprit Knox. A mon avis, il a tout intérêt à plaider l'hallucination.

— Pourquoi mettre sa parole en doute ? rétorqua Madison, furieuse. Alistair ne boit pas, ne se drogue pas… C'est un brave garçon. Et il le reste, même si, avec sa fortune et les relations de son père, les gens ne se privent pas d'essayer de le manipuler !

— Je vois ce que c'est ! ricana Knox en levant la main. S'il a besoin d'un témoin de moralité, il pourra faire appel à vous…

Madison respira pour reprendre son calme. Knox, cependant, s'excusa :

— Désolé. Nous allons enquêter, bien sûr. Nous l'aurions fait même sans l'intervention du FBI. Seulement, essayez de comprendre mon point de vue… Le meurtre a eu lieu dans un endroit totalement fermé. Alors, par définition, les suspects sont ceux qui se trouvent à l'intérieur, non ? En tout cas, neuf fois sur dix, c'est ce qui se passe.

— Sauf qu'en l'occurrence les deux personnes qui se trouvaient à l'intérieur, ce sont une jeune femme assassinée et un jeune homme en état de choc, objecta Sean. Je refuse d'écarter les autres possibilités. Déjà, pour commencer, il manque un costume dans les ateliers…

— Ah bon ? s'écria Knox d'un ton sec.

— Oui. Il n'est plus sur le mannequin où on l'avait accroché, expliqua Madison, alors qu'il s'y trouvait encore vendredi quand je suis partie.

— Il a peut-être été rangé ailleurs, non ?

— En tout cas, ce costume est celui que le grand prêtre doit porter dans le remake, souligna Sean. Cela vaut la peine de le chercher.

Knox n'eut pas l'air spécialement convaincu.

— A mon avis, il finira par resurgir, laissa-t-il tomber. Ces studios sont pleins de placards, d'étagères, de recoins… et remarquablement encombrés ! Mais enfin, nous chercherons. Nous comptons mener sérieusement notre enquête, agent Cameron, tout comme vous. Même si ça m'a l'air mal engagé pour le jeune Archer. Cela dit, trouvez-moi une explication sur la façon dont un crime a pu être commis dans des locaux fermés sans qu'il y soit pour quelque chose, et je serai le premier à vous suivre.

Il tendit le doigt vers les figures de cire et enchaîna :

— Ce qui est sûr, c'est que ce ne sont pas ces mannequins qui ont enjambé le cordon pour s'en prendre à quelqu'un. Il va falloir trouver autre chose. Mais, pour l'instant, nos techniciens ont beau travailler d'arrache-pied sur les empreintes, les cheveux et les fibres que nous avons recueillis, outre une bonne quantité de sang, ça ne donne rien. Rien non plus du côté des serrures et des enregistrements vidéo, que nous avons pourtant examinés sous toutes les coutures. Alors, si vous tombez sur une piste, soyez gentils, tenez-moi au courant.

A l'instant même où il achevait sa tirade, ils sursautèrent tous les trois en entendant un léger bruit en provenance du tableau. Un élément quelconque, déplacé par les fouilles des policiers, avait dû bouger en grinçant… Figés sur place, ils examinèrent les trois personnages de cire. Sam Stone tendait les bras vers la femme fatale en danger… Le grand prêtre, dans sa tunique, serrait les doigts autour du cou de la malheureuse, terrifiée. A leurs pieds, il y avait toujours le sarcophage renversé et les cobras de plâtre, tête dressée, prêts à siffler…

De nouveau, Madison eut l'impression de quelque chose d'anormal, qui n'était pas seulement dû au fait que les techniciens avaient relevé les empreintes, photographié et tout examiné.

Elle déglutit, la gorge nouée. Dianna Breen, la femme fatale, n'avait plus les yeux fixés sur son agresseur, mais c'était comme si elle la regardait, elle. Avec un regard pétrifié, qui semblait provenir d'un point très éloigné dans le temps…

Brusquement, l'espace de quelques secondes, Madison eut l'impression d'une présence dans le tunnel.

Sean Cameron arpenta avec précaution la petite scène.

— Quelque chose a dû tomber, marmonna-t-il. Une pièce quelconque, sans doute heurtée par un technicien.

— C'est sûrement ça, acquiesça Knox d'une voix rauque.

Madison lui jeta un coup d'œil. Est-ce que ce flic endurci ne se sentait pas vaguement nerveux, lui aussi ?

Elle reporta son attention sur le tableau, cherchant une fois de plus à comprendre ce qui la troublait. Le regard vitreux de Dianna Breen restait fixé sur elle.

Et ce regard de verre, la veille, avait assisté à un meurtre...

— On n'a toujours pas retrouvé l'arme du crime, n'est-ce pas ? s'enquit Sean.

— Non, toujours pas. J'ai pourtant mis dessus une douzaine de nos meilleurs limiers. Ils ont fouillé tous les ateliers pendant des heures. Des armes en plastique ou en caoutchouc, ils en ont trouvé, ça oui ! Et des litres de faux sang, évidemment. Mais rien d'autre.

— A votre avis, comment Alistair, si c'est lui, s'y est-il pris pour tuer la fille, puis trébucher dans la flaque de sang, s'évanouir à moitié, revenir à lui, puis courir chercher de l'aide... tout en trouvant le moyen de dissimuler l'arme du crime ?

— Il était seul sur place, Cameron. Ce que vous décrivez, c'est ce qu'il raconte. Il *dit* s'être précipité vers Mlle Henderson au moment où la « créature » lui tranchait la gorge, puis *il dit* avoir perdu conscience un bref instant et être ensuite parti chercher le gardien. Mais comment savoir si les choses se sont réellement passées ainsi ? Et s'il y avait un autre meurtrier, pourquoi a-t-il tué seulement la fille, sans s'en prendre à Alistair ?

— Parce qu'il avait besoin d'un bouc émissaire, répondit calmement Sean.

— Je suis d'accord, intervint Madison. Si Alistair avait été tué aussi, on n'aurait pas pu l'accuser du crime.

Knox réfléchit durant quelques secondes avant de répondre :

— Certes. J'essaye simplement d'envisager toutes les hypothèses... Je ne suis pas un proche des Archer, contrairement à vous. Je raisonne à froid. Maintenant, si vous en avez terminé… j'aimerais boucler pour la nuit.

— Dites-moi, et Colin Bailey ? reprit Sean. Vous êtes-vous assuré qu'il n'avait pas quitté son poste et avait bien surveillé les écrans en permanence ?

— Oui. Il n'a pas bougé. Nous avons vérifié ses antécédents, naturellement, puisqu'il était la seule autre personne présente. Il n'y a rien dans son casier. Il travaille ici depuis vingt ans et son récit se tient. Nous connaissons notre métier, Cameron… Alors, vous avez fini ?

— Oui. Merci encore. Est-ce que l'un de vos hommes pourrait me déposer chez Eddie Archer ?

— Pas de problème. Demandez au sergent Duffy quand vous sortirez.

— Vous venez, Madison ?

Elle hocha la tête, remercia Knox à son tour et suivit Sean. Knox leur emboîta le pas et elle se demanda si, par hasard, il ne craignait pas de se retrouver seul dans le tunnel.

— Vous allez chez Eddie maintenant ? demanda-t-elle à Sean.

Elle n'avait plus qu'à regagner son domicile. Sa mission était terminée pour la journée, non ? Elle ne savait même pas ce qu'elle allait faire le lendemain, d'ailleurs. Leur était-il toujours interdit de venir travailler ?

— Je viens avec vous, déclara-t-elle soudain.

Il tourna les yeux vers elle.

— Ah bon ? Pourquoi ?

— Parce que Eddie m'a demandé mon aide, répliqua-t-elle d'un ton crispé. Parce que les studios, c'est toute ma vie… Parce que je tiens à faire tout ce que je peux.

Il la scruta quelques instants. Elle eut l'impression un peu agaçante qu'il la jaugeait avant de prendre une décision. Il allait certainement refuser. Rétorquer qu'elle avait déjà fait son devoir… Pourtant, il répondit :

— Bon, d'accord. Allons-y.

Elle détourna les yeux, s'étonnant de se sentir à la fois

très attirée par cet homme et vaguement hostile à son égard. Sans doute parce qu'il était très séduisant ? Parce qu'il avait conservé dans les studios Archer une réputation extrêmement flatteuse ? Elle avait souvent entendu parler de lui avec vénération. En même temps, il représentait les forces de l'ordre, désormais. Et elle le connaissait à peine…

Tout finissait par s'emmêler dans son esprit. Il aurait sans doute été plus sage de rentrer chez elle. De sortir de cette histoire tant qu'il en était encore temps…

Mais c'était impossible. Il ne fallait pas oublier qu'elle possédait un *sixième sens*, et que c'était sans doute le seul moyen dont elle disposait pour venir en aide à Eddie.

A condition, évidemment, que cela ne l'oblige pas à faire des courbettes à l'agent Cameron vingt-quatre heures sur vingt-quatre !

— Mais Eddie sera-t-il chez lui ? Je croyais qu'il passait la soirée avec Alistair, fit-elle remarquer.

— Il finira bien par rentrer, répondit Sean. De toute façon, je tiens à m'imprégner de l'atmosphère de son domicile.

— Je vois que vous soupçonnez un proche. D'abord Bailey, alors qu'il est loyal depuis plus de vingt ans, et maintenant quelqu'un de l'entourage direct d'Eddie ?

— Je soupçonne tout le monde, répondit calmement Sean. Mais c'est mon problème, pas le vôtre.

— Ah bon ? Je ne suis pas d'accord. Je travaille ici, je vis ici… Et comme je l'ai dit, Eddie et les studios sont tout pour moi.

Sean eut un brusque sourire, sans qu'elle puisse deviner ce qu'il pensait.

— Quels sont vos projets pour la soirée ? demanda-t-il.

— Je pensais travailler mais, comme ce n'est pas possible, je vais me concentrer sur Eddie et Alistair. Même si je ne suis pas policier… Eddie compte sur moi.

Elle ne précisa pas qu'elle n'avait rien de prévu après le travail, évidemment. Aucune rencontre, en tout cas. La vie l'avait rendue bien trop solitaire.

Ses amis étaient essentiellement des fantômes, en définitive…

— Le sergent Duffy nous attend, reprit Sean. Si vous tenez toujours à venir chez Eddie, allons-y.

— Oui, j'y tiens, répondit-elle avec un regard froid.

Elle se redressa en s'efforçant de paraître sûre d'elle, calme, résolue.

Sean prit un air amusé. C'était décidément exaspérant !

Le sergent Duffy les conduisit chez Eddie sans dire un mot. Sean n'essaya pas d'engager la conversation avec lui. En revanche, il se retourna pour regarder la jeune femme qu'on lui avait attribuée comme accompagnatrice.

— Elle a beaucoup de points communs avec toi…, avait fait remarquer Eddie. A moins qu'elle ne soit complètement cinglée, elle parle avec les morts, elle aussi.

Elle n'avait rien d'une cinglée, c'était certain. Mais si elle communiquait avec les fantômes, elle devait sans doute se demander par moments si elle était tout à fait normale. Comme tous les gens qui se trouvaient dans cette situation, d'ailleurs. Ils devaient affronter très tôt dans leur existence ce talent singulier, apprendre à l'accepter. Il avait aussi l'impression que Madison ignorait complètement qu'elle n'était pas seule dans son cas.

La jeune femme demeura également muette pendant tout le trajet. Eddie avait vraiment choisi la bonne personne pour l'accompagner dans son enquête, se dit Sean. Elle connaissait à fond les studios et tous ceux qui gravitaient autour. Elle assistait à toutes les réunions ; on lui faisait totalement confiance pour traiter avec les noms les plus connus du cinéma. Et par-dessus le marché, elle était jolie, mince, bien faite, avec un regard profond, expressif, bordé de longs cils noirs.

Il songea soudain qu'il aurait mieux aimé faire sa connaissance dans un bar, ou dans une soirée. Dans un endroit où il aurait pu l'inviter à dîner, en tout cas. Il aimait bien la passion avec laquelle elle prenait la défense d'Eddie, et même l'hostilité qu'elle manifestait quand il lui faisait comprendre qu'il n'avait provisoirement plus besoin d'elle. On sentait chez elle une honnêteté, une intégrité qu'il trouvait particulièrement attirantes.

Il ramena son regard vers l'avant, surpris du cours de ses pensées. Il y avait des années qu'il n'avait pas éprouvé ce genre d'émotion, des années que son travail occupait toute sa vie. Il ne fuyait pas les contacts, évidemment, et encore moins celui des femmes, mais cette fois, bizarrement, il avait l'impression de *connaître déjà* quelqu'un qu'il venait à peine de rencontrer. Quand Billie Joe et lui s'étaient séparés, ils étaient restés en bons termes. Il n'avait pas hésité une seconde à venir s'installer à San Antonio pour prendre soin d'elle pendant sa maladie. Cela ne lui avait pas pesé le moins du monde, au contraire.

Néanmoins, la mort de Billie Joe l'avait changé…

Il se secoua pour ne plus y penser. Un autre ami avait besoin de lui, à présent.

Eddie n'habitait pas très loin des studios. Son élégante demeure, cernée d'un haut mur, se dressait dans une voie privée au milieu d'autres maisons luxueuses qui atteignaient des prix astronomiques. Quand le sergent Duffy les eut déposés, Sean appuya sur l'Interphone du portail. On leur ouvrit immédiatement.

Sean s'attendait à voir Pierce Enderly, le majordome d'Eddie, surgir dans l'allée pour les accueillir, mais il se trompait.

Ce fut Mme Eddie Archer elle-même, Helena LaRoux, qui descendit en se dandinant sur des sandales à talons hauts. Elle les fit entrer en jetant un coup d'œil inquiet dans la rue.

— Vous n'avez pas été suivis ? demanda-t-elle.

Sean fit signe que non.

— Nous avons eu des paparazzi pendant des heures ! gémit Helena.

Le petit chien qu'elle portait — une minicréature mi-pékinois, mi-caniche — émit un bref jappement.

— Chut, mon chou ! lui dit Helena. C'est Sean. Sean et… Madison, c'est ça ?

Madison hocha la tête. Helena la fixait d'un air interrogateur.

— Madison m'a fait visiter les studios, expliqua Sean. Il y avait des années que je n'étais pas venu.

— Je comprends.

Helena sourit comme si elle voulait à tout prix se montrer aimable, mais on sentait qu'elle se demandait pourquoi la visite incluait son propre domicile.

— Je savais qu'Eddie vous avait appelé, reprit-elle, mais j'ignorais qu'il y aurait quelqu'un avec vous.

— Eddie a demandé à Madison de bien vouloir m'accompagner, indiqua Sean.

A cet instant, Madison prit la parole. Sean dissimula un sourire. Même si elle savait rester discrète, elle ne se laissait pas marcher sur les pieds.

— Je ferai tout ce que je peux pour Eddie et pour Alistair, Helena. Voilà pourquoi je suis ici.

— Eddie n'est pas rentré. Il est encore avec Alistair, répondit Mme Archer. Je suis allée le voir aussi, bien sûr, mais… eh bien, je ne suis pas sa mère, évidemment. Alistair a surtout besoin de son père, en ce moment. Cette situation est épouvantable… Mais pardonnez-moi ! J'oublie les bonnes manières. Entrez, entrez !

Elle se remit à clopiner sur les dalles de marbre. Helena avait beau affirmer qu'elle détestait les paparazzi, on voyait que sa chevelure blonde était impeccablement coiffée, qu'elle était maquillée avec soin, et qu'elle avait revêtu un pantalon corsaire très moulant et un T-shirt largement décolleté sur une poitrine avantageuse.

Elle leur fit traverser un hall immense et les guida vers un grand salon ouvert sur une cuisine tout aussi vaste. Sean ignorait si Helena cuisinait, mais il savait qu'Eddie adorait regarder les émissions culinaires et se mettait souvent aux fourneaux pour réaliser les recettes. Il y avait d'ailleurs une télévision à grand écran sur un mur, et un équipement stéréo sophistiqué. En dépit des goûts de luxe de son épouse, cela dit, Eddie avait visiblement tenu à garder dans le salon un aspect familial et accueillant. Le confortable canapé de cuir était usé. Des piles de magazines traînaient sur la table basse. Helena leur indiqua le canapé et prit place dans un immense fauteuil.

— Je suis ravie que vous soyez là, Sean. Je veux dire, merci d'être venu… Ça compte beaucoup pour Eddie, vous savez. Cela m'avait fait tellement de peine que vous ne puissiez venir à notre mariage !

— Je travaillais sur un gros projet, à l'époque. Je suis désolé.

Helena caressa le petit chien.

— C'était une cérémonie magnifique… Mais vous étiez là, Madison, non ?

— Oui, répondit Madison d'un ton sec. C'était superbe, en effet.

Helena se rembrunit aussitôt.

— Quand je pense à ce qui arrive… C'est affreux ! Eddie est anéanti. Et ces horribles journalistes… Pour eux, Alistair est déjà condamné. Ce pauvre Eddie qui aime tellement son fils !

— C'est normal, pour un père, glissa Madison.

— Les journaux sont à l'affût des scoops, cela n'a rien d'étonnant, fit remarquer Sean. Mais ne vous inquiétez pas, les enquêteurs font leur travail sans s'occuper de la presse. Je suis certain qu'ils prouveront l'innocence d'Alistair.

Helena haussa ses sourcils soigneusement épilés.

— Vous croyez vraiment qu'il est innocent ? C'est ce qu'il affirme, je sais. Il me l'a redit quand je suis allée le voir à la demande d'Eddie, mais…

Sean sentit Madison se crisper à côté de lui. Il dissimula

un nouveau sourire. Visiblement, elle non plus n'appréciait pas outre mesure la nouvelle Mme Archer.

— Il n'y est pour rien, j'en suis convaincu, répéta-t-il. Maintenant, il faudra le démontrer, évidemment.

— Ce serait merveilleux si vous y arriviez ! s'écria Helena d'un ton qui ne respirait guère la sincérité.

— Voyons, Helena, vous connaissez Alistair... Comment pouvez-vous le croire capable d'une telle horreur ? s'écria Madison.

Sean ne put s'empêcher de lui donner un discret coup de coude. Il l'entendit protester à mi-voix mais, par bonheur, Helena ne s'en rendit pas compte.

— Ce n'est pas que j'aie *envie* de le croire, répondit cette dernière, mais ce pauvre Alistair... Je m'inquiète pour lui. Je veux dire... Eddie est génial, mais il fait bien la différence entre la réalité et l'imaginaire. Alistair, je ne sais pas... Toutes ces créatures sanguinolentes que les studios fabriquent... Cela peut finir par porter au cerveau, non ?

— Quand vous avez vu Alistair, tout à l'heure, comment l'avez-vous trouvé ? demanda Sean.

— Pour être franche, il m'a paru vraiment effondré.

— Vous ne lui avez pas dit que vous le soupçonniez, j'imagine ? demanda Sean en souriant pour atténuer le sarcasme de sa question.

— Non, bien sûr !

— Madame Archer ?

Une voix venait de les interrompre. Sean se retourna et vit que Pierce se montrait enfin. Il se sentit soulagé : Pierce aimait vraiment Eddie. Eddie l'employait depuis des années, le payait royalement et ne se serait jamais débarrassé de lui. Pierce était déjà là du temps de la toute première Mme Archer, la mère d'Alistair. C'était elle qui l'avait embauché après l'avoir trouvé en train d'éplucher les petites annonces dans un bar. Elle l'avait ramené chez elle et ils s'étaient rendu compte qu'il était capable de tenir une maison, courses et ménage compris, à la perfection. Pierce était gay. Il était resté fidèle toute sa vie à un camarade de lycée, mort d'un cancer des os peu de temps après le décès de la mère d'Alistair. Pierce avait alors reporté toute son affection et sa loyauté sur Eddie et son fils. Bref, il faisait quasiment partie de la famille.

Sauf, de toute évidence, aux yeux d'Helena.

— Oui, Pierce, qu'y a-t-il ? répondit-elle d'un ton agacé.

— Je me demandais si vous n'alliez pas offrir des rafraîchissements aux hôtes de M. Archer.

Sean se leva, s'approcha de Pierce et l'étreignit avec chaleur.

— Pierce ! Je suis ravi de vous voir. Comment allez-vous ?

— On fait aller, monsieur Cameron, on fait aller… Il faut bien tenir le coup, pour Eddie et Alistair…

— Il faut dire *agent* Cameron, Pierce, corrigea Helena d'une voix traînante.

— Agent Cameron, répéta Pierce.

— Voyons, Pierce, appelez-moi Sean. Vous me connaissez depuis toujours, dit aussitôt Sean. Je n'ai pas changé.

Pierce n'avait rien du majordome classique tiré à quatre épingles. Le fait de vivre en Californie, sans doute… Il portait un short kaki, une chemise de coton à manches courtes et des sandales. Avec son bronzage et ses cheveux blonds qui viraient à l'argenté, il avait encore belle allure. Il avait un peu l'air d'un maître-nageur sur le retour.

Sean aurait bien aimé voir comment Helena se comportait avec lui quand il n'y avait pas de témoins.

— Sean, qu'aimeriez-vous boire ? dit brusquement cette dernière. Et vous, Madigan ?

— Madison, pas Madigan, madame Archer, corrigea poliment Madison.

Elle s'était levée à son tour, s'approcha de Pierce et lui prit la main.

— Eddie est fou d'inquiétude. Alistair est dans un fameux pétrin… Je suis heureuse que vous soyez là pour eux, Pierce, déclara-t-elle.

— Mais nous sommes tous là pour eux ! s'exclama Helena en se mettant debout à son tour.

Elle tendit le petit chien à Pierce et ajouta :

— Vous voulez bien emmener Perla en promenade, Pierce ?

Sean se demanda si elle voulait éloigner le majordome pendant leur conversation, ou si elle voulait simplement lui rappeler qu'il n'était qu'un domestique.

— Je m'occuperai des boissons, reprit-elle. Voulez-vous un whisky, Sean ? Le Jameson est votre poison préféré, si je me rappelle bien…

— Pour être franc, je préférerais un café, pour l'instant, répondit-il. Et vous, Madison ?

— Pour moi aussi, un café.

Helena reprit le chien des mains de Pierce : à l'évidence, l'idée de mettre la cafetière en route ne la tentait pas.

— Très bien, grommela-t-elle. Alors, faites un café, Pierce, jeta-t-elle. Perla n'aura qu'à aller courir dehors.

Elle se précipita vers les portes-fenêtres qui donnaient sur le patio et la piscine.

— Attention, Perla, ne fais pas tes besoins dans la piscine, hein !

— Je m'occupe du café, dit Pierce.

Il sortit. Helena prit Sean par le bras et le ramena vers le canapé en chuchotant sur le ton de la confidence :

— C'est vraiment difficile pour moi, vous savez. Pierce, Eddie… ils ne savent plus où ils ont la tête, en ce moment. Quand je pense que je viens d'être retenue pour jouer le rôle de Lady Macbeth dans une nouvelle production ! C'est un projet grandiose, un peu inspiré de *Games of Thrones*, avec des épées, de la sorcellerie… Mais évidemment, avec ce qui se passe, je ne sais pas…

Le téléphone sonna à ce moment. Pierce revint décrocher.

— Oui, Eddie… Oui, ils sont là. D'accord, je vais leur dire.

Il raccrocha et se tourna vers eux pour annoncer :

— M. Archer ne va pas tarder.

Il terminait à peine sa phrase que la sonnerie résonnait de nouveau. Une fois de plus, il répondit, puis couvrit le récepteur de sa main et souffla à l'intention d'Helena :

— C'est Benita, madame Archer. Elle appelle pour assurer tout le monde de son soutien… Voulez-vous lui parler ?

Helena se remit debout.

— Benita ?

— Oui, l'ex-Mme Archer, dit poliment Pierce.

Helena le dévisagea avec animosité, sans que Sean puisse deviner si son hostilité présente était destinée à Pierce ou à l'ex-épouse. Soudain, Helena s'empourpra et jeta d'une voix sifflante :

— Non ! Je ne veux pas lui parler. Dites-lui que je suis occupée avec le FBI. Et que, de toute façon, je suis bien trop bouleversée pour bavarder !

Pierce s'exécuta en promettant à Benita qu'il transmettrait ses condoléances et son soutien à son ancien mari, puis il quitta la pièce. Sean le soupçonnait fort d'avoir parlé exprès de « l'ex-Mme Archer » pour bien montrer à Helena que d'autres femmes qu'elle avaient aimé Eddie et en avaient été aimées. Et qu'elle aussi, un jour, pourrait bien être remplacée.

— Quelle idée d'appeler en ce moment ! s'exclama Helena avec une moue méprisante.

— Je croyais que vous étiez amies ? intervint Madison d'un ton suave. J'ai toujours admiré le fait que vous aviez pu rester si proches…

— Moi aussi, fit remarquer Sean. D'ailleurs, c'est au mariage d'Eddie avec Benita que je vous ai rencontrée pour la première fois, non ?

Helena agita la main d'un air agacé.

— Oui, c'est vrai, nous sommes amies… Mais enfin, en ce moment, c'est *à moi* de soutenir mon mari. L'épreuve ne concerne que nous…

Sean prit un ton compatissant pour demander :

— Je suppose que vous étiez avec Eddie quand il a reçu le coup de fil d'Alistair, hier soir ?

— J'étais là, mais je dormais, répondit-elle. Et puis, je me suis réveillée et… Mon pauvre Eddie !

Elle enfouit son visage dans ses mains.

— Vous étiez ici, tous les deux, toute la soirée ? insista Sean.

— Eddie est sorti un moment pour une réunion, mais moi, je n'ai pas bougé de la journée. Pierce vous le confirmera, répondit Helena en se tournant vers le majordome.

Ce dernier venait d'entrer dans la pièce et posa son plateau en argent sur la table basse. En quelques minutes, avec une admirable efficacité, il avait préparé du café, sorti trois tasses avec leurs soucoupes, du lait, de la crème, du sucre et des sucrettes, ainsi qu'une assiette de scones et de biscuits.

— D'ailleurs, reprit Helena, pourquoi cette question ? Vous n'allez pas m'accuser, tout de même ?

Elle semblait brusquement se rendre compte de ce que la question de Sean pouvait impliquer.

— Enfin, Sean, vous n'allez tout de même pas imaginer que moi-même… Ou Eddie… Je croyais que vous étiez son ami !

— Je n'accuse personne, Helena, répondit Sean en se maîtrisant. J'essaye simplement de savoir avec précision tout ce qui s'est passé hier. Donc, Eddie a assisté à une réunion, mais vous, vous étiez là. Ensuite, Eddie est rentré… Et Alistair, où était-il ?

— Je ne sais pas. Il faudrait demander à Pierce. Je suis tout de même sortie un moment, dans l'après-midi.

Elle se tut et s'empourpra, s'avisant manifestement qu'elle avait affirmé le contraire un peu plus tôt.

— Je suis allée faire un peu de shopping sur Sunset Boulevard, pendant une heure, tout au plus… Je peux vous dire dans quelles boutiques je suis allée, reprit-elle d'un ton plus froid.

— Ecoutez, Helena…

— Comment prenez-vous votre café, Sean ? demanda Pierce à cet instant. Toujours sans lait ?

— Oui, merci, Pierce.

— Alistair n'a quitté la maison qu'à 19 h 30, reprit Pierce. Il a passé la journée à réviser ses examens.

— J'en conclus qu'à 19 h 30 vous n'étiez toujours pas rentrée, alors ? lança Sean en se tournant vers Helena.

— Si tard que ça ? C'est curieux..., répondit cette dernière. Il me semblait que c'était bien plus tôt, Pierce, non ?

— J'ai peur que non, madame Archer. Quand vous êtes rentrée, Alistair était parti depuis une bonne heure.

— Eh bien, si vous le dites... Pierce est une horloge ambulante ! lança Helena à la cantonade. Si on veut savoir où j'ai passé la soirée, il n'y a qu'à lui poser la question.

Pierce resta imperturbable. Il semblait visiblement habitué aux sarcasmes de sa patronne.

— J'ai vu Mme Archer revenir, reprit-il à l'intention de Sean, puis se retirer dans sa chambre. Elle n'en est pas ressortie jusqu'au coup de fil d'Alistair.

Madison posa brusquement sa tasse de café.

— J'entends une voiture... Ce doit être Eddie ! s'exclama-t-elle.

Pierce alla ouvrir dans le hall et attendit qu'Eddie Archer se soit garé. Le père d'Alistair entra dans la maison, le dos voûté, le visage défait, et ne parut se reprendre un peu qu'en apercevant Sean et Madison dans le salon.

— Sean, sois le bienvenu ! Et toi, ma chère Madison, merci encore de nous soutenir dans cette épreuve. Ici, à Hollywood, il est rare d'avoir de vrais amis. Les gens sont si prompts à vous tourner le dos quand vous êtes en difficulté...

— Il y a du café, lui glissa Pierce.

— Bonjour, chéri, dit Helena en allant prendre son mari par la taille. J'étais en train de bavarder avec tes amis, comme tu vois.

Elle s'exprimait avec une légère dérision dont Eddie ne

parut pas se rendre compte. Il lui serra le bras et l'embrassa sur la joue, l'air distrait, sans quitter Sean des yeux.

— Alors, Sean, crois-tu pouvoir m'aider ? demanda-t-il d'un ton anxieux. Est-ce qu'on pourrait au moins faire taire les rumeurs sur Alistair ? Suggérer qu'il peut y avoir d'autres pistes ?

— Il ne manque pas de directions dans lesquelles orienter l'enquête, Eddie. Ne te décourage pas. Je vais examiner moi-même les vidéos des caméras de sécurité, fouiller de nouveau les studios et les alentours. Nous allons tout passer au crible. Les services du procureur vont monter un dossier d'accusation contre Alistair, c'est vrai, mais il a de bons avocats et, pour l'instant, il est en sécurité dans une clinique où on prend soin de lui. Maintenant, évidemment, tu ne pourras pas empêcher les mauvaises langues de jaser…

Eddie hocha la tête. Sean mesurait les difficultés de la tâche et fit une prière silencieuse pour qu'on puisse prouver l'innocence d'Alistair. La seule perspective d'un procès faisait froid dans le dos… En attendant, il fallait absolument qu'Eddie garde le moral.

— Merci, Sean, merci, dit Eddie. Que faisons-nous, maintenant ?

— Mon chef et mes collègues arrivent demain soir. Nous avons un mandat officiel et pourrons nous installer dans les locaux de la police. J'ai déjà rencontré l'officier Knox, avec lequel nous allons travailler.

Eddie fit une petite grimace. Sean tenta de le rassurer.

— Nous ne pourrons pas faire autrement, Eddie. Alistair n'est pour rien dans tout cela, d'accord, mais il faut comprendre le point de vue de la police. Alistair était tout seul dans le cinéma. Jenny Henderson a réussi à entrer on ne sait comment. Colin Bailey montait la garde dans l'autre bâtiment… Si nous voulons démontrer qu'il y avait quelqu'un d'autre à part eux trois, il va vraiment falloir chercher. Enquêter sur d'éventuels ennemis d'Alistair, sur les gens qui pourraient t'en vouloir…

— Même moi, on me soupçonne, Eddie ! intervint Helena. Sean a voulu savoir où j'étais hier soir. Tu te rends compte ?

Eddie ne lui accorda aucune attention, si même il l'avait entendue.

— Tu peux fouiller partout où tu voudras, Sean, tu as carte blanche, répondit-il. Je suis à ton entière disposition. Nous le sommes tous, n'est-ce pas ?

Il se tourna vers Helena comme s'il prenait soudain conscience de sa présence.

— Bien sûr, chéri, bien sûr, promit-elle.

Eddie s'approcha de Madison et prit ses mains dans les siennes.

— Madison, je ne sais vraiment pas comment te remercier. Ce que je te demande sort de l'ordinaire, je sais, mais… j'ai besoin de toi. C'est la vie d'Alistair qui est en jeu, dit-il avec passion.

Madison lui rendit son regard avec un sourire affectueux. Sean se revit des années plus tôt, quand il travaillait lui-même pour Eddie, et se sentait empli d'admiration pour cet homme qui avait révolutionné le monde des effets spéciaux tout en restant simple, chaleureux et généreux. Il entendit Madison répondre d'une voix où perçait une profonde émotion :

— Alistair est digne de toi, Eddie. C'est quelqu'un de fabuleux et je suis heureuse de pouvoir vous aider, si modestement que ce soit.

— Merci, ma chère, merci mille fois ! répéta de nouveau Eddie. Bien… Sean, que veux-tu savoir ?

— Pour commencer, il me faudrait ton emploi du temps pour la journée d'hier, Eddie.

— Pas de problème. Je me suis levé, j'ai pris mon petit déjeuner et j'ai filé aux studios pour voir si le confinement se passait bien. Ensuite, j'ai retrouvé Myron Silver et Harvey Anderson, respectivement producteur et réalisateur du film en préparation, une adaptation d'une pièce de Shakespeare. Nous sommes allés examiner les story-boards dans les studios de Harvey. Vers 19 heures, j'ai appelé Alistair pour savoir s'il serait là pour dîner, mais il avait déjà mangé avec Pierce. Alors j'ai fait halte dans un fast-food pour avaler un hamburger et je suis rentré. J'ai regardé une émission culinaire, puis je me suis couché. Alistair m'a téléphoné peu après… J'ai foncé à La Boîte noire, puis à la police, d'où j'ai appelé mon avocat. Je t'ai appelé dans la foulée. Ensuite…

Eddie haussa les épaules en avouant :

— Ensuite, j'ai appelé le gouverneur, je l'admets. J'ai fait campagne pour lui, après tout. Je lui ai dit que j'avais besoin de faire intervenir le FBI, où je connaissais la seule personne capable, à mon avis, de faire quelque chose… Il a accepté de m'aider.

— Quand as-tu vu Alistair pour la dernière fois ?

— Au petit déjeuner.

Pierce, debout à côté d'eux, s'éclaircit la gorge.

— Alistair est resté à la maison jusqu'en fin d'après-midi. Il a travaillé sur son ordinateur puis a fait quelques longueurs dans la piscine.

— Si vous le croyez innocent, pourquoi donc posez-vous des questions sur lui ? jeta Helena d'un ton aigre.

— Parce que cela prouve qu'avant le meurtre il n'était ni dans les studios ni dans le tunnel en train d'aiguiser son couteau ! rétorqua Sean.

— S'il a tué cette fille dans une crise de jalousie…, commença Helena.

Puis elle parut se rappeler la présence d'Eddie, pour qui son fils était tout au monde. Elle s'empourpra aussitôt.

— Je veux dire… c'est sans doute ce que la police va conclure, balbutia-t-elle.

— Voilà précisément pourquoi nous devons trouver qui, à part lui, a pu s'introduire dans les studios, répondit Sean d'un ton calme. Quelqu'un qui connaît suffisamment les lieux pour s'y cacher, et s'enfuir sans laisser de traces de sang ailleurs que dans le musée.

— Veux-tu dire que ce meurtre a été *prémédité* ? s'écria Eddie d'un ton horrifié.

— Je ne vois pas d'autre explication. Non seulement le meurtrier connaît les studios, le cinéma et l'univers des effets spéciaux, mais, de toute évidence, il a aussi de bonnes notions sur les techniques policières. Sans oublier qu'il était parfaitement au courant des faits et gestes d'Alistair... Tout cela ne nous dit pas de qui il s'agit, évidemment. Mais ça nous indique où chercher.

— Je comprends. Fouille autant que tu voudras, Sean. N'hésite pas, répondit Eddie.

— J'aimerais rencontrer Alistair dès demain, reprit Sean. Pour l'instant, je pense que Madison doit avoir envie de rentrer. Moi-même, je dois me présenter à mon hôtel.

— Tu pourrais dormir ici, tu sais, proposa Eddie.

— Je te remercie, mais tu nous as réservé des chambres dans un hôtel magnifique et, pour être franc, j'ai besoin d'être un peu seul pour réfléchir, avant l'arrivée de mes collègues.

— D'accord, d'accord... J'ai mis tes bagages dans la petite Prius qui attend dehors. Tu n'as qu'à l'utiliser le temps que tu seras là.

— Super ! Merci, Eddie.

Eddie fouilla dans ses poches pour en tirer ses clés, dont celles de la Prius. Ce faisant, il en fit tomber quelques-unes. Tout le monde se pencha en même temps pour les ramasser. Madison heurta Sean. Une fois de plus, il se surprit à scruter discrètement cette jeune femme censée l'aider dans son enquête...

« Une femme qui parle aux fantômes », avait dit Eddie.

Il se releva, puis resta un moment immobile. En fait, Madison était très belle, d'une beauté qu'une femme comme Helena ne pourrait jamais comprendre. Ses yeux immenses, bleus comme le ciel, étaient ombrés d'épais cils noirs. Son visage avait cet ovale parfait qu'aucune chirurgie ne pourrait obtenir. Ses longs cheveux noirs ondulaient gracieusement, et il ne put s'empêcher de remarquer son corps mince, ferme, aux courbes séduisantes… qui n'avaient nul besoin d'un profond décolleté ou d'un corsaire moulant pour être mises en valeur.

Surpris par les pensées qui lui traversaient l'esprit, il se dit qu'il établissait simplement un parallèle avec Helena. Par curiosité intellectuelle, sans doute… Il se redressa aussitôt.

— Désolé, Madison. Je suis vraiment maladroit.

— C'est ma faute, je suis si nerveux que je sème mes clés partout ! déclara Eddie.

— C'est normal, Eddie, fit gentiment remarquer Madison. Je n'ai rien de cassé, rassure-toi !

— J'ai pourtant conduit une partie de la journée sans causer d'accident ! soupira Eddie avec une pointe d'humour.

— Nous sommes témoins, confirma Sean d'un ton taquin. Nous étions dans ta voiture, tu te souviens ?

— C'est vrai… Eh bien, je t'appelle demain, Sean.

— Comme je te l'ai dit, je vais passer voir Alistair. Peux-tu prévenir la clinique que je me présenterai vers midi ?

— Entendu. Il sera content de te voir, et Madison aussi. Car tu iras, Madison, n'est-ce pas ? Alistair a besoin de savoir qu'il a de vrais amis.

— Bien sûr que j'irai, répondit Madison. Compte sur moi !

Eddie hocha la tête avec un sourire reconnaissant.

— Ce soir, les médecins vont lui donner un sédatif, reprit-il. Il faut qu'il dorme.

Il se tourna vers Sean pour préciser :

— Si les flics voyaient son état, l'impact dévastateur que cette histoire a sur lui… ils comprendraient tout de suite qu'il ne peut pas être coupable.

Helena lui posa une main sur l'épaule.

— Est-ce que le travail va reprendre dans les studios, Eddie ? s'enquit-elle. C'est si ennuyeux, ces retards…

— Nous serons fermés encore demain. Nous rattraperons le temps perdu après-demain, répliqua-t-il brièvement.

— N'oublie pas que beaucoup de gens dépendent de

toi pour leur subsistance, fit-elle remarquer d'une voix doucereuse. Comme Madison, par exemple.

— Nous mettrons les bouchées doubles, Eddie, ne t'inquiète pas, répondit cette dernière. Moi comme mes collègues.

Eddie lui sourit en dépit de son abattement.

— Demain, la police veut fouiller les studios une dernière fois, expliqua-t-il. Ensuite, le travail pourra reprendre. « *Business as usual* », comme on dit, même s'il se trouve qu'une jeune femme a été assassinée et qu'on accuse un innocent. J'imagine que ton équipe se joindra aux policiers, Sean ?

Sean fit signe que oui. Il comprenait le sous-entendu d'Eddie : au moins, avec des agents du FBI pilotés par quelqu'un qui croyait vraiment à l'innocence d'Alistair, il aurait la garantie que la perquisition serait menée à fond, avec tous les moyens dont la puissante agence disposait. Sans doute comptait-il également sur la particularité des « chasseurs de fantômes », capables de s'appuyer sur les messages d'esprits défunts…

Sean savait pertinemment que ce n'était pas toujours aussi simple, mais ce n'était pas le moment d'avouer à Eddie que le plus clair de leur travail ressemblait à celui des policiers : une patiente recherche de pistes et d'indices, des analyses techniques, des recoupements fastidieux.

— Tu as besoin de repos, Eddie, lança-t-il. Essaye de dormir un peu, si tu veux tenir le coup.

— Je vais essayer. Encore merci à tous, murmura Eddie. D'ailleurs, il se fait tard… A propos, avez-vous dîné ? Voulez-vous que je concocte quelque chose ?

En temps ordinaire, Sean aurait accepté sans hésiter, d'autant qu'Eddie adorait cuisiner pour se changer les idées. Cependant, il préféra refuser. Il avait encore des détails à régler et ne voulait pas les remettre au lendemain.

— Merci, Eddie, mais nous allons te laisser. Nous prendrons un hamburger quelque part. Ça vous va, Madison ?

— Ce sera parfait.

Ils se dirigèrent tous les deux vers la porte.

— Merci d'être venus, leur lança Helena en inclinant la tête d'un air hautain.

— Merci de votre hospitalité, répondit Sean.

Madison adressa un geste de la main à Pierce, qui se tenait debout derrière ses patrons. Il lui répondit d'un sourire.

Eddie les raccompagna sous le porche et montra du doigt la Prius garée juste devant.

— Allez-y… je vais vous ouvrir la grille, déclara-t-il.

— Eddie, ne traîne pas ! lança Helena depuis le hall, d'une voix agitée. Les paparazzi sont revenus… Je reconnais leur voiture, là-bas !

— Je m'en fiche, riposta-t-il avec brusquerie. Qu'ils prennent en photo un père effondré, si ça leur chante. C'est le cadet de mes soucis !

Sean remarqua avec une pointe de cynisme qu'Helena était venue se placer à côté de lui. Elle prenait la pose, une expression affligée plaquée sur le visage. Mais elle avait placé une main sur le bras de son célèbre mari, et se déhanchait pour mettre en valeur ses courbes et son avantageuse poitrine.

5

Sean ouvrit la portière de la Prius pour Madison, puis prit place au volant. Ils firent un dernier signe de main à Eddie et franchirent le portail qu'il leur avait ouvert.

— Je suis sans voiture, dit Madison quand ils furent sur la route. Vous allez devoir me déposer chez moi, j'en ai peur. Il y a un fast-food pas très loin. Je peux vous guider…

— Je sais que vous êtes sans voiture, puisque je suis venu vous chercher avec Eddie, répondit-il en riant. Et je suis encore capable de trouver mon chemin à Los Angeles.

— Il y a longtemps que vous n'y habitez plus, pourtant !

— C'est vrai, et il est parfois déroutant d'y circuler, surtout après San Antonio. Mais dans l'ensemble, je m'en sors bien. D'ailleurs, je vais vous le prouver tout de suite : je connais aussi un fast-food juste ici, sur la gauche. Voulez-vous vous y arrêter pour manger, ou demander quelque chose à emporter ?

— Je meurs de faim. J'aime autant m'arrêter, si ça ne vous ennuie pas !

Sean se gara. Après avoir commandé, ils allèrent s'asseoir à une table. Ils se restaurèrent d'abord en silence, car Sean découvrit qu'il était lui aussi affamé. Il était ravi de voir que Madison était de ces femmes qui mangent avec appétit, sans chipoter ou se plaindre de ne jamais pouvoir finir leurs frites. Quand ils se remirent à bavarder, ils évitèrent instinctivement de parler de l'enquête en cours. Ils évoquèrent le climat de Los Angeles, puis les différences culturelles entre le Texas et la Californie. Les Texans étaient des gens à part, soutint Madison. Sean riposta qu'on pouvait en dire autant des Californiens, qu'ils soient nés sur place ou venus d'ailleurs.

Vingt minutes plus tard, rassasiés, ils remontèrent en voiture.

— Je n'ai pas eu l'impression de vous être très utile, aujourd'hui, fit remarquer Madison. Vous connaissez les studios aussi bien que moi, en fait…

— Peut-être, mais vous en savez bien plus long sur les projets en cours, et en particulier sur le remake de *Sam Stone.* C'est très important pour l'enquête.

— Pourquoi ?

— Parce que le meurtrier, lui aussi, sait tout sur ce projet.

— Mais c'est le cas de tous les gens qui travaillent ici, objecta-t-elle. Soit une quarantaine de permanents, plus une vingtaine de techniciens embauchés pour l'occasion. Dont certains, d'ailleurs, finissent par intégrer l'entreprise… Et je ne parle pas des gens concernés par le film lui-même, les acteurs, le réalisateur, la production, les cameramen, les preneurs de son…

— Les gens impliqués dans le tournage ne viennent que ponctuellement ici, répondit Sean. Pour voir les projets d'effets spéciaux ou essayer des costumes. Non, le coupable n'est pas à chercher de ce côté-là. C'est quelqu'un qui est totalement familier des studios Archer dans leurs moindres recoins.

Il se tut un moment, l'air pensif.

— Pour autant, il y a forcément un lien avec le remake. A moins, évidemment, que le meurtrier n'ait insisté sur *Sam Stone* et sur *Le Sacrilège* pour orienter l'enquête sur une fausse piste…

— Qu'attendez-vous pour interroger tous les employés des studios, alors ?

— Ils le seront, ne vous inquiétez pas, et tous les alibis seront vérifiés. Knox a sûrement déjà dressé la liste. S'il avait eu le moindre soupçon sur quelqu'un, il me l'aurait dit. Quand mes collègues seront arrivés, nous nous répartirons les interrogatoires, avec les flics. Pour en revenir à ce que nous disions, je pense sincèrement que le meurtrier ne vient pas du tournage… A moins, évidemment, que ce ne soit un proche d'Eddie. Car nous avons affaire à quelqu'un qui le connaît très bien. Et qui connaît très bien Alistair aussi.

— Comme une belle-mère, par exemple, murmura Madison. Notre visite a été assez… instructive, finalement, non ? Quel en était le but exact, d'ailleurs ? Transmettre nos condoléances à Eddie, ou nous assurer de la loyauté d'Helena envers Eddie et Alistair ?

— Les deux, répondit Sean en souriant, et le terme « instructif » est très bien choisi. Dans une enquête, on commence toujours par sonder les proches des victimes. Or, je considère Eddie et Alistair comme des victimes, eux aussi. J'avais déjà rencontré Helena, mais très brièvement. Ils ne sont d'ailleurs pas mariés depuis très longtemps…

Madison, qui jusque-là n'avait pas quitté Sean des yeux, jeta un coup d'œil à son portable qui venait de vibrer, puis tourna la tête vers la vitre. Il devina qu'elle pinçait les lèvres, comme si elle hésitait à parler de ce qu'elle venait de lire.

Finalement, elle se décida et lança :

— En fait, Helena et Eddie font chambre à part.

— Qu'est-ce qui vous fait penser ça ?

Elle sourit brusquement et montra le portable qu'elle tenait.

— Pierce vient de m'envoyer un texto… Je cite : « Je ne souhaite pas m'ingérer mais, pour votre information, sachez qu'Eddie ne pouvait pas savoir si sa femme était là, ce soir-là, car ils font chambre à part. »

— Ce bon vieux Pierce ! Cela n'indique pas forcément que le mariage va à vau-l'eau, d'ailleurs. Il y a des gens qui ronflent, qui gigotent, et si on est assez riche pour avoir chacun sa chambre, on peut être tenté d'en profiter. Cela dit, en général, les tourtereaux mariés depuis moins d'un an préfèrent dormir ensemble. Ils passent outre la toux, les ronflements ou l'haleine du matin !

— Mon impression, c'est qu'Helena veut surtout qu'on exécute ses quatre volontés, fit remarquer Madison.

— Entièrement d'accord. Elle a sûrement convaincu Eddie qu'ils seraient parfaitement heureux en ayant chacun leur petit domaine privé… Et je crois qu'Eddie tient à ce mariage. Qui suis-je pour juger, d'ailleurs ? Ils sont peut-être très amoureux l'un de l'autre.

— En tout cas, il est évident qu'Helena ne se comporte pas de la même manière avec nous quand il n'est pas là. Enfin, surtout avec moi. Je suis ravalée au rang de simple domestique… Et quand Eddie arrive, au contraire, elle est assez fine mouche pour devenir charmante.

— C'est vrai ! acquiesça Sean en s'esclaffant. Allons, avouez : vous ne l'aimez pas beaucoup, n'est-ce pas ?

— Et vous ?

— Je ne l'apprécie pas particulièrement.

— En fait, j'ai rarement eu affaire à elle, reprit Madison. Le jour de son mariage, elle a passé son temps au bras de son époux, à virevolter au milieu des invités, tout sourires. On le voit très bien sur la vidéo de la cérémonie et de la réception. Pour le reste, elle ne vient presque jamais dans les ateliers et, quand elle vient, elle n'adresse la parole à personne. Ça m'est égal, d'ailleurs, car j'ai toujours tellement de travail ! J'ai probablement échangé plus de mots avec elle aujourd'hui que jamais auparavant.

Elle se tut un moment avant de conclure :

— Bref, je ne l'aime pas beaucoup, je l'admets !

— Ça montre que vous avez de l'intuition.

— Eddie doit l'aimer, lui, non ? S'il l'a épousée ?

— Je suppose que oui.

— Je pense aussi qu'elle n'aime pas du tout Alistair. C'est drôle parce que, jusqu'à aujourd'hui, j'avais l'impression qu'elle avait une certaine affection pour lui… Mais tout à l'heure, il m'a paru évident qu'elle faisait semblant, pour ménager Eddie.

— Là aussi, je suis d'accord. En fait, Helena n'aime qu'elle-même, un point c'est tout. Evidemment, pour être tout à fait objectif, il ne faut pas oublier qu'elle ne fait que répéter ce que tout le monde dit depuis le début, à savoir qu'Alistair était seul avec la victime quand on l'a assassinée.

Sean s'engagea dans la rue où habitait Madison. Il remarqua qu'elle était songeuse. Quand il se gara devant chez elle, elle exhala un profond soupir.

— Je vais vous dire le fond de ma pensée, murmura-t-elle. Mme Archer est une femme futile, égocentrique, très « langue de vipère » avec les autres actrices, d'accord. Elle n'aime pas Alistair et je la soupçonne d'avoir épousé Eddie par intérêt, d'accord aussi. Cela dit, je ne la crois pas capable de commettre un meurtre.

— Ah bon ? Pourquoi donc ?

— Parce qu'à mon avis elle n'est pas assez intelligente. Pas même pour être complice, d'ailleurs. Surtout avec un plan aussi sophistiqué.

Sean hocha la tête en souriant.

— Et puis, enchaîna Madison, pourquoi diable souhaiterait-elle la mort d'une jeune débutante qui n'en était qu'à des bouts d'essai et ne risquait sûrement pas de lui faire de l'ombre ?

— Je ne pense pas que le meurtrier ait visé spécialement Jenny. Il a voulu nuire à Alistair et, à travers lui, à Eddie. Donc, comme il savait qu'Alistair venait souvent voir des films en soirée, et que Jenny allait le convaincre de l'emmener voir la scène de *Sam Stone*...

— En attendant, c'est surtout Alistair qui est en mauvaise posture !

— Oui, mais Eddie en souffre. Il peut s'agir d'un règlement de comptes, par exemple. Eddie a eu tout le temps de se faire des ennemis, dans sa carrière.

— Je n'arrive pas à y croire. Tout le monde l'adore !

— Tout le monde, sauf au moins une personne, rétorqua Sean.

Il vit que Madison serrait les lèvres, bouleversée. Décidément, elle lui faisait une excellente impression. C'était une amie loyale, par exemple. D'ailleurs, il partageait entièrement l'affection et l'admiration qu'elle vouait à Eddie.

Elle sortit de la voiture et se pencha pour lancer par la fenêtre, le sourire aux lèvres :

— Merci de m'avoir raccompagnée. Et merci pour le hamburger.

— Merci de m'avoir tenu compagnie toute la soirée ! répondit-il.

Il la regarda remonter l'allée jusqu'à son porche, sans pouvoir s'empêcher d'admirer sa démarche. Elle redressait le menton, sa souple chevelure brune flottant dans son dos… Puis elle se retourna pour lui faire un petit signe de la main. Il la salua en retour. Oui, vraiment, il l'appréciait de plus en plus.

Elle était authentique, et ce n'était vraiment pas courant à Hollywood. Ni ailleurs, en fait.

Voyant qu'il n'avait toujours pas démarré, Madison revint sur ses pas et se pencha de nouveau à la portière. Il abaissa la vitre.

— Je voulais vous demander… Est-ce que vous avez le même franc-parler avec tout le monde ? s'enquit-elle d'un air inquiet. Ou alors… Est-ce que je dois éviter de répéter tout ce que vous m'avez dit ?

— Par principe, je considère tout le monde comme suspect, Madison, mais comme Eddie vous fait confiance et vous a demandé d'être mon bras droit, je vous ai effectivement dit franchement le fond de ma pensée. Alors, oui, cela doit rester entre nous. J'inclus mon équipe dans le « nous », bien sûr.

— Entendu, dit-elle en hochant la tête. Je suis ravie de ne pas faire partie des suspects.

— Où étiez-vous la nuit dernière ? demanda-t-il sur le ton de la plaisanterie.

Elle éclata de rire.

— Ici, chez moi ! Je ne suis pas sûre d'avoir un alibi, d'ailleurs. En revanche, je peux prouver que je suis allée prendre un café avec une amie, vers 17 heures.

— Vous êtes définitivement rayée de la liste des suspects, Madison.

— Sérieusement ?

— C'est mon instinct qui me le souffle. Il ne m'a encore jamais trompé.

— Eh bien, tant mieux. Bonne nuit.

— Bonne nuit.

Il y eut un bref silence, puis Madison haussa les sourcils et s'étonna :

— Vous ne partez pas ?

— J'attends que vous soyez en sécurité à l'intérieur.

— Mais je ne risque rien, ici !

— Disons que c'est une habitude texane, dit-il en souriant.

— D'accord. Eh bien, bonsoir de nouveau.

— Je passerai vous prendre demain matin.

— Pour aller voir Alistair ?

— Oui.

— Je serai prête.

Sean attendit qu'elle ait ouvert sa porte, puis qu'elle ait refermé et mis le verrou, et tira son portable de sa poche.

Il resta cependant immobile un moment, les yeux fixés sur la porte de Madison. L'année qui venait de s'écouler avait été fertile en événements. Elle avait changé le cours de sa vie…

Pendant longtemps, il s'était entièrement consacré au cinéma et aux effets spéciaux. Il était d'ailleurs resté spécialiste de la vidéo dans sa nouvelle équipe. Le travail ne lui faisait pas peur. Il s'y plongeait depuis si longtemps, au détriment de toute vie privée… Il avait des amis à San Antonio, bien sûr, et son équipe du FBI était un peu devenue sa famille, surtout que l'une de ses collègues, Kelsey O'Brien, n'était autre que sa cousine. Ils partageaient tous les deux un sixième sens bien particulier. Pas étonnant qu'ils se soient retrouvés dans la même unité de « chasseurs de fantômes », finalement ! Mais le plus curieux, à présent, c'est que depuis qu'il avait rencontré Madison Darvil, il avait l'impression de la connaître à fond, et même mieux que ses amis de San Antonio. Comme si sa vie venait de basculer. Auparavant, il vivait un peu comme un automate. Maintenant… Maintenant, il se sentait tout à coup plus vivant, plus ancré dans la réalité. Il y avait quelque chose, chez Madison, qui l'interpellait profondément. D'abord, elle était intelligente, très belle, sans aucun apprêt. Mais ce n'était pas tout. Il y avait autre chose…

Il composa enfin le numéro de Knox sur son portable. Ce dernier répondit aussitôt, et promit d'un ton las qu'il était d'accord pour le retrouver à la morgue vingt minutes plus tard.

Humphrey Bogart était en train de regarder une rediffusion de *I Love Lucy*, une sitcom des années 1950.

Quand Madison entra dans la pièce, cependant, il tourna aussitôt la tête vers elle, avec un regard interrogateur et empreint de compassion qu'elle trouva touchant. Sans doute était-ce cette incroyable capacité d'empathie qui avait fait de lui un immense acteur.

— Vous avez l'air épuisée, lui dit-il.

— J'ai simplement fait visiter les studios à l'agent du FBI, répondit-elle en haussant les épaules. Nous sommes allés dans le tunnel. Il y avait encore beaucoup de sang, ce qui était impressionnant, mais il a été beaucoup plus perturbant de rendre visite à Mme Archer et à Eddie. Eddie me fait tellement de peine, Bogie !

— Vous pensez toujours que ce jeune homme n'y est pour rien ?

Madison hocha la tête en se laissant tomber sur le canapé à côté de lui.

— Le type que j'ai accompagné travaillait chez Archer, avant de repartir au Texas. Je ne sais pas comment il est passé des effets spéciaux au FBI mais, en tout cas, il fait entièrement confiance à Eddie et à Alistair. Il appartient à une équipe qui doit être vraiment spéciale, parce que c'est à eux qu'on a confié l'enquête. Eddie a même appelé le gouverneur pour les faire venir. C'est la première fois que je le vois user de son influence ! Je comprends son raisonnement, d'ailleurs. Il faudra vraiment des compétences exceptionnelles pour comprendre comment le meurtrier a pu s'en tirer sans laisser la moindre trace.

— Il me semblait qu'on retrouvait toujours quelque chose, de nos jours, pourtant. Des empreintes, de l'ADN…

— Oui, c'est ce qu'affirment les experts de médecine légale, dit-elle en haussant les épaules, mais en l'occurrence… ça a l'air vraiment compliqué. Je dois voir Alistair demain. Il m'en dira plus sur ce qu'il a vu ou ce qu'il croit avoir vu… Il faut garder espoir, n'est-ce pas ?

— Absolument, ma petite.

Bogie se pencha pour lui tapoter le genou. Elle ne le sentait pas vraiment, bien sûr, mais elle éprouvait tout de même une vague sensation. Un déplacement d'air, peut-être… Ou la conscience de *quelque chose*, au plus profond d'elle-même.

— Vous verrez, vous y arriverez, reprit-il. J'en suis certain. Et surtout, si vous avez besoin de moi…

— Je sifflerai ! acheva-t-elle d'un ton léger, évoquant la célèbre réplique de l'acteur à Lauren Bacall dans *Le Port de l'angoisse*.

Elle lui sourit, se demandant au passage s'il savait qu'il avait été enterré avec un sifflet. Mieux valait ne pas lancer la conversation sur les cérémonies funéraires. Elle se leva en déclarant :

— Je vais me coucher !

Au même instant, cependant, elle entendit un miaulement

plaintif. Elle sursauta et se rendit compte qu'elle avait oublié de nourrir ce malheureux Ichabod.

— Correction, reprit-elle. Je nourris Ichabod, et *ensuite* je vais me coucher !

Le chat la suivit dans la cuisine. Elle remplit son bol et caressa sa fourrure soyeuse en murmurant :

— Mon pauvre Ichabod ! J'ai failli t'oublier, avec tout ça. Tu te rends compte ?

Le chat la regarda d'un air enamouré.

— Finis de manger, et viens me rejoindre pour faire un câlin, conclut-elle.

En revenant dans le salon, elle vit que la télévision était restée allumée, mais que Bogie n'était plus planté devant. Debout devant la fenêtre, il regardait à l'extérieur, l'air songeur.

— Bonne nuit ! murmura-t-elle.

Il tourna la tête vers elle.

— Dormez bien, petite.

— Merci. Si vous continuez à regarder *Lucy*, baissez un peu le volume, d'accord ?

Il hocha la tête, puis répondit avec un léger sourire d'autodérision :

— Vous voulez une autre citation de mes films ? En voici une, tirée de *Casablanca* : « Mes hommages, belle enfant. » Car c'est un plaisir de vous regarder… Allons, filez et faites de beaux rêves.

Au moment où elle sortait de la pièce, cependant, elle vit qu'une ride soucieuse lui plissait le front.

Si Humphrey Bogart était devenu une légende du cinéma, ce n'était pas seulement à cause des rôles de cynique au grand cœur qu'il avait interprétés, ni à cause de son immense talent. Elle savait maintenant que c'était lié aussi à sa personnalité. En fait, il était encore plus fascinant que n'importe lequel de ses personnages. Il avait eu ses défauts, bien sûr — qui n'en avait pas ? —, mais il s'était montré toute sa vie profondément humain et généreux.

Devant la porte de sa chambre, elle marqua une pause et se retourna.

— Ne vous inquiétez pas pour moi, Bogie. Ça va aller, vous savez... Je suis prête à tout pour sauver Alistair et Eddie.

— Je vous approuve. Ne vous inquiétez pas non plus... Je veille sur vous.

Elle doutait qu'un fantôme puisse être un gardien très efficace, mais sourit et le remercia.

Une demi-heure plus tard, elle avait pris son bain et s'était pelotonnée sous les couvertures après avoir éteint la lumière. En dépit de son immense fatigue, cependant, elle ne parvenait pas à trouver le sommeil.

Ses pensées la ramenaient sans cesse à Alistair, puis à Sean Cameron. Quant à Eddie, elle savait bien pourquoi il l'avait choisie, elle : ce n'était pas parce qu'elle connaissait mieux qu'un autre le monde des effets spéciaux.

Non ! C'était parce qu'il l'avait accompagnée dans le cimetière, un jour, et que là...

Certes, elle ne voyait pas des fantômes chaque fois qu'elle entrait dans un cimetière, mais cela arrivait. Elle avait compris depuis longtemps que les âmes qui restaient ici-bas fréquentaient rarement les lieux où elles avaient été malheureuses. Or, aucune ne l'avait été dans un cimetière, puisqu'elles y étaient arrivées après leur mort terrestre. Généralement, c'étaient plutôt les endroits évoquant de bons souvenirs que les morts privilégiaient pour communiquer avec les vivants. Certains hantaient simplement leur ancienne maison, par exemple. D'autres choisissaient un bar, ou une salle de bal... Une fois, elle avait même croisé sur un terrain de base-ball un jeune homme mort tragiquement dans un accident de voiture.

Souvent, elle ignorait si elle avait affaire à des morts ou à des vivants, jusqu'au moment où elle les touchait. Ce qui n'était d'ailleurs pas toujours possible : cela ne se faisait pas de poser la main sur le bras d'un inconnu... Avec Bogie, par exemple, elle avait cru au premier abord avoir affaire à un sosie. Un sosie très convaincant, d'ailleurs. Mais comment aurait-elle pu imaginer que c'était le fantôme d'Humphrey Bogart ?

Pourtant, c'était bien lui… Il y avait eu aussi cet homme avec lequel elle avait bavardé dans le cimetière de la Paix, près des studios. C'était un très vieux cimetière, presque aussi ancien que l'autre grand cimetière de Los Angeles, le cimetière Evergreen. Les premières tombes dataient de 1879. Il s'y dressait une chapelle consacrée à saint Bartholomé, qui, autrefois, avait servi d'église paroissiale. Dans les années 1920, la paroisse avait déménagé et le cimetière était devenu la propriété du comté. C'était un très bel endroit, où des monuments funéraires d'un style victorien tardif côtoyaient des dalles de marbre noir plus modernes et des mausolées un peu baroques. Lucas Claymore, l'ancien propriétaire des lieux, qui incluaient alors les studios et le cinéma La Boîte noire, était enterré là avec toute sa famille. C'était Lucas lui-même qu'elle avait rencontré, un jour qu'elle était venue avec Eddie faire quelques croquis de tombeaux. Lucas et elle s'étaient mis à bavarder. Il avait entrepris de lui raconter l'histoire de cet endroit, et ce n'était qu'en voyant le regard sidéré d'Eddie qu'elle avait compris qu'elle parlait avec un fantôme. Elle avait eu beau tenter d'inventer quelque chose, Eddie n'avait jamais oublié l'incident. Quelques années plus tard, quand l'un de ses collègues était mort — un spécialiste des masques, très âgé —, elle l'avait vu de la même façon, à son enterrement. Il lui avait avoué, sur le ton de la confidence, qu'il était ravi de voir autant de gens lui rendre un dernier hommage. Elle lui avait répondu que tout le monde gardait un très bon souvenir de lui, convaincue que personne ne la voyait, mais Eddie avait surgi derrière elle, et avait posé un bras sur son épaule en chuchotant : « Tu lui diras adieu de ma part. »

Voilà sans doute pourquoi elle s'était dit qu'en entrant dans le tunnel elle allait aussitôt trouver une réponse. Hélas, il n'en avait rien été. La vie n'était pas toujours ce qu'on attendait et, de toute évidence, la mort non plus.

Le tout premier mort qu'elle avait vu, c'était son ami Billy, quand elle était très jeune. Billy avait succombé à une piqûre de guêpe, par un beau jour d'été, à l'âge de six ans. Le jour de son enterrement, alors que Madison se tenait debout devant la tombe, la main dans celle de sa mère, elle avait vu Billy, debout au fond du cimetière. Et puis, un peu plus tard, pendant la réception, Billy était venu lui parler. Il lui avait dit que tout allait bien, et lui avait demandé de rassurer sa maman. Il s'apprêtait à pénétrer dans la lumière et en était heureux. Il y entendait déjà des voix d'enfants en train de jouer, et aussi celle, très douce, de la femme qui allait veiller sur lui dans l'au-delà, avant que sa mère ne le rejoigne quand elle mourrait à son tour…

C'était à cette occasion que Madison avait compris qu'il était imprudent d'expliquer qu'on parlait aux morts : quand elle avait parlé à sa mère de sa rencontre avec Billy, en effet, celle-ci était devenue livide. Elle avait pris Madison à part et lui avait intimé de ne jamais, jamais raconter cela à personne. Surtout pas à la maman de Billy, bien assez affectée.

Elle avait vite compris aussi que les autres, eux, ne voyaient pas les morts. La seule idée qu'une telle rencontre puisse se produire leur paraissait même complètement absurde.

Madison n'en avait pas voulu à sa mère, bien sûr. Ce n'était pas sa faute, si elle ne croyait pas aux fantômes et compatissait avec la maman de Billy. Elle imaginait trop bien ce qu'on pouvait ressentir en perdant un enfant, et n'avait aucune envie de faire souffrir davantage les proches du petit défunt.

Blottie sous ses couvertures, Madison entendait le faible murmure de la télévision dans la pièce voisine. Si seulement cela avait pu la bercer assez pour qu'elle s'endorme… Elle sursauta quand Ichabod bondit sur son lit et tendit la main pour le gratter derrière les oreilles.

Son pire souvenir de fantôme, ç'avait été pendant sa

dernière année au lycée, quand Josh Bollyn, un type adorable dont elle était amoureuse, avait succombé d'une mort violente. Ils avaient passé la soirée à s'amuser avec des amis et rentraient à pied en échangeant des plaisanteries. Et puis, une bouteille vide, lancée depuis la vitre d'une voiture venant en sens inverse, avait heurté Josh de plein fouet, à la tête. Un geste idiot, un geste de conducteur négligent, sans doute aviné, qui avait transformé la soirée en atroce tragédie.

On avait transporté Josh à l'hôpital, dans le coma.

Les médecins n'avaient rien pu faire. La bouteille avait fracassé le crâne, détruit le cerveau.

Assise à son chevet, figée, elle avait attendu l'arrivée des parents de Josh. La ligne, sur l'écran de contrôle, avait fini par devenir entièrement plate…

Alors, à ce moment précis, elle avait entendu la voix de Josh. « Aide mes parents, Madison, je t'en supplie… Fais sortir ma mère d'ici, reste avec elle, parle-lui… »

Le jour de l'enterrement, le fantôme du jeune homme s'était tenu debout à côté d'elle. Il avait l'air infiniment triste, mais il lui avait murmuré tous les messages qu'il souhaitait transmettre pour soulager la douleur de ses proches. Josh n'avait pas mérité de mourir. Sa mort avait révolté Madison. Elle lui faisait peur, aussi. Car même si elle n'y était pour rien, elle se demandait si elle n'avait pas porté malheur à Josh, sans le vouloir. Et maintenant, si quelqu'un s'attachait trop à elle, ne risquait-il pas de connaître le même sort ? Mieux valait ne pas s'investir dans une relation. Surtout pas.

Les années suivantes, elle s'était donc considérablement repliée sur elle-même. Elle s'était plongée dans le travail, n'acceptant que des relations superficielles. D'ailleurs, avec l'arrivée de Bogie dans sa vie, il était devenu bien difficile de recevoir des hommes chez elle !

Elle finit par s'endormir, d'un sommeil peuplé de rêves sans queue ni tête.

A un moment, par exemple, elle se retrouvait dans les

ateliers. Le smog de Los Angeles couvrait la ville ; la brume épaisse, grisâtre, s'insinuait partout, noyant les silhouettes. Elle sentait derrière elle une présence menaçante et, en se retournant, découvrait le grand prêtre égyptien, malfaisant, du *Sacrilège*. Elle se mettait à courir, mais la seule issue qui se présentait était la porte qui menait au tunnel, là où se dressaient les personnages en cire de *Sam Stone et le Mystère du musée égyptien*.

La porte était entrebâillée.

Elle l'ouvrait à la volée…

Seulement, en arrivant au bas des marches, elle glissait dans une mare de sang.

Elle tentait de se redresser mais, au même instant, une autre silhouette se dressait devant elle, lui barrant la route. C'était de nouveau le grand prêtre. Elle écarquillait les yeux. S'agissait-il du mannequin d'Amun Mopat ? Hélas, non… C'était un être en chair et en os. Il brandissait son grand poignard recourbé dans sa direction…

Surtout, il n'avait pas de visage.

— Voulez-vous me voir ? Voulez-vous voir qui je suis ? lui disait-il. Alors, approchez, approchez, venez arracher mon masque ! Vous ne pouvez pas bouger ? C'est donc moi qui vais venir…

Madison s'éveilla avec un haut-le-corps, le cœur battant. Elle ruisselait de sueur. Ses draps s'étaient entortillés autour d'elle.

Dieu merci, elle était en sécurité, dans sa chambre. Mais, demain, une longue journée l'attendait…

Ichabod poussa un miaulement inquiet. Il était au pied de son lit et la regardait fixement.

— Viens donc, idiot ! lui dit-elle en souriant. Je suis réveillée, maintenant.

Pourtant, elle ne se sentait pas tranquille. Le son de la télévision du salon, trop bas, ne la rassurait pas. Pour se réconforter, elle alluma le poste de sa chambre et choisit une chaîne de dessins animés. Avant de se recoucher, cependant, elle alla jeter un coup d'œil par la fenêtre.

Curieusement, des frissons la parcoururent alors qu'elle ne voyait rien d'anormal. La rue, où s'alignaient de paisibles villas, était sombre et déserte. Un réverbère scintilla un moment comme s'il allait s'éteindre, rendant l'obscurité plus intense encore. Juste en face de chez elle se dressait une villa inhabitée, couverte de feuillage. On aurait dit une sorte de grand trou noir… Ou même une énorme mâchoire béante. Comme s'il y avait là un visage masqué de noir, au regard maléfique…

— Sors, fillette, sors dans la rue, semblait-il murmurer.

C'était comme si des yeux la fixaient, la transperçaient. Comme si on voulait la réduire au silence.

Elle se précipita en trombe dans le salon. Bogie n'était plus là…

— Bogie ! appela-t-elle d'une voix étouffée.

Pas de réponse. Elle écarta doucement les rideaux de la fenêtre. La maison inhabitée, en face, lui apparaissait sous un angle différent, mais sa façade, sous les frondaisons épaisses, évoquait toujours un visage. Avec, encore, cette sensation d'un regard menaçant, qui ne la quittait pas des yeux…

Puis, tout à coup, elle sentit une présence derrière elle.

La morgue du comté de Los Angeles était immense.

Sean n'y était pas venu souvent, et même avec son badge du FBI, il se félicitait d'être accompagné d'un policier qui, lui, connaissait bien les lieux, d'autant qu'à cette heure tardive il n'y avait plus grand monde sur place.

Benny Knox les guida à travers le vaste hall, jusqu'à un bureau d'accueil que Sean n'aurait sans doute pas réussi à trouver seul. Dans un comté de cette taille, des dizaines de corps entraient quotidiennement à la morgue. C'étaient le plus souvent des décès « de routine », et il était rare qu'on mobilise du personnel en pleine nuit.

Certes, la majorité des employés, dans l'ensemble, se montraient respectueux avec les morts. Ils n'oubliaient pas que ces cadavres avaient été des êtres humains bien vivants, qui avaient respiré, ri, chanté, travaillé… D'autres employés, en revanche, étaient devenus si blasés qu'ils les traitaient comme des spécimens de laboratoire, de simples pièces à conviction. Ils se contentaient de garder les locaux en espérant qu'aucun accident, aucune catastrophe naturelle ne leur apporterait sa cargaison de corps et un surcroît de travail.

L'infirmier de garde, un étudiant en médecine, avec ses livres ouverts devant lui, les accueillit en bâillant. Tout le monde savait que le fils d'Eddie Archer était accusé du meurtre de Jenny Henderson, bien sûr, mais cela ne rendait pas le cadavre de cette dernière plus intéressant pour autant. Il fit venir un médecin légiste, le Dr Hervé Rodrique. Rodrique, quoique surpris de leur demande à une heure pareille, consulta ses registres et leur demanda de bien vouloir patienter. Il allait faire sortir le corps de Jenny de la salle d'autopsie.

Contrairement à d'autres, le cas de Jenny avait été considéré comme une priorité pendant la journée. L'autopsie avait été entreprise rapidement, comme en témoignait la grande incision en Y qui apparut sur son ventre quand Rodrique abaissa le drap. Il n'avait pas effectué lui-même l'autopsie, mais il en avait le compte rendu, qui lui avait été remis par la police elle-même, souligna-t-il en leur jetant un regard aigu par-dessus ses lunettes.

— Je sais, répondit Knox, mais l'agent Cameron n'est pas policier, il vient du FBI. Il aimerait voir le corps.

— Eh bien, le voici, dit Rodrique. Sexe féminin, âgée de vingt ans, un mètre soixante-quinze, cinquante-deux kilos. Si nous n'avions pas déjà connu son identité, nous l'aurions trouvée facilement : elle s'est fait refaire les seins il y a un an, et le numéro de série des implants correspond au nom qu'on nous a donné. Elle était en très bonne santé. Elle n'avait apparemment ingéré ce jour-là ni alcool ni stupéfiants, quoique nous attendions encore les résultats des derniers tests. Cause du décès… Eh bien, ça se voit à l'œil nu. Pas besoin d'être médecin pour comprendre.

— Quel type d'arme blanche a-t-on utilisé ? demanda Sean.

— Voyons… Le Dr Chang dit que la pointe était très fine, avec une lame un peu émoussée. Il a fallu au meurtrier exercer une forte pression pour l'enfoncer. La coupure n'est pas nette, les bords sont un peu lacérés…

Sean hocha la tête et baissa les yeux vers Jenny. Elle avait été très jolie. Ses yeux, à présent, étaient clos, et sans la ligne rouge de sa blessure, on aurait pu croire qu'elle dormait.

Quelle avait bien pu être la personnalité de cette jeune fille ? C'était toujours impossible à deviner, au simple examen du cadavre.

— Parle-moi, fit-il. Explique-moi… Je sais que tu avais de l'affection pour Alistair, même si tu l'as manipulé. Je sais que tu ne voudrais pas qu'il paye pour un autre.

Hélas, le corps resta figé, silencieux. Sean ne s'était pas attendu qu'elle se lève ou ouvre la bouche, évidemment, mais…

— Jenny, je t'en supplie ! Je suis là pour t'aider. Si tu veux connaître la paix dans l'au-delà, il faut que justice soit faite !

Alors, sans qu'il sache si c'était une réalité ou le fruit de son imagination, il vit que Jenny avait ouvert les yeux. Elle le regarda et son expression changea, s'anima. D'une voix emplie de terreur, elle chuchota :

— J'ai si peur ! Je vois bien que je suis morte, maintenant. Cela m'effraye tellement !

Les morts exprimaient souvent ce genre d'angoisse, ce qui laissait Sean totalement désemparé. Qu'est-ce qui les attendait, ensuite ? Il ne savait pas. Personne ne savait. Une fois qu'on était entré dans la lumière, on entreprenait un voyage dont personne ne revenait.

— Jenny, tu étais une très belle jeune femme… Tu n'as aucune raison d'avoir peur, répondit-il silencieusement.

— Mais je me suis servie d'Alistair, répondit-elle d'un ton piteux. J'ai très mal fait. Je risque de finir en enfer !

— Je ne prétends pas connaître les intentions divines, Jenny, mais je suis sûr que l'enfer est réservé aux malfaisants. Si tu nous aides à trouver la vérité, tu partiras sur la voie du salut, j'en suis sûr.

Sean perçut les sanglots de la jeune femme. On lui avait volé la vie, le plus précieux des dons…

— Qu'est-ce qu'il regarde comme ça ? entendit-il Rodrique demander à Knox.

— Aucune idée, grommela Knox. Dieu seul sait ce qu'on leur apprend au FBI, de nos jours !

— Il se fait tard, marmonna Rodrique.

Du coin de l'œil, Sean vit qu'il consultait sa montre.

— Vous avez un rendez-vous pour dîner ? jeta Knox.

Rodrique rougit.

— Non ! Mais j'ai une montagne de paperasserie à régler !

— Jenny, s'il te plaît…, insista Sean. Dis-moi… Le coupable n'est pas Alistair. Alors, qui est-ce ?

Jenny se remit à pleurer.

— Qui, Jenny ?

— Ce n'est pas Alistair, c'est vrai.

— D'accord, mais alors, qui est-ce…

— Un homme.

— Lequel ?

— Le mannequin de cire. Celui qui porte une tunique.

Madison poussa un hurlement et fit volte-face, prête à frapper.

— Holà, doucement ! C'est moi ! s'exclama Bogie.

Elle exhala son souffle en tremblant de tous ses membres.

— Oh ! Bogie ! Excusez-moi. C'est cette maison, en

face… C'est idiot, mais j'ai l'impression qu'elle me regarde. Ça m'a fait peur, et… Je dois vraiment avoir l'air ridicule !

Il la scruta avec attention.

— Non. Cette maison vide n'a rien de rassurant, effectivement. Et après la journée que vous avez passée…

— Si seulement j'arrivais à dormir ! gémit-elle.

— Je vais venir m'asseoir un moment dans votre chambre. Ça vous aidera peut-être.

— D'accord. Merci, murmura-t-elle en hochant la tête.

— Ensuite, je vais remettre *I Love Lucy* et surveiller la maison d'en face. Si je vois quoi que ce soit d'anormal, je vous réveille tout de suite.

Vengeance bouillait de colère.

L'attente avait duré des heures.

Cette nuit, pourtant, avec un peu de chance…

Mais non… Ça ne pourrait pas avoir lieu cette nuit. Cameron avait soigneusement attendu que la fille soit rentrée chez elle et qu'elle ait verrouillé sa porte. Si Vengeance entrait par effraction, il y aurait trop de dégâts. Le pot aux roses risquait d'être dévoilé. Alistair, enfermé dans sa clinique, ne pourrait plus être soupçonné… Non, vraiment, cette nuit n'était pas la bonne pour un nouveau meurtre. Ce serait parfaitement stupide.

Il fallait s'en tenir au plan. Même si, maintenant, évidemment…

Maudite Madison ! Il y avait chez elle quelque chose qui perturbait considérablement Vengeance. Presque comme si elle avait un don de double vue. Elle observait sans rien dire, mais par moments…

Par moments, on sentait qu'elle voyait des choses que d'autres ne voyaient pas.

Peut-être qu'elle était cinglée, tout simplement. Vengeance l'avait déjà vue chuchoter devant un cadavre, par exemple.

Comme à des funérailles…

Et cette fois où elle avait déambulé dans le cimetière, comme si elle rendait visite à de vieux amis !

Voilà pourquoi Vengeance se retrouvait devant chez elle, ce soir. Alors qu'elle ne figurait pas dans ses projets, au départ. Et ce fichu Cameron qu'on avait fait revenir du Texas ! Ça n'allait pas du tout. Ça non plus, ça n'était pas prévu !

Il fallait rester calme. Garder son sang-froid. Vengeance reprit son observation en tentant de maîtriser son exaspération.

Il ne se passait plus rien. Toutes les lumières, chez Madison Darvil, s'étaient éteintes, à l'exception de celle du porche et de la faible lueur de la télévision, dans le salon. Cette fichue télé, qu'elle gardait allumée nuit et jour ! En même temps, cela pouvait avoir des avantages. Le bruit couvrirait les cris, par exemple.

Maintenant, peut-être…

Non ! C'était trop imprudent.

Mieux valait patienter, et échafauder le meilleur moyen de débarrasser la planète de cette Madison Darvil, avec ses immenses yeux bleus qui voyaient tant de choses. Dommage, d'ailleurs. C'était une jolie fille, très douée…

Tant pis. Elle ne serait pas la première beauté qu'Hollywood dévorerait toute crue.

Patience, patience… Ne pas se précipiter. Après tout, ce n'était pas une passion aveugle qui le motivait. Ses crimes étaient réfléchis, parfaitement calculés.

Son moteur, c'était la vengeance.

6

Heureusement qu'Eddie était riche, songea Sean en arrivant à la clinique. Car ce n'étaient pas les maigres moyens de l'hôpital public, en dépit des efforts de la municipalité, de l'Etat ou du gouvernement fédéral, qui auraient pu financer un établissement comme celui-là.

Alistair Archer, libéré sous caution, portait néanmoins un bracelet électronique à la cheville et n'était pas autorisé à sortir. Grâce à la fortune et aux relations de son père, il avait trouvé une chambre au centre thérapeutique Churchill-Dunlap, qui accueillait en général les stars dépressives ou en cours de désintoxication. Quand ce n'était pas dans l'attente d'un procès retentissant.

Car la violence, à Los Angeles, n'épargnait aucune classe sociale. Le comté abritait d'innombrables milliardaires — stars du cinéma, producteurs, réalisateurs… —, mais aussi les fameux gangs de l'est de la ville, avec leurs trafics de drogue et leurs crimes. Dans les prisons locales, de véritables mafias criminelles faisaient la loi. Il arrivait souvent que des inculpés, hommes ou femmes, soient éliminés avant même l'ouverture de leur procès… Certes, les autorités faisaient de leur mieux, dans un souci de justice égalitaire caractéristique de cette ville où résidaient tant d'artistes. Mais, bien souvent, la lassitude tuait dans l'œuf les meilleures initiatives.

Eddie avait donc préféré voir son fils à l'abri dans un établissement luxueux, discret, où une aile entière était réservée aux patients qui pouvaient se montrer dangereux pour eux-mêmes ou les autres.

S'il avait été le fils d'un homme quelconque, Alistair aurait sans doute fini en cellule et connu l'enfer…

Ici, au contraire, les gardiens portaient des uniformes élégants et un voiturier garait votre véhicule dans le parking. Le hall d'accueil dans lequel Sean et Madison se présentèrent était tout de métal et d'acier chromé, et même les portiques de sécurité étaient dernier cri. Les contrôles étaient d'ailleurs très stricts. Il leur fallut plusieurs minutes avant d'être admis et accompagnés dans les étages, jusqu'au couloir où se trouvait la chambre d'Alistair.

Durant tout le trajet, Madison était restée courtoise mais songeuse, parlant peu. Sean l'avait sentie inquiète. A présent, elle observait l'intérieur de l'hôpital en ouvrant de grands yeux.

— On a l'impression d'être dans un spa, avec des gardes armés de mitraillettes prêts à surgir, murmura-t-elle.

— Il n'y a pas vraiment de mitraillettes, mais c'est impressionnant, effectivement. Ici, en attendant d'être jugé pour un crime atroce, vous pouvez vous faire masser, par exemple, répondit Sean un peu cyniquement. Les citoyens ont beau être égaux devant la loi, l'argent change bien des choses. Eddie a réussi à faire libérer Alistair sous caution très rapidement, et son avocat a trouvé cette solution pour attendre la date du procès. Alistair aurait pu rester chez lui, mais il est plus en sécurité dans cette clinique.

— Tant que son *innocence* n'est pas prouvée, vous voulez dire ! rappela-t-elle.

— Nous sommes d'accord là-dessus, vous le savez bien !

Ils arrivaient devant la chambre. Le garde leur déverrouilla la porte.

L'intérieur n'avait rien à voir avec une cellule de prison, ni même avec une chambre d'hôpital. C'était une véritable suite, avec un salon équipé de canapés, de fauteuils et d'une télévision grand écran. Par la porte ouverte, dans l'autre pièce, on apercevait un grand lit.

Alistair était assis avec son père à la table du salon. Ils jouaient au gin-rummy, l'air plutôt calme tous les deux.

Le jeune homme, vêtu d'un jean et d'un T-shirt à l'effigie d'un groupe de rock, leva la tête à leur entrée. Son visage s'éclaira d'un seul coup, et il bondit vers eux. Il étreignit d'abord Madison avec fougue, puis enlaça Sean avec un égal enthousiasme en s'écriant :

— Ça alors, je n'en reviens pas !

Il recula d'un pas, comme pour vérifier qu'il n'était pas victime d'un mirage.

— Je n'aurais jamais cru que mes amis puissent me faire une aussi totale confiance, reprit-il. Je veux dire… Vu les circonstances ! Je ne suis pas devenu cinglé, vous savez… Je vous jure ! Je n'ai pas tué Jenny dans un moment d'égarement ! J'étais complètement fou d'elle. Je me fiche de ce que tout le monde semble penser… Ce n'est pas moi. Je suis sain d'esprit !

— Mon pauvre Alistair ! s'exclama Madison en l'étreignant à son tour. Ne t'inquiète pas, ça va s'arranger. Nous allons trouver la vérité, je te le promets !

Il hocha la tête puis, soudain, fondit en larmes.

— Rien ne va s'arranger, Madison. Jenny est morte… Plus rien ne sera jamais pareil.

— Je ne voulais pas dire ça, Alistair, reprit Madison, consternée. Je voulais simplement montrer que nous te croyons et que nous parviendrons à faire éclater ton innocence. J'en suis sûre.

Sean espérait qu'elle ne s'avançait pas trop. L'affaire était en effet très mal engagée. Même s'il croyait fermement à ce que disait Alistair, les policiers et les juges, eux, concluraient sûrement que le jeune homme avait tué Jenny Henderson dans un brusque accès de folie, puis avait perdu conscience et ne se rappelait plus rien. Dans ce genre de « mystère en chambre close », c'était la seule conclusion logique, en dépit des vigoureuses protestations de l'accusé.

Cela dit, se souvint Sean, lui-même venait de communiquer avec la victime, et même si elle ne savait pas qui l'avait tuée, elle était certaine qu'il ne s'agissait pas d'Alistair.

Evidemment, il serait très difficile de citer les dires d'un témoin passé à trépas…

A moins que… A moins que le meurtre n'ait été soigneusement planifié. Il était probable que la personne réellement visée ne soit pas Jenny, par exemple. Les vraies cibles, c'étaient peut-être Eddie et Alistair. Si l'équipe des « chasseurs de fantômes » parvenait à trouver le mobile du meurtrier, le FBI pourrait peut-être ensuite dérouler l'écheveau jusqu'à lui.

Eddie s'était mis debout à son tour et regardait son fils saluer Sean et Madison. Il déclara à voix basse :

— Merci d'être venus.

Sean hocha la tête.

— Nous avons besoin des déclarations d'Alistair, répondit-il.

Eddie sourit à Madison puis poussa un soupir.

— Asseyez-vous, je vous en prie…

Il repoussa le jeu de cartes et le bloc-notes où figuraient les points dans un coin.

— Asseyez-vous, répéta-t-il. Alistair va vous raconter ce qui s'est passé. Sois précis, Alistair. Le moindre détail peut avoir son importance.

Tout en parlant, Eddie avait repris son siège. Madison se plaça en face de lui, Sean à son côté. Alistair prit place à côté de son père.

— Jenny s'est faufilée pour venir te voir, n'est-ce pas ? commença Madison.

— Oui, murmura le jeune homme en fixant ses mains. Je l'ai déjà dit à la police… Je leur ai tout dit.

— Nous le savons, Alistair, mais il faut néanmoins tout nous répéter, insista Sean.

— Absolument tout ? Bon, d'accord…, soupira Alistair.

J'étais venu voir un film à La Boîte noire. J'ai fait un signe aux caméras de sécurité, en passant, pour prévenir Colin Bailey que je serais là…

— Es-tu parti directement de chez toi ?

— Oui. Je suis allé prendre les bobines de *Sam Stone et le Mystère du musée égyptien*… J'adore ce film. Ce n'est pas le plus connu des films noirs, mais je le trouve génial. Je suis vraiment emballé que nous fassions les effets spéciaux du remake, d'ailleurs ! Bref, j'étais en train de regarder la scène où Dianna Breen entre dans le bureau de Sam Stone, pour lui expliquer qu'elle n'a pas tué son mari, quand Jenny est arrivée…

— Par où est-elle passée ? s'enquit Sean.

Alistair, l'air embarrassé, répondit :

— Elle m'a dit que j'avais laissé la porte ouverte.

— Etait-ce le cas ?

Plusieurs secondes s'écoulèrent. Alistair plissait le front.

— Eh bien… Je ne sais pas. C'est ce qu'elle a dit, mais ça m'a étonné…

Avec un coup d'œil vers son père, il ajouta :

— Je sais que j'ai beaucoup de chance de pouvoir aller et venir comme ça, et j'essaye vraiment de faire attention. J'aurais *juré* que j'avais fermé derrière moi, mais… En fait, je ne sais pas.

— Bon, laissons ce point pour l'instant. Donc, Jenny t'a pris par surprise et elle a insisté pour aller dans le tunnel…, reprit Sean.

— Oui, elle…

Alistair se tut un moment, ému, puis enchaîna en se tournant de nouveau vers son père :

— Elle voulait voir le tableau sur *Sam Stone*, parce qu'elle espérait être retenue pour un petit rôle dans *Le Sacrilège*. Elle pensait que s'imprégner de l'atmosphère lui donnerait plus de chances dans un film où les effets spéciaux ont tellement d'importance… Je suis vraiment, vraiment désolé, papa !

Il semblait sur le point de fondre en larmes de nouveau. C'était poignant de le voir anéanti par la mort de Jenny et, en même temps, tellement contrit d'avoir trahi la confiance de son père.

Madison prit la main d'Alistair dans la sienne.

— Allons, remets-toi, dit-elle gentiment. Ton père ne t'en veut pas. Il se fait surtout du souci pour toi.

— Elle a raison, fit remarquer Eddie avec une grimace émue. Le fait que tu aies désobéi est le cadet de mes soucis, pour l'instant. Mais que cela ne se reproduise pas, hein ! ajouta-t-il pour tenter de plaisanter.

Alistair eut un faible sourire.

Ils savaient tous qu'il risquait d'être condamné à mort et n'aurait peut-être plus jamais l'occasion de désobéir.

— Au début, reprit le jeune homme, tout s'est bien passé. Je connais ce tunnel par cœur. Je pourrais décrire tous les tableaux les yeux fermés…

— Est-ce qu'ils avaient l'air un peu différents de l'ordinaire ? demanda Sean.

— Je n'en ai pas eu l'impression.

— Même celui de *Sam Stone* ?

— Je me rappelle seulement l'avoir regardé en me répétant que j'aimais vraiment ce film. C'est surtout au film que je pensais…

— Tu le regardes souvent, n'est-ce pas ? intervint Madison en souriant. Nous avons discuté plusieurs fois de ses effets spéciaux, créés avant l'époque du numérique. C'est très bien, le numérique, mais il faut que ce soit parfait et que le scénario soit vraiment impeccable. Autrefois, on obtenait des images extraordinaires grâce aux costumes, et grâce aux acteurs aussi. Ils étaient exceptionnels. Prenez Lon Chaney Jr, qui pouvait incarner des dizaines de personnages différents… Bref, les trucages de *Sam Stone* étaient de très grande qualité. Ils paraissent simplistes, d'après les critères d'aujourd'hui, et pourtant ils parviennent à faire très peur.

Alistair opina, les yeux fixés sur elle, puis murmura, de nouveau troublé :

— C'est vrai que je le regarde souvent. C'est mon film noir préféré… Est-ce que… est-ce que cela peut être retenu contre moi ?

— Tout peut être retenu dans ce genre d'affaire, répondit calmement Sean. Poursuivons. Donc, vous êtes allés dans le tunnel, les tableaux n'avaient pas bougé… Que s'est-il passé ensuite ?

— Nous nous sommes approchés de la porte donnant sur les studios, et nous avons vu qu'elle était entrebâillée.

— Entrebâillée ? La porte qui mène aux studios et aux ateliers ? répéta Sean.

— Oui, je l'ai déjà dit je ne sais combien de fois, répondit Alistair, légèrement agacé. C'était entrouvert, alors que ça aurait dû être fermé à double tour. Bref, je me suis avancé et, à ce moment-là, j'ai entendu Jenny hurler.

Sa voix, sur les derniers mots, s'était brisée.

Sean se pencha en avant.

— Dis-moi très exactement ce que tu as vu, Alistair. Essaye de ne rien oublier.

Les mains d'Alistair tremblaient sur la table. Il déglutit avec effort puis répondit :

— Le… le grand prêtre était sorti du tableau. Il tenait Jenny et… il lui a tranché la gorge. J'ai tenté de l'arrêter, j'ai crié à mon tour… Je me suis demandé un moment si ce n'était pas une mise en scène, si mon père n'avait pas voulu me donner une leçon… Ou si un idiot quelconque des studios me faisait une mauvaise plaisanterie… Mais non. C'était bien réel. Le… le sang giclait partout. Le regard de Jenny était… il était…

— Alistair…, murmura Madison en lui serrant de nouveau les mains.

Elle le regardait avec compassion. Elle avait failli dire : *Alistair, ce n'est rien…*

Or, ce n'était pas rien. Bien au contraire.

— Nous sommes de ton côté, murmura-t-elle. Nous trouverons la vérité.

— Ecoute-la, fiston, intervint Eddie, l'air profondément malheureux.

— Continue, Alistair, coupa Sean d'un ton impérieux. J'ai besoin de tout savoir. Tu l'as donc vu agresser Jenny, tu as vu les yeux de cette dernière… Et les yeux du grand prêtre ? Quelle expression avaient-ils ?

Le regard d'Alistair se perdit dans le lointain. Pendant un instant, Sean craignit qu'il ne leur échappe, que sa raison ne commence à sombrer…

Avec lenteur, cependant, le jeune homme finit par répondre :

— Ses yeux ? Il n'avait pas d'yeux. Il était sans visage. A l'endroit où sa tête aurait dû se trouver, il n'y avait que du noir. Je… je suis sûr de ne pas me tromper !

Il baissa la tête un instant, l'air concentré, puis la releva.

— Pourtant, même sans yeux et sans visage, il me regardait, murmura-t-il. Je *sais* qu'il me regardait. Et surtout…

— Surtout ? insista Sean.

— Il riait, poursuivit Alistair dans un souffle. Cela ne faisait pas de bruit, mais… il avait ce rire satanique, triomphant… On aurait dit le diable en personne.

— Madison ? Cela vous tente ?

Madison tressaillit. Hantée par le souvenir du visage d'Alistair, elle avait momentanément perdu conscience de ce qui l'entourait.

Elle se tourna vers Sean, qui était au volant. La circulation, comme toujours en Californie, était des plus chaotiques. Heureusement que Sean avait vécu ici et qu'il y était habitué ! Il se faufilait avec dextérité et, sans rien perdre de sa concentration, lui avait jeté un coup d'œil tout en posant sa question.

— Excusez-moi… Que disiez-vous ? répondit-elle.

— Je suggérais d'aller déjeuner avant notre prochain rendez-vous, mais j'ai l'impression que vous ne m'avez pas entendu.

— Notre prochain rendez-vous ? Lequel ?

— La morgue.

— La morgue ? répéta-t-elle en espérant ne pas trahir son appréhension.

— Oui, mais seulement après avoir mangé. Où aimeriez-vous aller ?

— Oh ! peu importe... Là où vous voudrez, sur le chemin.

Sean hocha la tête, apparemment satisfait qu'elle soit prête à déjeuner n'importe où. Il avait même l'air de comprendre qu'elle n'était pas un agent du FBI et avait beaucoup moins que lui l'habitude de fréquenter les morgues. C'était une bonne idée de déjeuner avant, d'ailleurs. Après, la visite lui aurait sûrement coupé l'appétit...

Ils finirent par se garer devant un restaurant italien de la chaîne Buca di Beppo. Celui-ci avait bonne réputation, mais, à vrai dire, ils mouraient tellement de faim qu'ils auraient dévoré n'importe quoi.

Ils choisirent tous deux une salade et des lasagnes. Quand le serveur, très aimable, se fut éloigné, Madison déclara :

— Je suis vraiment contente que vous soyez venu, vous savez. Je tenais à vous le dire. Vous avez travaillé pour Eddie, vous êtes du FBI... Et puis, surtout, vous faites confiance à Alistair.

Elle hésita un instant, avant d'enchaîner :

— Moi aussi, je lui fais confiance. Mais j'ai beau savoir qu'on fait des miracles avec les effets spéciaux, ça n'enlève rien au fait qu'un mannequin de cire ne peut pas prendre vie.

— Exact, répondit-il. Tout au plus peut-on l'animer avec de la robotique, ou en le digitalisant si c'est dans un film. Oui, il est clair que ce n'est pas un mannequin qui a tué Jenny Henderson.

— Ce qui reste tout de même étrange, murmura-t-elle,

c'est que personne n'apparaisse sur les enregistrements vidéo… Vous ne les avez pas encore vus, n'est-ce pas ?

Sean fit signe que non. Elle poursuivit :

— Mais la police, elle, les a vus. Alors, si quelqu'un était passé dans le champ, Knox vous l'aurait sûrement dit. Et ce suspect aurait déjà été interrogé…

Sean découpait une feuille de salade, l'air pensif.

— Certainement. Aussi méfiant et à cheval sur le règlement que soit Knox, ce n'est pas un mauvais bougre, et je pense que c'est un bon flic. S'il y avait quoi que ce soit de nouveau, il m'aurait fait signe.

— Donc, il n'y a rien sur les vidéos. Les studios étaient vides, le cinéma aussi… il n'y avait sur place que le gardien, Colin Bailey. On ne peut pas l'écarter totalement de la liste des suspects, mais cela semble très improbable. D'ailleurs, la police l'a interrogé et a vérifié ses antécédents… Et puis, j'aime bien Colin. C'est une présence rassurante. Il travaille pour Eddie depuis vingt ans. Il s'est toujours montré loyal et il ne supporte pas qu'on touche aux studios ! Finalement, il ne nous reste comme suspects que les mannequins, conclut Madison, le visage sombre.

— Vous oubliez un détail. Ce n'est pas parce que les studios étaient censés être verrouillés qu'ils l'étaient *vraiment*.

— Mais… vous connaissez le système de sécurité aussi bien que moi. Et tous les employés d'Archer savent bien que, s'ils veulent garder leur place, ils n'ont pas intérêt à venir fouiner dans les locaux pendant un confinement ! protesta Madison.

Elle ajouta en soupirant :

— Evidemment, si on veut garder sa place, on ne va pas non plus commettre un meurtre ! Pas si on est normal, en tout cas. Ce qui veut dire que ce meurtrier ne l'est pas, normal !

— Pour être franc, j'ai du mal à définir la « normalité », avoua Sean. Ce que je peux dire, c'est que notre inconnu est quelqu'un de très organisé. Il ou elle a tout planifié dans les moindres détails. J'ajoute qu'il — ou elle — dispose sûrement d'éléments que nous ignorons, car je ne crois pas un instant à l'hypothèse de la « chambre close ». Il y a forcément une faille dans le système, quelque part. Un moyen d'entrer que nous ne connaissons pas encore. Quand je travaillais pour Archer…

— Pourquoi êtes-vous parti ? coupa impulsivement Madison.

Elle regretta aussitôt sa question. L'expression de Sean avait changé : il s'était brusquement mis sur la réserve.

— Le Texas, c'est chez moi… Et on avait besoin de moi là-bas, répondit-il brièvement. Pour en revenir à ce que nous disions, j'ajoute qu'aucun des employés des studios, à mon avis, ne connaît cette fameuse faille qui nous échappe.

— Vous pensez donc que quelqu'un de l'extérieur, quelqu'un qui savait qu'Alistair se rendrait dans le musée, a trouvé le moyen d'entrer, puis de se cacher quelque part pour le guetter…

— Exactement.

Madison fronça les sourcils.

— Ça suppose de surmonter pas mal d'obstacles, fit-elle remarquer. D'abord, éviter les caméras. Puis trouver où se cacher. S'emparer du costume nécessaire pour se déguiser comme le mannequin. Ensuite, après avoir commis le meurtre, se débarrasser du costume couvert de sang, arriver à sortir du tunnel et des studios sans se faire voir, ni laisser la moindre trace…

Elle leva les mains en un geste d'impuissance et conclut :

— C'est là que je ne comprends plus du tout. Car ressortir ainsi, cela suppose de ne pas *non plus* se faire voir des caméras de surveillance, pas plus au retour qu'à l'aller. Comment est-ce possible ?

— Tout simplement parce que cette chambre close où on a réussi à pénétrer n'est pas *vraiment* close, comme je le disais.

— Eh bien, espérons que Knox sera prêt à collaborer avec le FBI et à vous faire part de tout ce qu'il sait ! soupira-t-elle.

— L'analyse des empreintes et des échantillons prend un certain temps, rappela Sean. Parfois, d'ailleurs, ce n'est pas grâce à eux que l'on trouve la bonne piste… C'est grâce au raisonnement logique.

— Pour démonter un mystère en chambre close, par exemple ?

— Exactement. Il nous faudra, par exemple, obtenir le détail précis des allées et venues de Colin Bailey et de l'autre gardien. Examiner avec soin les serrures, les clés, le système de sécurité de tous les bâtiments. Ce système ne me paraît pas très performant, d'ailleurs. Eddie préfère faire confiance à ses employés…

— C'est vrai, acquiesça Madison, et en plus, il n'aime pas beaucoup les technologies sophistiquées ! Il faut toujours lui expliquer les fonctions de son téléphone portable !

— Si vous savez cela, c'est que vous êtes vraiment proche de lui et qu'il respecte votre opinion, souligna Sean.

— Je n'imaginais pas qu'il ait autant d'estime à mon égard jusqu'à ce qu'il m'appelle, hier matin, avoua-t-elle. Il apprécie tout le monde, bien sûr. C'est un patron formidable, qui ne fait pas de favoritisme… Je ne pensais pas qu'il m'avait particulièrement remarquée.

— Alistair aussi vous aime beaucoup.

— C'est drôle, parce que quand j'ai commencé à travailler pour Eddie, j'étais une gamine très naïve, et je retrouve ça chez Alistair : c'est encore un gamin naïf, extrêmement attachant, avec la même générosité que son père. Je l'aime beaucoup. Il ne regarde personne de haut. La seule fois où je l'ai entendu s'exprimer comme un gosse de riches, c'est un jour où nous devions prendre l'avion et où il m'a dit de ne pas me dépêcher parce que l'avion nous attendrait, de toute façon ! Il pensait au jet privé de sa famille, bien sûr. J'ai dû lui expliquer que, dans la vie normale, les avions décollent à une heure précise, et pas selon le bon vouloir de leur propriétaire.

Sean éclata de rire.

— Oui, ça lui ressemble bien ! Vous avez raison, il n'a rien d'un enfant gâté. Et en dépit des mariages successifs de son père, il est toujours resté très proche de lui. Vous voyez quelle conclusion on peut en tirer, d'ailleurs ? En tant que détective ?

Madison haussa les sourcils, surprise.

— Eh bien, à part qu'il a de l'argent, je ne vois pas…

— Alistair va hériter de toute la fortune de son père et de ses studios, expliqua Sean en repoussant son assiette. Ce qui peut nous orienter vers de nouveaux suspects. La belle-mère, par exemple…

— La femme d'Eddie ?

— Exactement.

— Oh… tout de même !

— Je sais, nous avons conclu hier soir qu'elle ne semblait pas assez maligne pour échafauder un plan pareil, mais les apparences sont peut-être trompeuses. Ou alors, elle s'est mise en cheville avec quelqu'un d'autre… Nous avions écarté cette hypothèse-là aussi, je sais. Mais, finalement, j'hésite.

— Franchement, je crois que vous faites fausse route. Je travaille dans les studios à temps plein, et les rares fois où j'y ai vu Helena, c'est quand des réalisateurs connus ou des agents de casting sont sur place. A mon avis, elle ne connaît sûrement pas assez les lieux pour avoir monté une histoire pareille.

— *A votre avis,* releva-t-il.

— Je croyais que vous étiez d'accord avec moi ?

— Je suis d'accord avec le fait qu'elle a tout d'une bimbo à cervelle d'oiseau, c'est vrai. Mais si ça se trouve, c'est une bien meilleure actrice que nous ne le pensons.

— J'en doute, marmonna Madison en secouant la tête.

— Quoi qu'il en soit, elle n'en reste pas moins l'épouse d'Eddie, ne l'oublions pas. Vous avez fini de manger ?

— Oui, merci. Je vais payer ma part.

— Inutile. Le repas est aux frais de l'agence, Madison. Si nous avions commandé du vin, alors, peut-être…

Il se mit debout. Madison l'imita. Le serveur s'approcha d'un pas vif, ils réglèrent et, quelques minutes plus tard, ils étaient de nouveau sur la route.

En direction de la morgue…

Madison n'aurait jamais imaginé qu'un jour elle pénétrerait dans ce genre d'endroit.

Même si l'établissement s'efforçait d'avoir l'air décent — « accueillant » aurait sans doute été exagéré —, les odeurs de produits chimiques envahissaient jusqu'au hall de la réception. Aucun désodorisant n'en viendrait jamais à bout.

Heureusement, Sean finissait par s'habituer à tout ce qu'il devait affronter dans cette carrière qu'il n'avait pas vraiment choisie, mais qui s'était en quelque sorte imposée à lui. Tout récemment, à Quantico, il s'était initié aux armes à feu, par exemple, avec d'ailleurs un certain succès. Cela n'avait pas été trop difficile. Ayant grandi au Texas, il avait toujours été entouré de tireurs, même s'il n'avait jamais été tenté de toucher lui-même aux armes. Il avait aussi, toujours à Quantico, suivi des heures de formation en sciences comportementales. On leur avait enseigné le profilage, en veillant à les prévenir que ce n'était pas une science exacte (un profileur pouvait se tromper), mais que cela aidait à réduire considérablement le champ des suspects. Ensuite, tout était affaire de raisonnement.

En somme, même si son unité était composée d'agents très spéciaux, dotés de dons paranormaux que beaucoup de gens n'auraient guère aimé posséder, ils n'en devaient pas moins maîtriser les mêmes procédures et disposer des mêmes compétences que leurs collègues.

Enfin, il avait dû passer de longues heures de formation dans diverses morgues du pays.

Il s'y sentait systématiquement mal à l'aise, mais il était toujours parvenu à ne pas le montrer, même pendant l'entraînement.

Souvent, pendant ces visites, au milieu des techniciens affairés, il entendait des voix. Des dizaines de voix qui l'appelaient, celles des défunts…

A présent, il observait avec attention Madison. Pas par simple curiosité : parce qu'il avait besoin de s'assurer qu'Eddie avait raison, qu'elle aussi parlait avec les morts. Qu'elle voyait des fantômes…

Quand ils pénétrèrent dans le bâtiment, il vit qu'elle pâlissait. Il n'avait pas demandé à Benny Knox de les accompagner. Arguant de son mandat d'enquêteur principal, il avait demandé à rencontrer personnellement le médecin légiste qui avait pratiqué l'autopsie sur Jenny Henderson, le Dr Tee Chang.

— Je ne pourrai pas vous dire grand-chose, déclara ce dernier, tout en les guidant dans les couloirs envahis d'odeurs vers la petite pièce où il avait fait transporter le corps de Jenny. D'après mes premières constatations, la victime a été agressée par-derrière. Son attaquant était droitier. Il — ou elle — l'a maintenue contre lui du bras gauche, puis lui a tranché la gorge de sa main libre, de gauche à droite. L'artère a été coupée net. Le but n'était pas de décapiter, mais bien de tuer.

Madison, pâlissant plus encore, contempla en silence le cadavre de Jenny. Elle prit sa respiration en tremblant et Sean vit que ses yeux, malgré elle, s'emplissaient de larmes.

— Vous la connaissiez, n'est-ce pas ? demanda Sean.

— Pas très bien, répondit-elle d'une voix basse, émue. Mais oui, un peu.

— Toutes mes condoléances, murmura Chang.

Sean le trouvait sympathique. L'homme se montrait très professionnel tout en restant compatissant. Il ne se laissait pas égarer par l'émotion, mais n'oubliait pas qu'il avait affaire à des êtres humains.

Madison s'approcha plus près du cadavre.

— Son frère habite le Rhode Island, reprit Chang après s'être éclairci la gorge. Il doit arriver demain, même si nous n'en avons pas tout à fait fini.

Il posa maladroitement sa main gantée sur l'épaule de Madison.

— N'hésitez pas à la toucher, reprit-il doucement. Après tout, c'était une amie… Peut-être sentira-t-elle que vous pensez à elle, que vous êtes là pour l'aider. Qui sait ce qui se passe après la mort ?

Puis le médecin recula en jetant un coup d'œil à Sean. *Pour nous, c'est plus facile,* semblait-il dire, *parce que nous ne la connaissions pas. Mlle Darvil, elle, a sans doute besoin d'un contact avec la morte. Laissons-la seule un moment…*

Sean hocha la tête et, comme Chang, s'écarta.

Il n'en gardait pas moins les yeux fixés sur Madison, guettant ses réactions, se demandant ce qu'elle allait ressentir, voir ou entendre…

— Ma pauvre Jenny ! chuchota Madison.

Sean se souvint de sa réticence à venir à la morgue, d'autant qu'elle avait à peine connu Jenny, et seulement du fait de sa liaison avec Alistair Archer. Mais elle l'avait croisée en chair et en os, avait vu l'endroit où elle avait rendu l'âme. Elle avait entendu Alistair donner sa version de la tragédie.

Et maintenant, elle contemplait avec attention le corps dénudé et sans vie, cette dépouille désolée de ce qui avait été une très belle jeune fille.

Tout d'abord, elle parut n'avoir aucune envie de tendre la main vers le cadavre.

Sean s'en voulait de la surveiller ainsi, mais il n'avait pas le choix.

Au bout d'un moment, Madison fit un nouveau pas en avant. Une larme roula sur sa joue, tomba sur sa main.

Elle tendit le bras et effleura la joue de Jenny du bout des doigts.

Puis elle ferma les yeux.

A cet instant, tout son corps tressaillit comme si elle venait de recevoir une décharge électrique. Chang se précipita pour lui venir en aide, mais Sean le retint d'un geste.

Ils attendirent. Madison restait immobile, comme

pétrifiée, la main toujours posée sur Jenny. De longues secondes s'écoulèrent.

Finalement, Sean vint se placer derrière elle en plaçant les deux mains sur ses épaules. Il fixa Jenny et, soudain, comme la fois précédente, il eut l'impression qu'elle ouvrait les yeux. Elle les regardait tous les deux, Madison et lui, comme si elle les suppliait de venir à son secours.

Sean comprit qu'il intervenait au milieu d'une conversation.

— A vrai dire, je ne sais pas. Peut-être… , disait Jenny. J'aimais beaucoup Alistair et beaucoup de gens savaient que nous étions amis, c'est vrai. Bon, d'accord, plus qu'amis. On savait que je m'amusais à le provoquer, que je couchais avec lui, parce que… Eh bien, parce qu'il n'y avait pas de mal à ça, non ? Même si ça n'était pas destiné à durer… En fait…

Elle s'interrompit, battit des paupières puis les regarda de nouveau en enchaînant :

— En fait, je connais beaucoup de gens qui couchent pour de bien plus mauvaises raisons. Ça m'est arrivé, ce n'est pas un secret. Nous en parlions avec une amie, dans le vieux café de Sunset Boulevard… Molly Ives… Je lui ai dit que j'allais déployer tout mon charme avec Alistair, ce soir-là, parce que je voulais vraiment décrocher un petit rôle dans *Le Sacrilège*… Ma colocataire, Kathy McCarthy, était elle aussi au courant. J'ai vraiment été bête. J'aurais dû être plus discrète. J'aurais dû…

La voix de Jenny, qu'il n'entendait peut-être que dans son esprit, se tut brusquement.

Chang s'était approché de Madison et l'avait prise par le bras.

— Respirez doucement, calmement, lui dit-il. Je sais que l'odeur de cette pièce est désagréable, mais respirez tout de même. Cela vous évitera de vous évanouir.

Sean s'en voulut de ne pas avoir vu que Madison était devenue livide. Il s'éclaircit la gorge.

— Est-on sûr que le meurtrier était droitier ? s'enquit-il.

— Droitier ou ambidextre, répondit Chang.

— Merci. Quand son frère arrivera, prévenez-moi… Je voudrais le rencontrer.

Chang hocha la tête, puis recouvrit le corps de Jenny avec le drap. Ce simple geste parut rendre sa dignité à la malheureuse dépouille.

— Avez-vous besoin d'autre chose, agent Cameron ? demanda-t-il.

— Non, pas pour l'instant, merci. Je reviendrai. Ne remettez pas encore le corps à la famille, même quand vos analyses seront terminées.

— Entendu, répondit Chang.

Sean entraîna Madison hors de la pièce en la prenant par la taille. Il lui fit traverser rapidement le hall et ils se retrouvèrent enfin à l'extérieur, à l'air frais.

Sous la clarté du soleil, elle paraissait encore plus blême.

— Comment vous sentez-vous ? lui demanda-t-il.

— Ça va, assura-t-elle en levant les yeux vers lui. Ça va.

Sean songea qu'elle avait décidément des yeux magnifiques. Immenses, sans être trop larges pour son visage, ils l'illuminaient, semblaient rayonner de vitalité et d'émotion.

Il exhala discrètement puis consulta sa montre. Ses collègues devaient arriver ce jour-là, mais il ne les attendait pas avant quelques heures.

— Si nous faisions un saut chez vous ? suggéra-t-il.

— Chez moi ? Mais pour quoi faire ?

— C'est aussi bien qu'ailleurs pour faire une pause. Cela me donnera le temps de réfléchir à la suite des opérations. A ce que je vais dire à mes collègues, leur suggérer de faire…

— Ah… Bon, d'accord.

Elle s'efforçait de parler avec naturel, mais il devinait qu'elle n'était pas mécontente de passer chez elle.

Elle avait besoin de reprendre ses esprits. Après tout, elle venait d'avoir une conversation avec un cadavre…

— Allons-y, dit-elle. Prenez le volant, je vous guiderai.

Quand ils arrivèrent devant son domicile, elle montra la vieille Pontiac garée dans l'allée.

— C’est ma voiture… Vous pouvez vous mettre à côté. Il y a de la place.

Sean s’exécuta. Dès qu’il eut coupé le contact, ils sortirent de la voiture sans perdre de temps. Madison se précipita vers sa porte et glissa sa clé dans la serrure.

— Cette maison est vraiment jolie, dit Sean en admirant la façade.

— Oui, n’est-ce pas ? Comme toutes celles du quartier.

Elle avait ouvert la porte. Sean entra et, aussitôt, eut l’impression bizarre qu’on l’observait.

Madison ne vit pas seule ici, se dit-il.

— Venez, mettez-vous à l’aise, lui dit-elle.

Elle n’avait pas l’air elle-même très à l’aise, ce que confirmèrent ses paroles suivantes :

— Je crois que je vais prendre un verre. Voulez-vous quelque chose ? Mon bar n’est pas très rempli, mais j’ai du scotch, du whisky, du rhum.

Elle disparut dans la cuisine, puis passa la tête par la porte pour ajouter :

— Il y a aussi un vin rouge passable et des canettes de bière irlandaise.

— Le bar n’est pas si mal que ça, plaisanta-t-il. Je prendrai une bière.

La télévision était allumée, mais il entendait tout de même Madison s’affairer à côté.

— Asseyez-vous ! lança-t-elle.

Il s’installa sur le canapé. Une seconde plus tard, une petite boule de fourrure sauta à côté de lui en le regardant fixement.

— Un chat ! J’adore les chats, murmura-t-il.

— J’espère qu’Ichabod ne vous dérange pas ! jeta Madison depuis la cuisine.

Sean se mit à caresser l’animal et, de nouveau, eut le sentiment d’une présence. Il leva les yeux. Il ne se trompait pas…

Effectivement, Madison n'habitait pas seule la maison, et ce n'était pas que le chat qui lui tenait compagnie.

Assis à l'autre bout du canapé, un homme s'était tourné vers lui.

— J'adore regarder *I Love Lucy,* dit-il. C'est une excellente comédie. Cette Lucille, quel talent elle avait !

Sean resta figé sur place, incrédule.

— Vous… vous êtes Humphrey Bogart ? demanda-t-il dans un souffle.

Bon sang ! Madison n'était pas rentrée seule chez elle… Il avait fallu que cet idiot la suive à l'intérieur !

Vengeance en éprouvait un profond agacement. Et penser que tout le monde vénérait ce fichu Sean Cameron !

Il avait quitté Los Angeles des années auparavant, pourtant. Apparemment, pour rejoindre une amie mourante. Une femme dont il était séparé, mais qui avait été l'amour de sa vie. Il aurait pu devenir acteur de cinéma, champion sportif, réalisateur…

Mais il avait choisi le FBI ! Et le FBI, au lieu de le laisser chez les cow-boys du Texas, le faisait revenir ici !

Une vague de panique submergea Vengeance. Mais il fallait rester calme, s'en tenir au plan, en ajoutant simplement Madison dans le scénario. Cela aurait tout d'un film noir, finalement. Même si elle n'était pas le grand amour de Sean Cameron…

L'idée lui plaisait bien.

Tôt ou tard, Cameron apprendrait que Madison Darvil était morte. Une femme qu'il avait choisie pour son enquête… Ou plus précisément, qu'Eddie Archer avait choisie.

Rien que pour cela, elle devait mourir.

Le plus vite possible… Vengeance n'avait plus très envie d'attendre.

7

Pourquoi n'avait-elle pas dit non ? « Non, je ne laisse personne entrer chez moi. » Il aurait été facile d'expliquer qu'elle séparait toujours son travail de sa vie privée, par exemple. Même quand il s'agissait de sauver la vie d'Alistair Archer. Elle et Sean auraient très bien pu aller ailleurs.

Ce n'était pas qu'elle manquait d'envie d'être avec lui, pas le moins du monde. En d'autres circonstances, elle aurait même été ravie de l'accueillir sous son toit. D'autant que plus elle passait de temps en sa compagnie, plus elle se sentait attirée, fascinée par sa personnalité, sa présence… Elle le trouvait irrésistible, et aurait tout donné pour se retrouver près de lui, très près…

Sauf qu'il s'agissait d'un homme avec qui on lui avait demandé de travailler. Elle était chargée de le guider dans les studios et de lui faciliter les contacts avec l'entourage d'Eddie, rien d'autre.

Alors pourquoi, pourquoi avait-elle accepté qu'il entre chez elle, avec Bogie qui se trouvait là ? Bogie, toujours prêt à faire des niches et à se mêler de tout ? Il allait être vraiment difficile d'avoir l'air normal, de se comporter comme si le fantôme d'une des plus célèbres stars du cinéma n'était pas là, affalé sur le canapé ou nonchalamment appuyé au mur.

Non, il avait fallu qu'elle réponde d'un ton nonchalant : « Chez moi ? Ah, bon, d'accord. »

Elle fit une courte prière pour que Bogie se tienne tranquille. Il savait qu'ils enquêtaient sur un meurtre, après tout. Il n'allait pas s'amuser à perturber la soirée comme il le faisait quand elle ramenait un amoureux qu'il trouvait stupide. La situation n'était pas du tout la même. A son arrivée, certes, elle avait un peu frémi en voyant la télévision allumée, puis s'était reprise. Beaucoup de gens laissaient la télévision allumée toute la journée, non ?

Elle sortit du réfrigérateur la bière destinée à Sean Cameron. Heureusement, comme elle n'habitait pas loin des studios et invitait souvent des collègues à prendre un verre le soir (ces jours-là, Bogie se tenait tranquille), elle avait toujours une bonne provision de snacks et plusieurs boissons, alcoolisées ou non. Allait-elle prendre une bière, elle aussi ? C'était de la Guinness, apportée par son assistant le vendredi précédent. Les bouteilles étaient bien fraîches. A moins qu'elle ne prenne quelque chose de plus fort, un scotch ou un whisky ? Elle avait les deux, posés sur le comptoir. Oui, finalement, ce serait un whisky-soda…

Elle mit des glaçons dans un verre et y versa du whisky.

Sans ajouter le soda, elle l'avala d'un trait, sentit sa gorge s'enflammer et toussa. Cela faisait du bien. Elle se versa une nouvelle dose qu'elle compléta cette fois avec du soda, repoussa une mèche de cheveux et parvint à lancer d'un ton léger :

— La bière, c'est de la Guinness. Vous voulez un verre ?

— Non, pas la peine.

Elle prit son verre et la bouteille, et retourna dans le salon en adoptant un air dégagé. Cameron était assis tout au bout du canapé, sur la gauche.

Bogie était assis à droite.

Il lui jeta un bref sourire en biais. Elle répondit par un froncement de sourcils courroucé.

— Tenez, dit-elle à Sean en lui tendant sa bière avant de prendre place elle-même dans un fauteuil.

— Merci, dit Sean.

— Quand vos collègues arrivent-ils, exactement ?

— Tout à l'heure.

Pourquoi était-il aussi difficile de lancer la conversation ?

Parce qu'elle l'avait amené chez elle, bien sûr. Tout droit après la morgue.

Elle n'aurait jamais dû. C'était de la folie !

C'était même encore pire qu'elle n'aurait cru. Sean la dévisageait sans rien dire, calmement. Comme s'il savait quelque chose qu'elle ignorait…

Elle fit de son mieux pour sourire d'un air interrogateur, faisant mine d'attendre la suite.

Hélas, Sean continuait à se taire.

Madison se sentit totalement désemparée.

Elle baissa les yeux sur son verre. Il était vide… Elle ne se rappelait même pas quand elle l'avait bu.

— Eh bien ! murmura-t-elle.

— La première visite à une morgue n'est jamais facile, dit enfin Sean.

— Effectivement. Ce n'est pas une visite aussi habituelle qu'un musée, par exemple.

— C'est ça.

— Excusez-moi un moment…

Madison et retourna en hâte dans la cuisine. Elle n'avait pas l'habitude de boire trois verres de suite en dix minutes, mais pour une fois…

Elle se prépara un nouveau whisky en se promettant de le déguster *lentement.*

Elle revint s'asseoir dans le fauteuil, en face de Sean. Bogie, dans son coin, hochait la tête, comme pour la mettre en garde.

Sans lui prêter attention, elle tourna la tête vers Sean Cameron.

Il lui rendit son regard.

— Alors, comme ça, vous venez du Texas…, commença-t-elle.

Elle avait l'impression pénible de se trouver à une soirée de speed-dating, même si ce n'était vraiment pas le cas. Ils enquêtaient sur un meurtre, tout de même ! Elle n'y connaissait rien en meurtres ou en morgues, d'ailleurs. Elle était une artiste. Elle concevait et fabriquait des effets spéciaux, des costumes, elle réalisait des merveilles à partir de simples matériaux comme le latex, le tissu, la mousse…

— Eh oui, répondit gaiement Sean, je viens du Texas.

— Un bel Etat. Des chevaux, des cow-boys, tout ça…

Mon Dieu, cela ne s'arrangeait pas. Elle se comportait comme dans un speed-dating *complètement raté* !

— Oui, répondit Sean, c'est un bel Etat.

Il avait l'air diverti, charmé même, par son bavardage inepte.

Avant qu'elle ait pu lancer une nouvelle banalité, cependant, il demanda :

— J'aimerais savoir ce que vous avez conclu de notre visite à la morgue… Quelles sont vos impressions ?

Madison fronça les sourcils.

— Eh bien, les mêmes que vous, répondit-elle. Les conclusions du médecin légiste semblent claires. Jenny a été agressée par-derrière, et le tueur lui a tranché aussitôt la gorge, de gauche à droite…

— Mais encore ? insista-t-il.

Elle se força à soutenir son regard.

— Rien d'autre. Si le médecin a donné d'autres informations, je ne les ai pas entendues, rétorqua-t-elle.

Sean sourit sans la quitter des yeux.

— Ce que je veux savoir, c'est ce que Jenny Henderson vous a dit quand elle vous a parlé. Il se peut que je n'aie pas tout entendu. J'ai besoin de connaître tous les détails. On ne sait jamais, dans les déclarations d'un mort, ce qui peut être utile ou non.

Madison eut l'impression que sa mâchoire se décrochait. Elle resta même tellement bouche bée que Sean se pencha pour lui tapoter la joue.

— Allons, Madison, dit-il d'une voix calme mais ferme. Ce n'est pas le moment de nier votre don. Nous menons une enquête, ne l'oubliez pas, et nous ne devons *rien* négliger. Aucune aide, d'où qu'elle vienne. Des vivants ou des morts.

Madison le fixait toujours, pétrifiée. Elle avait fermé la bouche mais n'aurait pu articuler un son.

— Répondez-moi, je vous en supplie…, insista Sean. Eddie m'a prévenu que vous parliez avec les morts, et Bogie, ici présent, m'a expliqué qu'il aimait hanter cette maison… Non seulement parce qu'elle lui rappelle de bons souvenirs, mais aussi parce que vous étiez la seule personne, parmi toutes celles qu'il a croisées, capable de le voir et de lui répondre. Il vous aime beaucoup, d'ailleurs. Il regrette de ne pas pouvoir bavarder avec les gens qu'il a aimés comme il le fait avec vous.

Madison jeta un coup d'œil à Bogie, qui la fixait d'un air grave, puis reporta son attention sur Sean Cameron. Elle se sentait totalement désarçonnée.

— Je ne comprends pas de quoi vous parlez, jeta-t-elle d'un ton sec.

— Ne vous inquiétez pas, petite, intervint Bogie. Sean me voit aussi.

Sans plus savoir quoi dire, Madison les regarda alternativement l'un et l'autre. Sean fixait sur elle son regard vert, avec une expression qui semblait la mettre au défi.

Madison resta silencieuse, le dos rigide. Elle n'avait jamais parlé de son sixième sens à qui que ce soit, craignant trop le ridicule. Comment pouvait-elle imaginer qu'un jour elle rencontrerait quelqu'un qui, lui aussi, voyait les morts ? Cela dépassait l'entendement.

— J'ajoute que vous avez vraiment beaucoup de chance, Madison, reprit Sean en regardant Bogie avec admiration. Je suis très honoré de vous rencontrer, monsieur Bogart. Vous avez été un acteur incomparable et, d'après ce que j'ai pu lire, vous étiez aussi un type formidable dans la vie réelle.

— Oh ! il m'est arrivé d'avoir des prises de bec, lança Bogie avec un haussement d'épaules caractéristique.

— Cela nous arrive à tous, répondit Sean. Tout le monde

a ses faiblesses et ses zones d'ombre. Mais je maintiens que vous avez eu une carrière exceptionnelle… Une vie inoubliable !

Il se tourna brusquement vers Madison.

— Oui, vous avez vraiment une chance incroyable d'être hantée par un personnage de légende !

— Il a raison, petite, confirma Bogie. Vous ne connaissez pas votre bonheur.

Madison regarda Sean, les yeux écarquillés.

— Vous… vous le voyez vraiment ? balbutia-t-elle.

— Comme je vous vois.

— Eh oui, dit Bogie d'un petit air satisfait, lui aussi me voit !

Madison ne savait trop comment réagir. Sean se pencha vers elle.

— Bref, Madison, je sais que vous avez entendu Jenny Henderson, comme moi. Voilà pourquoi je vous demande ce qu'elle vous a dit avant que j'arrive.

— Vous… vous avez aussi entendu Jenny ?

— Oui.

Madison se dit qu'elle allait tomber de sa chaise. Jusque-là, avant de rencontrer Sean, elle avait réussi à affronter l'étrangeté de sa situation. Elle se répétait simplement qu'elle avait beaucoup d'imagination — ce qui était d'ailleurs une bénédiction dans son travail —, que rien de tout cela n'était vraiment réel. Bref, qu'elle n'était pas si bizarre que ça…

Or, voilà qu'à présent quelqu'un qui possédait le même don lui faisait comprendre que tout était bien réel, au contraire.

Cette nouvelle perspective ne l'enchantait guère. Et même pas du tout. Parce que, dans le réel, il y avait Alistair Archer, accusé de meurtre, et Jenny Henderson, étendue morte sur un brancard de la morgue.

Elle se rendit compte que Sean la scrutait d'un air insistant.

— Jenny ne sait rien, réussit-elle à articuler d'une voix blanche.

Sean se laissa aller sur le canapé en poussant un profond soupir.

— Oui, c'est ce qu'elle m'a dit aussi…, grommela-t-il.

— A quoi vous attendiez-vous ? demanda Madison avec étonnement.

— J'espérais qu'elle vous en aurait dit plus qu'à moi, assez pour avoir une piste. Tout est à refaire… Il va nous falloir interroger sa colocataire, et aussi l'amie que Jenny avait rencontrée ce soir-là. Et également, j'en ai peur, retourner à la morgue dès demain, pour faire de nouveau parler Jenny. Lui demander qui elle a vu d'autre ce jour-là, si elle a dit à d'autres personnes qu'elle comptait voir Alistair le soir…

— A mon avis, pour l'instant, cette jeune femme est terrifiée, complètement perdue, intervint Bogie à voix basse. Elle doit n'avoir qu'une seule envie : sortir au plus vite de la morgue pour hanter un lieu moins… déplaisant. Mais je suis sûr qu'elle acceptera de vous aider. Il faut insister. Evidemment, le personnel de la morgue va vous prendre pour des fous.

Sean se tourna vers Madison en soupirant de nouveau.

— Il a raison sur tous les points, dit-il. Il faut y retourner, mais pas plusieurs fois de suite, sans quoi le personnel va vraiment se poser des questions.

Il ramena les yeux vers Bogie pour ajouter :

— Nous allons attendre l'arrivée de mes collègues. Aimeriez-vous venir avec nous, à ce moment-là ? Pour tenter de convaincre Jenny de… de nous suivre ici ?

— Quoi ? s'écria Madison, s'étranglant à moitié.

Elle avait déjà un fantôme chez elle, ça suffisait !

— Ici ou ailleurs, mais hors de la morgue, en tout cas, corrigea Sean. Elle pourrait hanter les studios, par exemple, ou le cinéma…

— Dieu du ciel, non ! C'est là qu'on l'a tuée ! protesta Bogie.

— Il y a forcément des endroits qu'elle a aimés, fit

remarquer Sean. Il faut en trouver un. Pour qu'elle puisse s'apaiser et, un jour, entreprendre le reste de son voyage.

Madison ne put s'empêcher de jeter un coup d'œil à Bogie.

— Oui, je sais que je suis toujours là ! répondit-il. Je ne sais pas vraiment pourquoi je ne pars pas encore. Peut-être parce que j'adore la télé. Revoir tous ces vieux films, ça me console de ne pas pouvoir vivre une deuxième fois. Ou alors…

Il tendit le doigt vers Madison et conclut :

— Ou alors, je reste pour vous, petite.

Sean se pencha vers Madison.

— Vous savez, quand on attrape un meurtrier, dans la plupart des cas, c'est parce qu'on tient une piste. La médecine légale offre de précieux outils, mais ils ne servent à rien si on ne sait pas dans quelle direction on va. Sauf, bien sûr, si on a la chance de trouver de l'ADN et de l'associer à un suspect déjà connu, évidemment. Seulement, je crains que, dans le cas présent, notre coupable n'ait ni antécédent judiciaire ni casier. Bref, nous avons besoin *d'hypothèses.* L'hypothèse officielle, c'est qu'Alistair a commis le crime. La nôtre, c'est que le coupable est quelqu'un d'autre, et que ce quelqu'un a des comptes à régler avec Jenny, ou avec Alistair, ou plus probablement avec Eddie. Jenny aurait-elle pu susciter la haine farouche de quelqu'un ? Peut-être, même si c'est peu probable, vu son jeune âge… A-t-on voulu éliminer Alistair pour une raison quelconque ? Peut-être aussi, mais l'envoyer en prison à perpétuité ne l'écarte pas définitivement du tableau. Est-ce que l'incarcération de son fils et la honte d'une condamnation pèseront sur Eddie Archer ? Sans aucun doute. Voilà pourquoi j'opte pour cette dernière hypothèse. Quelqu'un veut pourrir la vie d'Eddie et, peut-être, l'obliger à fermer définitivement son cinéma et ses ateliers.

— Pourquoi ne pas avoir tué aussi Alistair, alors ? s'écria Madison.

— Peut-être pour le faire souffrir. Les vivants souffrent plus que les morts…

Madison hocha lentement la tête, puis fronça les sourcils.

— Je persiste à ne pas comprendre qui, parmi ses proches, pourrait en vouloir à Eddie. Helena, par exemple, a besoin de lui. Elle n'aurait aucun intérêt à lui nuire, pas plus qu'à Alistair. Il y a aussi Andy Simons, l'associé d'Eddie, que vous connaissez. Je ne lui vois pas le moindre mobile. Et vous connaissez aussi mon boss, Mike Greenwood, qui a d'ailleurs été le vôtre. Mike ne vit que pour les studios. S'ils s'effondraient, il se retrouverait sans travail, complètement désemparé. Voyons… qui d'autre ? Benita, l'ex-femme d'Eddie ? Elle a peut-être mal supporté leur divorce, mais j'ai l'impression qu'elle a toujours de l'affection pour lui. Il y a des rumeurs sur son compte, évidemment, des liaisons qu'elle aurait eues… Mais cela n'a rien à voir avec les studios. Et enfin…

— Enfin ?

— Eh bien, soupira-t-elle, il faut ajouter à la liste une bonne quarantaine d'employés permanents et une vingtaine de collaborateurs extérieurs pour des projets spécifiques…

— Mieux vaut nous concentrer sur ceux qui sont le plus proches d'Eddie, Madison. Je doute fort qu'il faille chercher plus loin, comme je vous l'ai dit.

— Mais moi, je viens de vous dire que tous les proches d'Eddie l'aiment beaucoup ! protesta-t-elle.

— Du moins en apparence. Il faut creuser.

Au moment où Sean parlait, Madison entendit sonner son propre portable. L'appel venait de son patron, Mike Greenwood, le directeur artistique des studios Archer.

— C'est mon boss, dit-elle à voix haute.

— Répondez-lui.

— Mike ? Bonjour, dit Madison, les yeux fixés sur Sean.

— Comment vas-tu, Madison ?

— Bien, Mike.

— Eddie m'a expliqué que tu guidais Sean Cameron

un peu partout. Que Sean soit entré au FBI, je n'en reviens pas ! En tout cas, c'est une chance. Je t'appelais pour te dire que nous serons fermés encore vingt-quatre heures. Je ne savais pas si tu étais informée. Il n'est même pas sûr que le cinéma rouvre tout de suite, d'ailleurs. La police a fini d'examiner les ateliers, mais ils nous demandent encore une journée parce qu'ils attendent l'équipe de Sean.

— Toute cette histoire paraît proprement incroyable, tu ne trouves pas ?

— Si ! Et par-dessus le marché, il faudra vraiment en mettre un coup quand le travail va reprendre. Ne serait-ce que pour Eddie. Ce qu'il vit en ce moment est suffisamment pénible comme ça. Il n'a pas besoin de voir les studios accumuler les retards.

— Tu peux compter sur moi, Mike, tu sais bien.

— Je ne m'en fais pas. Quand je pense que j'étais là toute la journée de samedi, à vérifier que tout soit prêt pour lundi, sans imaginer une seconde ce qui allait se passer… Je n'en reviens toujours pas !

— D'une façon ou d'une autre, nous nous en sortirons, Mike.

— J'espère, marmonna Mike d'un ton abattu. Si tu le dis…

Il ajouta qu'il avait d'autres coups de fil à passer et raccrocha.

— Pauvre Mike…, dit Madison à Sean. C'est vraiment un très bon manager. Il n'a pas la tâche facile mais il tient bon, contre vents et marées. En même temps, il a beaucoup d'humour. Il nous fait tellement rire quand nous organisons des pique-niques ou des soirées pour Noël !

Sean haussa les épaules, un demi-sourire aux lèvres.

— J'ai travaillé avec lui, ne l'oubliez pas. Mais je le répète, on ne peut écarter personne. Car soit nous nous faisons tous des illusions, et c'est Alistair le coupable — ce que Jenny dément formellement —, soit il faut chercher du côté de tous ces gens sympathiques et charmants.

Madison réfléchit un moment, puis lança :

— Moi, je soupçonne l'épouse. Je ne la déteste pas particulièrement, mais c'est une telle manipulatrice !

— Et moi, je reste convaincu que tout cela est lié au remake de *Sam Stone et le Mystère du musée égyptien*, répondit Sean. Or, je ne vois pas quels liens Helena aurait avec ça…

— Et puis, lança Bogie, si le meurtrier a travaillé pour le *Sam Stone* de l'époque, il est centenaire, maintenant !

— Oui, acquiesça Madison, aucun de nos suspects n'est assez vieux pour ça, qu'il ait été acteur ou technicien.

— Cela dit, il y avait eu un décès, sur le plateau, fit remarquer Bogie, qui avait quitté le canapé pour s'appuyer nonchalamment contre un mur.

— Vous parlez de Pete Krakowski ? s'enquit Sean.

Il se tourna vers Madison pour ajouter :

— En venant, dans l'avion, j'ai lu tout ce que j'avais pu trouver sur ce tournage. Il y a eu des rumeurs sur ce décès, c'est vrai, mais apparemment il s'est agi d'un accident, dû entre autres à l'imprudence de Krakowski lui-même. Sa veuve avait été largement dédommagée. Enfin, on peut toujours fouiller de ce côté-là…

— Est-ce vraiment nécessaire, si Helena est la principale suspecte ? objecta Madison.

— C'est vous qui disiez que vous ne la trouviez pas assez intelligente, non ?

Sean poursuivit en se levant :

— En outre, elle a besoin d'Eddie pour décrocher des rôles…

— D'Eddie, peut-être, mais pas d'Alistair, souligna Madison.

— On va étudier tout ça, répondit Sean.

Il s'avança vers Bogie pour le saluer.

— Ce fut un honneur de faire votre connaissance, monsieur Bogart. C'est le genre de chose qui m'aide à accepter le don particulier dont j'ai été pourvu… J'ai toujours été l'un de vos fans.

Sean dépassait Bogie d'une bonne tête, mais l'acteur, en dépit de sa petite taille, avait une telle présence qu'on comprenait qu'il ait littéralement crevé l'écran.

— Merci, fiston, merci, dit-il. Et comptez sur moi, même si ça ne vaut pas grand-chose.

— Merci à vous, monsieur Bogart.

— Appelez-moi donc Bogie !

— Merci, Bogie, répéta Sean en souriant.

Il tendit le bras. Bogie l'imita. Madison cligna les yeux. On avait vraiment l'impression qu'ils avaient échangé une poignée de main…

— Je file à la police retrouver mes collègues, reprit Sean en se tournant vers elle. Demain, si vous en êtes d'accord, nous retournerons donc à la morgue et, ensuite, dans les studios.

Bogie, à cet instant, poussa un profond soupir qui les fit sursauter.

— Je crois que je vais venir à la morgue avec vous, dit-il. Cela facilitera peut-être les choses avec Jenny Henderson.

— Merci infiniment, répliqua Sean avec gratitude.

— Ça risque de ne pas être facile pour vos collègues quand tout le monde aura repris le travail chez Archer, fit remarquer Madison à Sean. Vous, vous avez l'habitude des enquêtes policières, mais les artistes et les accessoiristes, pas vraiment ! Le seul sang que nous connaissons, c'est le ketchup ! Je crains que ça ne rende les gens nerveux, de voir des agents du FBI fureter partout.

— Qu'ils soient nerveux, ça peut être utile, si le tueur se trouve parmi eux ! Notre équipe tient à interroger tout le monde, même si la police l'a déjà fait. Cela nous permettra de comparer les déclarations. Ainsi, si nous trouvons des incohérences, nous vous demanderons votre avis, Madison. Vous connaissez les studios dans leurs moindres recoins. Vous saurez nous dire si quelqu'un ment.

— Mais je suis une artiste, moi aussi, objecta-t-elle. Je ne suis pas flic !

Sean ne répondit pas. Il avait déjà ouvert la porte et s'en allait.

Bouche bée, elle le regarda sortir, puis rouvrir la porte pour glisser la tête par l'entrebâillement.

— A propos, juste par sécurité, n'allez pas seule dans les studios, hein ? Attendez que je vous accompagne. Et si vous adressez la parole à quelqu'un, prenez l'air innocent, surtout.

— Je *suis* innocente !

— Alors, prenez l'air naïf, si vous préférez. Comme si vous ne saviez rien.

— Je ne sais rien du tout, riposta-t-elle, et vous non plus !

— Ça ne durera pas ! jeta-t-il. Fermez bien à clé derrière moi.

Puis il disparut.

Plus il avait affaire à Benny Knox, plus Sean était convaincu que le policier ne faisait preuve d'aucune mauvaise volonté. S'il se montrait sceptique, c'était d'abord par réalisme. Pour lui, si un faisceau de présomptions convergeait vers Alistair Archer, cela signifiait qu'Alistair Archer était coupable, voilà tout.

Sean, en revanche, ne savait pas très bien ce que Knox pensait de lui, mais sentait chez lui plus de méfiance que d'animosité. Et maintenant que l'enquête était lancée, cette méfiance elle-même semblait s'atténuer.

Knox l'attendait dans les locaux de la police. Il le conduisit dans une vaste pièce où opéraient les informaticiens de médecine légale. Un jeune policier, nommé Angelo Fontini, était en train d'examiner les vidéos des caméras de sécurité de La Boîte noire.

— Les jeunes, comme Angelo, s'y connaissent bien mieux que nous, fit remarquer Knox. Il y a tellement de moyens de manipuler les images, maintenant… Je serais bien incapable de déceler la moitié des trucages.

Sean hocha la tête.

— J'ai moi-même travaillé dans le numérique et les effets spéciaux, avant d'entrer au FBI, répondit-il. Vous avez raison. Les possibilités de fraude sont extrêmement nombreuses.

Knox se mit à rire.

— Vous vous y connaissez ? Vous allez bien vous entendre avec Fontini, alors. Pas vrai, Fontini ?

L'intéressé leva les yeux. En dépit de son nom italien, il avait les cheveux blonds, les yeux bleus, l'air d'un chérubin.

— Ces vidéos n'ont pas l'air d'avoir été retouchées, en tout cas, répondit-il. Chaque caméra filme une zone précise du cinéma. Elles ne pivotent pas. J'ai essayé de comparer avec les enregistrements pris dans les ateliers et, apparemment, le résultat est le même : tout reste vide. Personne n'est entré ou sorti des locaux, apparemment.

— Montrez-moi tout de même ce qui a été filmé entre vendredi soir et dimanche, du début de soirée jusqu'à l'heure du meurtre, demanda Sean.

— Ça fait quarante-huit heures d'enregistrement en tout !

— Je sais. Vous me passerez ça en accéléré et je vous dirai quand mettre sur pause.

Fontini appuya sur une touche. Sean vit d'abord, sur l'écran, les employés sortir des studios pour le week-end. L'image accélérée leur donnait l'air mécanique de robots. Ils bavardaient, se saluaient, puis regagnaient leurs voitures respectives. Presque tous étaient partis entre 18 heures et 18 h 30.

Un peu plus loin, il vit Madison sortir à son tour du bâtiment, en compagnie d'un jeune homme de grande taille, âgé d'une vingtaine d'années. Elle s'arrêtait à un moment pour saluer de la main son chef, Mike Greenwood. Mike répondait à son salut.

On voyait ensuite Greenwood dire au revoir aux derniers employés, puis rentrer dans le bâtiment. D'autres écrans l'avaient filmé en train de retourner dans le grand atelier et, là, faire une pause en regardant autour de lui d'un air satisfait. Il regagnait ensuite la loge des gardiens, dans le hall. Il échangeait quelques mots avec Colin Bailey, puis ressortait.

Sur les images suivantes, prises le samedi à l'aube, le gardien était cette fois Winston Nash. Quelques heures plus tard, Mike Greenwood apparaissait de nouveau. Il entrait dans le bâtiment en compagnie de cinq hommes et d'une femme. Tous se rendaient directement au fond de l'atelier, où se dressaient les échafaudages pour les décors. La femme passait un coup de fil. Un livreur de pizzas arrivait dans le hall et la femme se précipitait pour aller prendre les boîtes. Ensuite, les employés faisaient une pause pour manger, puis se remettaient à scier et à poncer. En fin de journée, ils repartaient, et on voyait de nouveau Mike tout vérifier, débrancher une scie électrique, puis aller échanger quelques mots avec Nash qui s'apprêtait à laisser la place à Bailey, le gardien de nuit. Enfin, Mike s'en allait.

Colin Bailey sortait un numéro de *Playboy* et, les pieds sur le bureau, se mettait à le feuilleter. Au bout d'un moment, il eut l'air de somnoler.

On passa aux enregistrements du dimanche. Nash arriva, Bailey rentra chez lui. Eddie Archer arriva à son tour. Il y avait une horloge dans la loge des gardiens : Sean demanda à Fontini de mettre sur pause. L'horloge indiquait exactement 10 heures.

Eddie fit un tour des ateliers, soulevant ici et là les bâches qui protégeaient les travaux en cours. Quand tout lui parut en ordre, il revint à la loge, salua Nash et s'en alla. Plus rien ne se passa jusqu'au soir, quand les gardiens se relayèrent de nouveau.

Le dimanche soir, on voyait Alistair arriver dans le cinéma. Quarante-cinq minutes plus tard, Jenny Henderson surgissait. Elle avançait pliée en deux, presque accroupie, comme si elle tentait d'échapper aux caméras, puis entrait dans La Boîte noire. Sa silhouette cachait un moment la porte, puis elle disparaissait à l'intérieur.

Sean fit repasser la bande à plusieurs reprises. Il lui semblait que quelque chose n'allait pas... Soudain, il comprit.

— J'y suis ! murmura-t-il.

— Un détail m'a échappé ? s'étonna Fontini.

— Pour être précis, je suis frappé par quelque chose que je n'ai pas vu, au contraire.

— Que voulez-vous dire ?

— Vous comprendrez tout à l'heure. Le trucage a été parfaitement orchestré. Celui qui a fait ça connaît par cœur l'angle de prise de vue de toutes les caméras... Ce qui, une fois de plus, fait pencher pour quelqu'un de l'intérieur.

— Comme Alistair Archer, par exemple ? demanda dans son dos Benny Knox, qui s'était approché.

— Non ! répondit Sean avec un geste de dénégation. Nous n'avons pas d'arme du crime, aucune trace de sang, hormis dans le tunnel et le hall, jusqu'à la loge du gardien... Réfléchissez, Knox. Cela signifie que le tueur s'est échappé par un chemin que nous ne connaissons pas encore. En outre, rappelez-vous qu'un costume du remake de *Sam Stone* a disparu des studios. Cette tunique du grand prêtre doit bien se trouver quelque part, et je vous fiche mon billet que quand on la retrouvera elle sera tachée de sang. Repassez-moi la bande de vendredi, Fontini, vers la fin de la journée.

Fontini jeta un coup d'œil à Knox. D'un haussement d'épaules, ce dernier lui fit signe d'obéir. Cette fois, Sean concentra son attention sur le mannequin dressé dans l'atelier. A un moment donné, sur l'enregistrement, on voyait Mike Greenwood l'écarter, car il était dans le chemin, et le pousser près d'un rideau utilisé par les acteurs pour se changer pendant les essayages.

Une couturière passait dans le champ. Le mannequin, cette fois, était à demi couvert par le rideau. Un peu plus tard, il avait entièrement disparu derrière.

— Repassez-moi les bandes des autres pièces à la même heure, murmura Sean.

— La tunique est toujours sur le mannequin, au début, fit remarquer Fontini. Or, maintenant, elle a disparu…

— Oui. Vous voyez ? Elle a été remplacée par une simple robe de bure.

Fontini avait relancé tous les écrans.

— Stop ! cria soudain Sean. C'est là !

— J'ai compris ! s'exclama Fontini.

— Qu'est-ce qui est là ? demanda Knox en fronçant les sourcils. Qu'est-ce que vous avez compris ?

Fontini tendit le doigt vers l'écran, tout excité.

— Regardez donc l'horloge de la caméra, dans l'entrée… Elle marque 16 h 48. Or, sur l'image voisine, la pendule de la loge marque 16 h 50 !

— Elle est peut-être mal réglée, objecta Knox.

— Peut-être, répondit Sean, mais je crois plutôt qu'il manque deux minutes d'enregistrement… Exactement le temps nécessaire pour voler la tunique d'Amun Mopat que portait le meurtrier !

— On va peut-être la dénicher quelque part dans l'atelier, fit remarquer Knox.

— Fontini, reprit Sean sans lui répondre, pouvez-vous vérifier qu'il manque une partie de la bande ? Est-il possible de bloquer la caméra pendant deux minutes ?

— Bien sûr que c'est possible. Tout est possible. Mais pour s'en assurer, il faut faire tout une batterie de tests, et avec ces nouveaux logiciels…

Il jeta un coup d'œil à Sean et conclut :

— Bon, je m'y colle !

L'assistant de Madison, Alfie, vint sonner à sa porte trois quarts d'heure après le départ de Sean.

— Dieu merci, tu es chez toi ! s'écria-t-il du ton mélodramatique qui lui était coutumier.

— Il te suffisait de m'appeler pour t'en assurer, répliqua-t-elle d'un ton sec.

Elle n'eut pas à lui proposer d'entrer : il s'avança comme s'il était forcément le bienvenu et alla s'effondrer sur le canapé. Ichabod, qui aimait beaucoup Alfie, vint aussitôt se lover sur ses genoux.

— Tu as dîné ? demanda Alfie.

— Non.

— Tu n'aurais pas quelque chose à manger ? supplia-t-il en joignant les mains.

— Si, j'ai du thon, répondit-elle.

Alfie fit la grimace.

— J'en ai toujours en réserve, expliqua-t-elle fermement. Ce sont des boîtes de conserve, ça dure longtemps et ça m'évite de cuisiner quand je rentre tard du travail.

— Bon, du thon, alors ! répondit-il.

Il la suivit dans la cuisine et, tandis qu'elle préparait une salade avec de la laitue, des tomates, du thon et de la mayonnaise, il s'empara d'une des bouteilles de vin rouge posées sur l'étagère.

Il prit le tire-bouchon et entreprit de l'ouvrir.

— Alors ? jeta-t-il.

— Alors, quoi ?

— Voyons, Madison, alors, quoi de neuf ? Tout le monde raconte que tu aides le FBI. Le service *paranormal* du FBI.

— Je sers de guide, c'est tout, répondit-elle en l'écartant pour prendre le couteau à pain dans le tiroir.

« Jouez les innocentes », lui avait recommandé Sean.

Alfie posa les deux coudes sur le comptoir et haussa exagérément les sourcils.

— Allons donc ! Un ancien employé d'Archer — très sexy, d'ailleurs — devient agent du FBI, c'est toi qu'on choisit pour l'accompagner, et tu ne sais rien ?

— Je te l'ai dit, je lui fais visiter les ateliers, rien d'autre.

— Ah, ah, touché ! s'exclama triomphalement Alfie.

— Que diable veux-tu dire, Alfie ?

— J'ai dit qu'il était sexy et tu ne m'as pas contredit !

— Je n'y ai pas fait attention. Quand un meurtre a été commis, que l'un de tes amis est accusé et que la survie de l'entreprise est menacée, ce n'est pas le genre de chose que je remarque !

Ce n'était pas vraiment exact, bien sûr. Rien de ce qui concernait Sean Cameron ne lui avait échappé. Pas même le parfum de son after-shave, le dessin de la chevalière qu'il portait, sa montre de plongée… Il avait des mains fines, aux doigts longs, aux ongles bien taillés. Les mains d'un homme soigné mais sans affectation. Ses cheveux étaient bien coupés, avec une mèche retombant sur le front…

— En tout cas, une chose est sûre, reprit Alfie en sautant du coq à l'âne. Qui d'autre qu'Alistair a pu faire ça ?

— Aucune idée. Je ne participe pas à l'enquête.

Madison prit le verre de vin que lui tendait Alfie, but une gorgée et le reposa.

— Je suis accessoiriste, Alfie, rien d'autre. J'ai guidé l'agent Cameron dans les studios parce qu'on me l'a demandé, un point c'est tout.

Elle coupa du pain en tranches pour en faire des sandwichs avec la salade qu'elle avait préparée, puis se pencha pour donner un peu de thon à Ichabod.

— Tu trouveras des chips dans le placard, ajouta-t-elle.

Alfie sortit les chips, et les vida dans un bol qu'il posa sur la table avec leurs assiettes. Puis il s'assit et attendit que Madison prenne place. Quand elle fut assise à son tour, il revint aussitôt à la charge.

— Je sais aussi que tu es allée voir Alistair !

— Exact.

— Alors ?

— Alors, quoi ? répéta-t-elle.

— Il a avoué ?

— Certainement pas ! Alistair affirme qu'il est innocent et je le crois.

Alfie se renversa sur sa chaise en sirotant son vin.

— Si ce n'est pas lui, qui est-ce ? jeta-t-il.

— Alfie, nous tournons en rond. Je t'ai déjà dit que je ne savais rien. Si je connaissais le coupable, les flics n'auraient pas besoin d'enquêter, non ? Maintenant, explique-moi un peu comment tu es au courant de tous mes faits et gestes ?

— Voyons…, dit Alfie en fronçant les sourcils. J'ai su tout ça par Mike Greenwood, qui le tenait lui-même d'Andy Simons, qui t'a vue avec le beau gosse du FBI.

— Et comment sais-tu que j'ai vu Alistair ?

— Ça, c'est plus compliqué, répliqua Alfie en s'esclaffant. Je l'ai entendu dire par Victoria, au café du coin. Elle le savait par son petit ami, Victor. Victor et Victoria, c'est mignon, non ? Bref, Victor va chez le même manucure que Pierce, le majordome d'Eddie, qui, apparemment, avait réussi à se libérer assez longtemps du joug de Mme Eddie pour venir se faire tailler les ongles.

— Cela dit, le fait que je sois allée voir Alistair n'a rien de confidentiel, commenta Madison.

— Rien ne reste longtemps confidentiel dans le monde du cinéma ! s'exclama Alfie en riant toujours.

— C'est vrai. Ce qui tombe d'autant mieux que je ne cache aucun secret, Alfie.

Ce dernier mâchonna en silence pendant quelques instants, puis reposa son sandwich.

— D'accord, dit-il enfin, j'admets que tu ne sais rien. Mais alors, *à ton avis*, qui pourrait être suspect ? Cette histoire est tellement affreuse !

— Voyons, Alfie, je te répète sur tous les tons que je n'en ai pas la moindre idée !

— Tu veux que je te dise ? Le pire de tout, c'est que je suis prêt à parier qu'on ne saura jamais. On conclura qu'Alistair a perdu la tête et que c'est lui qui a tué Jenny, même s'il ne se souvient de rien. Il ira en prison, Eddie fera une dépression, et nous, nous pourrons aller pointer au chômage !

— Alistair n'y est pour rien, répéta encore une fois

Madison avec entêtement. L'enquête est en cours et tu n'as pas à t'inquiéter pour ton travail, pour l'instant.

— Mais qui donc peut être le coupable ? se lamenta Alfie.

— Eh bien, dis-le-moi, toi. A qui penses-tu ?

Alfie réfléchit en plissant le front.

— Il y aurait bien la redoutable Mme Archer, l'actuelle épouse… Mais non, après tout. Elle aurait trop peur de déranger sa coiffure ou de s'arracher un ongle. Voyons… Mike Greenwood ? Ce n'est pas mal, ça. Il connaît les locaux par cœur… Seulement, il aime trop son travail. Colin Bailey ? Il est chargé de la sécurité, après tout. Mais quel serait son mobile ? Voyons… Si ça se trouve, il y a des années, il a piqué une des petites amies d'Eddie Archer… Non, ça ne va pas non plus. Eddie et lui ne fréquentaient sûrement pas les mêmes filles ! Et puis Bailey n'irait pas risquer de perdre un emploi aussi cool. Tout ce qu'il a à faire pour toucher sa paye, c'est rester tranquillement assis à lire des magazines ! Ou alors, une des créatures que nous avons fabriquées est devenue vivante et a commis le meurtre. Qu'est-ce que tu dis de ça ?

— Je dis que si tu pouvais finir ton sandwich et rentrer chez toi, ça m'arrangerait. Je suis morte de fatigue.

— Tu ne viendrais même pas au bar avec moi prendre un thé taïwanais aux perles ? supplia Alfie, l'air déçu.

— J'ai horreur du thé aux perles !

— Juste un thé vert, alors ?

— Alfie, je voudrais me coucher !

— Bon, bon, d'accord. Mais tiens-moi au courant, hein ? Je suis ton assistant, après tout. Je vais t'aider à débarrasser. Si tu veux que je fasse la vaisselle…

— Nous avons mangé dans des assiettes en carton, Alfie !

— OK, OK. Vas-y, envoie-moi dehors dans le froid et l'obscurité, anxieux comme je suis…

— Il ne fait absolument pas froid. Rentre chez toi, va dans un bar, va où tu veux, mais laisse-moi dormir !

Madison prit Alfie par le bras et le poussa d'autorité vers la porte. Elle lui plaqua une bise sur la joue, puis lança :

— A après-demain de toute façon, puisque nous reprenons le travail. Fais attention en conduisant !

— Ça va, ça va ! conclut Alfie en souriant.

Il monta dans sa voiture et s'éloigna.

Madison referma derrière lui en tirant le verrou. Elle s'appuya un instant sur le battant, constatant soudain qu'elle n'avait pas vu Bogie de la soirée. C'était bizarre parce que, en général, il adorait venir la taquiner quand elle avait de la compagnie. Cela l'amusait beaucoup de la voir se mordre la langue pour ne pas lui répondre à voix haute.

Il n'était pas très tard, mais elle était réellement recrue de fatigue. Après avoir rapidement mis la cuisine en ordre (« En deux temps, trois mouvements », comme disait sa mère), rempli les bols d'Ichabod avec des croquettes et de l'eau, elle passa enfin dans sa chambre.

Ce soir-là, la télévision du salon était éteinte. Elle alluma le petit récepteur de sa chambre, trouva un téléfilm tragicomique sur une tempête de neige qui s'abattait sur San Diego, et se mit à chercher le sommeil.

Au moment où elle sombrait enfin, la sonnerie perçante d'une alarme la fit sursauter.

C'était un bruit perturbant, strident, presque effrayant. Elle se leva en catastrophe, totalement désorientée, et se précipita dans le salon.

Bogie était revenu. Debout devant la fenêtre, il regardait à l'extérieur. Madison comprit soudain que l'alarme était celle de sa propre voiture, qui venait d'être mystérieusement activée…

Elle fouilla son sac pour trouver ses clés puis se rendit compte qu'elles avaient dû tomber, car elle les dénicha sur la table basse.

— Que se passe-t-il, Bogie ? demanda-t-elle.

— C'est moi qui ai déclenché l'alarme, répondit-il. J'ai appuyé là, sur cette clé… et ça a marché. Il y avait quelqu'un dehors. J'ai nettement vu une silhouette se faufiler dans la rue puis s'arrêter devant la maison, pour nous observer. J'ai senti que c'était une présence malfaisante. Quelqu'un vous guette, Madison. Et j'ai bien l'impression que c'est pour vous tuer.

8

Assis au bureau de sa chambre d'hôtel, Sean parcourait les documents que Benny Knox lui avait confiés. C'étaient des photocopies des notes manuscrites du policier et, par moments, Sean devait plisser les yeux pour arriver à lire. Même si on voyait arriver de jeunes policiers rompus à l'informatique, la plupart des flics plus âgés préféraient encore noter leurs observations au crayon, sur un calepin.

Sean avait également étalé devant lui les photos de la scène de crime. A priori, tout ce qu'avait noté Knox concordait parfaitement avec les clichés. On pouvait effectivement arguer qu'Alistair connaissait suffisamment les locaux pour commettre le meurtre et dissimuler l'arme du crime, mais Sean restait convaincu que les choses ne s'étaient pas passées ainsi. D'ailleurs, quand Alistair avait couru alerter le gardien, il était couvert de sang et en avait laissé des traces dans son sillage.

Colin Bailey n'avait pas quitté les lieux de la nuit. Il avait fait des rondes régulières mais se trouvait tranquillement dans sa loge, sans une goutte de sang sur lui, quand Alistair avait fait irruption.

Sean prit son téléphone portable pour appeler Pierce. Depuis qu'ils l'avaient croisé, lors de leur visite aux Archer, il souhaitait avoir une conversation discrète avec lui. Pourvu que ni Eddie ni Helena ne décrochent…

Par bonheur, il tomba directement sur le majordome, qui répondit d'un ton avenant :

— Résidence Archer, je vous écoute.

— Pierce ? C'est Sean.

— Sean ! s'écria Pierce, visiblement ravi.

Sean commença par le remercier pour le texto envoyé à Madison.

— Tant mieux si ça a servi à quelque chose, répondit Pierce. J'ai beaucoup hésité, parce que leur vie privée ne me regarde pas, mais vu les circonstances…

— Vous avez bien fait. Il y a une enquête policière en cours, tout de même !

Sean prit ensuite des nouvelles du majordome, en lui souhaitant bon courage. Il savait que Pierce resterait toujours fidèle à son patron, quelle que soit l'épouse que ce dernier avait à ses côtés.

— J'aimerais vous poser quelques questions, Pierce, dit-il enfin. De manière confidentielle, naturellement…

— Pas de problème. Allez-y !

— Pourquoi les Archer font-ils chambre à part ? Le mariage part à vau-l'eau ?

— Pas que je sache, répondit Pierce d'un ton neutre. Eddie est toujours très amoureux. Mais Mme Archer se plaint de ses ronflements, qui l'empêchent de dormir. Ils ont des chambres communicantes, cela dit.

— Avec une porte qu'elle peut fermer pour ne pas être dérangée, je suppose ?

— Exactement.

— Y a-t-il d'autres sources de friction ?

— Eh bien, je suis très dévoué à M. Archer et je ne voudrais pas…

— Je ne répéterai rien, Pierce. Vous n'avez rien à craindre.

— Mon impression, c'est qu'Helena n'aime pas vraiment Eddie, en fait. Quand elle est allée au mariage d'Eddie avec Benita, en tant qu'invitée, elle s'est rendu compte qu'elle était très jalouse de Benita, qui épousait un homme riche. Alors, elle a attendu le moment propice pour jouer son va-tout… Mais comme je l'ai dit, je suis convaincu qu'elle ne l'aime pas. Elle n'aime pas non plus Alistair, d'ailleurs. Et qu'elle ait attendu son heure pour mettre le grappin sur Eddie, ça montre qu'elle est prête à tout.

— Je vois. Maintenant, je vais vous poser une question importante. Rassemblez bien vos souvenirs… A quelle heure précisément Helena est-elle rentrée chez elle, le soir où Jenny Henderson a été tuée ?

— Je ne saurais pas dire l'heure exacte, malheureusement. Mais je sais que c'était une demi-heure environ après le départ d'Alistair pour La Boîte noire.

Sean soupira. Si, ensuite, Helena était restée chez elle toute la soirée, cela l'éliminait automatiquement de la liste des suspects.

— Pierce, est-il possible qu'elle soit ressortie ensuite sans que vous ne vous en aperceviez ?

— Oui, tout à fait possible. En général, les Archer utilisent le grand escalier, mais il y a aussi un escalier de service qui mène aux chambres. Après le départ d'Alistair, je me suis retiré, et je n'ai pas entendu de voiture sortir du garage, cela dit.

Sean le remercia et raccrocha. Finalement, le doute subsistait au sujet d'Helena LaRoux.

Certes, elle n'était pas suffisamment intelligente pour avoir tout combiné à elle seule. Mais elle était sûrement meilleure actrice qu'il n'y paraissait, et avait tout intérêt à voir Alistair en prison pour le reste de son existence, voire condamné à mort. Alors, elle aurait le champ libre pour manipuler Eddie comme elle l'entendait… Et surtout, elle hériterait de toute sa fortune, sauf si Eddie avait pris des dispositions différentes.

Sean appela alors Eddie et il sentit son cœur se serrer en entendant la voix pleine d'espoir de son vieil ami.

— Tu as du nouveau ? s'écria ce dernier.

— Encore rien de tangible, répondit Sean, mais je voulais te poser une question personnelle, par acquit de conscience… Est-ce qu'Helena et toi avez fait un contrat de mariage ?

— Oui, répondit Eddie d'une voix rauque.

— Et… as-tu déjà rédigé un testament ?

— Oui. Je fais quelques legs à divers amis et anciens employés, mais le gros de ma fortune revient à Alistair. Helena recevra une pension généreuse, naturellement. Je laisse également quelque chose à Benita.

— Que se passerait-il si jamais Alistair venait à disparaître ?

— Disparaître ? De quelle façon ? demanda Eddie d'un ton froid.

Puis, sans laisser à Sean le temps de répondre, il enchaîna :

— Le meurtrier de Jenny aurait pu tuer Alistair aussi. Il ne l'a pas fait. Alors, pourquoi devrais-je m'inquiéter pour mon fils ? Il est en sécurité, maintenant. Tu ne vas pas me dire le contraire, j'espère ?

— Non. Il ne risque rien dans cette clinique, Eddie. Pardonne-moi, je ne voulais pas te bouleverser. J'ai besoin de ces détails pour pouvoir éliminer certains suspects, tu comprends ?

Ce qui signifiait également connaître les mobiles des uns et des autres, songea-t-il à part soi.

Il souhaita bonne nuit à Eddie, raccrocha, puis ramena vers lui les clichés de la scène de crime. Il avait beau être passé des dizaines de fois devant le tableau de cire de *Sam Stone et le Mystère du musée égyptien,* il ne l'avait jamais examiné en détail. A titre personnel, il préférait des films comme *Laura* ou *Le Faucon maltais.*

Il se replongea ensuite dans les notes prises par Knox et les policiers arrivés les premiers sur les lieux. Aucune remarque ne concernait les tableaux de cire. Les policiers s'étaient surtout préoccupés de voir si l'on pouvait encore sauver la victime, et avaient vite compris que c'était sans espoir. Ensuite, ils avaient veillé à ne rien toucher avant l'arrivée des experts.

Knox et ses hommes avaient aussi interrogé les employés des studios et les visiteurs de la journée. Ils avaient vérifié les casiers judiciaires, les alibis… Pour l'instant, ils n'avaient rien d'anormal à signaler.

Sean était tellement plongé dans sa lecture qu'il sursauta quand son portable sonna. Il consulta sa montre : c'étaient sans doute ses collègues qui venaient d'arriver. Effectivement, le nom de son chef, Logan Raintree, s'affichait sur l'écran.

— Nous sommes en ville, annonça Logan.

— Où exactement ? Toujours à l'aéroport ? A l'hôtel Pierre ? Ou au milieu des embouteillages ?

— Au milieu des embouteillages ! répondit Logan. Nous nous dirigeons vers l'hôtel. Pour préserver nos bonnes relations avec la police locale, j'ai décidé que nous travaillerions le plus possible à l'hôtel, même si nous avons aussi un local technique dans leur bâtiment, évidemment. C'est possible, de travailler à l'hôtel ? Il y aura la place ?

— Tout à fait. On nous a réservé cinq chambres et, surtout, un grand salon. Nous y serons très bien.

— Alors, rendez-vous dans une demi-heure, voire une heure si la circulation reste ce qu'elle est, dit brièvement Logan avant de raccrocher.

Sean se renversa dans sa chaise.

En découvrant leurs chambres, spacieuses et confortables, il avait été surpris qu'on leur demande un prix aussi raisonnable. Là aussi, Eddie avait sans doute fait appel à quelques relations… L' hôtel était installé dans un ancien couvent. Il était très bien situé, non loin de la nationale 101, près des locaux de la police et de la voie rapide qui conduisait aux studios Archer. Ils avaient trois chambres d'un côté du couloir et deux autres en face, séparées par le grand salon dont Sean avait parlé à Logan. Ce salon était équipé d'un réfrigérateur, d'un four à micro-ondes, d'un bar, et surtout d'une immense table et de toutes les prises électriques nécessaires à leurs équipements. Certes, la police mettait une salle à leur disposition, mais leur unité avait besoin de confidentialité. De ce point de vue, l'hôtel Pierre était idéal.

Sean était heureux que ses collègues soient près d'arriver. Logan Raintree, leur chef, était un ancien ranger du Texas. Kelsey O'Brien, la propre cousine de Sean, venait de la police fédérale. Il y avait aussi Kate Sokolov, médecin, anatomo-pathologiste et spécialiste de médecine légale ; Jane Everett, illustratrice de talent, capable de reconstituer des visages à partir de simples descriptions de témoins ou de fragments de crânes ; et enfin Tyler Montague, lui aussi issu des Rangers. Surtout, ils disposaient tous de capacités particulières, pouvaient communiquer avec l'au-delà, avec les morts… Leur unité de « chasseurs de fantômes » était la deuxième du genre. La première avait été créée par Adam Harrison, un expert en recherches paranormales, à la demande du gouvernement. Adam en avait sélectionné les membres avec un soin méticuleux. Il avait mis à la tête de cette première équipe Jackson Crow, un spécialiste en sciences comportementales, le seul à faire déjà partie du FBI auparavant. Dans les deux équipes, les compétences des uns et des autres se complétaient admirablement.

Le portable de Sean sonna de nouveau. Il décrocha en s'attendant à retomber sur Logan Raintree. Sans doute pour lui annoncer que les embouteillages étaient tels qu'ils n'atteindraient pas l'hôtel avant minuit… Mais ce n'était pas Logan. C'était Madison, dont la voix anxieuse restait néanmoins douce et sensuelle.

— Sean ? Excusez-moi de vous déranger. Ce n'est sans doute qu'un incident sans gravité, mais je me suis dit…

— Que se passe-t-il, Madison ?

— Apparemment, il y avait quelqu'un dehors en train de surveiller la maison. Bogie a réussi à déclencher l'alarme de ma voiture et…

Elle se mit soudain à chuchoter d'un ton furieux. Sean comprit qu'elle s'adressait à Bogie :

— Laissez-moi parler ! Je répéterai exactement ce que vous avez dit, ne vous en faites pas !

Puis elle enchaîna à son intention :

— Bogie est convaincu qu'on veut m'agresser. J'avoue que ça me rend un peu nerveuse. Je m'en veux de vous déranger, mais comme il y a une enquête en cours…

— Restez où vous êtes. Verrouillez bien les portes et les fenêtres et ne bougez pas. J'arrive !

— Inutile de vous déranger vous-même. Peut-être qu'en demandant une ronde de police…

— J'arrive, répéta-t-il. Fermez tout et ne bougez pas.

Il raccrocha, poussa un juron, saisit sa veste et se précipita vers l'ascenseur. Après avoir appuyé plusieurs fois sur le bouton en pestant, il se retrouva enfin dehors, courut vers le parking où il avait garé la Prius d'Eddie, puis jura de nouveau, revint prévenir l'accueil qu'il serait absent à l'arrivée de ses collègues, et repartit à toute vitesse vers le parking.

Il était tard. Le trafic était encore dense, mais moins épouvantable qu'en journée. Appuyant sur le champignon, Sean se dit qu'il dépassait largement la vitesse autorisée, mais tant pis ! Il n'était pas le seul… De temps à autre, il jetait un coup d'œil sur son portable posé à côté de lui, au cas où on l'aurait appelé.

Il s'en voulait d'avoir accepté l'aide de Madison. « Il me faut quelqu'un qui connaisse bien les studios, les employés, quelqu'un qui ait votre confiance… », avait-il dit à Eddie. Résultat : elle en savait sans doute trop, et il la mettait en danger.

A moins que… Il s'efforça de se raisonner. Jetait-il vraiment dans la gueule du loup une jeune femme innocente ? Peut-être pas. Bogie exagérait sans doute. L'acteur était un macho à l'ancienne, avec des principes démodés.

En arrivant dans la rue où habitait Madison, il freina à mort — il avait vraiment roulé trop vite — et se gara en faisant crisser ses pneus. Il sortit, et s'élança vers la porte. Madison ouvrit aussitôt : elle l'attendait.

Il se rendit compte alors qu'il avait une boule dans la gorge et que son cœur battait à toute allure. Elle fixait sur lui ses grands yeux bleus, l'air grave, mais se tenait très droite. Elle semblait surtout préoccupée de l'avoir dérangé pour peu de chose.

Etait-il normal de se tourmenter autant pour une femme qu'il connaissait depuis deux jours seulement ?

Oui, bien sûr… Il l'avait mise en danger et il s'en voulait, voilà. Mieux valait réagir de façon excessive que pécher par inconscience !

— Je suis vraiment désolée que vous vous soyez précipité ainsi, dit Madison. Je ne vois pas très bien ce que nous pourrions faire, d'ailleurs. Je n'aurais jamais imaginé que Bogie arriverait à appuyer sur la touche d'alarme de ma clé de voiture…

Bogie se tenait derrière elle.

— Appuyer sur une touche, j'en suis capable, indiqua-t-il. En revanche, sauter sur un type s'il s'en prend à une dame… ça m'est impossible, hélas !

Il avait l'air terriblement frustré.

— C'était une très bonne idée de déclencher la sirène, assura Sean.

— Je savais que ça réveillerait Madison. Elle dormait à poings fermés et n'a pas senti que je la secouais.

— L'essentiel, c'est que l'alarme ait fait fuir l'intrus, reprit Sean.

— C'est vrai, mais quand on est mort, c'est bien difficile de jouer les héros ! fit tristement remarquer Bogie.

— Qu'avez-vous vu exactement ?

Bogie tendit le doigt vers la fenêtre. Entre deux maisons semblables à celle de Madison se dressait la villa abandonnée, à demi dissimulée derrière les buissons, avec un panneau « A vendre » planté devant.

— En fixant la fenêtre, expliqua-t-il, j'ai commencé à sentir des frissons me courir sur la nuque… Vous voyez ce que je veux dire ? Bon, d'accord, je n'ai pas *vraiment* de nuque, mais j'ai *l'impression* d'en avoir une. J'ai regardé dehors et j'ai vu les buissons bouger, puis une silhouette se faufiler. Quelqu'un entièrement vêtu de noir, comme les ninjas… ou comme les costumes que les marionnettistes enfilent sur scène, pour qu'on ne les voie pas. Et puis l'inconnu s'est mis à scruter la maison. Madison dormait et je me suis dit que si jamais il essayait d'entrer, je… je ne pourrais pas l'en empêcher. Alors j'ai décidé de déclencher l'alarme. A la fois pour réveiller Madison et dans l'espoir de faire fuir ce salaud.

— Bravo, Bogie. Vraiment merci, dit Sean.

— Maintenant, lui ordonna le spectre en agitant l'index sous son nez, vous avez intérêt à veiller sur elle, hein ?

— Comptez sur moi. Vous avez une torche ? demanda Sean en se tournant vers la jeune femme.

— Oui.

Elle alla prendre une grosse lampe posée sur la cheminée tout en lui demandant :

— Qu'allez-vous faire ?

— Simplement jeter un œil. J'en ai pour un instant. Fermez bien derrière moi.

Il sortit dans la rue et entendit Madison qui tirait les verrous. Il se dirigea vers la maison abandonnée. A cette heure tardive, tout était calme et silencieux.

Il examina avec attention les buissons. Il y avait bien une branche cassée sur l'un d'eux, et l'on avait visiblement piétiné tout autour, mais sans laisser d'empreinte utilisable. Il se redressa pour projeter sa torche sur la façade de la maison, sans rien remarquer. Si quelqu'un avait été caché là, il était parti depuis longtemps. Sean songea un instant à alerter la police, mais se dit que ce serait en pure perte.

Pourquoi diable s'en prenait-on à Madison ?

Parce que, sans s'en douter, elle savait quelque chose qui aurait pu mettre les enquêteurs sur la piste ?

A moins que l'un des innombrables SDF de Los Angeles n'ait décidé de squatter une maison inoccupée ? C'était possible. Sean demanderait à Knox de vérifier. Il était sûr, cependant, que si le meurtrier s'était caché là, il avait soigneusement veillé à ne laisser aucune trace.

Il retraversa la rue et sonna. Madison vérifia par l'œilleton que c'était bien lui et ouvrit.

— Alors ? demanda-t-elle.

— Il n'y a pas grand-chose à signaler. Je demanderai aux flics de venir examiner tout ça au grand jour… Maintenant, faites votre valise.

— Ma valise ?

— Vous venez avec moi. Il est hors de question de dormir ici.

— Mais je ne peux pas laisser Ichabod !

— Il peut rester seul une nuit, en attendant que nous ayons trouvé le moyen de vous mettre en sécurité jusqu'à la fin de l'enquête.

Sean dévisagea Madison. Elle fixait sur lui un regard têtu.

— Ce ne serait pas plus simple de demander une patrouille de police ? insista-t-elle.

— Madison, répondit-il, agacé, vous avez vu le sang dans le tunnel, non ? Sans parler du corps de Jenny Henderson ?

— Je…

Elle avait blêmi, sentant manifestement qu'il avait raison, bien sûr.

— Je suis ici chez moi, murmura-t-elle enfin.

— C'est provisoire, Madison, dit-il gentiment.

— Mais où voulez-vous m'emmener ?

— A l'hôtel où nous sommes descendus.

Elle tressaillit, l'air un peu choquée.

— Je… vous êtes sûr que c'est une bonne idée ? Je ne peux tout de même pas partager votre chambre !

— Ce n'est pas ce que je suggérais, jeta-t-il brièvement. Nous avons plusieurs pièces.

A l'idée de s'être méprise sur ses paroles, elle devint écarlate. Elle se tint toute droite, le temps de reprendre contenance.

N'ayez donc pas l'air aussi gênée, avait-il envie de dire. *En fait, je ne demanderais pas mieux que de vous proposer non seulement ma chambre, mais aussi mon lit, si vous voulez savoir. Je sais, je ne devrais pas. Mais je n'arrête pas de penser à quel point j'aimerais faire l'amour avec vous…*

Il crispa les mâchoires pour chasser cette idée embarrassante.

— Allons, venez, Madison, reprit-il à voix haute. Nous ne sommes pas dans un film. Vous n'êtes pas en train de jouer l'héroïne un peu naïve qui refuse de sortir de chez elle et se retrouve nez à nez avec le tueur dans la scène suivante !

— Non, effectivement, répondit-elle avec dignité. Je n'ai pas l'intention de me conduire sottement. Je *sais* que nous ne sommes pas dans un film et que c'est moi qui suis menacée, d'une façon ou d'une autre. Je vais prendre quelques affaires. Cela ne vous ennuie pas de mettre de la nourriture et de l'eau dans les bols du chat, pendant ce temps-là ? Bogie a beau pouvoir appuyer sur une alarme, je doute qu'il puisse ouvrir un placard.

— Je m'en occupe, répondit Sean d'une voix un peu tremblante.

Il se sentait furieux contre lui-même. N'était-ce pas à cause de lui, si elle se retrouvait dans cette situation ?

Enfin, à cause d'Eddie, en tout cas. C'était lui qui avait eu l'idée de faire appel à elle.

Sans doute. Mais lui-même l'avait intimement associée à l'enquête, l'avait amenée partout… Et maintenant, quelqu'un soupçonnait Madison Darvil de savoir quelque chose. Ou de pouvoir le deviner. Et alors…

Dans le placard de la cuisine, il trouva les croquettes d'Ichabod, rangées dans un bocal de porcelaine en forme de tête de chat. Une multitude de petits détails, dans la pièce, reflétaient la personnalité de Madison. La salière et le poivrier, par exemple, représentaient le monstre de Frankenstein et son épouse. Une magnifique sorcière en tissu se balançait au-dessus de l'évier. Sur une grande étagère, en hauteur, des casseroles de cuivre étincelantes alternaient avec des marionnettes en forme de monstres ou de fées.

Sean serra les dents.

Peu importait qui, de lui ou d'Eddie, avait entraîné Madison dans l'enquête, finalement. Peu importait, également, que Bogie ait exagéré le danger. Dans tous les cas, il y avait un tueur en circulation. Et Madison, qui n'était ni flic ni agent du FBI, comme elle le lui avait rappelé, avait besoin d'être protégée.

Elle ne tarda pas à réapparaître, une petite valise à la main. Elle se planta sur le seuil de la cuisine tandis que Sean remplissait de nourriture et d'eau les bols du chat et les reposait par terre. Quand Sean sortit de la cuisine, cependant, Ichabod le suivit sans y avoir touché. Même lui semblait le regarder d'un air accusateur !

Bogie était appuyé contre un mur du salon, les bras croisés.

— Ne perdez pas Madison de vue, mon garçon, lança-t-il. Cette histoire ne me plaît pas du tout. Hollywood est un endroit chargé de magie, mais qui peut aussi devenir cauchemardesque. Je pense que vous l'avez compris, maintenant…

Il se tourna vers Madison pour ajouter :

— Je garde la maison, ma chère enfant. Ne vous en faites pas.

Sean hésita un instant et lança :

— J'espérais que vous viendriez avec nous à la morgue, demain…

— Je tiendrai ma promesse, répondit Bogie. Je pourrais sans doute y aller par mes propres moyens, mais pourquoi ne pas me prendre en voiture quand vous reviendrez nourrir le chat ?

— Entendu, promit Sean.

Quand ils sortirent, Madison suivit Sean sans rien dire, le visage fermé. Sean mit sa valise dans le coffre, puis prit place derrière le volant.

Madison alluma la radio pour trouver une chaîne d'information en continu.

— Vous permettez ? demanda-t-elle.

— J'aurais préféré du rock.

— Tant pis ! Je voudrais écouter ça.

— Ecoutez, Madison, je suis vraiment désolé que vous vous retrouviez mêlée à l'enquête, mais je n'y suis pas pour grand-chose, vous savez ! Je ne savais même pas que vous existiez, avant de venir. Dites-vous que vous êtes en train de faire tout ce qui est humainement possible pour Eddie et Alistair, comme vous vous y étiez engagée…

Sans répondre, elle se contenta d'appuyer sur le bouton de la radio jusqu'à trouver une station de vieux airs de jazz.

Ils firent tout le trajet jusqu'à l'hôtel dans le plus profond silence.

Madison entra dans le hall, toujours sans dire un mot, mais Sean remarqua qu'elle regardait autour d'elle avec attention. L'ancien couvent de style colonial avait été élégamment rénové, et les équipements modernes s'y intégraient harmonieusement.

L'établissement n'était pas très grand. Il ne leur fallut que quelques secondes, avec l'ascenseur, pour atteindre le troisième étage. Sean se dirigea tout droit vers la suite. Avant même qu'il ait glissé sa clé dans la serrure, la porte s'ouvrit à la volée et sa cousine, Kelsey O'Brien, lui sauta au cou.

— Nous sommes tous là, comme tu peux voir ! s'exclama-t-elle après l'avoir embrassé avec fougue, en repoussant une mèche de sa chevelure cuivrée.

— Tu vas me faire tomber ! lança-t-il en la repoussant gentiment. C'est dans la police fédérale qu'on vous apprend ce genre d'étreinte puissante ?

— Où étais-tu, Sean ? demanda Logan en s'approchant. Je t'avais prévenu que nous étions en chemin, pourtant. Il s'est passé quelque chose ?

Il fronçait les sourcils. Sean se demanda s'il était contrarié ou simplement inquiet.

Logan était aussi grand que lui. Ils dépassaient tous les deux Kelsey d'une tête, même si elle mesurait un mètre soixante-quinze. Logan, cela dit, ne lui avait pas sauté au cou pour l'accueillir !

— Oui, il s'est passé quelque chose, si on peut dire..., répondit-il. Nous pouvons entrer ?

— *Nous* ? répéta Logan, étonné.

Sean s'écarta pour laisser passer Madison.

— Voici Madison Darvil, reprit-il. C'est elle qui a repris le poste que j'occupais autrefois aux studios Archer. Eddie Archer s'est dit qu'elle était la plus apte à me guider un peu partout, pour m'expliquer ce qui avait pu changer. Bref, Madison habite en face d'une maison abandonnée, et nous avons des raisons de croire que quelqu'un s'y était caché pour la guetter, cette nuit. Je n'ai fait qu'un tour rapide, vu l'heure tardive. L'intrus était déjà parti, de toute façon. Madison, voici Kelsey O'Brien, Logan Raintree, et là-bas derrière, c'est Kate Sokolov. Ce jeune homme avec un chapeau de cow-boy est Tyler Montague, ex-ranger texan. Enfin, à côté de lui, c'est Jane Everett.

Il y eut un chœur de « Bonjour, Madison ! ». Elle salua à son tour avec un geste de la main. Elle essayait d'avoir l'air sûr d'elle, souriante, mais évoquait un peu une biche aveuglée par les phares d'une voiture.

— Je vois que vous avez une valise ? remarqua Logan. Vous vous installez ici ?

— Vous avez bien raison. Il ne fallait pas rester chez vous ! s'écria Kelsey.

— Entièrement d'accord, acquiesça Logan. S'il y a le moindre danger, la seule chose à faire est de rester avec nous tant ce que n'est pas réglé.

— Merci, murmura Madison.

Sean s'éclaircit la gorge.

— Je dois préciser que... non seulement Madison est experte en effets spéciaux, mais que... elle a un point commun avec nous tous : elle communique avec les morts.

Elle est même hantée par un fantôme familier qui s'est quasiment installé chez elle…

— Ah bon ? demanda Logan, l'air toujours aussi sévère.

Il avait tendance à se méfier des gens qui se prétendaient médiums ou capables de recevoir des messages de l'au-delà. Tous les membres de leur équipe se montraient d'ailleurs extrêmement prudents sur le sujet. Ils en parlaient rarement à l'extérieur, même si on les connaissait comme les « chasseurs de fantômes » du FBI.

Madison hocha la tête, l'air aussi réservé vis-à-vis d'eux que Logan l'était à son égard, puis dit du bout des lèvres :

— Oui, il m'arrive de parler avec les défunts… mais ce n'est pas très fréquent.

— Nous pourrions tous en dire autant, fit remarquer Kelsey en souriant. La plupart du temps, les morts disparaissent pour de bon et on ne les revoit plus. Quant à ceux qui restent un peu sur Terre, il est rare qu'ils cherchent le contact, de toute façon… Mais vous, vous avez donc un fantôme chez vous ?

Sean retint une petite grimace. Comment ses collègues allaient-ils réagir en apprenant qu'il s'agissait de Humphrey Bogart ? Seraient-ils incrédules ou, au contraire, émerveillés et même jaloux ?

Ce fut l'émerveillement qui triompha.

Après plusieurs minutes de questions excitées, ils se calmèrent un peu et s'assirent autour de la table.

En fait, songea Sean, Bogie s'était vraiment révélé utile, sans le vouloir. Il leur avait permis de briser la glace !

La conversation ne tarda pas cependant à prendre un tour beaucoup plus sérieux. L'équipe voulait tout savoir sur le meurtre de Jenny. Madison évoqua chacune des personnes qui gravitaient autour des studios et d'Eddie Archer. Sean, de son côté, fit part de sa théorie selon laquelle le meurtre n'avait pas été commis au hasard mais soigneusement planifié, dans le but d'atteindre Eddie Archer en faisant accuser et condamner son fils.

Logan leur demanda, d'un air grave, s'il y avait la moindre possibilité qu'Alistair ait lui-même commis le crime.

— Aucune, répondit Madison.

La victime elle-même le leur avait confirmé, précisa-t-elle. Elle constata avec soulagement que Logan l'écoutait sans la moindre trace d'ironie.

Sean expliqua ensuite qu'ils avaient constaté une anomalie sur les vidéos de la sécurité.

— Il manque exactement deux minutes d'enregistrement, souligna-t-il.

— Ce n'est pas énorme, fit remarquer Kelsey. Et puis, ces deux minutes manquent *avant* que le crime n'ait été commis, n'est-ce pas ?

— Oui, mais réfléchissez…, répondit Sean. C'est très court, certes, mais aussi très long, en un sens. Quand on est sous l'eau et qu'on doit retenir sa respiration pendant deux minutes, ça paraît interminable. Et cela peut largement suffire à préparer une mise en scène.

— Qu'en pensez-vous, Madison ? intervint Logan en se tournant vers elle. Vous qui connaissez les studios, que pourrait-on y faire en deux minutes ?

— Il y a cette histoire de costume qui a disparu, répondit-elle. La police le cherche partout. D'après Alistair, c'est le grand prêtre du tableau, Amun Mopat — le personnage qui, dans le film, ressuscite les morts et fait sortir les momies de leurs sarcophages —, qui s'est jeté sur Jenny pour la tuer. Donc, on peut imaginer que le meurtrier caché dans le tunnel s'était déguisé en grand prêtre. Il lui suffisait de voler le costume… ce qui ne doit pas prendre beaucoup plus de deux minutes, justement. Ensuite, il a pu trafiquer la vidéo en profitant du moment où Colin Bailey quittait sa loge pour aller voir ce qui arrivait à Alistair.

— Le problème, c'est qu'il n'y a aucun enregistrement du tunnel, précisa Sean.

— Comment cela se fait-il ? s'étonna Logan.

— Je suppose qu'on n'y a jamais installé de caméra, tout

simplement. Sans doute a-t-on jugé que toutes les autres, celles des ateliers et celle qui filme l'entrée du cinéma, étaient suffisantes, expliqua Madison. Surveiller les ateliers, c'est important quand on prépare les effets spéciaux de grosses productions. Il y a tellement de piratage ! Mais dans le tunnel, il n'y a que des figures de cire, toujours les mêmes. Ce petit musée, c'est surtout le hobby d'Eddie Archer. Il n'ouvre pas très souvent.

— Même à mon époque, personne ne s'inquiétait de la sécurité dans le musée, c'est vrai, fit remarquer Sean. Je crois cependant me rappeler qu'il y a tout de même eu une caméra, à un moment donné.

— Si elle est encore là, en tout cas, elle n'a sûrement pas fonctionné dimanche soir, répondit Madison. Le cinéma était fermé. Tout le monde sait qu'il est fermé le dimanche, comme le musée. En théorie, personne ne peut entrer. Mis à part les Archer eux-mêmes, bien sûr. Je comprends le raisonnement de la police : comment ne pas se dire qu'Alistair est forcément coupable ? La seule possibilité, comme le fait remarquer Sean, c'est que le meurtrier soit quelqu'un qui connaît parfaitement bien les studios, ateliers et cinéma compris. Et qui, aussi, connaît bien Alistair, évidemment. Qui savait que Jenny allait venir, qu'elle allait tenter de convaincre Alistair de descendre dans le musée…

— Cela dit, il était de notoriété publique qu'Alistair et Jenny sortaient ensemble, non ? intervint Jane. Et aussi que Jenny voulait être actrice, qu'elle faisait tout ce qu'elle voulait d'Alistair, et que ce dernier venait souvent voir un film à La Boîte noire, tout seul, le dimanche soir…

Sean regarda Jane, une jolie femme brune, mince et un peu frêle. De tous ses collègues, elle était la seule dont il s'était demandé si elle serait de taille à rejoindre le FBI. C'était surtout une artiste, même si, évidemment, elle dessinait souvent à partir de crânes réels… Mais n'avait-il pas commencé comme artiste, lui aussi ? En fait, ils s'étaient tous très bien tirés de leur première mission, au Texas.

Même si trois d'entre eux seulement venaient des forces de l'ordre. Ensuite, pendant leur formation à Quantico, Jane s'était montrée excellente. Elle était remarquable au tir et aurait fait un redoutable sniper.

— C'est vrai, tout ça se savait, répondit Madison. Dans les ateliers, les gens plaisantaient souvent sur la façon dont Alistair était « mordu ». Les techniciens sont souvent blasés avec les femmes, et ça les amusait d'observer le petit manège de Jenny et la candeur d'Alistair. Tout cela n'était jamais méchant. A ma connaissance, Jenny n'avait pas d'ennemis, et tout le monde adore Alistair. C'est un type très gentil, incapable de faire du mal à une mouche.

Elle se tourna vers Sean pour ajouter :

— Pour en revenir à la tunique du grand prêtre, j'affirme qu'elle était sur le mannequin quand je suis partie vendredi.

Sean hocha la tête en lui souriant.

— Je sais ! Sur la vidéo, on voit très bien que le mannequin est progressivement repoussé derrière le rideau, d'abord pour l'écarter simplement du chemin. Ensuite, après les deux minutes qui manquent sur l'enregistrement, on se rend compte qu'il disparaît complètement. Fontini, le technicien informatique de Knox, essaie de comprendre comment on a pu effacer ce passage. Je reposerai également la question à Bailey. Même s'il n'y connaît pas grand-chose en numérique, il était de garde.

— Et il n'a pas quitté son poste, sauf pour aller examiner le tunnel avec Alistair, c'est bien ça ? demanda Logan. Je veux être sûr d'avoir bien compris.

— C'est ça, confirma Sean.

— Dans ce cas, reprit Logan d'un ton résolu, il faut dès demain retourner aux ateliers et à la morgue, pendant que la police continuera à travailler sur cet enregistrement. Il faut vraiment savoir qui a pu le trafiquer ainsi…

— C'est forcément l'œuvre de quelqu'un qui s'y connaît, répondit Sean. Moi-même, j'en serais incapable, même si j'ai de bonnes notions en numérique. Fontini aussi, et il est meilleur que moi... Le problème, c'est qu'ici, à Hollywood, les experts capables de ce genre de choses ne manquent pas.

— J'ai une dernière question, reprit Logan. Es-tu sûr, vraiment sûr, qu'Alistair Archer n'a pas tué Jenny ? Je sais bien qu'elle vous a « parlé », mais est-ce qu'elle n'a pas pu se tromper ?

— Non, répondit Sean. Le récit de Jenny correspond parfaitement à celui d'Alistair. Ils expliquent tous les deux qu'un individu déguisé en grand prêtre est sorti du tableau, a tué Jenny et a réussi à disparaître sans laisser de traces. Si nous arrivons à comprendre *comment* il a pu procéder, nous aurons fait un grand pas pour savoir de *qui* il s'agit.

— Sean a raison, intervint Madison. Jenny et Alistair disent exactement la même chose.

Elle hésita un moment en se mordillant les lèvres. Son regard parcourut le groupe réuni autour de la table, comme si elle avait du mal à se convaincre qu'ils allaient la croire sur parole.

— Et je pense vraiment qu'on peut se fier à Jenny, reprit-elle. Elle m'a bien expliqué qu'Alistair avait tenté de venir à son secours, qu'il a hurlé pour tenter de chasser l'agresseur... Elle ne sait pas qui l'a tuée, mais elle sait que ce n'est pas Alistair.

— Bon, restons-en là, conclut Logan.

Il avait l'air épuisé.

— Nous arrivons tout droit de l'aéroport et, pour nous, il est environ 4 heures du matin ! reprit-il. Nous devons absolument dormir. Demain matin, Sean, tu emmèneras Kate à la morgue. De mon côté, j'irai voir Knox à la police pour lui présenter le reste de l'équipe et m'organiser avec lui. Je lui demanderai d'envoyer une patrouille fouiller la maison abandonnée en face de chez Madison. Ensuite, nous reviendrons aux ateliers Archer aux alentours de 13 heures. Nous examinerons les locaux, puis nous éplucherons les notes des policiers, et en particulier les interrogatoires des employés des studios. Je voudrais aussi contrôler les badgeages pour vérifier les allées et venues. Quand nous aurons fini, Sean, tu retourneras interroger les proches d'Eddie Archer. Tout le monde est d'accord ?

Tout le monde hocha la tête. Kelsey se leva en déclarant :

— Venez, Madison. Nous allons vous installer dans la chambre 302, de l'autre côté du couloir. Tyler occupe la 301, et Kate et Jane s'installeront toutes les deux dans la 303. De ce côté-ci, nous avons la 304, la 305 et la 306. Vous voyez, vous serez en sécurité ! Je ne pense pas que ce criminel soit assez courageux — ou assez stupide, d'ailleurs — pour venir vous agresser au milieu de six agents du FBI !

Madison se mit lentement debout, l'air embarrassé.

— Je m'en voudrais de chasser qui que ce soit…

— Cela ne pose aucun problème, assura Jane.

Sean lui jeta un regard reconnaissant. Kate et Jane acceptaient bien volontiers de partager une chambre, et cela le soulageait. Ils étaient bien plus qu'une équipe, en fait : presque une petite communauté.

— Eh bien, merci beaucoup…, murmura Madison.

— Venez, je vais vous conduire, dit Kate en prenant sa valise.

Quand elles furent sorties, Sean se leva à son tour. Logan l'imita et s'approcha de lui.

— Eddie a de la chance d'avoir pu faire appel à toi, lança-t-il. Si tu n'avais pas travaillé avec lui il y a quelques années…

Sean hocha la tête, un demi-sourire aux lèvres.

— Eddie est malin, répondit-il. Il s'est renseigné sur moi, puis sur l'équipe, et il a compris que c'était exactement ce qu'il lui fallait. Surtout qu'il savait déjà que Madison, à qui il fait entièrement confiance, a le même don que nous… Elle peut communiquer avec les morts.

— Espérons simplement que cela ne la mettra pas trop en danger, soupira Logan.

— C'est déjà fait, hélas ! grommela Sean.

— Nous avons d'autant plus intérêt à mener l'enquête tambour battant.

Sean opina, puis dit bonsoir à la cantonade et passa dans sa chambre, qui donnait sur le salon. Les rapports de police étaient toujours sur le bureau où il les avait laissés. Il ramassa les feuillets et les remit en pile. Logan en aurait besoin le lendemain matin.

Puis il se coucha.

Deux minutes manquantes. Deux minutes pendant lesquelles on avait dissimulé un mannequin et volé un costume…

C'était largement suffisant, si on savait s'y prendre.

Il finit par glisser dans la somnolence et, cette fois, ses pensées prirent un tour totalement différent.

Il songeait à Madison.

Il la connaissait depuis seulement deux jours. Pourtant, il avait l'impression que cela faisait une éternité… Comme si elle avait toujours fait partie de sa vie, de son être le plus profond.

Inutile de continuer à pister Madison, se dit Vengeance, furieux. Elle savait qu'elle était en danger, maintenant. Elle allait se méfier.

Fichu Sean Cameron ! Il bouleversait tous ses plans. Cela avait si bien marché, jusque-là ! La police n'y avait vu que du feu…

Son téléphone se mit à sonner. Par bonheur, il n'y avait personne dans les parages.

En voyant le numéro qui s'affichait sur l'écran, Vengeance étouffa un juron. Qu'est-ce qu'elle lui voulait, encore ?

— Je commence à avoir peur ! dit une voix.

— Ne sois pas idiote !

— Les enquêteurs s'agitent dans tous les sens. Tu m'avais bien dit que ce serait vite réglé, pourtant ! Qu'on inculperait automatiquement Alistair, vu que personne d'autre ne pouvait entrer ou sortir !

— Ils en reviendront vite à cette conclusion.

— Pas si sûr, maintenant que le FBI s'en mêle !

— Même s'ils trouvent une piste quelconque, ils ne pourront jamais remonter jusqu'à nous. Ils ne sauront jamais la vérité ! C'est impossible.

Hélas, la femme au bout du fil n'était pas rassurée. Elle devenait de plus en plus hystérique, au contraire. Vengeance s'efforça de rester patient.

— Ecoute, il te suffit de t'en tenir à tes déclarations, c'est tout !

Elle finit par se calmer. Vengeance lui demanda avec instance de ne plus jamais rappeler.

— C'est *moi* qui te contacterai, c'est compris ?

Elle raccrocha enfin.

Décidément, son associée lui faisait courir des risques.

Elle était dangereuse…

Peut-être lui arriverait-il un accident, finalement.

— Le médecin légiste va commencer à nous trouver morbides, chuchota Madison.

Elle venait d'arriver devant la morgue avec Sean et Kate Sokolov. Kate avait elle-même travaillé comme médecin légiste à San Antonio avant de rejoindre les « chasseurs de fantômes » du FBI. Il était logique qu'elle examine le corps de Jenny et les rapports d'autopsie. En revanche, Madison se demandait un peu pourquoi elle était elle-même obligée de revenir. Sans doute à cause de Bogie…

Au passage, ils s'étaient en effet arrêtés chez elle pour nourrir Ichabod et prendre Bogie.

A présent, avec une aisance déconcertante, ce dernier s'adressait à Kate en souriant largement.

— Vous avez peut-être l'habitude des morgues, mais pourriez-vous arrêter de me dévisager comme ça ? lui lança-t-il. Même s'ils ne me voient pas, les gens vont se poser des questions, à la longue !

— Excusez-moi…, balbutia-t-elle en rougissant. C'est que je… je n'en reviens toujours pas. Je suis l'une de vos fans depuis toujours !

— Merci !

Bogie se tourna vers Madison.

— Vous comprenez pourquoi je reste, maintenant ? J'adore qu'on m'adule.

— Chut ! lança Sean.

— On va vraiment se demander ce que je fais là ! murmura de nouveau Madison.

— Ne vous en faites pas. Si jamais il y a un problème, j'expliquerai que j'ai besoin de vous pour me parler de Jenny, parce que vous l'avez connue de son vivant, dit Kate d'un ton rassurant.

Dans le hall, un technicien vint les chercher pour les conduire dans une petite salle d'autopsie. Le Dr Tee Chang les y attendait, silencieux, debout devant le brancard où reposait la dépouille mortelle de Jenny Henderson.

— Bonjour, docteur, lui dit Sean. Je vous présente Kate Sokolov, qui fait partie de notre équipe. Elle aimerait reprendre point par point avec vous le rapport d'autopsie.

— Bien sûr, très volontiers. Ravi de faire votre connaissance, docteur Sokolov, dit Chang en serrant la main de Kate.

Il lui tendit la planchette où il avait accroché le dossier avec une pince. Kate passa devant le plan de travail et l'évier, brillamment éclairés, et s'approcha du brancard. Madison l'entendit se mettre à chuchoter avec Chang. Bogie s'était planté en face d'eux, de l'autre côté du brancard, à côté de Madison.

Cette dernière s'efforçait de respirer le moins possible par le nez, pour éviter l'odeur chimique. Elle détourna les yeux du filet d'eau qui ruisselait dans l'évier.

— Jenny ! lança-t-elle doucement. Elle s'obligea à

tendre la main pour toucher le cadavre, même si ce geste lui coûtait. Il était stupéfiant qu'un corps humain puisse devenir aussi rigide, aussi glacé.

Jenny ouvrit les yeux, puis les écarquilla en apercevant non pas Madison, mais Bogie.

— Humphrey Bogart ! l'entendirent-ils murmurer de sa voix d'outre-tombe.

— Oui, c'est moi, mais… pas en chair et en os, petite, répondit Bogie en hochant tristement la tête. Cette morgue n'est pas un endroit pour vous, mademoiselle Henderson. Il faut vous trouver un lieu plus accueillant.

— Je ne sais pas où aller, souffla Jenny.

— Eh bien, venez avec nous. Allons, un peu de volonté ! Levez-vous et venez avec nous.

Madison faillit s'écrier à voix haute : *Ah non, pas chez moi ! Un fantôme, ça va, mais deux, c'est vraiment trop !*

— Je n'arrive pas à bouger, gémit Jenny. J'ai trop froid, trop peur…

Dieu merci ! songea brièvement Madison. Aussitôt, elle s'en voulut. Elle pressa gentiment le bras de Jenny et lui dit :

— Si, Jenny, vous allez y arriver. Bogie l'a déjà fait, et donc il n'y a aucune raison que vous ne puissiez pas. N'avez-vous pas envie de nous aider à attraper votre meurtrier ?

Jenny hocha la tête, l'air grave. Son regard passa de Bogie à Madison, puis à Sean.

— Vous êtes policier, n'est-ce pas ? lui demanda-t-elle. Vous êtes déjà venu l'autre jour.

Elle eut une esquisse de sourire.

— J'ai toujours rêvé de faire du cinéma. Maintenant, évidemment…

— Maintenant, vous êtes célèbre, intervint Bogie. Quand le mystère sera résolu, vous entrerez dans la légende !

— Comme vous pouvez le constater, fit remarquer Chang en entraînant Kate un peu à l'écart, un seul coup de poignard a suffi à entraîner la mort. L'intention était bien de tuer. J'ai déjà expliqué à l'agent Cameron que l'entaille à la gorge n'a pas présenté de difficulté… La victime ne s'est pas débattue.

Kate opina de la tête.

— Effectivement, commenta-t-elle, on voit que le meurtrier avait bien prémédité son coup, car il n'est pas toujours facile de trouver immédiatement l'artère. Et on ne note aucune égratignure, aucun signe d'une quelconque résistance.

— Le tout n'a dû prendre que quelques secondes, conclut Chang.

— Bien moins de deux minutes, en somme, répondit Sean.

— Certainement ! confirma Chang.

Sean passa derrière Kate, l'agrippa et mima le geste de lui trancher la gorge.

— Je dirais huit secondes, au maximum, calcula Kate.

Sean la relâcha.

— En outre, lança-t-il, comme le tueur savait que la caméra du tunnel ne fonctionnait pas, il n'a pas eu de précautions particulières à prendre. Il a pu se cacher dans un coin, ou même dans le cinéma, et avoir largement le temps d'arriver.

— Merci, docteur Chang, dit Kate en serrant la main du médecin.

— Alors ? demandait Bogie à Jenny pendant ce temps-là. Vous venez avec nous ?

— Mais je suis toute nue, je suis à demi décapitée…

— Il vous suffit de vous redresser et de vous imaginer dans votre tenue préférée. La chair n'est plus rien pour vous, maintenant. Tout ce qui compte, c'est l'esprit… c'est l'âme.

— Caleb va vous reconduire, indiqua Chang en montrant son assistant.

Madison commença à s'éloigner entre Sean et Kate. Elle savait que Bogie était sur ses talons.

Elle sentit alors un petit frisson lui parcourir la nuque et comprit que Jenny venait de se lever.

La jeune fille venait avec eux. Avec courage, elle allait revivre la scène de sa mort, pour les aider à découvrir le coupable.

9

Logan Raintree, dans les locaux de la police, faisait le point avec Benny Knox tout en supervisant l'installation des divers équipements qu'il avait demandés. Quand il lui téléphona, Sean se rendit compte que l'heure avait tourné : il était presque midi. Il expliqua à son chef qu'il quittait la morgue avec Kate et Madison pour retourner examiner le tunnel. S'ils parvenaient à trouver comment le meurtrier avait pu entrer dans le bâtiment — et dérober la tunique d'Amun Mopat sans se faire voir —, ils auraient trouvé une pièce importante du puzzle, conclut-il.

Et surtout, se dit Sean après avoir raccroché, cela jetterait enfin un doute sur la culpabilité d'Alistair.

Cela ne suffirait pas à prouver *complètement* son innocence, bien sûr. Dans l'idéal, il faudrait tout de même qu'ils découvrent le vrai coupable. Sinon, Alistair serait simplement acquitté au bénéfice du doute, et sa vie en serait irrémédiablement gâchée.

Sean se faisait aussi du souci pour Madison. Il avait besoin d'elle, mais n'aurait-il pas été plus prudent de l'écarter de l'enquête ? En fait, il était sans doute trop tard. Le meurtrier l'avait déjà repérée. Il ne fallait plus la laisser seule une minute…

A moins que Bogie ne se soit affolé pour rien ? Qu'il ne se soit inquiété trop vite pour la jeune amie qu'il affectionnait ?

Non. Bogie n'avait certainement pas exagéré. Madison était réellement en danger. Ils avaient affaire à un tueur déterminé, avec un plan précis. A un individu qui ne laisserait personne lui mettre des bâtons dans les roues. Et Madison, qui n'était ni de la police ni du FBI, ne savait certainement pas se servir d'une arme à feu.

Bref, il fallait absolument la protéger, songea-t-il alors qu'ils quittaient la morgue.

— Madison, dit-il à voix haute, je sais que cela ne vous plaira pas, mais je vais vous emmener dans les locaux de la police. Vous tiendrez compagnie aux experts de l'équipe pendant que nous nous rendrons aux studios. J'en profiterai pour expliquer à vos collègues que vous n'avez plus rien à voir avec l'enquête…

Il lui jeta un coup d'œil dans le rétroviseur : elle avait pris place à l'arrière entre Bogie et Jenny.

— Ne dites pas de bêtises, riposta-t-elle.

— Je m'inquiète pour votre sécurité, Madison.

— Moi aussi, mais m'obliger à rester dans les locaux de la police pendant que vous fouillez les studios ne changera rien. Autant que je tienne compagnie à des agents du FBI ! C'est d'ailleurs très rassurant, vous savez. J'ai très bien dormi, cette nuit ! Et si vous espérez convaincre mes collègues que je ne suis plus mêlée à l'enquête, vous rêvez. Ils ne vous croiront pas une seconde !

— Elle n'a pas tort, Sean, intervint Kate, assise devant. Non seulement elle nous sera utile pour la visite des studios, mais je pense effectivement que personne n'osera s'en prendre à elle en présence d'agents du FBI. Surtout munis de leurs armes !

Kate se retourna pour ajouter avec un sourire :

— Sauf si ça vous ennuie de nous tenir compagnie, évidemment ! Vous avez vraiment bien dormi cette nuit, Madison ?

— Oui, très bien, sauf que je m'en veux de vous avoir chassée de votre chambre. J'aurais pu partager avec quelqu'un. Kelsey, par exemple…

— Ç'aurait été difficile, dit Sean en riant. Ma cousine

et Logan sont en couple depuis la création de l'équipe. Ils partagent la même chambre.

— Kelsey ? C'est votre cousine ?

— Oui, répondit-il simplement.

— C'est habituel que les membres d'une même famille travaillent ensemble, au FBI ?

— D'ordinaire, non, mais les deux équipes de « chasseurs de fantômes » sont des cas à part, expliqua Kate. Nous sommes un peu… spéciaux. Bref, Kelsey et Logan occupent l'une des deux chambres adjacentes au salon, et Sean l'autre. Tyler a gardé sa chambre, et Jane et moi nous partageons la dernière. Cela nous dérange d'autant moins que nous l'avons fait tout le temps de notre entraînement !

Elle se tourna soudain vers Sean pour enchaîner :

— J'y pense, cela dit… Peut-être vaudrait-il la peine que nous passions tous une nuit ou deux dans la maison de Madison. Pour voir…

Sean ne répondit pas immédiatement. Il restait préoccupé par l'idée que Madison courait un danger, qu'elle était peut-être manipulée.

— Nous verrons, murmura-t-il.

En arrivant aux studios, ils virent plusieurs voitures de police devant le cinéma. Sean se gara juste derrière le ruban jaune de scène de crime, puis entendit un sanglot étouffé dans son dos. Il se souvint que Jenny les accompagnait.

Bogie tentait de la rassurer à mi-voix.

Passer devant les policiers en compagnie de deux fantômes n'allait pas être simple… *Eh oui, officier, nous avons amené la défunte avec nous, aujourd'hui*, aurait-il pu dire. *Ce sera douloureux pour elle, mais elle va tenter de reconstituer la scène de sa mort. Par bonheur, quelqu'un sera là pour lui tenir la main… Humphrey Bogart. Vous le connaissez, n'est-ce pas ? Oui, Bogart, la légende du cinéma d'avant-guerre…*

— Agent Cameron ? lança l'officier Duffy, en faction près des véhicules.

— Bonjour, répondit Sean en sortant de la voiture. Nous venons examiner La Boîte noire. Mes autres collègues ne vont pas tarder à arriver.

— Je sais, on m'a prévenu.

— C'est l'officier Knox qui vous l'a dit ?

— Oui, monsieur. Ils sont encore dans les bureaux de la police. Ils ne vont pas tarder.

Madison, Kate et les deux fantômes sortirent à leur tour du véhicule.

Duffy fronça les sourcils, comme s'il sentait quelque chose de bizarre. Il frissonna quand Jenny et Bogie passèrent devant lui.

— Ici, en Californie, on a chaud par moments et on gèle à d'autres, grommela-t-il à l'intention de Sean.

— C'est vrai ! fit remarquer Sean en s'avançant.

Ils s'arrêtèrent à quelques mètres du cinéma. Soudain, Jenny fondit en larmes.

— C'est ici qu'on m'a assassinée, sanglota-t-elle. *Assassinée !* Et vous voulez vraiment que je rentre là-dedans pour tout revivre ? Que je piétine dans mon propre sang ?

Sean sentait que l'officier Duffy, dans son dos, les observait. Il se demandait sûrement pourquoi ils s'étaient tous arrêtés. Le moment était pourtant mal choisi pour que la police commence à se méfier d'eux !

— Reprenez-vous, Jenny ! murmura Madison dans un souffle.

— Nous avons besoin de vous, petite ! intervint à son tour Bogie.

Il avait glissé un bras protecteur autour des épaules de Jenny.

Peine perdue : elle sanglotait toujours.

Sean vit que ses compagnons se crispaient.

Madison s'approcha de lui, glissa un bras sous le sien et chuchota :

— Sean, qu'allons-nous faire ?

— Jenny, lança-t-il à voix basse, êtes-vous toujours d'accord pour aider ceux qui sont restés en vie ?

— Oui, bien sûr, mais…

Il s'en voulait d'imposer cette épreuve à la jeune morte, mais il n'avait pas le choix. Duffy les regardait toujours. Heureusement, Bogie réussit à faire avancer la jeune fille.

Ils reprirent leur marche, mais plus ils approchaient, plus Jenny ralentissait le pas. Bogie avait beau faire tout son possible, elle pleurait comme une madeleine.

Sean réussit néanmoins à les faire entrer dans le cinéma. Là, dans le hall, ils risquaient moins d'être filmés : la seule caméra en fonctionnement était orientée sur la porte, pour contrôler les entrées.

Le cœur serré, il tenta de toucher Jenny, sans y parvenir, naturellement. Il ne sentit sous ses doigts qu'une bouffée d'air froid.

— Je suis vraiment désolé, Jenny, lui dit-il. Sincèrement. Mais je sais que vous aviez de l'affection pour Alistair, que vous vous en êtes voulu de le manipuler… Alors, aidez-nous. Vous vous sentirez mieux et vous nous serez incroyablement utile. Imaginez un peu le soulagement d'Eddie et d'Alistair quand on mettra la main sur ce salaud, sans parler du vôtre…

Jenny s'essuya les joues. Puis elle se redressa en demandant d'une petite voix :

— Vous… vous croyez vraiment que je peux réparer le mal que j'ai fait ?

— Vous savez, Jenny, quand nous restons ici-bas, c'est pour une raison précise, intervint Bogie. Si ça se trouve, votre raison, c'est celle-là.

— En tout cas, je ne rêve que d'une chose, c'est qu'on attrape ce type et qu'on l'écorche vif ! rétorqua Jenny avec fougue.

— Je ne sais pas si son châtiment ira jusque-là, fit remarquer Sean avec un demi-sourire. C'est peut-être un peu médiéval.

Sa plaisanterie fit son effet. Jenny sourit à son tour entre ses larmes.

— Vous verrez, dit Madison, ça va bien se passer. Nous restons avec vous.

— J'ai presque l'impression de sentir l'odeur de pop-corn, murmura Jenny en reniflant.

— Mais ça sent vraiment le pop-corn ! assura Kate.

— Jenny, demanda Sean, la porte principale était-elle réellement entrebâillée quand vous êtes arrivée, ce jour-là ?

— Non, répondit-elle en secouant la tête. C'était fermé.

— Pourtant, on ne vous voit pas en train de l'ouvrir, sur les vidéos.

— Eh bien… j'avais une clé. J'ai ouvert mais, comme je savais où se trouvait la caméra, j'ai fait très attention de ne pas me faire voir.

— Comment vous étiez-vous procuré cette clé ?

— J'avais piqué celle d'Alistair, quelques jours plus tôt, et j'en avais fait faire un double. Est-ce que vous pourrez le lui dire, d'ailleurs ? Il croit qu'il a oublié de fermer. C'est ce que je lui ai fait croire, et il doit tellement s'en vouloir ! Surtout par rapport à son père, qui lui faisait confiance…

— Nous le lui dirons, n'ayez crainte, répondit Madison. Qu'est devenue cette clé ?

— Je… je ne sais pas. J'ai dû la remettre dans ma poche…

Sean se promit de demander à Knox et au médecin légiste s'ils avaient trouvé quelque chose.

Ils se dirigèrent vers le petit bureau du fond. L'affiche qui dissimulait la porte avait été retirée. En file indienne, ils descendirent l'escalier qui menait au tunnel. Jenny agrippait Bogie comme si elle redoutait de se retrouver agressée une seconde fois.

Ils dépassèrent les premiers tableaux. De loin, sur le sol, Sean voyait les marques à la craie et les dernières traces de sang. Il se demanda s'il faisait bien d'amener Jenny sur place.

— Ça va ? lui demanda-t-il. Vous savez, nous aussi, nous sommes convaincus qu'Alistair est innocent. Nous n'avons aucune envie qu'il passe le reste de sa vie en prison, voire pire… Pas vous ?

— Moi non plus, bien sûr, répondit-elle d'un air grave. Je… je suis désolée d'être aussi froussarde. Je ne devrais pas, puisque je suis déjà morte. Il ne peut plus rien m'arriver, après tout… Vous avez raison, nous devons nous battre pour Alistair !

Résolument, elle prit la tête du petit cortège.

Ils passèrent devant les scènes du *Faucon maltais,* de *Citizen Kane* et de *La Clé de verre*. Puis ce fut *Laura*, *Casablanca*, d'autres encore…

De temps à autre, Bogie faisait une pause pour les examiner, avec une expression si nostalgique que Sean en avait le cœur serré. L'atroce odeur du sang se faisait plus forte à chaque instant. Elle ne se dissiperait que le lendemain, quand les équipes de décontamination viendraient enfin nettoyer… En fait, ils n'avaient plus que quelques heures devant eux pour tenter de recueillir de précieux indices.

Ils arrivèrent enfin devant le tableau de *Sam Stone et le Mystère du musée égyptien.*

Jenny, parfaitement immobile, fixa les contours à la craie, les traces de sang.

Finalement, elle leva les yeux vers le tableau.

— Quelque chose a bougé, là-dedans, murmura-t-elle.

— C'est ce que je me suis dit aussi, répondit Madison. Sans doute les flics n'ont-ils pas su tout remettre dans le bon ordre.

— Quand nous sommes venus avec Alistair, reprit Jenny, l'air pensif, nous nous sommes arrêtés ici… puis j'ai remarqué que la porte qui menait aux studios était entrouverte. C'était bizarre, parce que d'ordinaire elle est toujours fermée à clé. Nous nous sommes avancés, et alors j'ai entendu un bruit. Puis j'ai aperçu du coin de l'œil quelque chose de scintillant, comme de l'or brodé sur un tissu… J'ai voulu me retourner, mais *il* m'avait déjà agrippée par-derrière. J'étais terrifiée. J'ai hurlé… Alistair est revenu sur ses pas en criant aussi, mais, à cet instant, j'ai senti la lame sur ma peau et…

Elle porta la main à son cou avant d'enchaîner :

— Je n'ai pas eu le temps d'avoir mal. Je me rappelle avoir vu jaillir le sang, et j'ai pensé : « Tout ce sang, c'est incroyable… Je vais sûrement mourir ! » Ensuite, j'ai senti un grand froid… Tout est devenu noir et… j'ai compris que j'étais morte. Et puis il y a eu la morgue… c'était tellement humiliant ! Et alors… alors vous êtes arrivé et vous m'avez parlé, conclut-elle en se tournant vers Sean.

— Quand votre agresseur, vêtu d'une tunique et le visage masqué de noir, s'est approché de vous, est-ce que le mannequin du grand prêtre se trouvait toujours dans le tableau, Jenny ? s'enquit Sean. Réfléchissez bien. C'est important.

Elle fronça les sourcils.

— Je… je ne sais pas. Je n'ai plus regardé le tableau. Je suis tombée, ou alors on m'a jetée au sol… Je me rappelle seulement le visage d'Alistair. Il était fou de rage, prêt à se battre pour me défendre, quitte à risquer sa vie… Il n'en a pas eu le temps, hélas !

— Le tueur a-t-il dit quelque chose ?

Jenny réfléchit un moment, puis secoua la tête.

— Non. Alistair avait beau l'agonir d'insultes, il n'a pas répondu. La dernière chose dont je me souvienne, c'est Alistair qui court vers moi pour me retenir… et qui glisse… dans la flaque de mon propre sang.

— Vous en avez fini, maintenant ? jeta Bogie d'une voix rauque.

Jenny avait beau tenir le coup, il souffrait de la voir aussi bouleversée.

— Vous permettez que je l'emmène ? ajouta-t-il.

— Oui, Allez-y. Merci, Bogie, répondit Sean.

Un bras autour des épaules de Jenny, Bogie la ramena en direction des escaliers, puis leurs deux silhouettes semblèrent se dissoudre et disparurent.

— Alors ? Cet interrogatoire vous a-t-il vraiment servi ? jeta Madison d'un ton sec, avec un regard de reproche.

— Cela confirme qu'il y a eu une mise en scène, répondit-il. Reste à savoir comment on s'y est pris.

Il franchit le cordon de velours qui les séparait du tableau et entreprit d'examiner tous les objets.

Kate et Madison le regardaient faire en silence.

— Il faut que je revoie le film, marmonna-t-il. *Sam Stone et le Mystère du musée égyptien.*

— Je sais que, pour vous, il y a un lien entre le crime et ce film, répondit Madison, mais lequel ? Et que faites-vous du remake ?

— Pour l'instant, c'est l'original qui m'intéresse. C'est celui-là qu'Alistair était venu voir, le soir du crime. Le tueur le savait. Voilà pourquoi il a pris le déguisement d'un des personnages. Personnage qui, d'ailleurs, dans le film, est également un criminel…

Tout en parlant, il déambulait d'un mannequin à l'autre. Ce n'étaient que des figures de cire, sans rien d'anormal.

Or le tueur, lui, avait été un être en chair et en os, pas un pantin quelconque. Alors, par où diable était-il entré et sorti ?

Sean revint dans l'allée sous le regard toujours attentif des deux jeunes femmes.

— Pour le moment, soupira-t-il, nous savons seulement que le tireur a réussi à escamoter deux minutes des enregistrements vidéo et qu'il a trouvé le moyen de se cacher dans le tunnel. Dites-moi, Kate, dans la mesure où il a agrippé sa victime par-derrière, a-t-il été forcément couvert de sang ? Ou non ?

— Pas forcément, surtout si le sang a giclé vers l'avant et qu'il a aussitôt repoussé Jenny. Cela dit, le poignard a pu laisser des traces sur ses vêtements, par exemple. Peut-être aussi sa manche a-t-elle frôlé la blessure.

Madison les écoutait, les sourcils froncés. Brusquement, elle s'avança vers la porte qui menait aux studios, l'observa avec attention, puis examina le trajet qu'elle venait de parcourir et fixa sur Sean un regard songeur.

— Je pense à une chose…, murmura-t-elle. Si le tueur s'était échappé par ici, il y aurait forcément des traces de sang, des fragments quelconques, même infimes. Or il n'y a rien… A mon avis, il a pris un autre chemin.

Les techniciens de scène de crime avaient retrouvé des traces de sang dans le tunnel, naturellement. Mais celles du hall avaient été laissées par Alistair quand il avait couru prévenir Bailey.

Sean hocha la tête, puis repassa dans le tableau et s'agenouilla pour étudier le sol avec attention. Soudain, il découvrit une très légère tache sombre au bas de la robe du mannequin de Dianna Breen.

— Vous avez raison, murmura-t-il. Il est passé par ici.

Les deux femmes haussèrent les sourcils. Sean s'approcha du fond du tableau.

— Il est passé par ici, répéta-t-il, et ensuite…

Le mur était en plâtre, peint en noir. Sean donna quelques coups ici et là : il sonnait creux.

— Il y a quelque chose, là derrière, marmonna-t-il.

Madison vint frapper à son tour la paroi, puis se tourna vers lui, l'air interloqué.

— Je ne comprends pas. Il ne peut rien y avoir… Nous sommes sous terre, dans un tunnel !

— Je sais, mais ce n'est sûrement pas par hasard que ça sonne creux. Continuez à explorer. Il y a forcément une entrée secrète, quelque chose…

Ils passèrent de longues minutes à tapoter dans tous les sens, et cherchaient encore quand ils entendirent la voix de Logan, à l'entrée du tunnel. Le reste de l'équipe l'accompagnait.

— Nous sommes tous au fond, Logan ! cria Sean.

Il se redressa en attendant que ce dernier les rejoigne avec Tyler, Jane et Kelsey.

— Nous avons été très bien accueillis par Knox, expliqua

Logan, et c'est grâce à toi, Sean. Il nous a transmis tous les interrogatoires des employés, avec la liste des noms, au cas où nous voudrions en réécouter certains. C'est d'autant plus appréciable qu'il n'a pas vraiment l'habitude de voir arriver le FBI pour un simple meurtre commis dans sa juridiction.

— Tant mieux ! Surtout qu'il était plutôt réticent au début, répondit Sean. Il a dû comprendre qu'il ne risquait pas de se faire avoir.

— Vous avez vu le hall ? C'est vraiment intéressant, n'est-ce pas ! s'écria Kate. Et ici, dans le musée, l'atmosphère est incroyable. Les tableaux sont tellement réalistes… On a la chair de poule !

— Surtout que nous sommes tout près d'un cimetière ! renchérit Tyler. En tout cas, bravo pour vos créations. Elles sont stupéfiantes.

— Nous sommes très fiers des studios, lui dit Madison en souriant.

— C'est ma foi vrai que le cimetière se trouve juste à côté, déclara Sean. Si mes souvenirs sont bons, il faisait même partie du domaine, à l'origine. Puis le grand-père de l'ancien propriétaire a fait don d'une parcelle à la paroisse, vers la fin du XIXe siècle. Les studios eux-mêmes ont été construits dans les années 1930, n'est-ce pas ?

— Un peu plus tard, répondit Madison. Au tout début des années 1940.

— Ce qui dénote un certain sens de l'humour, fit remarquer Kate. Installer une fabrique d'effets spéciaux, de vampires, de monstres et de zombies près d'un cimetière…

— Oublions ce cimetière pour l'instant, coupa Sean. Nous étions en train d'examiner ce mur parce que je suis convaincu qu'il y a quelque chose derrière. Quelque chose ou un *vide*, d'ailleurs… Ecoutez comme ça sonne creux.

— Tu penses qu'il y a une porte dissimulée quelque part ? demanda Logan.

— J'en suis sûr mais, pour l'instant, je ne vois pas où peut se trouver le mécanisme.

Tout le monde se mit à chercher, sondant le sol du bout du pied, frappant la paroi, à l'affût de la moindre fente.

— Pourquoi ne pas faire venir une masse et donner simplement un grand coup ? suggéra Tyler.

Sean eut un léger rire. Avec sa carrure de rugbyman, Tyler aurait eu vite fait d'abattre la paroi.

— Mieux vaut tenter de trouver l'ouverture, porte ou trappe, répondit-il néanmoins. Si nous n'y arrivons pas de ce côté du mur, nous chercherons de l'autre côté.

— De l'autre côté ? Mais comment peut-on y accéder ? demanda Madison, étonnée.

— Vous vous rappelez ce que je vous ai dit à propos de l'ascenseur ? En fait, avec une clé, il descend jusqu'aux caves. Je vais appeler Eddie pour lui demander d'apporter cette clé. Nous saurons tout de suite s'il n'y a pas un autre tunnel à part celui-ci, là-dessous.

— Bonne idée, dit Logan. Pendant que vous attendez Eddie, Madison va nous montrer le reste des ateliers… si elle est d'accord.

— Avec plaisir ! s'exclama Madison en montrant la porte au bout du tunnel. Passons donc par là. Les techniciens de scène de crime ont terminé, nous pouvons y aller.

Elle jeta un coup d'œil à Sean, comme pour guetter son approbation. Il opina et elle sortit avec Logan et les autres.

Sean se retrouva seul dans le musée.

Il resta immobile un moment, les sens aux aguets…

Personne. Il était absolument seul. Même les fantômes, depuis que Bogie avait pris Jenny sous son aile, n'étaient plus là.

L'atmosphère restait sinistre, surtout avec l'odeur écœurante des dernières traces de sang, mais sans rien de surnaturel.

Madison avait l'impression de jouer les guides touristiques. Les collègues de Sean, très intéressés par les travaux en cours dans les ateliers, s'extasiaient en poussant des

« oh ! » et des « ah ! » d'admiration. Logan Raintree, l'air concentré, posait surtout des questions sur le confinement et sur le tournage en cours du *Sacrilège*.

— Nous nous mettons toujours en confinement quand une grosse production se prépare, expliqua Madison. C'est indispensable pour éviter les fuites sur les effets spéciaux et les personnages que nous préparons, qu'ils soient comiques ou monstrueux ! *Le Sacrilège* est effectivement un remake de *Sam Stone et le Mystère du musée égyptien*. Ici, par exemple…

Elle les guida vers son propre poste de travail et enchaîna :

— … je suis en train de fabriquer le costume du personnage de Sam Stone, qui sera joué par Oliver Marshall. Oliver est déjà venu plusieurs fois pour les essayages. Il devait revenir lundi pour le dernier, d'ailleurs. Je ne sais pas quand il va repasser. Je n'en ai pas encore parlé avec Mike.

Elle se tut un instant, puis reprit :

— Dans le film, le grand prêtre fait boire à Sam Stone une drogue qui lui donne des hallucinations. Sam a l'impression que les momies de chacals et d'autres animaux deviennent vivants. Dans son délire, il se bat avec eux… Pour créer ces animaux, nous nous servons de mousse synthétique, de latex, de tout un tas de matériaux.

Elle souleva l'une des bâches qui protégeait le costume de Sam Stone.

— Dans la plupart des scènes, Stone est habillé normalement, de façon moderne, mais, dans ces scènes d'hallucinations, nous lui ajoutons des armes et un casque inspirés de l'Egypte ancienne. En outre, Oliver est parfois doublé par un cascadeur. Dans ces cas-là, on s'arrange pour dissimuler le visage. Vous voyez, c'est facile. On soulève un peu le casque et, au-dessous, on coince…

Sa voix s'éteignit brusquement. Elle venait de prendre en main un morceau de tissu noir, très fin, qui cachait le visage des doublures tout en leur permettant de voir et de respirer. Le cas échéant, si la scène était filmée de près, le fond noir permettait même de digitaliser après coup le portrait de l'acteur qu'on avait doublé.

Madison regarda Logan, la gorge nouée.

— Voilà donc comment le tueur s'y est pris ! murmura-t-elle. Il s'était couvert la tête avec un morceau de ce tissu. Je comprends pourquoi Jenny et Alistair ont dit tous les deux que… qu'il n'avait pas de visage !

Quand Eddie Archer arriva, Sean sortit à sa rencontre. Eddie n'était pas seul : une femme l'accompagnait et, à la grande surprise de Sean, ce n'était pas Helena LaRoux mais son ex-épouse, Benita Lowe.

Comme toutes les femmes d'Eddie, Benita était très belle. Elle mesurait environ un mètre soixante-dix et avait une chevelure d'un noir profond, avec de grands yeux sombres et un visage typé. C'était également une femme intelligente. Quand elle s'était rendu compte qu'elle ne décrocherait rien d'autre que des seconds rôles, elle s'était reconvertie dans la production et la direction d'acteurs. Sean ne savait pas ce qui avait provoqué sa rupture avec Eddie. D'après Madison, on parlait d'infidélités de la part de Benita, ce qui, à Hollywood, pouvait fort bien n'être que des rumeurs.

— Sean ! Je suis ravie de vous revoir ! s'écria Benita avec chaleur. En dépit de ces tristes circonstances, évidemment.

— C'est vrai, mais je suis ravi également, Benita. Comment allez-vous ?

— Très bien, je vous remercie ! Je tenais absolument à voir Eddie, et nous avons enfin trouvé un moment pour déjeuner, aujourd'hui. J'ai pu lui assurer que je les soutenais totalement, Alistair et lui.

Eddie écouta leurs salutations sans rien dire, puis demanda à brûle-pourpoint :

— Il y a du nouveau, Sean ?

— Je l'espère… Je voudrais descendre en ascenseur jusqu'aux caves, Eddie.

Eddie fronça les sourcils.

— J'ai la clé, bien sûr, et je sais qu'il n'y en a pas d'autre… Mais il y a au moins dix ans que personne ne s'est aventuré là-dessous. A mon avis, c'est dangereux.

— Où les caves débouchent-elles ?

— Que veux-tu dire ? Elles ne débouchent nulle part. Ce sont des caves !

— J'aimerais tout de même vérifier.

— Laissez donc décider notre magicien en chef, Sean, fit remarquer Benita avec un léger sourire.

— Je ne risque rien, Eddie, insista Sean. Mes collègues et moi-même sommes bien formés, tu sais. Nous savons nous montrer prudents.

— Alors, je viens avec toi. On ne sait jamais, peut-être qu'une fois sur place il me reviendra quelque chose…

— Mieux vaut que j'y aille seul, objecta Sean. La police n'a pas encore donné le feu vert pour laisser tout le monde pénétrer sur la scène de crime.

— Cela ne concerne que le cinéma et le tunnel, lui rappela Eddie. Les ateliers, eux, ont été dégagés. Le travail reprend demain.

Sean jeta un coup d'œil en direction de Duffy et de ses collègues, qui montaient toujours la garde sur le parking. Il redoutait la réaction de la police, si jamais on le voyait entrer dans les locaux avec quelqu'un qui risquait de piétiner des indices. Surtout Eddie Archer.

— Je sais à quoi tu penses, fit remarquer Eddie. Tu crains qu'on ne me soupçonne de tomber sur une pièce à conviction et de la dissimuler pour sauver mon fils, c'est ça ? On oublie que tu seras avec moi. Tu es l'un des enquêteurs. C'est une garantie pour la police, non ? Ecoute, voilà ce que je te propose : si jamais nous trouvons quelque chose, je me retire tout de suite et je n'interviens plus.

Eddie avait l'air très déterminé. Sean finit par céder.

— Cela ne vous ennuie pas de nous attendre, Benita ? demanda-t-il.

— Si, j'avoue que ça m'ennuie ! Je ne me suis jamais sentie très tranquille, ici... Dans cet univers d'illusions et de faux-semblants !

— Les studios grouillent de policiers, Benita, affirma Sean. Vous ne courez aucun danger. Et pour être franc, je préfère qu'on ne retrouve pas vos empreintes un peu partout !

— Elles y sont sûrement déjà ! Enfin, si elles restent un certain temps, évidemment... Parce que je venais souvent, quand Eddie et moi étions mariés.

— Elles seront dans les ateliers, mais pas dans les sous-sols. Je vous en prie, Benita...

— Benita, sois gentille. Fais ce que Sean te demande, intervint Eddie.

— Bon, d'accord, soupira-t-elle en caressant la joue d'Eddie. J'attends ici... Vous allez nous sortir de ce pétrin, Sean, n'est-ce pas ? Nous comptons vraiment sur vous.

Elle se tourna de nouveau vers Eddie pour conclure :

— Je t'attends dans la voiture, même si je sais qu'ensuite tu fileras directement chez toi ou à la clinique.

— Merci, Benita, murmura Eddie.

D'une démarche gracieuse, Benita ouvrit la portière de la voiture d'Eddie et se glissa sur le siège côté passager. Sean se dit que ses gestes étaient aussi étudiés que ceux d'Helena, mais que l'effet produit s'avérait tout différent.

— Allons-y, lança Eddie. Tu vois, Sean, je t'avais promis de répondre à toutes tes demandes... Je tiens mes promesses.

— Je t'en suis reconnaissant, Eddie. Prenons d'abord l'ascenseur pour aller jeter un coup d'œil dans les sous-sols. Ensuite, je te présenterai à mes collègues,

— Je me demande si la clé marchera encore, marmonna Eddie. Il y a tellement longtemps qu'elle n'a pas servi ! Je ne suis même pas sûr qu'il y ait de la lumière dans les caves, d'ailleurs.

— Mais l'ascenseur est régulièrement entretenu, non ?

— Oui, oui, bien sûr, mais nous n'utilisons jamais les

caves. Tout ce que nous avons essayé d'y entreposer s'abîmait très vite. C'est bien trop humide. Et comme nous ne manquons pas de place, nous avons laissé tomber.

— Nous allons demander une torche à Bailey, répliqua Sean. Il en a plusieurs, au cas où un tremblement de terre endommagerait nos installations électriques. Ça arrive, en Californie !

Pourquoi avait-il dit « nos installations » ? se demanda-t-il. Il y avait pourtant des années qu'il n'appartenait plus aux studios Archer. Sans doute y restait-il affectivement très attaché. Il y avait fait ses débuts, juste après ses études. Ce premier emploi avait été très formateur. Il avait tant appris, avec ses collègues, au contact de sa hiérarchie…

Colin Bailey, dans sa loge, tressaillit en voyant arriver Eddie et se mit presque au garde-à-vous. Quoique préoccupé, Eddie se montra touché et le salua cordialement.

Bailey leur confia une énorme lampe torche. Ils traversèrent le hall jusqu'au recoin où se trouvait l'ascenseur. La cabine était très vaste, de manière à pouvoir transporter des éléments de décors ou de très grosses pièces d'un étage à l'autre.

Eddie glissa la clé dans la fente d'une main un peu tremblante.

— Ça fait un bail, murmura-t-il. Un fameux bail…

L'ascenseur descendit sans un bruit. Quelques secondes plus tard, il s'immobilisa et la porte s'ouvrit.

Un grand trou noir s'ouvrait devant eux. Sean pensa à un gouffre obscur. Une odeur de terre et de moisi leur monta aux narines.

Sean alluma la torche et balaya les alentours. Tout était vide. La lueur n'éclairait que les poteaux de ciment qui, ici et là, soutenaient la voûte.

Puis, soudain, dépassant d'un mur, il aperçut un ossement humain, d'une pâleur opalescente dans la clarté électrique.

*
* *

— Donc, le meurtrier a volé un morceau de ce tissu pour dissimuler son visage, murmura Logan. Vous êtes-vous aperçue qu'il vous en manquait ?

— Non, hélas, répondit Madison. Nous ne mesurons pas le métrage. Quand nous n'en avons presque plus, nous en commandons d'autre, c'est tout. C'est un grand classique dans tous les studios d'effets spéciaux. Il y a des chutes qui traînent un peu partout. Le soir, les femmes de ménage les mettent dans la poubelle de l'atelier.

— Où se trouve-t-elle ?

— Là, à côté des étagères.

Madison tendit le doigt vers un mur d'étagères encombrées de rouleaux de tissus de toutes sortes, mats ou brillants, et de toutes les couleurs. Il y avait également plusieurs pièces du fameux tissu noir.

— C'est un matériau très fragile, poursuivit Madison, délicat à travailler. Il m'arrive de devoir faire au moins dix masques pour une seule prise. C'est pour ça qu'il y a autant de chutes.

— Et donc, conclut Logan, n'importe qui peut se servir par terre sans qu'on le remarque, c'est bien ça ?

— On peut ramasser tout ce qu'on veut, répondit Madison en riant, et tout le monde est tellement occupé que personne n'y fait attention ! J'avoue que cette histoire de masque noir me donne la chair de poule. Même si j'ai fabriqué des dizaines de crânes, pour des films d'horreur ou des films policiers, ils m'ont fait moins peur !

— Je ressens la même chose, acquiesça Kate, alors que j'ai fait un grand nombre d'autopsies !

— Moi, je suis impressionnée par certains de vos mannequins, intervint Jane en montrant les trois figures de cire qui représentaient les corps de Miss Pary, de Parson Bridge et de Myra Sue.

— Allons, ça ne fait tout de même pas aussi peur que de vrais cadavres ! lança Tyler. Ces reproductions sont très réalistes, mais ce ne sont que des *objets*, ne l'oubliez pas.

— C'est vrai, mais c'est la preuve que des accessoires vraiment réussis sont très efficaces, répondit Jane. Je n'aimerais pas être enfermée dans cet atelier pendant la nuit !

— Il est vrai que je ne suis moi-même pas très rassurée, le soir, quand il n'y a presque plus personne, avoua Madison en souriant.

Puis son sourire s'évanouit et elle murmura :

— Evidemment, avant, cela ne me dérangeait pas…

— Pouvez-vous nous confier un bout de ce tissu, Madison ? demanda Logan.

— Bien sûr.

Elle s'approcha de la poubelle pour en sortir un long morceau de tissu noir.

Au même instant, un portable sonna derrière elle. Elle entendit Logan décrocher puis répondre :

— Nous arrivons.

Tout le monde se tourna vers lui en haussant les sourcils.

— Que se passe-t-il ? murmura Madison.

— Nous devons tous descendre dans les caves. Eddie nous attend au rez-de-chaussée, devant l'ascenseur.

— Nous tous ? Qu'ont-ils donc trouvé ?

— Un ossement humain, rétorqua Logan.

10

Même avec la puissante lampe torche du gardien, on ne voyait pas grand-chose.

Sean était cependant convaincu que l'ossement qui dépassait du mur était d'origine humaine. Il en aurait bientôt le cœur net, car Eddie était remonté au rez-de-chaussée pour faire venir les autres. Kate Sokolov confirmerait tout de suite la nature de la découverte.

La structure des sous-sols, dans son ensemble, semblait saine mais, ici où là, certains murs de soutènement commençaient à se fendiller. Sans doute subissaient-ils la pression de la terre accumulée de l'autre côté. L'os émergeait à demi de l'une de ces parois. Sean se demandait bien ce que cela signifiait.

— C'est un humérus, déclara Kate après l'avoir examiné. Tout à fait authentique. Il est difficile de le dater pour l'instant… Y en a-t-il d'autres ?

— Non, juste celui-là. Je n'en ai pas vu d'autres.

— Il ne manquait plus que ça…, gémit Eddie. Vraiment plus que ça !

— Eddie, fit remarquer Madison après s'être éclairci la gorge, n'oublie pas que nous sommes juste à côté du cimetière.

Elle se tourna vers Sean en ajoutant :

— Si ça se trouve, cet ossement est très ancien. Il a pu être amené par des glissements de terrain… Je ne suis pas experte en traditions funéraires, mais il me semble que les cercueils, au XIXe siècle, étaient en pin et simplement cloués. Ce n'est que plus récemment, pour éviter la contagion des maladies, qu'on a imposé les cercueils scellés.

— C'est une explication plausible, dit Sean.

— Absolument ! renchérit Kate, l'air soulagé.

Sean retourna se planter devant la porte de l'ascenseur et balaya du regard l'ensemble de l'espace. En fait, il était plus vaste que l'atelier du rez-de-chaussée, juste au-dessus. Il dépassait même sans doute les limites de propriété des studios.

— Maintenant, il va falloir que je fasse consolider les murs, ici, soupira Eddie. On va devoir toucher au gros œuvre. Ça va être très compliqué, surtout avec les nouveaux règlements d'urbanisme. Je ne m'étais jamais rendu compte que les caves étaient plus étendues que le rez-de-chaussée. Je n'ai pas regardé ça de près, à l'époque.

— Au moins, nous allons bientôt pouvoir dater cet ossement et comprendre d'où il vient, répondit Sean. Cela dit, je reste convaincu qu'il y a un autre tunnel quelque part… Un tunnel menant directement au cinéma.

Il réfléchit un instant, afin de s'orienter, puis marcha dans la direction où devait se trouver La Boîte noire, au-dessus de leurs têtes. Il sentit que quelqu'un l'avait suivi et fit volte-face. C'était Madison.

Elle avait une trace de terre au bout du nez, ce qui le fit sourire.

— Vous avez peur du noir ? plaisanta-t-il.

— Non, mais j'aime bien voir où je mets les pieds. Comme c'est vous qui avez la torche, je vous suis !

D'ailleurs, le reste du groupe avait imité la jeune femme et s'était maintenant rapproché. Sean lança à la cantonade :

— Cette lampe ne va pas suffire pour nous tous… Il nous faut plus de lumière.

— Je vais demander d'autres lampes à Colin Bailey, dit Eddie.

— Je vous accompagne, dit Jane.

— Pourquoi est-ce que je ne peux pas y aller seul ? Vous ne me faites pas confiance ? Moi aussi, on me soupçonne ? protesta Eddie.

Jane se mit à rire.

— Techniquement, *tout le monde* est suspect jusqu'à la fin de l'enquête, Eddie, c'est vrai. Mais, en l'occurrence, j'ai envie de retrouver un peu de lumière !

— Vous êtes agent du FBI et vous avez peur du noir ? répliqua Eddie en se forçant à sourire.

— Nous sommes humains, nous aussi ! Venez, allons chercher de quoi nous éclairer.

— Nous allons devoir signaler l'existence de cet ossement aux autorités compétentes, déclara Kate, même s'il est très ancien. Pour des raisons sanitaires, bien sûr, mais aussi à cause du respect dû aux morts.

— Nous le ferons, répondit Sean. Mais pas tout de suite.

— Surtout que nous avons rendez-vous dans trois quarts d'heure pour interroger les employés, Logan, rappela Kate en consultant sa montre lumineuse.

— Dès que nous aurons aidé Sean à installer l'éclairage, nous remonterons, répondit Logan.

Sean entreprit de tâtonner le long des murs pour les sonder, imité par Madison et les autres. Certaines parties étaient effectivement fragilisées, mais, pour l'instant, ils ne constataient rien d'anormal.

Ils entendirent le ronronnement de l'ascenseur qui repartait vers les étages avec Eddie et Jane. Il régnait maintenant un profond silence, seulement rompu par les coups légers qu'ils frappaient ici et là dans la pénombre.

— Répartissons-nous tout autour, ce sera plus rationnel, proposa Sean.

Ils obéirent et se dispersèrent aux quatre coins. Sean se doutait bien que la plupart de ses collègues s'attendaient à ne rien trouver, mais la règle tacite de leur équipe était que lorsque l'un d'eux avait une intuition, tout le monde lui prêtait main-forte. On ne savait jamais sur quoi une intuition pouvait déboucher.

L'ascenseur ne tarda pas à revenir, avec Eddie et Colin Bailey. Le gardien apportait des torches, et aussi des cordes et des clous pour pouvoir les accrocher.

— L'agent Everett me remplace, expliqua Bailey à Sean. Je me suis dit que ça ne poserait pas de problème, comme elle est du FBI.

— Vous avez bien fait, Colin, répondit Sean en prenant un rouleau de corde. Maintenant, essayons d'éclairer les angles. Il nous faudrait assez de lumière pour voir les poutres maîtresses.

Ils se mirent au travail. Quand ce fut terminé, Logan dit à Sean :

— Nous te laissons ici avec Madison, Sean. Nous allons interroger les employés qui ont été convoqués à la police, et aussi l'amie de Jenny qui s'est entretenue avec elle le soir du meurtre. A la réflexion, je te laisse aussi Tyler. Ce sera plus sûr, et nous serons assez nombreux pour voir tout le monde.

— Ça me paraît une bonne idée, dit Tyler. Vous serez bien assez de quatre pour les interrogatoires.

— Si jamais vous faites une découverte quelconque, prévenez-nous aussitôt. Nous reviendrons tous poursuivre l'exploration dès demain. Nous n'alerterons la police qu'après… Question de feeling !

— Oui, c'est à nous de prendre l'initiative, acquiesça Tyler.

— Entendu, dit Sean en souriant à son ami.

Il avait connu Logan et Tyler Montague, tous deux rangers au Texas, bien avant la création de leur équipe. Durant des années, ils avaient souvent fait appel à lui pour assister la police de San Antonio ou du Texas, quand il s'agissait d'analyser des vidéos problématiques. Tyler était un type fiable qui l'avait toujours soutenu. Sean jeta alors un coup d'œil à Madison pour s'assurer qu'elle n'était pas mal à l'aise. Ce n'était pas le cas : elle semblait relativement détendue, prête à poursuivre les recherches.

Elle salua rapidement ceux qui partaient et se remit à sonder les murs à deux mains, sans se soucier des lichens ou du moisi.

— Hé, attends ! cria Sean au moment où Logan allait monter dans l'ascenseur.

— Quoi ?

— Mets l'ascenseur en route et lance-moi la clé avant qu'il ne parte. Je n'ai pas l'intention de rester coincé ici !

Logan hocha la tête et s'exécuta. Sean attrapa la clé au vol et la glissa dans sa poche. Il s'était tout à coup rendu compte qu'il n'y avait pas d'autre moyen de remonter, sauf à devoir appeler à l'aide ! Son portable passait, il l'avait constaté en appelant Eddie, mais sa batterie était presque déchargée.

L'ascenseur s'éleva en emmenant également Colin Bailey, qui allait reprendre son poste pour laisser Jane Everett accompagner Logan et Kate auprès des policiers.

Sean se demandait s'il était vraiment utile d'interroger tous les employés. La plupart ne travaillaient pas chez Archer depuis très longtemps. Or, plus l'enquête progressait, plus il était convaincu que le meurtrier était quelqu'un qui connaissait les studios depuis longtemps… et de fond en comble.

Evidemment, cela s'appliquait également à Eddie lui-même, qui, en outre, était déjà venu dans les sous-sols…

Ils se remirent au travail en silence, chacun de leur côté. Au bout d'un moment, Sean se dit qu'ils faisaient fausse route. Les caves ne dissimulaient rien de particulier. Elles s'étendaient sous le cimetière, certes, et personne ne l'avait signalé, par crainte des règlements, mais c'était tout.

Soudain, cependant, Madison poussa un cri de triomphe.

— Là ! Il y a quelque chose… On dirait une porte !

Il se précipita. Comme l'avait fait Madison, il passa les deux mains sur la paroi humide, un peu gluante, et comprit ce qu'elle voulait dire. Il sentait sous ses doigts deux longues fentes parallèles qui n'étaient pas de simples craquelures dans le ciment.

Chose étrange, cependant, l'ouverture n'était pas du tout à l'endroit attendu : elle se situait exactement à l'opposé du cinéma.

— Ça m'a l'air coincé, marmonna-t-il.

Il appuya de tout son poids sur le mur, qui céda un peu.

— Hé, Tyler, viens m'aider ! lança-t-il.

Tyler s'approcha. Il s'adossa au bas de la porte et appuya tandis que Sean faisait de même au-dessus de lui.

La porte résistait.

— Il doit y avoir un mécanisme quelconque, fit remarquer Tyler.

Madison, debout à côté d'eux, fronça les sourcils pour observer la paroi, puis s'approcha et fit de nouveau courir ses doigts le long de la fente de gauche. Elle venait de voir quelque chose qui avait échappé à Sean : un minuscule levier, tellement décoloré par le temps et l'humidité qu'il en était devenu presque invisible.

Elle n'hésita pas une seconde à l'abaisser. La porte pivota alors sur ses gonds, émettant à peine un léger grincement. L'ouverture, très étroite, ne laissait passer qu'une seule personne à la fois.

Sean éleva sa torche. Ils restèrent silencieux un long moment.

— Oh ! s'exclama enfin Madison d'une petite voix.

— Il y avait bien un second tunnel, dit Tyler dans un souffle.

Effectivement, une galerie s'ouvrait devant eux, menant à un labyrinthe de catacombes. Ici et là, des portions de murs écroulés laissaient passer une faible lumière. De part et d'autre, des pierres tombales souvent brisées, parfois même tombées en poussière, s'entassaient sur des planches superposées. Certaines, gravées de noms presque effacés, semblaient très anciennes. Dans certains coins trônaient aussi de vieux cercueils cassés dans lesquels on distinguait des squelettes. Les linceuls, rongés par le temps, étaient couverts de toiles d'araignée.

— Oh ! répéta Madison.

— Eh bien ! s'exclama Tyler avec un sifflement en lui jetant un coup d'œil. J'imagine que ce ne sont pas des effets spéciaux, hein ?

Elle tourna la tête vers lui. Dans la lueur falote de la lampe, ses yeux semblaient plus grands que jamais.

— Non, je ne pense pas ! répondit-elle. Le cimetière a été construit bien avant les studios. Il doit s'agir des catacombes de l'époque…

Sean toucha brièvement le Glock 22 qu'il portait en permanence, pour s'assurer qu'il était bien là. Ce n'étaient pas les morts qu'il craignait, mais le meurtrier bien vivant qui avait emprunté cette galerie. Il n'avait pas l'intention de se laisser piéger par lui.

— Ça donne l'impression de se retrouver dans un film d'horreur, murmura Tyler. Comme si nous allions rencontrer l'acteur Vincent Price montant la garde devant une tombe, dans *L'Homme au masque de cire…*

Sean eut un léger rire. Il était étonné d'entendre Tyler faire ce genre de remarque, et il se réjouit de voir que Madison, elle aussi, souriait. Elle avait beau s'y connaître en effets spéciaux, il n'en était pas moins impressionnant de se retrouver là, dans la pénombre étouffante et moite des catacombes, au milieu d'une armée de défunts…

— Vincent Price avait demandé la crémation, rappela Madison. Ses cendres ont été éparpillées dans la mer, à Point Dume, dans le sud de la Californie.

Elle rougit, puis expliqua :

— J'adore cet acteur. Non seulement il a eu une carrière remarquable, mais il paraît qu'il était aussi très sympathique.

— Il y a une figure de cire qui le représente dans le musée, fit distraitement remarquer Sean. Dans une scène de *Laura*…

Il s'avança d'un pas dans la galerie en ajoutant :

— S'il était là, je suis sûr qu'il nous donnerait un coup de main !

Il aurait bien aimé aussi que Bogie soit présent, d'ailleurs. Sans doute connaissait-il l'histoire du cimetière et de ses précédents propriétaires.

— Attendez ! s'écria Madison. Vous n'allez pas entrer là-dedans, tout de même ?

Il se retourna pour la dévisager.

— Si, bien sûr.

— Demandons plutôt de l'aide !

— Nous n'en avons pas besoin pour l'instant, Madison. D'ailleurs, je vous demande de ne rien dire à personne avant que je n'ai prévenu toute l'équipe. Je veux d'abord jeter un œil moi-même, pour me faire une idée…

Il eut une brève hésitation, avant de reprendre :

— Tyler va remonter avec vous, si vous voulez. Il demandera à l'un des flics en faction de vous ramener à la police.

— Non ! protesta-t-elle avec véhémence. Il est hors de question que nous vous laissions seul ici !

— Les morts ne me feront pas de mal, voyons. Quant aux vivants, je suis armé… J'appartiens au FBI, vous vous souvenez ?

— Personne n'est à l'abri, répliqua-t-elle d'un ton obstiné. Même les plus entraînés.

— Je sais très bien tirer, Madison.

— Peut-être, mais vous n'avez pas d'yeux derrière la tête, que je sache !

— Tyler reviendra m'accompagner.

— Je ne veux pas remonter. Je ne me sens en sécurité qu'avec vous, ces jours-ci.

— Je ferai ce que vous me demandez, vous deux, murmura calmement Tyler.

— Je ne vous demande pas de venir avec moi, Madison, insista Sean.

— Si vous y allez, je viens aussi, dit-elle fermement. Entre vous deux, bien sûr.

Sean poussa un soupir exaspéré.

— Bon, bon, d'accord ! S'il n'y a vraiment pas moyen de vous convaincre…

— Vous n'y arriverez pas !

Sean savait qu'il n'était pas tout à fait réglementaire d'impliquer un civil dans ce genre d'opération. Mais qu'est-ce qui était vraiment réglementaire chez les « chasseurs de fantômes » ?

Il n'ajouta pas un mot, et tous les trois s'engagèrent avec précaution dans la galerie. Sean balayait de sa torche les parois, le sol, les niches funéraires creusées dans les murs, guettant une éventuelle trace de sang.

Il faillit trébucher sur un fémur tombé d'une niche.

— Je pense que certains des enterrements pratiqués ici étaient clandestins, même à la fin du XIXe siècle, chuchota Madison juste derrière lui.

Elle l'avait pris par le bras pour lui parler. Dans la pénombre étouffante, fétide, sa voix résonnait étrangement.

— C'est possible, et parfois pour de bonnes raisons, répondit Sean. A l'époque, tout le monde n'avait pas les moyens de s'offrir des funérailles.

— Sûrement, acquiesça Tyler en montrant du doigt une simple plaque de bronze accrochée au-dessus d'une urne. Regardez : « Juan Diaz, décédé en 1891. » Beaucoup de ces défunts devaient être des immigrants illégaux. Le propriétaire de ces cryptes acceptait sans doute de fermer les yeux.

— C'est probable, dit Madison. Il se trouve que… euh… je le connais. Il lui arrive de hanter le cimetière. Il est très gentil.

Sean n'écoutait que d'une oreille. Ils étaient arrivés à un croisement et il venait enfin d'apercevoir une marque suspecte sur le sol, dans la lueur de sa lampe.

Il s'agenouilla, l'effleura du bout des doigts, puis l'examina avec attention. Tyler et Madison se penchèrent au-dessus de lui.

— C'est du sang, murmura-t-il.

Il tourna sa lampe vers la galerie de gauche, faisant apparaître une autre marque, plus large, et plusieurs gouttelettes.

— Le tueur est passé par là, conclut-il. Cela ne fait aucun doute.

— Et cette galerie remonte vers le nord-ouest, remarqua Tyler. Donc…

— Donc, elle aboutit à La Boîte noire ? murmura Madison.

Sean hocha la tête. Il entreprit de suivre les taches de sang, en marchant de plus en plus vite. Les galeries contenaient énormément d'urnes et de niches. Elles avaient été très utilisées autrefois. Cela signifiait qu'il y avait forcément, quelque part, un accès donnant au cimetière. Sans doute, à l'époque, certaines galeries avaient-elles débouché sur une chapelle ou un mausolée, par exemple. Et même si elles n'existaient plus, l'ouverture était restée, et le tueur la connaissait.

Sean se rendit compte qu'il courait presque lorsqu'il pila brusquement et sentit Madison se cogner dans son dos. Ce contact le troubla. Il aimait percevoir la chaleur de son corps contre le sien, humer son parfum qui, par moments, parvenait à chasser l'odeur de pourriture. En fait, il avait envie de la prendre dans ses bras, pour lui expliquer qu'il n'y avait rien à craindre et que…

Ce n'était pas le moment, évidemment. Et encore moins l'endroit !

— Nous y sommes, dit-il brièvement.

— Où cela ? s'enquit-elle.

Il montra, sur la paroi qui leur faisait face, un rectangle plus clair, dégagé des lichens et des moisissures qui envahissaient le reste. Comme si quelqu'un, avant eux, avait longtemps cherché l'issue et fini par la trouver.

— Il doit y avoir un levier ici aussi, reprit-il. Et je vous parie tout ce que vous voulez que quand la porte s'ouvrira, nous serons juste derrière le tableau de *Sam Stone et le Mystère du musée égyptien*.

Tyler s'avança pour chercher le levier. Sean l'éclaira en

levant la torche. Madison était à son côté et, une fois de plus, sa proximité le troubla. Il aurait mieux valu l'obliger à partir avec les autres, finalement. En la sentant près d'elle, il avait du mal à se concentrer. En même temps, il était si agréable de humer son parfum, de la savoir toute proche…

— J'y suis ! s'écria Tyler.

Il abaissa le levier. On entendit un léger grincement, un frottement métallique, et le panneau glissa sur le côté.

Ils avaient maintenant sous les yeux les mannequins du tableau de *Sam Stone*, de dos. Sam Stone lui-même était un peu de travers. Dianna Breen se dressait en face de lui et, devant eux, trônait le grand prêtre égyptien, le meurtrier de Dianna, Amun Mopat.

— Vous aviez raison ! murmura Madison.

Sean hocha la tête.

— Est-ce que… nous passons par là ? demanda-t-elle.

Il lui posa une main sur l'épaule en souriant.

— Non, pas maintenant. Nous refermons la porte et nous prenons le même chemin qu'à l'aller. Je préfère que nous gardions cette découverte pour nous, pour l'instant. Je veux d'abord comprendre exactement par où le meurtrier est passé et, surtout, recueillir des indices. Nous reviendrons demain avec toute l'équipe et d'autres lampes. En tout cas, maintenant, nous avons le *comment*. Il ne nous reste qu'à trouver *qui*.

— Je ne dirai rien, mais Eddie et Colin Bailey savent que nous étions dans les caves, objecta-t-elle avec un soupir un peu tremblant. Qu'allons-nous leur dire ?

— Que nous sommes déçus, que ça n'a rien donné, que nous nous sommes trompés… que *je* me suis trompé. Je tiens à faire d'abord toutes les analyses nécessaires, en toute discrétion.

— D'accord. Nous ne devrions pas prévenir Alistair, tout de même ?

— Je le ferai en temps utile.

— Cela viendra vite, fit remarquer Tyler d'une voix rassurante. Nous progressons à grands pas.

— Ça me désole tellement de le savoir enfermé dans cette clinique à se ronger les sangs… Alors que tout s'est passé exactement comme il l'a dit !

— Allons, fermons ici et rentrons, coupa Sean d'un ton ferme.

— Entendu, dit-elle en se redressant.

Elle se mit en route en prenant cette fois la tête du cortège. Tyler lança un coup d'œil à Sean, l'air amusé. Sean fronça les sourcils et pressa le pas.

— Restez entre nous deux, Madison, lança-t-il. Nous sommes armés et devons pouvoir vous protéger, le cas échéant. N'oubliez pas que le tueur connaît bien ces tunnels.

— D'accord, acquiesça-t-elle.

Elle recula pour prendre place derrière lui. Sa main, au passage, frôla la taille de Sean.

Il retint sa respiration et serra les dents. Il lui venait vraiment des pensées incongrues dans ce genre d'endroit !

Peut-être pas si incongrues, après tout… Le contact humain, le désir sexuel étaient des besoins fondamentaux. Il fallait en jouir pleinement, savourer l'existence le plus possible tant qu'on était en vie… Quoi qu'il puisse se produire ensuite dans l'autre monde.

Toujours conscient de la présence de Madison dans son dos, il continua à avancer d'un pas un peu moins rapide, prenant le temps d'observer ce qui l'entourait pour faire le point.

Où était passée la tunique du tueur, par exemple ? Elle était nécessairement cachée quelque part. Dès le lendemain, quand ils seraient plus nombreux, ils fouilleraient dans tous les recoins.

Tout autour s'accumulaient les niches funéraires, les ossements, les cercueils rongés, les pierres tombales plus ou moins intactes. Qui avait donc été ce Claymore, le propriétaire du cimetière ? Avait-il vraiment laissé les immigrants enterrer gratuitement leurs proches, par charité ? Ou bien en avait-il profité pour faire quelques petits bénéfices discrets ?

Ils se retrouvèrent enfin dans les caves des studios. Les lampes qu'ils avaient accrochées étaient toujours allumées.

Sean regarda autour de lui, le front plissé. Pourvu que personne ne soit entré là en leur absence…

Ce n'était apparemment pas le cas. Le confinement était prolongé jusqu'au lendemain. Colin Bailey montait la garde et le parking grouillait de voitures de police.

Cela dit, peut-être existait-il une autre sortie vers la surface, mis à part l'ascenseur. Un escalier dérobé, peut-être, débouchant dans le cimetière… Il s'en voulait maintenant d'avoir laissé partir Logan et les autres. En même temps, il était important qu'ils aient mené des interrogatoires approfondis.

Ils se dirigèrent vers l'ascenseur. Madison lui jeta un coup d'œil puis, soudain, eut un petit rire un peu tremblant.

— Qu'est-ce qui vous fait rire ?

— Je ne sais pas à quoi je ressemble, mais vous, vous êtes couvert de terre et de toiles d'araignée. Vous avez l'air d'un de nos zombies en caoutchouc !

Elle aussi était couverte de toiles d'araignée. Il tendit la main pour en retirer une de ses cheveux puis regarda Tyler, tout aussi sale qu'eux.

— Nous ferions mieux de nous nettoyer un peu, c'est vrai ! lança-t-il.

Madison épousseta quelques toiles d'araignée sur les vêtements de Sean, puis lui frotta la joue pour en ôter une tache de boue.

— Voilà ! Vous avez déjà l'air un peu plus présentable, dit-elle en se tournant ensuite vers Tyler pour faire la même chose.

— Nous devons avoir l'air d'une bande de chimpanzés ! fit remarquer ce dernier en riant.

— Ça vous va, maintenant ? demanda Sean à Madison.

— Un peu mieux ! répondit-elle en les regardant tour à tour.

— De toute façon, personne ne s'étonnera de nous voir dans cet état après une heure d'exploration dans des caves, commenta Tyler.

— Mieux vaut tout de même prendre une douche, dit Sean. Rentrons à l'hôtel. Dès que nous serons dehors, je préviendrai Logan sur son portable.

— Vous vous souvenez que les studios rouvrent demain ? demanda Madison.

— Oui, et c'est tant mieux. Cela nous permettra d'observer les employés dans leur habitat naturel, pour ainsi dire. Ce sera peut-être instructif.

— Sauf que moi, vous ne me mettez pas dans la même catégorie que les autres…, souligna Madison.

— Non, effectivement, et je suis prêt à parier que le meurtrier sera là, demain. Raison de plus pour surveiller tout le monde.

— En attendant, sortons d'ici ! implora Tyler. Je commence à avoir des démangeaisons, comme si j'étais couvert d'insectes !

— Je croyais les rangers plus endurcis ! fit remarquer Sean, taquin.

— J'ai l'habitude des ennemis sous forme humaine, riposta Tyler, et je n'ai pas une grande passion pour tout ce qui rampe. Je préfère mille fois une bonne bagarre à une chasse à l'araignée.

Ils prirent l'ascenseur et, en sortant, passèrent devant les mannequins de cire disposés dans le hall.

Pendant un court instant, Sean eut l'impression de se retrouver des années en arrière. Il reconnaissait les silhouettes familières du loup-garou, de la sorcière, du vampire, du robot un peu démantibulé. Il sentit un frisson le parcourir en passant devant le mannequin de la jeune femme ensanglantée devenue zombie. Elle lui rappelait Jenny… L'œil unique de la figurine, d'un bleu de porcelaine, semblait lui jeter un regard de reproche.

Nous retrouverons votre meurtrier, Jenny, je vous en fais la promesse solennelle, déclara-t-il mentalement.

Ni Jenny ni Bogie n'étaient en vue, d'ailleurs. Où Bogie avait-il emmené la jeune fille ?

Il s'arrêta devant la loge du gardien, Tyler et Madison derrière lui.

— Eh bien, nous avons fini, Colin, dit-il. Nous partons.

— Vous avez vu des choses intéressantes, en bas ? s'enquit le gardien.

— Essentiellement de la poussière ! rétorqua Sean en riant.

— Ça ne m'étonne pas. Il n'y a rien, là-dessous, fit remarquer Bailey. Eh bien, bonsoir.

Madison et Tyler le saluèrent, puis tous trois regagnèrent la voiture prêtée par Eddie.

Tyler se mit au volant tandis que Sean prévenait Logan de leur arrivée. Madison, assise à l'arrière, gardait le silence. En arrivant à l'hôtel, ils se rendirent droit au troisième étage.

— D'abord une douche, dit Madison. Et ensuite ?

— Cinéma ! répondit Sean.

— Nous allons voir un film ?

— On ne peut pas travailler vingt-quatre heures sur vingt-quatre, non ? plaisanta-t-il.

Elle n'eut pas l'air amusée. Il lui caressa le menton, encore noir de suie, et précisa :

— Je crois qu'il sera intéressant de regarder *Sam Stone et le Mystère du musée égyptien.*

— Ah ! Je vois… Et nous allons faire ça à La Boîte noire, j'imagine ?

— Exactement. Vous savez que vos cheveux sont tout blancs, avec la poussière ?

— Les vôtres aussi !

— Nous pourrions dignement figurer au milieu des mannequins de cire, dit Tyler. Après ma douche, je vais retourner à la police faire quelques interrogatoires, Sean. Je mettrai les autres au courant. Je propose que nous nous retrouvions tous directement au cinéma, à l'heure qui te conviendra. Prévenez-moi quand vous serez prêts.

— Entendu. De mon côté, je vais faire quelques recherches sur internet, pour en savoir plus sur Lucas Claymore et sur le cimetière, à l'époque.

Ils se séparèrent pour gagner leurs chambres respectives.

Je n'ai peur ni des cimetières, ni des morts !

Madison se répétait silencieusement la phrase, comme une litanie, tout en se shampouinant les cheveux pour la troisième fois. Elle serait sans doute obligée de recommencer le lendemain, puisqu'il était prévu qu'ils redescendent dans les sous-sols.

Mais non, pas elle ! Elle, elle reprenait le travail, comme les autres. Il était temps qu'elle se remette au costume qu'Oliver Marshall — et sa doublure — allait porter dans le remake de *Sam Stone*. Il n'allait pas être facile de se retrouver au milieu de ses collègues, d'ailleurs. Personne ne saurait quoi dire… Surtout qu'à n'en pas douter il y aurait encore des policiers un peu partout.

Elle se rinça les cheveux, appliqua de l'après-shampooing, rinça de nouveau puis sortit enfin de la douche.

Une serviette de toilette nouée autour de la taille, une autre sur les cheveux, elle retourna dans la chambre et alluma la télévision. Un porte-parole de la police, un homme d'une cinquantaine d'années à l'air sévère, était justement en train de lire un communiqué. Alistair Archer, expliquait-il, avait bien été inculpé pour le meurtre de Jenny Henderson, mais de nouveaux éléments s'étaient fait jour et l'enquête se poursuivait.

Il était impossible d'en dire plus pour l'instant, afin de ne pas nuire au travail des enquêteurs, indiqua-t-il aux journalistes. En dépit des dizaines de questions qu'on lui posait, il leva la main et conclut : « Ce sera tout pour aujourd'hui. »

Puis il tourna les talons et disparut dans les locaux de la police.

Madison, soudain distraite, écouta à peine le présentateur qui avait repris le micro et rappelait les détails de « ce cas étrange ».

Elle jeta un coup d'œil au radio-réveil : il était seulement 17 heures, mais elle avait l'impression que la journée avait été interminable. Ils n'avaient même pas déjeuné ! Heureusement que l'hôtel fournissait un petit déjeuner copieux… Elle commençait à avoir faim, cela dit. En outre, sans bien savoir pourquoi, elle éprouvait tout à coup une profonde sensation de solitude.

D'où cela provenait-il ? Elle ne ressentait pas cela, d'ordinaire. Peut-être parce que, en temps normal, elle passait le plus clair de son temps à travailler. Ou parce qu'elle avait presque toujours la compagnie d'un fantôme, Bogie en l'occurrence… En fait, s'avoua-t-elle, c'était la présence de Sean qui lui manquait. Même s'ils ne s'étaient quittés qu'une demi-heure plus tôt.

Elle enfila un jean et un chemisier. Mieux valait penser à autre chose.

Pourtant, quand ce fut fait, sa nervosité s'accrut au lieu de s'apaiser. Elle s'assit au bord de son lit, avec l'impression que la journée éprouvante qu'elle venait de vivre s'abattait soudain sur ses épaules.

Finalement, depuis le coup de fil d'Alfie, lundi matin, sa vie était complètement bouleversée. Non qu'elle ait été malheureuse auparavant, au contraire. Elle adorait son travail, elle s'entendait à merveille avec ses collègues. C'était même une chance incroyable d'être employée chez Archer. Ses amis étaient jaloux qu'elle fréquente des stars comme Oliver Marshall et passe autant de temps sur les plateaux à mettre au point des costumes. Seulement, à présent, le fait que cette vie passionnante exclue toute autre relation commençait à lui peser. Certes, elle hésitait souvent à ramener des petits amis chez elle à cause de Bogie. Mais pour être franche, ce n'était pas entièrement la faute de ce dernier. En fait, il y avait des siècles qu'elle n'avait pas rencontré un homme avec qui elle avait eu envie de passer un moment. Ou une nuit.

Elle se leva. Soudain, elle ne supportait plus d'être seule dans la chambre.

Impulsivement, elle sortit, traversa le couloir et frappa chez Sean.

— Un moment ! l'entendit-elle répondre.

Quelques secondes plus tard, la porte s'entrebâilla. Sean passa la tête par l'ouverture.

— Excusez-moi. J'étais sur l'ordinateur...

— Je comprends, répondit-elle sans faire un geste.

Le parfum de la savonnette qu'avait utilisée Sean semblait envahir tout le couloir de l'hôtel.

Il se rendit compte que Madison ne disait rien. Les sourcils froncés, il ajouta :

— Je finis de me préparer... Je n'en ai pas pour longtemps.

— Est-ce que je peux attendre dans votre chambre ? demanda-t-elle enfin.

Il garda le silence quelques secondes, puis ouvrit grand la porte.

— Entrez. Excusez-moi, je ne suis pas très décent...

— Suffisamment pour moi, répondit-elle.

— Je vais m'habiller, dit-il d'un air embarrassé. J'ai pris un peu de retard parce que je voulais vérifier deux ou trois choses sur internet. Vous trouverez de quoi boire dans le salon d'à côté... des sodas et même de la bière.

Elle passa devant Sean, appuya sur la poignée de la porte du salon : c'était fermé. Elle se tourna alors vers lui. Il venait d'attraper une pile de vêtements soigneusement pliés et s'apprêtait à entrer dans la salle de bains. Il s'arrêta pour la dévisager, l'air interrogateur.

— Vous êtes sûre que ça va, Madison ?

— A vrai dire, je… je ne sais pas, avoua-t-elle.

Il eut un brusque sourire, comme s'il avait compris. Mais il ne pouvait pas comprendre !

— La journée a été éprouvante, c'est ça ? L'atmosphère dans ces catacombes donne un peu le frisson, presque autant qu'à la morgue… Mais c'est passionnant, vous ne trouvez pas ?

— Oui, tout… tout ce que nous faisons est intéressant.

— Vous devez être épuisée. Je vous renouvelle encore mes excuses, d'ailleurs. Je n'aurais jamais pensé devoir m'inquiéter pour votre sécurité.

— L'essentiel, c'est que nous ayons bien avancé, répondit-elle. Comme vous l'avez dit, maintenant que nous avons compris le « comment », il ne nous reste plus qu'à trouver « qui ».

— Exactement, dit-il en hochant la tête.

Puis, fronçant de nouveau les sourcils, il demanda :

— Pourquoi me dévorez-vous du regard ? Vous avez faim ? Nous pouvons dîner avant d'aller à La Boîte noire, si vous voulez…

— Oui, j'aimerais bien dîner, mais aussi…

— Mais aussi ?

— Eh bien, je… j'aimerais passer un moment avec vous. Cela me changera de la compagnie des fantômes et des cimetières.

Il eut un demi-sourire, la tête inclinée sur le côté, puis répondit avec lenteur :

— Pour un peu, je conclurais que vous êtes en train de me faire des avances.

Elle soutint son regard, prit une profonde inspiration et répondit, tâchant de prendre un air dégagé :

— C'est un peu ça.

11

L'instant qui suivit fut très embarrassant. Sean la dévisageait sans rien dire. Elle avait l'étrange impression que le temps s'était suspendu et, pourtant, qu'il s'écoulait à toute allure. D'ailleurs, elle aurait juré qu'elle entendait nettement le tic-tac du vieux radio-réveil de la chambre.

Puis ce fut comme si son embarras s'envolait.

Elle déglutit, résolue à jouer franc-jeu. Elle n'allait ni s'esquiver ni prétendre qu'elle ne parlait pas sérieusement.

De toute façon, si jamais elle prenait ses jambes à son cou, elle ne pourrait plus jamais regarder Sean en face. Alors, autant foncer, songea-t-elle, le cœur battant. S'il la rejetait, tant pis ! Même si ce n'était pas ce qu'elle avait imaginé. Qu'avait-elle imaginé au juste, d'ailleurs ? Qu'il y avait quelque chose entre eux, sans doute… Une attirance, d'ordre purement physique, bien sûr…

— Hier soir, pourtant, vous avez ostensiblement regagné votre chambre, souligna enfin Sean.

— Je sais. Hier soir, je… je n'ai pas osé rester parce que si je l'avais fait, ç'aurait été pour me rassurer. J'avais peur et besoin de compagnie et… Bref, ce n'était pas le bon motif pour… Oh… je m'explique très mal !

A sa surprise, il finit enfin par s'approcher. Quand il posa les mains sur ses bras, elle eut l'impression d'être parcourue par une brusque décharge. Elle avait soudain une conscience aiguë de sa haute taille, de son torse nu, encore humide au-dessus de la serviette qu'il avait nouée autour de la taille… Le trouble qu'elle éprouvait toujours en sa présence s'amplifia brusquement, et les battements de son cœur résonnèrent en elle comme le roulement assourdissant d'un tambour.

— Je n'ai rien contre votre proposition, murmura-t-il. Je mentirais même en disant que ça ne m'a jamais traversé l'esprit.

Sa voix chaude, sensuelle, semblait exacerber plus encore le désir fiévreux qui s'emparait de Madison.

— Evidemment, ce n'est peut-être pas le moment… ni l'endroit, dit-elle dans un souffle.

— Si, au contraire. Tyler est déjà parti avec les autres. Eddie est prévenu. Il va nous arranger une projection dans la soirée… Nous avons deux heures et demie devant nous.

Son regard vert se posait sur elle, si lumineux qu'il lui donnait le vertige.

— Mais j'y pense…, balbutia-t-elle en reculant d'un pas. Peut-être y a-t-il déjà quelqu'un dans votre vie ?

— Non, répondit-il avec une légère crispation du visage. Il n'y a personne. Et vous ?

Elle fit signe que non.

— Et puis, j'ai la tenue adéquate pour l'occasion, finalement, fit-il remarquer d'un ton léger.

— Je…

— Cela dit, je… je n'ai pas ce qu'il faut en termes de précautions, avoua-t-il. Je n'avais pas prévu…

— Il n'y a aucun risque, assura-t-elle.

Le visage de Sean s'éclaira.

— Alors, je confirme qu'il n'y a personne dans ma vie, effectivement. Et même que… j'espérais vaguement que l'occasion se présenterait.

Il eut un léger rire. Madison baissa la tête, stupéfiée de constater qu'un simple rire pouvait être aussi provocant.

Il lui souleva le menton, puis l'attira contre lui et plongea de nouveau les yeux dans les siens.

— Vous savez que nous vivons dans des univers différents, n'est-ce pas ?

— Avec des points communs, répondit-elle.

Il rit encore, fixant toujours sur elle un regard où se mêlaient une légère gaieté, une certaine tendresse et une dernière trace d'hésitation.

— J'ai beaucoup… d'affection pour vous, Madison, murmura-t-il.

— Cela changerait-il quelque chose si ce n'était pas le cas ?

— Disons que ce serait plus simple.

— Ne pouvons-nous prendre les choses comme elles viennent ? Profiter de ces deux heures sans arrière-pensée ?

— Si. Si, bien sûr, c'est possible, marmonna-t-il.

Il la scruta comme si un débat intérieur l'animait. Elle se demanda s'il s'inquiétait pour elle, pour lui, pour eux deux… En tout cas, il avait commencé à lui caresser le menton et la joue, de l'extrémité du doigt, puis il baissa la tête et ses lèvres effleurèrent les siennes. Juste un léger frôlement, comme s'il voulait lui laisser une dernière chance de renoncer…

Seulement, il n'imaginait pas à quel point elle n'aurait changé sa place pour rien au monde. Elle aurait voulu arrêter le temps, savourer cet instant pendant une éternité. Sean avait la peau lisse, douce, bronzée… L'étreinte de ses bras semblait magique. Le contact de sa bouche l'envahissait d'un trouble qu'elle n'avait jamais éprouvé auparavant…

Son baiser se fit enfin plus avide, plus passionné. Il la serra plus étroitement contre lui. Elle s'abandonna, embrasée de la tête aux pieds, consciente du corps ferme et musclé pressé contre le sien, consciente aussi de l'érection de Sean, sous la légère serviette de bain… Il l'avait bien dit : sa tenue était adéquate pour l'occasion.

Il fit alors glisser les mains le long du dos de Madison. Elle ôta ses sandales puis retira son chemisier avec l'aide de Sean. Elle songea un court instant qu'elle ne pourrait jamais enlever son jean avec grâce — personne ne le pouvait

—, mais Sean passa les doigts dans sa ceinture et le jean descendit le long de ses jambes avec une aisance parfaite. Sean prit ensuite Madison dans ses bras pour la déposer sur le lit, sans la quitter des yeux, indifférent à la serviette qui se dénouait autour de ses hanches. Les vêtements qu'il avait prévu de porter volèrent au sol, rejoignant le chemisier, le jean et les sous-vêtements de Madison hâtivement abandonnés.

Sans un mot, il se pencha sur elle pour lui caresser le visage. Elle se demandait à quoi il pouvait songer, mais garda elle aussi le silence. Elle avait bien trop peur de rompre le charme enchanteur de l'instant.

Puis elle sentit qu'il s'emparait de nouveau de sa bouche et, aussitôt, elle cessa de se poser des questions, tant un vertige de sensations la submergeait. Il fit glisser ses lèvres sur ses seins, puis partout sur son corps et, à chaque baiser, elle avait l'impression que sa peau s'embrasait. Elle sentait la pression de ses cuisses sur les siennes, le frémissement de ses muscles… Elle l'effleura de caresses d'abord légères, puis plus audacieuses à mesure que le désir montait en elle. Il avait des gestes extrêmement érotiques, à la fois parfaitement naturels et totalement maîtrisés, ceux d'un amant expert capable à la fois d'exciter, de donner et de prendre. Pourvu, songea-t-elle, qu'elle fasse preuve du même talent… Ce ne fut d'ailleurs qu'une pensée éphémère : elle fut de nouveau emportée par un tourbillon de sensations charnelles, vibrant au moindre contact de ses doigts, de sa langue…

Elle frôla le plaisir une première fois, poussant un sourd gémissement, et il entra alors en elle, de façon d'abord fluide et ralentie, plus rythmée, plus provocante, dans une escalade suscitée par l'urgence de la passion. Il plongea les yeux dans les siens et, une fois de plus, elle eut avec cet échange de regard l'impression d'une intimité infiniment plus profonde que celle, charnelle, qu'ils partageaient d'une façon d'ailleurs extraordinaire. Le tumulte de leurs cœurs qui battaient la chamade, la jouissance incroyablement érotique qui les enflammait semblaient atteindre un point culminant et, pourtant, ce regard semblait porter plus loin encore l'intimité. Comme si, des yeux, Sean transmettait un message d'un autre ordre que celui de la passion physique…

Elle ferma les paupières, consciente qu'ils venaient de franchir une étape que ni lui ni elle n'avaient prévue.

Puis, quand ils se renversèrent, haletants, elle resta immobile, osant à peine respirer, priant le ciel pour que Sean ne dise rien qui puisse venir briser cet instant magique…

Des pensées, à présent, se bousculaient en tous sens dans son esprit, et une crainte s'insinuait en elle. Il lui semblait que l'univers entier s'était mis à étinceler. Mais peut-être, pour lui, ne s'était-il agi que de sexe, et rien d'autre…

Comprenant sans doute qu'elle n'avait pas envie de parler, il respecta son silence, et la serra contre lui. Le temps parut de nouveau se suspendre, jusqu'à ce que le soleil commence à décliner et que la pénombre envahisse la chambre. Alors, doucement, Sean se tourna de nouveau vers elle, et l'émerveillement recommença… jusqu'à ce qu'ils s'abattent de nouveau, côte à côte, rendus muets par l'extase.

A cet instant, le portable de Sean retentit, de façon si sonore et incongrue qu'on aurait cru le déchaînement musical d'un club disco. Madison fit un bond. Sean la relâcha, tâtonna à terre pour trouver son jean, qu'il avait enlevé avant d'aller prendre sa douche, et tira son portable de la poche.

— Sean Cameron, lança-t-il en décrochant.

Madison reconnut la voix de Logan Raintree, sans comprendre ce qu'il disait.

— Oui, oui, tout est prêt, répondit Sean. Nous allons bientôt partir, nous mangerons un morceau en chemin. Entendu, dans une demi-heure environ.

Il raccrocha puis tourna les yeux vers Madison. Allait-il s'excuser ? Ou plaisanter en disant que tout ça était bien joli, mais qu'ils feraient mieux de se dépêcher, maintenant ?

Il n'en fut rien.

— Le premier sous la douche a gagné ! s'exclama-t-il.

Et, aussitôt, il courut vers la salle de bains.

Elle hésita un moment, puis sauta à son tour à bas du lit pour le rejoindre.

— Attention, on ne se touche pas ! reprit-il d'un ton taquin. Sinon, on sera en retard.

Il tint parole. Ils se passèrent le savon sous le jet, se rincèrent rapidement et s'habillèrent plus rapidement encore.

Ils étaient déjà en train de monter dans la Prius d'Eddie quand elle se rendit compte qu'elle n'avait pas encore prononcé un seul mot.

Quand elle parla enfin, ce fut simplement pour répondre à une question de Sean, qui s'enquérait de savoir quel hamburger elle voulait, et si elle le préférait avec ou sans frites. Dieu merci, il n'aborda aucun autre sujet.

Qu'aurait-elle pu dire, d'ailleurs ? *J'ai passé un moment extraordinaire* ? Non, c'était bien trop banal... *Merci* ? Trop complaisant.

Heureusement qu'ils allaient au cinéma !

Sean se sentait dévoré de culpabilité.

C'était absurde, bien sûr. Il n'avait rien fait de répréhensible. Seulement, il n'était pas franchement judicieux d'amorcer une relation avec Madison au moment où elle était menacée. Alors qu'ils étaient en plein milieu d'une enquête, que...

Et alors ? Ils étaient deux adultes consentants, après tout. Il n'y avait pas de regrets à avoir.

Sauf que...

Sauf qu'il aurait bien aimé que la chose se soit produite dans des circonstances différentes, et dans un tout autre endroit. Même dans un bar, si nécessaire. Au moins, il aurait été sûr de ne pas lui faire courir le moindre danger. De ne pas mettre l'enquête en péril...

Sauf qu'en un sens mieux valait qu'il ne la quitte pas d'une semelle. C'était donc peut-être pour le mieux.

Quand ils arrivèrent, le film venait de commencer.

Eddie avait invité de son propre chef Helena, sa femme, Mike Greenwood et Andy Simons. C'était sans doute une bonne idée, songea Sean. Ainsi, les « chasseurs de fantômes » pourraient observer les réactions des uns et des autres. Knox s'était également joint à eux.

Assis dans l'obscurité, tandis que le générique de *Sam Stone et le Mystère du musée égyptien* se déroulait sur l'écran, Sean tenta de se remémorer tout ce qu'il savait du film et de son tournage.

Il l'avait déjà vu, bien sûr, dans ce même cinéma, en compagnie d'Eddie, d'Alistair et d'autres employés des studios.

Ce n'était sans doute pas le plus célèbre des films noirs de la grande époque, même s'il avait connu un assez joli succès. Les deux acteurs principaux, John de la Torre et Audrey Grant, étaient morts peu après. La Torre pendant la Seconde Guerre mondiale, Audrey Grant dans un accident d'avion, lors d'une tournée sur le front. Ensuite, *Sam Stone* avait plus ou moins sombré dans l'oubli. Sans doute parce que la carrière des deux acteurs avait été brutalement interrompue avant qu'ils aient le temps de se faire un nom. Il y avait eu aussi une mort accidentelle sur le tournage : un figurant électrocuté, le fameux Krakowski. De nos jours, songea Sean avec ironie, ce genre de fait divers rendrait un film encore plus célèbre. Pendant la guerre, au contraire, il y avait trop de morts par ailleurs pour que cet accident ait pu attirer l'attention des foules. La première fois qu'il avait vu *Sam Stone*, quelques années plus tôt, il l'avait trouvé particulièrement réussi. Dans l'intrigue, il n'y avait que deux personnages qu'on pouvait suspecter du meurtre du mari de Dianna : le grand prêtre égyptien, Amun Mopat, et Dianna elle-même. Pourtant, le scénario était tellement habile, la direction d'acteurs si efficace qu'on n'était convaincu qu'à la fin de l'innocence de Dianna. Dans une scène spectaculaire, la momie du grand prêtre prenait vie, et c'était en le voyant agresser Dianna que Sam Stone devinait soudain qu'il avait affaire à un meurtrier en chair et en os, affublé d'un déguisement, et qu'il finissait par le tuer. Les effets spéciaux, extrêmement réussis pour l'époque, avaient été réalisés par les prédécesseurs des studios Archer. Alistair, qui rêvait de devenir réalisateur depuis sa plus tendre enfance, vouait un véritable culte à *Sam Stone*.

— Sam ! fit la voix de Dianna Breen sur l'écran.

C'était l'amorce du dénouement. Dianna Breen, attaquée par le grand prêtre, poussait un cri terrifié. Sam, fou d'angoisse pour cette femme dont il était tombé amoureux, se précipitait pour écarter brutalement l'agresseur. Amun Mopat s'effondrait avec fracas contre une statue représentant un guerrier muni d'un poignard. Sam l'abattait d'une balle puis, tandis que le grand prêtre agonisait, se précipitait vers Dianna tombée à terre. Celle-ci ouvrait un instant les yeux, lui murmurait qu'elle l'aimait… puis mourait à son tour.

Le mot « Fin » apparut sur l'écran. Eddie se leva pour passer dans la cabine de projection et arrêter la bobine. La lumière revint.

Knox se leva et se tourna vers Sean.

— Alors ? jeta-t-il. Ça vous inspire quelque chose ?

Sean s'était levé à son tour, dominant Knox de toute sa taille. Ignorant le sarcasme, il répondit calmement :

— Oui, ça m'inspire. Beaucoup, même.

Eddie réapparut. Il avait entendu leur bref échange et lança :

— Ah bon ? Tu as vu quelque chose d'utile, là-dedans ?

— Moi, franchement, je ne vois pas, grommela Mike Greenwood.

— C'est normal que vous ne voyiez rien, répondit Sean. Aucun de vous n'est retourné dans le musée depuis le crime. Quant à mes collègues — il se tourna vers eux —, ils ne connaissaient pas le tableau auparavant et ne peuvent pas comprendre en quoi il a changé. Helena, vous vous rappelez peut-être que…

Madison l'interrompit brusquement.

— Je sais !

Sean la dévisagea.

— Vous avez compris ?

Elle fixa sur lui ses grands yeux bleus, brillants d'excitation, en hochant la tête.

— Alors, allez-y, dites-leur, répondit Sean.

— C'est le poignard qui a disparu. Le poignard que tenait le mannequin du guerrier égyptien... Il n'est plus là ! Voilà pourquoi nous avions l'impression qu'il manquait quelque chose, outre le fait que tout avait été un peu déplacé. Le sarcophage était de biais, le grand chacal trop près du guerrier... Mais le plus frappant, c'est ça... La disparition du poignard.

— C'était une arme réelle ? demanda Knox.

— Oui, répondit Eddie. Ces tableaux ont été fabriqués il y a une cinquantaine d'années, et beaucoup de choses ont été reproduites à l'identique des objets qu'on retrouvait dans les pyramides. Le sarcophage, par exemple, avait été commandé à des artisans égyptiens, exactement sur le modèle de ceux des anciens pharaons.

Il s'approcha de Madison et la prit par les épaules.

— Est-ce tout ce que vous avez remarqué, Madison ? Il n'y a rien d'autre ? Je vais descendre vérifier moi-même. Après tout, je...

Il n'eut pas le temps de terminer sa phrase. Helena s'était rapprochée pour lui souffler à voix basse :

— Voyons, Eddie, même si le poignard a disparu, qu'est-ce que ça change ? Si ce n'est que c'était sans doute l'arme du crime. Maintenant, la police le sait. Mais à part ça...

Eddie la regarda en fronçant les sourcils, puis reporta les yeux sur Sean.

— Ça peut tout de même jouer en faveur d'Alistair, non ? Tu ne crois pas ? demanda-t-il.

— Tous les indices sont utiles à l'enquête, Eddie, répondit sobrement Sean.

— Mais ce poignard, intervint Knox, où est-il passé ? Vous ne l'avez vu nulle part ?

— Vous pensez vraiment que des agents du FBI auraient négligé ce genre de pièce à conviction ? Non, nous ne l'avons pas vu, riposta Sean avec une pointe de sarcasme. Et si nous l'avions trouvé, il y a longtemps que nous l'aurions examiné.

— Certes, certes…, reconnut Knox, un peu gêné. Cela dit, au bout de cinquante ans, la lame était peut-être trop émoussée pour trancher la gorge de la victime. Alors…

— Il faut que je descende, grommela Eddie. Je veux voir ça par moi-même.

— Je préfère que vous n'en fassiez rien, rétorqua sèchement Knox. Mieux vaut que tout le monde n'aille pas piétiner là-dessous, en attendant la décontamination. Il peut y avoir des risques pour la santé, et…

— Benny, coupa Logan, pourquoi n'y allez-vous pas vous-même, en emmenant Eddie, Sean et Madison ? Cela vaudrait vraiment la peine qu'Eddie vérifie si quelque chose lui paraît anormal. Il connaît son musée par cœur. Vous n'y êtes vraiment pas retourné depuis le soir du meurtre, Eddie, n'est-ce pas ?

— Non, répondit Eddie avec un geste de dénégation. Il y a eu tout de suite des rubans de scène de crime. Je n'ai su que ce que l'officier Knox m'a raconté, et ensuite je… je suis tout de suite parti voir mon fils.

— Je vais t'accompagner, si tu veux, suggéra Helena.

— Je te remercie, ma chère, mais j'aime mieux y aller seul, lui répondit-il en souriant.

— Nous vous attendrons dans le hall avec votre épouse, déclara Logan en désignant ses collègues.

Kelsey fit un pas en avant.

— Vous êtes actrice, madame Archer, n'est-ce pas ? J'aimerais beaucoup vous entendre parler de votre carrière, dit-elle doucement.

Après un coup d'œil entendu à Sean, elle glissa un bras sous celui d'Helena et l'entraîna vers le hall.

— Maintenant que Madison nous a fait visiter les ateliers, peut-être pourriez-vous nous dire, de votre côté, comment se déroulent les journées au quotidien ? demanda Logan en se tournant vers Mike et Andy. Vous, Andy, vous êtes l'associé d'Eddie depuis le début, n'est-ce pas ?

Il les guida vers le hall, dans le sillage de Kelsey.

Knox se tourna vers Sean.

— Eh bien, allons-y…

— Prête, Madison ? demanda Sean.

— Je vous suis.

— Tu n'es pas obligée de venir, tu sais ! lui dit gentiment Eddie.

— Ça ira. Une fois de plus ou de moins…, répondit-elle.

Sean la prit par le bras. Ils gagnèrent le petit bureau où se trouvait la porte d'accès à l'escalier du tunnel et descendirent. En passant devant le tableau de *Casablanca*, Knox s'arrêta brusquement.

— Ce revolver que tient Bogie, c'est un vrai ? demanda-t-il.

— Oui, c'est une arme authentique de la Seconde Guerre mondiale, répondit Eddie, mais il n'est pas chargé. Vous pouvez vérifier, si vous ne me croyez pas.

— Dans cette affaire, je ne crois personne ! grommela Knox.

Il enjamba le cordon pour aller examiner le barillet.

Sans l'attendre, Sean continua son chemin jusqu'à la scène de crime. L'odeur devenait insupportable, et il se promit de rappeler à Logan qu'il était urgent de faire venir les équipes de décontamination le plus vite possible, le lendemain. D'autant que les indices qu'ils cherchaient maintenant se trouvaient dans les catacombes, pas dans le tunnel.

Il s'immobilisa devant le tableau de *Sam Stone*, Madison à son côté.

Ils contemplaient tous deux la statue du guerrier, derrière le chacal.

— Quand je pense que je n'ai pas vu tout de suite qu'il n'avait plus son poignard…, murmura Madison.

— J'ai arpenté ce musée aussi souvent que vous et je ne l'ai pas vu non plus, même si je suis censé noter tous les détails, répondit-il avec un haussement d'épaules.

— Je suis sûr qu'Alistair l'aurait remarqué tout de suite.

Sean enjamba le cordon, se dirigea droit vers la statue, la remit dans sa position d'origine et regarda autour de lui. Il comprenait mieux, à présent, pourquoi l'absence du poignard leur avait échappé. Ils s'étaient tellement concentrés sur le mannequin du grand prêtre qu'ils avaient négligé d'examiner le reste, les urnes funéraires, le sarcophage, les cobras qui rampaient sur le sol, la tête dressée, prêts à mordre…

— Hé, mettez des gants ! cria Knox qui les avait rejoints avec Eddie.

Il tendit à Sean une paire de gants de caoutchouc qu'il avait tirée de sa poche.

— Merci, dit Sean en les enfilant, même s'il avait conscience que ce ne serait pas très utile, puisque le meurtrier en avait porté aussi pour tuer Jenny Henderson.

Seulement, c'était le règlement. Il l'avait suffisamment enfreint, ces temps derniers.

— Est-ce que vous en auriez une paire pour moi ? s'enquit Madison. J'aimerais aider Sean à examiner les objets.

Knox grommela que le FBI pourrait tout de même penser à apporter son matériel, mais il lui en donna une paire. Eddie, debout derrière le cordon à côté des marques à la craie, observait la scène, le visage blême.

— Et ça, ça vous inspire quelque chose ? lui demanda Knox.

— Non, murmura Eddie, mais j'aurais dû venir plus tôt. J'aurais vu tout de suite que le poignard n'était plus là.

— Pas forcément, lui répondit gentiment Knox en ajoutant à l'intention de Sean : Je ne vois pas ce que vous espérez trouver, vous savez… Nos techniciens de scène de crime ont tout examiné et ce sont des pros, croyez-moi. Nous ne sommes pas du genre à négliger le moindre indice. Ici, à Los Angeles, ça vaut mieux !

Madison, penchée sur le sarcophage grand ouvert, fronça les sourcils.

— Qu'y a-t-il ? lui demanda Sean.

— Si ce sarcophage a été reproduit à l'identique de ceux de l'époque, il a peut-être un compartiment secret, murmura-t-elle. C'était fréquent. Mais j'ai beau regarder partout, je ne vois pas comment il pourrait s'ouvrir.

Sean s'approcha, fit courir les doigts sur les parois de bois, mais en vain. Rien ne cédait à la pression.

En se redressant, il vit qu'Eddie contemplait toujours le tableau. Knox observait Eddie, et Madison, à présent, examinait les urnes funéraires.

— Elles m'ont l'air toutes vides, jeta-t-elle en soulevant la dernière.

Puis elle fronça de nouveau les sourcils et ajouta :

— Sean ? Celle-ci me paraît bien lourde pour sa taille !

Il prit l'urne, la regarda sous toutes les coutures, puis glissa sa main gantée à l'intérieur. Elle n'y rentrait qu'à moitié...

Il y avait un double fond.

Il se mit à faire tourner l'urne entre ses mains. Madison eut un petit cri excité.

— Continuez, continuez ! Ça se dévisse... Regardez, ce dessin du soleil commence déjà à se diviser en deux !

Sean donna un dernier tour, et ils entendirent un déclic. La base de l'urne se détacha, dévoilant une cavité. Sean tâta des doigts à l'intérieur, sentit quelque chose...

Et extirpa le poignard, couvert de sang.

— Ma foi, murmura-t-il, j'ai bien l'impression que nous venons de retrouver l'arme du crime.

Assise dans le salon de leur suite, à l'hôtel, Madison écoutait les membres de l'équipe raconter les uns après les autres leurs interrogatoires avec les employés des studios. Quand ils avaient besoin de précision, ils lui posaient des questions, plutôt deux fois qu'une... Finalement, une grande partie de leur travail était assez fastidieuse, songea-t-elle. Mais c'était sans doute indispensable pour ne rien laisser passer.

Jane avait interrogé les équipes responsables des échafaudages et des décors. Tous leurs témoignages concordaient, indiqua-t-elle. Logan avait rapporté une copie des vidéos de sécurité, qu'ils examinèrent une fois de plus. Là aussi, tout correspondait aux déclarations des employés. Kate Sokolov s'était chargée des costumières et des accessoiristes, mais aucun n'était entré dans les studios depuis le vendredi précédent. Enfin, Logan expliqua qu'il s'était longuement entretenu avec Andy Simons et Mike Greenwood. Il avait également téléphoné à Benita Lowe, l'ex-épouse d'Eddie. Benita était convaincue qu'Helena LaRoux était impliquée d'une façon ou d'une autre. Sans doute pas au point d'avoir commis elle-même le crime, avait-elle précisé. Helena était si sotte qu'il était difficile de lui imputer un plan aussi sophistiqué…

— D'après Benita, conclut Logan, Helena ne s'est jamais vraiment intéressée à Alistair. Elle fait semblant. C'est sans doute vrai, mais ne pas se soucier de son beau-fils ne fait pas d'elle une meurtrière pour autant.

— Elle ne pense sans doute qu'à sa carrière et à rien d'autre, commenta Tyler.

Kelsey avait bavardé avec les gardiens, Colin Bailey et Winston Nash. Bailey s'était montré nerveux et un peu accablé. Il s'en voulait d'avoir abandonné son poste quand Alistair l'avait appelé au secours. Peut-être avait-il gâché ses chances d'arrêter le meurtrier dans sa fuite…

— Est-ce que tous les antécédents ont été examinés ? demanda Sean.

— Oui, répondit Logan. Rien à signaler, mis à part quelques contraventions.

— Je ne pensais pas aux antécédents judiciaires. Sait-on si, parmi les employés et les proches d'Eddie, quelqu'un a eu un parent qui aurait travaillé sur le tournage, à l'époque ?

— Personne n'a fait allusion à ce genre de chose, répondit Logan. Nous pouvons creuser dans cette direction, évidemment. De façon indirecte, car je ne pense pas que le criminel nous expliquera de but en blanc que son père ou son grand-père a été machiniste ou technicien sur le plateau de *Sam Stone*.

— Il y a cette histoire du figurant, celui qui a été électrocuté par accident, fit remarquer Sean. Personne ne l'a évoquée ?

— Non, ça n'apparaît dans aucun interrogatoire.

— Bon…, soupira Logan en écartant les mains. Quelqu'un a-t-il une hypothèse à soumettre ?

— Tout ce que je peux dire, c'est que je suis certain qu'il y a un lien entre le crime et le film de 1942, grommela Sean.

— 1942, c'est loin, rétorqua Logan.

— Si je peux me permettre…, intervint Madison.

Elle regarda la tablée en hésitant, espérant ne rien dire qui leur paraîtrait oiseux ou anodin.

Tous les yeux étaient fixés sur elle, dans l'attente de la suite.

— Cet accident auquel vous faites allusion… La mort de Pete Krakowski… Bogie pense que ce n'était pas un accident, justement.

— Mais il y a bien eu un court-circuit, non ? demanda Sean en fronçant les sourcils.

Madison prit une profonde inspiration.

— Oui, mais… Bogie soupçonne que ce n'était pas un hasard. A l'époque, il y a eu des rumeurs…

— Bogie ? répéta Logan. Il a joué dans ce film ? Où est-il passé, d'ailleurs ? Lui et le fantôme de Jenny ? Je m'attendais à ce qu'ils nous suivent partout…

— Jenny s'est montrée très courageuse, mais ça l'a beaucoup éprouvée de retourner dans le musée, répondit Sean. Je pense que Bogie l'aide à trouver un endroit à hanter de manière confortable. Il lui explique aussi sûrement comment s'y prendre…

Il eut un sourire tendrement ironique avant de poursuivre :

— Apparemment, les vieux fantômes servent de mentors aux plus jeunes !

— Bogie a le cœur sur la main, et je suis sûre qu'il est en train de s'occuper de Jenny, effectivement, intervint Madison. Je pense qu'il ne va pas tarder à refaire surface. Il est très intrigué par l'affaire et tout disposé à nous aider. Quant à votre question sur le tournage, la réponse est non : il n'a pas joué dans *Sam Stone*. Il tournait dans *Casablanca*, à l'époque. Mais il connaissait le milieu des électriciens et des machinistes et, d'après lui, ils étaient bien trop soigneux pour risquer un court-circuit. Evidemment, on ne peut pas savoir. Tout cela remonte à plus de soixante-dix ans… En tout cas, tous les effets spéciaux de *Sam Stone* avaient été fabriqués ici, quand c'étaient encore les studios Claymore.

Logan hocha la tête, l'air grave.

— Vous avez raison, nous devons explorer le passé, parce qu'il influence toujours le présent, d'une façon ou d'une autre.

Il étouffa un bâillement, avant d'ajouter :

— Bien ! Knox a emporté le poignard pour le faire analyser. Les studios rouvrent demain, mais cela ne gênera pas notre enquête, au contraire. Jane, tu passeras la journée dans les locaux de la police, pour faire des recherches sur internet à propos du film. Tyler, Kate, Kelsey, vous irez examiner les catacombes. Passez-moi tout ça au peigne fin… Et faites bien attention à ce que personne ne vienne vous y surprendre. Notre travail doit rester confidentiel.

— Je crois que je dois reprendre mon travail, moi aussi, glissa Madison d'une voix timide.

— Bien sûr ! Allez-y. Profitez-en pour ouvrir l'œil et, surtout, n'allez nulle part sans être accompagnée, Madison. J'irai moi-même aux studios faire quelques interrogatoires supplémentaires. Le cas échéant, appelez-moi. Même si vous avez besoin d'aller aux toilettes !

— Mes collègues vont me harceler de questions, répondit-elle. Que dois-je leur dire ?

— Simplement que vous avez fait visiter les studios et raconté leur histoire, c'est tout, indiqua Sean.

— D'accord.

Madison se rendit compte que l'idée de retourner travailler la rendait nerveuse. Elle n'avait jamais su dissimuler — elle aurait fait une très mauvaise actrice — et il était toujours possible de lire ses pensées sur son visage, ou de les deviner au son de sa voix. En même temps, elle ne savait vraiment rien de décisif sur l'enquête. Il ne serait pas trop difficile, dans ces conditions, d'éluder les questions de ses collègues.

Ils se séparèrent. Jane et Kate sortirent en lançant un joyeux « bonsoir » à la cantonade. Kelsey entra dans sa chambre en bâillant. Tyler proposa à Madison de l'accompagner de l'autre côté du couloir. Elle accepta après avoir vu que Sean et Logan, dont les têtes se touchaient presque, étaient en grande conversation.

Une fois dans sa chambre, elle s'allongea sur son lit. En dépit de son épuisement, elle sentait des giclées d'adrénaline courir dans ses veines. Cette journée avait été l'une des plus longues de son existence.

Et aussi, en un sens, l'une des plus belles…

Si elle évitait de penser au tunnel, évidemment. Aux mannequins, aux urnes funéraires, à l'odeur du sang qui lui emplissait encore les narines…

Ce seul souvenir la fit frémir. C'était comme si la pestilence émanait d'elle… Brusquement, elle se leva, se dévêtit et se rua sous la douche. Quand elle en sortit, drapée dans une serviette, elle entendit frapper légèrement. Elle eut une soudaine réaction de panique, puis se rappela qu'elle était dans un hôtel, entourée de six agents du FBI. Elle s'approcha de la porte et regarda par l'œilleton. C'était Sean.

Elle ouvrit. Il était nonchalamment appuyé contre le chambranle, le sourire aux lèvres.

— Je vois que c'est toi qui es en tenue pour l'occasion, maintenant, plaisanta-t-il.

Sans doute aurait-elle dû lui demander si leur relation ne

risquait pas de nuire à son efficacité professionnelle, tant elle le voyait investi dans ce qu'il faisait.

Mais elle ne dit rien. Elle recula pour le laisser entrer, puis ferma la porte.

— Tu as pris une douche, fit-il remarquer. Excellente idée. Je peux t'imiter ? N'hésite pas à me rejoindre, si tu veux. Vu que nous avons de longues heures devant nous, je te laisserai user du savon comme tu l'entends…

— Je te prends au mot !

Quand ils finirent par s'endormir, cette nuit-là, ce fut d'un sommeil profond et détendu. Pourtant, même en dormant, Madison avait conscience de la présence de Sean à son côté.

12

Evidemment, leur arrivée aux studios, avec tous les employés qui reprenaient leur travail, n'allait pas passer inaperçue. Sean en avait bien conscience.

Quand il entra, accompagné de Tyler et de Kelsey, tout le monde les regarda. On les salua d'un signe de tête. On ne savaient pas qui ils étaient, mais les gens s'imaginaient sans doute qu'ils faisaient partie de la police ou d'une quelconque agence d'investigation.

Eddie Archer, qui s'efforçait toujours d'être honnête et sincère avec ses collaborateurs, convoqua une assemblée générale dès que tout le personnel fut arrivé. Il les réunit dans le vaste atelier puis, voyant que certains continuaient à chuchoter, leva la main pour demander le silence. Sean et ses collègues se tenaient non loin de lui, un peu à l'écart.

— Chers amis, vous savez tous ce qui s'est passé ici…, commença-t-il. Jenny Henderson a été tuée dans le musée du tunnel, et mon fils, Alistair, est inculpé de meurtre. Alistair affirme qu'il est innocent, naturellement. Actuellement, une enquête est donc en cours, menée conjointement par la police et par le FBI. Ce n'est ni mon souhait ni celui d'Alistair que les studios soient obligés de fermer. Nous n'avons nulle envie que vous soyez contraints de chercher du travail ailleurs ! Comme, en outre, les producteurs du *Sacrilège* nous conservent leur confiance, j'ai décidé de rouvrir. Bien entendu, ceux d'entre vous qui se sentiraient mal à l'aise sont libres de partir. J'espère cependant que vous resterez, car ne l'oubliez pas : notre expertise en matière d'effets spéciaux est largement reconnue. Les enquêteurs qui sont parmi vous vont, eux aussi, effectuer leur travail le mieux possible. Je compte sur vous pour leur permettre de le faire dans de bonnes conditions. Je vous remercie d'avance de votre compréhension et de votre soutien, au nom d'Alistair.

— Eddie ? demanda l'une des costumières. Serons-nous encore aujourd'hui sous la protection de la police ? J'ai vu qu'il y avait encore quatre véhicules à l'entrée.

— Oui, la police veille sur nous, assura Eddie.

— Est-ce que *vous*, vous tenez le coup, Eddie ? demanda gentiment un autre.

— Oui, répondit Eddie en souriant, grâce à votre soutien, à celui de ma famille et à l'aide de Dieu. Merci à tous. Une fois de plus, si certains préfèrent partir, je comprendrai. Ils n'ont qu'à venir me trouver, et je peux garantir qu'ils nous quitteront avec des lettres de recommandation parfaitement louangeuses et tout à fait sincères.

Il se tourna pour désigner Tyler, Kate et Kelsey, et enchaîna :

— Ces trois agents du FBI seront sur place aujourd'hui. Je vous demanderai de répondre à leurs questions et de les accompagner partout où ils souhaiteront aller. Ils sont eux aussi chargés de nous protéger, pas seulement d'enquêter. Je serai toute la journée dans mon bureau et ma porte sera grande ouverte.

Quand Eddie eut terminé, Andy Simons prit sa place.

— Je sais que nous pouvons compter sur votre loyauté et sur vos compétences à tous, dit-il. Je n'y reviendrai pas. Vous avez la chance de travailler avec l'un des plus grands créateurs d'effets spéciaux qui soient…

Il indiqua Eddie, eut un grand sourire et conclut :

— Alors, tout le monde au boulot !

Il tourna les talons et se dirigea vers le hall. Mike Greenwood lança à son tour :

— Au boulot, oui, parce que nous avons plusieurs jours de retard à rattraper. Et encore merci à tous.

L'assemblée se dispersa. Les bavardages iraient sûrement bon train toute la journée, se dit Sean, mais les employés d'Eddie travailleraient d'arrache-pied.

— Je veux redescendre dans le tunnel avec vous, un peu plus tard, dit-il à Tyler. Pourras-tu faire venir quelques flics pour surveiller l'accès de l'ascenseur, pendant que nous serons en bas ? J'ai la clé, mais je n'ai aucune envie qu'on nous y rejoigne, au cas où quelqu'un aurait un double.

— Je m'en occupe, répondit Tyler. En attendant, regarde là-bas…

Il fit un signe de tête en ajoutant :

— Nous accueillons une célébrité, aujourd'hui !

Sean suivit la direction de son regard. Oliver Marshall, le célèbre acteur, venait d'arriver. Les gens le hélaient et se pressaient pour venir lui serrer la main. Il répondait en souriant, visiblement ravi, tout en se frayant un chemin vers le coin de l'atelier où travaillait Madison. Cette dernière se leva pour l'accueillir.

Sean observa Marshall avec attention. Il ne pouvait exclure personne de la liste des suspects, même si Madison avait dit qu'elle le trouvait sympathique. D'ailleurs, ce sentiment avait l'air réciproque, songea-t-il avec un petit pincement au cœur. Marshall, en effet, embrassa Madison sur la joue, puis l'étreignit avec chaleur. Elle lui rendit son étreinte avec un grand sourire. De l'endroit où il se trouvait, Sean vit que Madison commençait à parler en montrant les morceaux de mousse, de caoutchouc et de tissu étalés sur la table. Il comprit qu'elle expliquait comment elle allait rembourrer le déguisement pour certaines scènes un peu dangereuses. Il la vit ensuite tendre une pièce de tissu sur la jambe de Marshall pour marquer avec précision l'emplacement d'une genouillère.

Elle avait l'air ravie de retrouver une activité qu'elle adorait.

— Ne t'inquiète pas, lui dit Tyler, Logan ne bougera pas d'ici… Madison ne risque rien.

Sean hocha la tête. Dans quelques instants, ils allaient descendre explorer une nouvelle fois le musée et les cryptes. Ensuite, il se rendrait dans le cimetière, à la recherche d'un accès caché vers les studios.

Il regardait toujours en direction de Madison. Alfie Longdale, son assistant, venait d'arriver. C'était un jeune homme blond platine, d'une vingtaine d'années. Il salua Oliver Marshall, puis s'empara d'un mètre à ruban et d'une boîte d'épingles et entraîna l'acteur derrière le rideau qui faisait office de cabine d'essayage.

Sean observa ensuite les costumières assises devant leur machine à coudre, puis l'équipe des échafaudages réunie autour d'une table, en train d'écouter les instructions du contremaître.

L'atelier était une ruche bourdonnante. Les employés avaient sans doute commencé par évoquer le meurtre de Jenny et l'enquête en cours, mais plus le temps passait, plus ils se plongeaient dans leur tâche, l'air totalement absorbé.

Mike Greenwood s'approcha alors de Sean.

— Sale histoire, hein ? lança-t-il.

— Oui. Heureusement, je vois que tout le monde s'est remis au travail avec énergie, répondit Sean.

— Nous avons la chance d'avoir des collaborateurs compétents et, surtout, très dévoués à Eddie. Quand on traite bien les gens…

Mike haussa les épaules avant d'ajouter :

— Eddie ne se trompe que dans le choix de ses épouses, finalement. C'est vraiment dommage, parce que c'est un chic type et qu'il se fait avoir. Ne répétez pas ce que je vous ai dit, hein ? Simplement, depuis le temps que je le connais…

— Je ne rapporte jamais les conversations, Mike, assura Sean.

Mike serra les lèvres.

— En fait, reprit-il, Helena essaye de donner l'impression

qu'elle le soutient, mais c'est surtout pour se tenir au courant qu'elle le suit partout, à mon avis. C'est une fouineuse. Elle veut surveiller les moindres faits et gestes de la police, et aussi de votre équipe, bien sûr. Ce n'est pas pour revoir le film qu'elle est venue au cinéma hier soir, par exemple.

— Mike, que s'est-il réellement passé entre Eddie et Benita ? s'enquit Sean.

— Je ne sais pas vraiment. Un jour, il est venu me voir et m'a demandé si je connaissais un bon avocat. Je lui ai suggéré de consulter d'abord un conseiller conjugal, surtout qu'il n'était pas marié depuis très longtemps. « Inutile, Mike, m'a-t-il répondu. Nous nous séparons à l'amiable, mais c'est définitif. Je ne peux pas vivre dans le mensonge. »

— Il n'a jamais donné d'autre explication ?

— Non, jamais, répondit Mike en secouant la tête. Tout ce que je sais, c'est qu'ils ont encore beaucoup d'affection l'un pour l'autre.

— La rumeur disait qu'elle le trompait, non ?

— Comment savoir ? C'étaient des rumeurs, justement. Pourquoi ne pas lui poser directement la question ?

— Je le ferai.

Tyler revint au même instant, accompagné des deux policiers qui allaient surveiller l'ascenseur.

Sean, Kelsey et Kate s'engouffrèrent avec lui dans la cabine, munis de lampes torches et de leurs Glock.

Vengeance s'inquiétait. Il y avait un bon moment que ces fichus agents du FBI se trouvaient dans les sous-sols, maintenant. Heureusement que le personnel bavardait et que personne ne se méfiait de lui... On lui faisait confiance. C'était bien utile, finalement.

Enfin, même s'ils trouvaient les catacombes, la deuxième galerie, ce n'est pas pour autant qu'ils *comprendraient*.

Il fallait l'espérer, en tout cas...

Vengeance prit son portable.

— Allô ? C'est moi… Ecoute-moi bien. Je veux savoir très exactement ce qui se passe en ce moment. Je compte sur toi pour m'informer. Et il faudra peut-être descendre nettoyer un peu.

— Descendre ? Pas moi, en tout cas ! répondit-elle. On me surveille, j'en mettrais ma main au feu ! Je ne veux plus me mêler de tout ça. Tu deviens complètement paranoïaque !

Bien sûr, songea Vengeance. *Puisque c'est moi qui ai les mains couvertes de sang !*

— Tu seras bien obligée de t'en mêler encore une fois. Je vais avoir besoin d'aide, dès ce soir. C'est compris ?

— Ce soir ? Je ne sais pas si je pourrai m'éclipser.

— Tu trouveras un moyen. Maintenant, écoute bien…

Vengeance donna ses instructions avant de conclure :

— Après tout, c'est toi qui as eu l'idée, au départ, non ?

— C'était une idée en l'air. Je n'ai jamais suggéré…

— Bien sûr que si. Nous avons fait exactement ce que tu voulais. Et ce soir, ma chère, ce sera ton tour de te salir les mains.

— Cette histoire a dû vous secouer, non ? demanda Oliver Marshall à Madison.

Elle opina, le visage sombre.

— Oui ! Je suis contente que vous soyez venu, d'ailleurs. J'avais peur que vous ne changiez d'avis.

Ils se trouvaient à l'écart des autres, Madison devant le rideau, Marshall à l'intérieur, en train de se changer. Alfie était parti chercher une bobine de fil à bâtir. L'essayage étant terminé, Madison allait pouvoir monter les rembourrages de protection destinés à la scène où Sam Stone était victime d'hallucinations.

Oliver Marshall passa la tête par le rideau.

— Pour être tout à fait franc, précisa-t-il en souriant, je me suis fait accompagner par mon agent. C'est lui qui m'a poussé à venir, en me disant que ce serait une bonne publicité. Sinon, j'aurais hésité… Je suis très couard, en fait ! Je suis loin d'être aussi courageux que Sam Stone, croyez-moi. Vous ne le direz à personne, hein ?

— C'est promis, répondit-elle en riant.

Elle aimait beaucoup Oliver Marshall. Déjà, il lui avait confié sous le sceau du secret qu'il était gay, ce qu'elle avait gardé pour elle. « Quand je serai vraiment très célèbre, avait-il précisé, je dirai peut-être la vérité sur ma vie privée. Pour l'instant, je me contente de ne pas répondre aux questions. J'aime bien la compagnie des femmes et il m'arrive de flirter avec elles. Cela me permet de donner le change. Quand on joue des rôles de prince charmant, c'est plus crédible ! »

La tête toujours hors du rideau, il demanda :

— Je ne risque rien, en venant ici ? On ne va pas m'agresser dans un coin ?

— Vous ne croyez donc pas ce que disent les journaux ? répondit-elle. Comme quoi c'est Alistair le coupable ?

— Alistair ? Je n'y crois pas une seconde ! s'écria l'acteur. Ce gosse est une crème. Il se jetterait dans l'eau bouillante plutôt que de faire du mal à qui que ce soit. Surtout à cette fille ! Elle était un peu pénible, c'est vrai, mais je suis sûr que j'étais pénible aussi, à mes débuts. C'est un drôle de milieu, vous savez. Un jour, c'est tout juste si on se rappelle votre nom, et le lendemain vous grimpez en tête du box-office et tout le monde veut vous avoir. Bref… vous êtes sûre que nous sommes en sécurité, aujourd'hui ?

— Certaine. Les ateliers grouillent de policiers et d'agents du FBI, Oliver.

— Le type qui a fait ça a tout planifié, hein ? Il n'a pas agi au hasard dans une crise de folie… Ce qui m'échappe, c'est que Jenny Henderson ait pu se faire un ennemi qui la haïsse autant.

— Je crois surtout qu'à travers elle on a voulu s'en prendre à Eddie ou à Alistair lui-même.

Oliver fit une petite moue et reprit en chuchotant :

— Eh bien, si vous voulez mon avis, ils feraient mieux d'enquêter sur la belle-mère. Parce que si Alistair est condamné, qui est-ce qui va mettre la main sur la fortune d'Eddie, hein ?

— J'y ai pensé, bien sûr, mais tout dépend du type de contrat de mariage qu'ils ont signé. Et puis, n'oubliez pas qu'Helena a besoin du réseau d'Eddie, pour sa carrière. Il lui est très utile. Alors…

— Je persiste à me méfier d'elle, répondit Oliver. Les flics devraient se renseigner sur ses faits et gestes. Un jour où j'étais venu avec le producteur et le réalisateur du *Sacrilège*, par exemple, elle était là. Elle passait son temps à se mêler de la conversation. Vous auriez dû la voir accrochée au bras d'Eddie, lui faisant des mamours en public… A un moment, je l'ai même surprise en train de glisser la main dans les poches de son mari ! Croyez-moi, on ne peut lui faire aucune confiance. Elle est aussi teigneuse que son geignard de petit chien.

— Voyons, Oliver, vous adorez les chiens !

— Oui mais, parfois, un bon coup de pied dans l'arrière-train…

Alfie revenait au pas de course, une bobine de fil à la main. Oliver fit un clin d'œil à Madison.

— Je crois qu'Alfie en pince pour moi, murmura-t-il. Mais je crois aussi qu'il aimerait bien vous piquer votre poste… Vous savez qu'il passe son temps à faire des ronds de jambe devant Mme Archer quand elle est là ? Croyez-moi, Madison… Méfiez-vous de votre assistant.

Kate s'arrêta au milieu de la galerie pour éternuer.

— Je ne vois vraiment pas l'intérêt de fouiller dans toutes ces niches, Sean ! gémit-elle. Si le tueur avait laissé le moindre indice, nous l'aurions vu tout de suite. Il s'est sûrement enfui trop vite pour avoir le temps de dissimuler ses traces…

— Je ne vous ai pas demandé de *fouiller*, mais d'utiliser votre don de double vue, répliqua Sean, du mieux que vous pouvez. Le déguisement est forcément quelque part. C'est sur le tissu que nous trouverons des empreintes, pas sur le poignard puisque le meurtrier portait des gants. La police pourra l'examiner dans tous les sens, elle n'y trouvera rien, à mon avis.

Kelsey, derrière Kate, se plaignit à son tour.

— Si je ramasse encore des toiles d'araignée, du moisi et de la poussière sur mes vêtements, tout le monde va se poser des questions, dans les ateliers. Et on va nous soupçonner d'en savoir plus que ce que nous voulons bien dire !

Pour l'instant, ils n'avaient exploré que la première galerie. Ils n'avaient pas encore emprunté celle qui revenait en direction du cinéma.

Sean s'étonnait un peu qu'ils n'aient croisé aucun fantôme, dans ces souterrains. Heureusement que Jane, pendant ce temps, réunissait des informations sur internet, sur le tournage de *Sam Stone* et sur le cimetière. En fait, il s'agissait un peu d'un puzzle. Ce n'est que lorsqu'ils auraient *toutes* les pièces en leur possession qu'ils y verraient enfin clair. Lors de leur formation accélérée avec la première équipe de Jackson Crow, à Quantico, ils avaient appris à réfléchir ainsi, de façon très méthodique, à partir des éléments réunis.

— Je mettrais ma main au feu que le déguisement est ici, quelque part..., grommela Sean d'un air obstiné.

— Bon, cherchons encore un peu, dit Kelsey en lui posant la main sur le bras.

Il lui sourit, amusé de lui voir les cheveux en bataille et le visage maculé de terre. Sa cousine ne prenait jamais de risques inutiles, il le savait. Auparavant, elle avait travaillé dans la police fédérale, et pendant l'enquête qu'ils avaient menée précédemment, à San Antonio — la première de leur nouvelle équipe —, il avait pu constater à quel point elle pouvait faire preuve de sang-froid, alors même qu'elle avait failli perdre la vie.

— Vous n'avez rien constaté de particulier, j'imagine ? reprit-il.

Ils savaient tous qu'il faisait allusion à d'éventuels fantômes. Il n'avait pas besoin d'être plus précis.

Les deux femmes firent un geste de dénégation.

— Ils sont sans doute tous partis pour l'au-delà… Tant mieux pour eux. Bon, continuez dans cette galerie. De mon côté, je vais voir un peu ce qui se passe dans celle d'à côté.

Il braqua sa grosse lampe torche pour éclairer la fourche où commençait la galerie qui ramenait vers le tunnel du cinéma. Il était peu probable que le meurtrier — ou la meurtrière — soit revenu dans cette direction pour cacher son déguisement, mais on ne savait jamais. Mieux valait toujours tout vérifier.

En s'avançant, il constata que certaines parois commençaient à céder sous le poids de la terre du cimetière, au-dessus de sa tête. Personne n'était venu consolider ces catacombes depuis des décennies, visiblement. Les morts enterrés là étaient oubliés depuis longtemps. Sans doute y avait-il juste au-dessus, en surface, des tombes et des mausolées où les familles venaient déposer des fleurs, sans imaginer le labyrinthe qui sinuait sous leurs pieds… Tout autour de lui, le faisceau de sa torche éclairait des fragments de marbre, des cercueils cassés, des ossements à divers stades de décomposition.

Il avait peine à détacher le regard de ce macabre bric-à-brac et dut se forcer à baisser la tête pour guetter des traces de sang sur le sol. Tout d'abord, il ne vit rien, puis il aperçut quelques gouttelettes sombres sur une dalle brisée.

Il s'agenouilla pour les examiner, se releva, reprit sa marche, puis revint sur ses pas, saisi d'une brusque intuition. Il se mit alors à creuser sous la dalle. Ses doigts se refermèrent sur un morceau de tissu qui ne se désintégrait pas au simple contact.

Il tira…

Une longue tunique surgit à ses pieds, identique à celle du mannequin d'Amun Mopat, dans le tableau de *Sam Stone*.

C'était sans aucun doute celle qu'on avait dérobée dans l'atelier.

Il l'observa avec attention à la lueur de sa torche. La tunique, encore inachevée, était simplement bâtie. Le tissu en était souple, un peu élastique, probablement synthétique. Il était de couleur mordorée, avec des bordures dorées.

Surtout, il était parsemé de taches de sang…

Le tueur était passé par là.

Mais pourquoi ?

— Il est déjà midi, dit Oliver à Madison. Vous avez le droit de faire une pause ? Que diriez-vous de déjeuner ?

— Je ne suis pas vraiment autorisée à quitter les studios, aujourd'hui, répondit-elle en souriant. Je le regrette. Mais je suis très honorée de l'invitation ! Je connais des dizaines de femmes qui donneraient tout pour être à ma place !

Marshall lui fit une accolade amicale.

— Vous êtes une femme selon mon cœur, Madison. Je me demande pourquoi vous n'avez jamais flirté avec moi.

— Voyons, Oliver, je vous trouve très sexy, bien sûr. Simplement…

Il se mit à rire et se pencha sur la table de travail.

— Simplement, je ne suis pas votre type, c'est ça ? plaisanta-t-il. Laissez-moi réfléchir. Je parie que vous préférez les grands costauds tout en muscles… Ou les artistes un peu efféminés, peut-être ? Non, j'ai mieux. Je vous vois très bien avec un agent du FBI, un de ces types calmes, stoïques…

En voyant l'expression de Madison, il éclata de rire.

— Allons, je vous taquine, vous le savez bien ! Mais un jour, il faudra que vous me racontiez *tout* sur vos amours.

— Cela ne vous suffit pas de lire des pages entières sur vos amours *à vous* dans les magazines ? rétorqua-t-elle en souriant.

— Allons, déjeunez en ma compagnie… Je vais faire monter quelque chose. Nous nous installerons dans l'une des salles de réunion et nous pourrons parler chiffons. Qu'en dites-vous ?

— Bon, d'accord… Mais il y a Alfie !

— Oh ! Alfie déjeunera avec quelqu'un d'autre !

— Cela m'ennuie de lui fausser compagnie. C'est un brave garçon.

— Laissez-moi faire. Je vais trouver de quoi l'occuper, dit Oliver d'un air entendu.

Il était suffisamment célèbre pour qu'on fasse ses quatre volontés. Il s'éloigna et, quelques minutes plus tard, Mike faisait appeler Alfie. Oliver revint, le sourire aux lèvres.

— Voilà ! Le déjeuner nous attend.

Madison regarda autour d'elle et, un peu plus loin, aperçut Logan Raintree. Mine de rien, il surveillait tout ce qui se passait. Il feignait de s'intéresser aux différents travaux en cours pour engager la conversation avec l'un ou l'autre, et il lui arrivait même de mettre la main à la pâte. Elle était sûre qu'il ne l'avait pas quittée des yeux. Qu'allait-il penser en la voyant s'isoler pour déjeuner avec Oliver Marshall ?

Oliver se pencha vers elle.

— Vous voulez qu'on demande à ce type du FBI de se joindre à nous ?

Puis, avec un clin d'œil, il ajouta :

— Je vois que non. Ce n'est pas le bon, c'est ça ?

— Vous êtes incorrigible, Oliver !

— Vous avez raison, soyons sérieux, répondit-il en se redressant. Dites simplement à ce flic que nous serons dans la petite salle de réunion et que nous laisserons la porte ouverte. Vous ne risquerez rien, ni moi non plus. Je suis un froussard, vous vous souvenez ?

— D'accord, je vais prévenir Logan, dit-elle en riant.

Logan la regarda arriver sans surprise.

— Je vais déjeuner dans la petite salle là-bas avec Oliver Marshall, expliqua-t-elle.

— Entendu, répliqua-t-il. Je ne serai pas loin. Il y a aussi un flic en faction dans le hall, près de l'ascenseur.

— Je ne cours aucun danger, vous savez. Je voulais simplement vous mettre au courant.

— Mike m'a expliqué qu'Oliver vous aime beaucoup, répondit Logan en souriant. Il paraît que travailler avec vous est un plaisir. Allez, profitez de votre déjeuner !

— Juste une chose…, répondit-elle un ton plus bas en se rapprochant de Logan. Il y a un bon moment qu'ils sont dans les sous-sols, maintenant, non ?

— Ne vous inquiétez pas. Tout se passe bien.

Elle aurait voulu en savoir davantage, mais il y avait tant de monde autour d'eux qu'elle n'osa pas poser d'autre question. Elle rejoignit Oliver et traversa avec lui l'atelier, s'arrêtant de temps à autre pour saluer les employés qu'ils connaissaient.

Dans le hall, Oliver fit halte devant les mannequins exposés et montra du doigt la femme en cire qui semblait les saluer gravement de son œil unique.

— Quand j'étais gosse, ce film m'avait fichu une peur bleue…, fit-il remarquer.

— Ah oui ? Moi, c'était celui avec le loup-garou.

Une fois dans la petite salle de réunion, l'acteur fit une nouvelle pause pour examiner la créature que Sean surnommait Matilda.

Au même moment, Nelly Anderson, la réceptionniste, entra avec un grand sac en papier.

— Votre commande, monsieur Marshall, dit-elle, toute rougissante.

— Parfait ! Merci beaucoup, Nelly. Vous êtes bien Nelly, n'est-ce pas ?

— Oui, c'est moi…, bredouilla Nelly, visiblement enchantée qu'il se rappelle son prénom.

Madison aimait bien Nelly mais, cette dernière, en l'occurrence, ne semblait même pas s'apercevoir de sa présence.

— Eh bien, vous avez fait très vite… Encore merci, Nelly ! reprit Oliver.

— A votre service, monsieur Marshall, dit Nelly en posant le sac sur la table. Si vous avez besoin d'autre chose…

— Je n'hésiterai pas.

Nelly sortit, les joues toujours aussi roses.

— Vous voyez l'effet que vous faites aux femmes ? fit remarquer Madison, amusée.

— Et pourtant, je ne suis pas celui qu'on croit, soupira Oliver d'un ton léger. Mais ne le dites à personne !

Il s'assit à côté d'elle, regarda autour de lui, puis plongea la main dans le sac en papier.

— Deux thés verts, des rouleaux de printemps, des rouleaux californiens — nous sommes en Californie, après tout — et deux soupes miso. Ça vous ira ?

— Très bien.

Oliver distribua les plateaux, les serviettes en papier et les baguettes.

— Alors, Madison, dites-moi… Vous tenez le coup ? Sincèrement ?

— Oui, je tiens le coup. Même si je m'inquiète pour Eddie et pour Alistair, naturellement.

L'acteur hocha la tête en piquant artistement un morceau de sushi entre ses baguettes.

— Pour être franc, j'ai été vraiment secoué quand j'ai appris la nouvelle, dit-il.

Il se tut un moment puis reprit un ton plus bas :

— Si ça tourne mal pour les studios, je pourrai dire que j'ai bien fait de prendre un nom de scène !

— Je croyais que vous vous appeliez réellement Oliver Marshall ?

— Pour être précis, je m'appelle Oliver Marshall Claymore. Dans mon travail, je n'utilise pas le dernier nom.

Madison laissa brusquement tomber le sushi qu'elle venait d'attraper.

— Claymore ? Etes-vous lié aux Claymore qui possédaient les studios et tout le domaine environnant ?

— Indirectement, oui, répondit-il en hochant le menton.

— Mais vous êtes né dans l'Ohio, n'est-ce pas ? En tout cas, c'est ce que j'ai lu…

— Je suis bel et bien né dans l'Ohio, confirma-t-il en souriant largement, c'est exact. En fait, le Claymore qui possédait cette propriété était l'arrière-grand-oncle de mon père. Nous avons perdu tout contact avec cette partie de la famille. C'est peut-être parce que mon ancêtre possédait ces studios que j'ai voulu devenir acteur, cela dit. A propos, merci de ne pas révéler mon nom entier, d'accord ? J'ai eu suffisamment de mal à le garder secret face aux paparazzi… Et cela n'apparaît même pas sur Wikipedia !

— Vous savez bien que je ne répète jamais ce qu'on me confie, Oliver.

— Je sais. Vous êtes la seule personne digne de confiance que je connaisse ici, Madison.

— De toute façon, même si cela venait à se savoir — indépendamment de moi —, c'est Eddie qui possède les studios, maintenant, et c'est son fils qui est accusé. Rien de tout cela ne vous concerne. Les studios Claymore n'existent plus depuis très longtemps.

— C'est vrai.

— Est-ce qu'on en parlait dans votre famille, cela dit ? s'enquit-elle.

— Oh oui, il y avait tout un tas d'anecdotes sur les acteurs du muet, les débuts des effets spéciaux… Mon grand-père venait souvent ici, à Hollywood, pendant ses vacances. Il avait été élevé dans une ferme de l'Ohio, et le monde des studios le fascinait. Il est devenu comédien, d'ailleurs. Il a eu un certain succès à Broadway et a fait pas mal de tournées. Mais mon père, lui, est un scientifique. Il a consacré sa vie à améliorer la qualité du maïs.

Oliver prit un nouveau sushi du bout de ses baguettes et l'agita en direction de Madison.

— Et si vous voulez savoir, conclut-il, les fermiers, chez nous, le considèrent comme un héros !

— Je suis impressionnée, déclara Madison avec sincérité.

— Cela dit, s'esclaffa Oliver, ils sont tous un peu ennuyeux, dans ma famille ! Enfin, je les adore tout de même… J'aime bien y retourner de temps à autre. L'avantage, dans ces coins ruraux, c'est que personne ne sait grand-chose sur moi. Je suis celui qui a réussi à Hollywood, et c'est tout !

Il redevint grave, puis ajouta :

— C'est pour ça que j'ai été très touché par la mort de Jenny. Je sais ce que c'est d'avoir des ambitions, d'être plein d'espoir… J'ai eu de la chance d'y arriver.

Avec un dernier soupir, il conclut :

— Mais la chance peut tourner à tout moment… Je sais que je ne suis pas extraordinairement doué. Je connais mes faiblesses.

Tout à coup, des éclats de voix irrités se firent entendre dans le hall. Un instant plus tard, Helena LaRoux surgit en trébuchant sur ses hauts talons, son petit chien dans les bras. Elle s'immobilisa dans le couloir, tout près de la pièce où se trouvaient Oliver et Madison.

Winston Nash la suivait, affolé.

— Madame Archer, je vous en prie… Attendez une seconde, je vais prévenir M. Archer que vous êtes là.

— Je n'ai pas besoin qu'on signale mon arrivée à mon mari, rétorqua-t-elle. Eddie ! Eddie !

— Elle ne sait pas que son bureau est à l'étage ? chuchota Oliver à Madison.

— Si, bien sûr. Mais les policiers ont dû l'empêcher de prendre l'ascenseur, répondit-elle du même ton.

— Madame Archer, je vous en supplie ! reprit Winston Nash. Les studios sont en confinement. Il y a eu un meurtre, la police est partout… On m'a expressément donné l'ordre d'annoncer et d'accompagner tous les visiteurs qui…

— Je ne suis pas un « visiteur » ! Je suis l'épouse d'Eddie !

— Même si le président des Etats-Unis se présentait,

je serais obligé de l'accompagner, répliqua Nash. Il n'y a pas d'exception !

Nash, l'autre gardien, était l'exact opposé de Colin Bailey. Il avait une trentaine d'années et était grand et maigre, presque efflanqué. Il insistait, l'air tendu. On lui avait donné des ordres, et il prenait à cœur de les exécuter.

Helena LaRoux dut entendre un bruit dans la salle de réunion, car elle passa soudain la tête par l'embrasure. Elle haussa les sourcils et laissa échapper un long soupir.

— Tiens ! Madison… Et Oliver Marshall ! Oliver, quel plaisir de vous voir, mon ange ! Madison, accompagnez-moi jusqu'au bureau d'Eddie, puisqu'il me faut un chaperon. Je ne vais tout de même pas attendre dans le hall, alors que je suis l'épouse du directeur !

Madison se leva, imitée par Oliver. Ce dernier, courtois mais réservé, alla embrasser Helena sur la joue et caressa les oreilles du petit chien.

— J'imagine ce que vous devez ressentir, Helena, lui dit-il. Je sais à quel point vous aimez Eddie et Alistair.

Madison le regarda, stupéfaite. Il semblait parfaitement sincère… et la nuance de sarcasme, dans sa voix, avait largement échappé à Helena. C'était vraiment un excellent acteur, malgré ce qu'il prétendait !

— Merci, merci, Oliver ! s'écria Helena.

Elle avait beau être mariée et avoir au moins vingt ans de plus que lui, cela ne l'empêchait pas de flirter en minaudant. S'accrochant au bras d'Oliver, elle ajouta :

— Merci de votre compassion. Ça me fait un bien fou.

Jamais, songea Madison, elle n'avait vu Helena jouer aussi bien les femmes éplorées. Son expression douloureuse était un morceau d'anthologie.

— Venez donc vous asseoir un moment avec nous, suggéra Oliver en la guidant vers une chaise.

Il jetait en même temps un coup d'œil consterné à Madison.

— M. Archer est avec des policiers, actuellement, reprit-il quand ils se furent assis. Ou avec des agents du FBI, je ne sais plus. En tout cas, on m'a prévenu qu'on ne pouvait le déranger sous aucun prétexte.

— Mais enfin, je ne suis pas n'importe qui ! Je suis *sa femme* ! glapit Helena.

— Bien sûr, ma chère, bien sûr... Il vous suffit de patienter quelques minutes. Racontez-moi un peu ce que vous devenez. Vous savez que je vous ai déjà vue sur scène ? Au théâtre de La Boîte rouge, dans le centre ? Vous étiez merveilleuse.

— C'est vrai ? Vous m'avez trouvée bien ?

— Fantastique !

— Merci, Oliver. Vous aussi, je vous trouve fabuleux, susurra-t-elle.

Leurs témoignages d'admiration mutuelle risquaient de durer un moment. Madison se demanda si elle ne ferait pas mieux de s'éclipser et d'aller reprendre son travail. Elle fit mine de se lever, mais Oliver s'en aperçut et lui donna un léger coup de pied sous la table en fronçant les sourcils. Elle se rassit aussitôt. Le déjeuner promettait de s'éterniser.

Sean épousseta ses vêtements, se frotta le visage pour enlever le maximum de traces de son séjour dans les catacombes, puis entra dans le bureau d'Eddie.

Eddie, qui était en train de dessiner sur un carnet de croquis, leva la tête et haussa les sourcils comme s'il voyait apparaître un fantôme. Sans doute Sean n'avait-il pas réussi à éliminer toutes les toiles d'araignée de sa tenue...

— Eddie, il faut que je te parle, lança Sean en s'asseyant en face de lui. C'est urgent.

Eddie écarta les mains.

— Je t'écoute, Sean.

— Tu n'ignores pas que, dans ce genre d'affaire, on enquête en priorité sur les proches de la victime, n'est-ce pas ? Par exemple, le mari ou la femme, si c'est le conjoint qui est mort. En l'occurrence, je suis convaincu qu'à travers Alistair, qui a servi de bouc émissaire, c'est toi qu'on vise.

Eddie le dévisagea sans comprendre.

— Mais c'est Jenny Henderson qui est morte, répondit-il. Et c'est Alistair qui est accusé de meurtre, pas moi !

— Oui, mais toi aussi tu pâtis considérablement de cette histoire. Nous devons donc chercher *qui* a intérêt à te nuire.

— Bon… Que veux-tu savoir exactement ?

— Tout d'abord, pourquoi Benita et toi avez-vous divorcé, alors que vous avez l'air de très bien vous entendre, encore maintenant ?

Eddie resta silencieux pendant quelques instants. Il semblait terriblement mal à l'aise. Enfin, avec un soupir, il expliqua :

— Nous en parlons rarement, parce que cela ne concerne que nous. Disons que… Benita a préféré quelqu'un d'autre.

— Donc, elle te trompait ?

— Je n'ai pas considéré cela comme une tromperie.

— Je ne comprends pas.

— Elle m'a quitté pour une femme, Sean. Elle aime bien les hommes, mais s'est aperçue qu'elle préférait les femmes. Ici, à Hollywood, la morale est plutôt lâche, mais beaucoup, parmi les acteurs, préfèrent sauvegarder les apparences pour être sûrs de décrocher certains rôles. Voilà pourquoi cela ne se sait pas, pour Benita. Elle ne demandait qu'à rester mariée avec moi, convaincue qu'à sa manière elle demeurait loyale. Malheureusement, je n'ai pas supporté la situation, même si, en général, je me contrefiche des orientations sexuelles des uns ou des autres. Bref, nous avons divorcé à l'amiable et sommes effectivement restés très bons amis. J'ajoute que cela doit rester entre nous. Je ne donnerai aucune information à ce sujet sans l'accord de Benita.

Sean hocha la tête. Eddie l'avait convaincu, bien sûr, même si ce n'était pas la réponse qu'il avait attendue.

— Que veux-tu savoir d'autre ? reprit Eddie.

— La clé de l'ascenseur…

— La clé de l'ascenseur ? Je te l'ai confiée, non ? demanda Eddie, déconcerté.

— Je sais. Ce que je veux savoir, c'est si quelqu'un a un double.

— Non, répondit fermement Eddie, il n'y en a qu'une. Je ne m'en suis servi qu'une ou deux fois, quand j'ai acheté les studios, pour aller inspecter les fondations avec les services de l'urbanisme. Elles sont solides, mais j'ai renoncé tout de suite à utiliser les sous-sols pour le stockage, tant c'est humide. Le climat est très sec, ici, en Californie, mais, là-dessous, c'est un vrai marécage. Bref, personne n'y descend jamais.

Sean se pencha en avant.

— Pourtant, quelqu'un a fait faire un double de ta clé et s'en est servi, Eddie. Tes caves communiquent avec un réseau de catacombes, et c'est par là que le meurtrier est entré puis ressorti. Je viens de retrouver la tunique qu'il ou elle portait, tachée de sang. Les experts vont l'examiner… Alors, je te demande de réfléchir, Eddie. *Qui* a pu faire copier cette clé ? Parce que, qui que ce soit — un proche, une rencontre d'un soir —, c'est lui le coupable.

13

Madison avait hâte que la journée se termine. Elle avait croisé Logan régulièrement, mais n'avait pas revu Sean depuis qu'il avait quitté sa chambre, très tôt ce matin-là. Or, elle avait l'intime conviction qu'il avait trouvé quelque chose dans les galeries souterraines. Quelque chose qui allait changer le cours de l'enquête…

Peu à peu, ses collègues commencèrent à partir. Heureusement, après les premiers chuchotements de la matinée, tous s'étaient rapidement remis au travail. Cela permettait d'oublier un peu l'affaire et faisait du bien à tout le monde. Surtout que si rien ne venait prouver l'innocence d'Alistair, de longues semaines s'écouleraient avant son procès. Ils auraient intérêt à s'occuper l'esprit pour ne pas y penser…

Elle salua ses collègues qui prenaient congé les uns après les autres, et resta à sa place en expliquant qu'elle voulait finir de monter les rembourrages du costume d'Oliver. Logan Raintree, près de la porte, saluait ceux qui s'en allaient, tel un comité d'adieu à lui tout seul.

A 18 h 30, il ne restait plus dans le bâtiment que Madison elle-même, Mike Greenwood, Andy Simons, Eddie, Colin Bailey — qui avait remplacé Winston Nash — et, bien sûr, les policiers et les agents du FBI. Même Helena, après avoir obtenu de voir Eddie et avoir assuré tout le monde de son indéfectible soutien, avait fini par quitter les lieux, son petit chien entre les bras.

Madison était désolée pour le petit chien, d'ailleurs. Helena le traitait surtout comme un accessoire.

Consciente que les agents du FBI évitaient de commenter l'enquête en cours quand on risquait de les entendre, elle décida d'attendre d'être seule avec eux pour leur révéler ce qu'elle avait appris d'Oliver Marshall. Une fois son dernier collègue parti, elle gagna le hall où tous ceux qui restaient s'étaient regroupés.

— Que faisons-nous, maintenant ? lança Eddie à la cantonade.

— Toi, tu rentres chez toi, Eddie, lui répondit Sean. Ou tu passes voir Alistair, si tu veux, mais tu as besoin de repos.

Eddie hocha la tête, l'air las.

Mike lui posa une main sur l'épaule.

— Nous avons fait une bonne journée, Eddie. Aucun des employés n'a refusé de venir. Ils étaient nerveux au début, et ne cessaient de bavarder mais, finalement, ils se sont tous attelés à la tâche. Oliver est venu avec son agent, pour des essayages. Ça s'est bien passé… Nous allons rattraper le retard, je te le promets.

Andy étreignit Eddie et lui tapota le dos.

— Mike a raison, Eddie. On y arrivera. Tu peux compter sur nous.

Finalement, tout le monde sortit, laissant Bailey dans sa loge. Sur le parking, après d'ultimes salutations, chacun regagna sa voiture.

— Sean, demanda Madison dès qu'elle eut pris place avec lui dans la Prius, qu'as-tu trouvé dans les catacombes ?

Logan et les autres rentraient de leur côté, dans le 4x4 qu'ils avaient loué à l'aéroport.

— Nous allons à l'hôtel ? ajouta Madison.

Sean lui jeta un regard de biais, puis tourna la clé de contact.

— En fait, j'avais prévu de passer d'abord chez toi pour que tu puisses nourrir Ichabod, répondit-il.

— Mon Dieu, s'écria-t-elle, Ichabod !

Sean sourit.

— En outre, reprit-il, je parie que nous allons tomber sur Bogie, confortablement installé avec Jenny Henderson. Tu ne crois pas ?

— Si, sûrement ! Merci de me rappeler le chat. Alors, dis-moi, qu'as-tu trouvé ?

— Une tunique, répliqua-t-il avec un nouveau regard de biais. La réplique exacte de celle du prêtre égyptien de *Sam Stone*.

— Une tunique ? Dans les catacombes ?

Sean opina du menton.

— On l'avait fourrée sous la dalle d'un tombeau. Elle est dans les mains des experts de médecine légale, maintenant. La police va envoyer des renforts et monter la garde toute la nuit, pour s'assurer que personne ne pénètre dans les souterrains, dans le cinéma ou les studios.

— Alistair va être libéré, alors ?

— Sans doute pas tout de suite. Il faut d'abord que son avocat soumette une demande de libération conditionnelle. Ensuite, pour l'abandon complet des poursuites, nous aurons besoin de preuves plus solides. Le fait d'avoir trouvé la tunique prouve que quelqu'un d'autre *a pu* commettre le meurtre, mais n'exonère pas Alistair à cent pour cent.

— Je vois. Que faisons-nous, maintenant ?

— Nous passons nourrir Ichabod, bavarder un peu avec nos deux fantômes, puis nous rentrons à l'hôtel.

Comme Sean l'avait deviné, Bogie avait effectivement amené Jenny chez Madison et lui enseignait les délices des rediffusions télévisées de *I Love Lucy*. Quand Sean l'eut mis au courant des derniers événements, cependant, il se montra tout disposé à les accompagner à l'hôtel pour donner son avis.

— Comme je l'ai dit à votre collègue, commença-t-il à l'intention des agents du FBI réunis avec Madison et Jenny autour de la table, dans la suite de l'hôtel, je n'étais pas sur le tournage de *Sam Stone* et je n'ai jamais eu une très bonne mémoire, même de mon vivant. Cela dit, vous pouvez me poser toutes les questions que vous voudrez.

— Apparemment, lança Sean, vous êtes convaincu que l'électrocution survenue sur le plateau en 1942 n'était pas un accident ?

— Oui, mais je n'en ai jamais eu la moindre preuve, expliqua Bogie. Ça m'a paru bizarre quand on m'en a parlé, c'est tout… Le chef électricien s'appelait Richard Wilson, je me rappelle. Ses deux assistants, Donnie Riley et Kevin Baker, étaient très compétents. Ils avaient fait je ne sais combien de productions. A l'époque, j'ai trouvé impensable qu'ils puissent commettre la moindre négligence. Il y a eu une enquête, bien sûr, mais elle a conclu à un problème de surtension à la centrale électrique. En tout cas, c'est ce qu'ont affirmé la police et la compagnie d'assurances.

— Cela semble plausible, commenta Kelsey.

— Vous pensez vraiment que votre affaire a quelque chose à voir avec ce vieux film ? s'enquit Bogie en fronçant les sourcils.

— Ce qui est sûr, répondit Madison en parcourant la tablée du regard, c'est qu'il y a des coïncidences troublantes. Aujourd'hui, par exemple, j'ai appris que le vrai nom d'Oliver Marshall est Oliver Marshall *Claymore*. Il me l'a dit lui-même sous le sceau de la confidence. Il a simplifié son nom pour le registre des artistes.

Un long silence suivit sa révélation.

— Il est vrai que nous n'avons pas encore enquêté sur lui, marmonna enfin Sean. C'est sans doute une erreur. Mais comme il ne fait pas partie des studios, nous n'avions aucune raison de penser qu'il pouvait avoir un lien avec l'histoire. Son interrogatoire devait venir un peu plus tard… Qu'a-t-il dit exactement ?

— Le premier Claymore arrivé à Hollywood était son arrière-grand-oncle, répondit Madison. Oliver appartient à une branche collatérale de la famille. Son père est ingénieur agronome.

— En tout cas, c'est une piste à suivre, déclara Logan. Nous reparlerons à Oliver dès demain. Doit-il revenir aux studios pour de nouveaux essayages, Madison ?

— En théorie, non, mais je peux lui demander de passer vérifier les rembourrages de son costume. Cela dit, je lui avais promis de ne rien révéler sur sa famille..., ajouta-t-elle, inquiète.

— Ne vous en faites pas. Personne d'autre que nous ne sera au courant. Sauf s'il s'avère coupable, bien sûr.

— Je ne vois vraiment pas Oliver sous les traits d'un tueur, répliqua-t-elle. Et puis pourquoi en voudrait-il à Eddie, même s'il s'appelle Claymore ? C'est absurde. Sans oublier qu'il va jouer dans un remake qui a des chances de faire un hit au box-office !

— L'esprit humain est capable de toutes les bizarreries, rappela Sean.

— En outre, ce nom de Claymore a un rapport avec les studios de l'époque, ceux qui ont réalisé les effets spéciaux de *Sam Stone et le Mystère du musée égyptien*, fit remarquer à son tour Logan.

— Cela ne fait pas d'Oliver un meurtrier pour autant !

— Ta révélation peut même servir à l'innocenter, puisque nous allons procéder par élimination, souligna Sean. D'autres personnes peuvent avoir un rapport avec ce tournage ou avec les acteurs de l'époque, à part Marshall.

— Pour être tout à fait précis, intervint Bogie, j'étais le seul à m'interroger sur cet accident, à l'époque. Tout le monde a conclu à la malchance.

— Que s'est-il passé après la mort de Krakowski ? lui demanda Sean.

— A ce moment-là, le tournage avait lieu dans les studios Waterton, un peu plus bas sur Sunset Boulevard. C'étaient de très vieux bâtiments, qui existaient déjà à l'époque du muet. Après la mort de Krakowski, ils ont été fermés le temps de l'enquête, pendant que le tournage se poursuivait ailleurs. Et puis, finalement, ils n'ont pas rouvert. Ils ont été démolis. Il y a un petit centre commercial à la place, maintenant. La veuve de Krakowski a reçu une jolie somme. Considérable pour l'époque, si je me souviens bien…

Logan se tourna vers Jane.

— Tu te renseigneras dès demain sur les gens qui ont pu fréquenter ces studios Waterton, Jane. Y a-t-il eu du nouveau à la police, aujourd'hui ?

Pendant que Jane se mettait à parler, Sean bondit brusquement de sa chaise, sortit et réapparut un instant plus tard avec son ordinateur portable. Il se mit à tapoter tandis que Jane expliquait que la plupart des employés d'Archer pouvaient être innocentés. Elle avait vérifié tous les alibis : ils étaient solides.

— Et les alibis de nos principaux suspects ? s'enquit Logan.

— Ce jour-là, même si c'était un dimanche, Eddie Archer a eu plusieurs réunions. Mike Greenwood a passé l'après-midi à son club : il y a été vu par le barman et par plusieurs de ses amis. Ensuite, il affirme qu'il est rentré chez lui. Il habite une copropriété et la caméra de sécurité l'a effectivement filmé en train d'arriver, à 19 h 30. Apparemment, il n'est pas ressorti. Quant à Andy Simons, il a présidé un gala de charité qui a débuté vers 20 heures. Il a fait le discours d'introduction…

— Est-il resté après son discours ? demanda Sean.

— Son discours a duré vingt minutes environ. Ensuite, il a commencé à dîner, mais les convives qui étaient à sa table m'ont dit qu'il était très sollicité et avait passé son temps à aller bavarder ici ou là.

— Figurez-vous, coupa soudain Sean en montrant son ordinateur, que nous avons un autre suspect associé au tournage de *Sam Stone*…

— Qui donc ? demanda Logan.

— L'ex-Mme Archer en personne. Benita Lowe.

— Quel est le lien ? demanda Logan en se levant pour

aller écrire sur le tableau d'affichage qu'ils avaient couvert de notes, de coupures de presse et de photographies.

— Benita Lowe est née à Mexico, répondit Sean. Je le savais déjà par la police et je l'ai même sans doute su avant. Sa mère était une couturière mexicaine nommée Maria Juarez et son père, lui, était américain. Il s'appelait Austin Lowe et travaillait comme directeur de casting. Mais ce que je viens de trouver, c'est que Maria Juarez elle-même était la fille d'un certain Juan Juarez et d'une nommée Janet Krakowski, elle-même fille de notre Pete Krakowski, mort électrocuté sur le tournage de *Sam Stone* !

Logan avait noté l'information.

— Dans ce cas, commenta-t-il, il est temps de l'interroger. Je vais demander à Knox de la convoquer.

— Continuons tout de même à chercher, dit Sean en hochant la tête. Sur les millions d'habitants que compte Los Angeles, il y en a sûrement d'autres dont la famille a pu être mêlée à ce film.

— Oui, mais, avec Benita, nous avons un suspect disposant peut-être d'un mobile et sans réel alibi, répondit Logan. Sean et Kelsey, vous viendrez l'interroger avec moi. Tyler, prends un peu de repos, parce que si nous devons de nouveau monter la garde aux studios toute la nuit, tu t'en chargeras, avec Kate et Jane. Quant à vous, Madison…

Il se tut, hésitant.

— Madison nous accompagne, dit Sean. Je ne veux pas qu'elle reste seule.

— J'ai l'impression que pour notre ami Sean, les femmes sont de petits êtres fragiles…, lança Kate à l'intention de Jane.

— Non, répliqua Sean, mais je suis inquiet. Je fais une totale confiance à tous les membres de notre équipe, homme ou femme, mais je préfère garder l'œil sur Madison. Et puis, elle aura peut-être des commentaires à faire sur les déclarations de Benita.

Il se tourna vers Madison en concluant :

— Tu es d'accord, Madison ?

Elle fit signe que oui, puis se rappela un détail qu'elle avait oublié de mentionner.

— Il me revient autre chose dans ce qu'a dit Oliver, répondit-elle. Un jour où Helena était venue aux studios, il l'a vue ne pas quitter Eddie d'une semelle et même glisser la main dans ses poches.

— Dans ses poches ? Comme pour voler une clé et en faire faire un double, par exemple ? s'écria Sean.

— C'est ce qu'on pourrait penser.

— Commençons par Benita, coupa Logan. Cela nous permettra d'avancer.

Il réfléchit quelques secondes, puis reprit :

— Cela dit, appelle tout de même chez Eddie, Sean. Essaie d'avoir le majordome et demande-lui si, à son avis, Helena sera sur place dans la matinée, pour que la police puisse la convoquer. Si tu tombes sur Helena elle-même, invente n'importe quel prétexte. Dis-lui que nous venons simplement prendre des nouvelles d'Eddie, par exemple. Inutile de la prévenir que nous souhaitons l'interroger de nouveau. Elle pourrait prendre ses jambes à son cou !

Sean passa le coup de fil, puis raccrocha.

— J'ai eu Pierce, dit-il. Les Archer se sont couchés tôt tous les deux après avoir dîné. A priori, ils ne bougeront pas demain matin.

— Bien… Allons voir Benita.

Benita Lowe se trouvait déjà dans les locaux de la police à leur arrivée. Elle était venue dès que Knox l'avait appelée.

Sean s'entretint d'abord un moment avec l'officier. Il lui expliqua qu'il allait mener lui-même l'interrogatoire, parce qu'il connaissait Benita et préférait ne pas l'effaroucher inutilement.

Lorsqu'il s'assit en face d'elle, elle haussa les sourcils avec un petit sourire.

— Alors, moi aussi, je suis suspecte, maintenant ? lança-t-elle.

— Pas plus qu'un autre, répondit-il d'un ton léger. Il se trouve simplement que nous avons appris deux ou trois choses vous concernant…

Benita se pencha vers lui avec une grâce languide. Elle savait faire assaut de charme et semblait sincèrement amusée.

— Quoi donc, mon Dieu ? demanda-t-elle. Le fait que je suis bisexuelle ? Ou alors, que mon arrière-grand-père s'appelait Pete Krakowski ? Ou les deux ?

— Les deux, et je suis étonné de ne pas l'avoir su plus tôt. Je pensais que les gens étaient au courant, répondit Sean.

Elle eut un léger haussement d'épaules.

— Pourquoi l'auraient-ils été ? Je n'allais pas crier sur les toits que je descends d'un acteur raté, qui buvait comme un trou et a fini électrocuté sur un plateau. Ça aurait pu nuire à ma carrière. Même si, à mon avis, les gens s'en fichent. Y compris ceux qui écoutent notre conversation en ce moment même…

Elle montra du doigt la vitre sans tain qui séparait le bureau de la pièce voisine.

— Vous entendez, vous autres ? Pas un mot à la presse avant que je ne sois riche et célèbre, d'accord ? ironisa-t-elle, haussant la voix en direction de la vitre.

— Rien de ce que nous disons ne sortira d'ici, Benita, assura Sean.

— Tant mieux, répondit-elle en souriant. Vous savez, Sean, j'ai vraiment beaucoup d'affection pour Eddie. Croyez-le ou non, je pensais sincèrement pouvoir le rendre heureux quand je l'ai épousé… D'accord, j'ai quelques petites particularités… Mais j'imaginais que cela lui plairait. Il y a tellement d'hommes qui fantasment sur le triolisme ! Hélas, pas Eddie. Cela n'enlève rien à l'attachement que j'ai pour lui. Et j'aime aussi énormément Alistair, alors qu'à mon avis on ne peut pas en dire autant d'Helena.

— Vous êtes amies, pourtant, non ?

— Nous *étions* amies, corrigea Benita. Maintenant, elle me fuit. Elle a peur de moi. Dieu sait pourtant que je serais incapable de faire le moindre mal à Eddie et à Alistair. Quant à Jenny Henderson, je ne l'ai jamais rencontrée… Voyons, Sean, vous me connaissez, tout de même !

— Je connais de près ou de loin tous les gens qui ont quelque chose à voir avec les studios, répondit-il. Je ne vous accuse de rien, Benita. Je me renseigne. Tout ce qu'on peut me dire est utile.

Elle se pencha de nouveau vers lui et répondit à voix basse, comme s'ils étaient deux conspirateurs :

— J'ai appris que vous aviez fouillé les sous-sols des studios. C'est censé être un secret, mais vous savez ce que c'est : les gens parlent… Honnêtement, Sean, est-ce que vous m'imaginez, *moi*, en train de m'aventurer dans des caves ?

— Souvent, ce qui semble le plus improbable s'avère vrai.

Elle secoua la tête avec une expression de dégoût.

— Moi, descendre dans cet endroit sinistre, plein de toiles d'araignée ? Ça ne risque pas. Il faudrait me payer cher !

— Cela ne vous ressemblerait pas, effectivement. Mais quand on cherche à se venger, on surmonte beaucoup de choses. Et peut-être quelqu'un cherche-t-il à venger la mort de Pete Krakowski, justement. Seul ou avec un complice. Une personne pour commettre le crime, une autre pour verrouiller les alibis…

— C'est une théorie séduisante, Sean. Seulement, j'ai toujours entendu ma grand-mère expliquer que Pete Krakowski était un bon à rien alcoolique qui trompait sa femme, quand il ne la battait pas comme plâtre. Le meilleur service qu'il lui ait rendu, c'est de mourir et de lui permettre de toucher une petite fortune. Par ailleurs…

Elle prit un papier et un crayon qui traînaient sur la table.

— Je vous écris deux noms, enchaîna-t-elle. Deux ! Ce sont mes alibis.

Elle plongea les yeux dans les siens.

— J'ai passé la nuit de dimanche avec ces personnes.

Elles vous le confirmeront. Seulement, soyez discret, hein ? Aucune des deux n'aimerait qu'on étale sa vie privée sur la place publique.

Sean ne savait pas s'il était déçu ou soulagé par l'assurance de Benita et la révélation de son alibi. Plutôt soulagé, en fait. Il aimait bien Benita, avec ses manières directes. Quel que soit son mode de vie, elle assumait ses choix.

D'instinct, il avait envie de la croire. Seulement, il ne fallait pas oublier qu'elle avait été actrice…

— Merci d'être venue et de m'avoir donné ces noms, Benita. Nous serons discrets, ne craignez rien.

Elle se leva et, en sortant, aperçut Madison qui attendait, en compagnie de Logan et de Kelsey.

Elle lui sourit puis se tourna vers Sean.

— Deux spécialistes des effets spéciaux… Cela vous fait un point commun, n'est-ce pas ? commenta-t-elle.

Puis elle salua tout le monde en concluant :

— Si vous avez besoin de moi, vous savez où me trouver !

Après son départ, Knox se tourna vers Sean, l'air perplexe.

— Elle m'a tout l'air de dire la vérité ! Bon, si je comprends bien, il faut convoquer l'épouse actuelle, maintenant ?

— Oui, mais il faut y aller doucement, pour que ça n'ait pas l'air d'un interrogatoire… Dites-lui simplement que nous avons besoin de détails sur plusieurs personnes, qu'elle seule peut nous répondre… Je n'ai aucune envie qu'elle se présente ici avec son avocat, répondit Sean.

— Je m'en occupe, dit Knox en bâillant. Dites donc, on fait des heures supplémentaires, avec vous ! Vous êtes sur le pont vingt-quatre heures sur vingt-quatre, ma parole !

— Dans une affaire comme celle-ci, oui, admit Sean. Pas question de faire les trois-huit !

Pendant que Logan les raccompagnait à l'hôtel, Madison demanda à Sean, assis à l'arrière à côté d'elle :

— Tu penses vraiment que le ou la coupable peut avoir un complice ?

— C'est une possibilité. Par exemple, pourquoi a-t-on

supprimé deux minutes des vidéos de sécurité, sinon pour brouiller encore plus les pistes ?

— Si ça se trouve, intervint Logan, l'un est un maniaque capable de tuer et l'autre poursuit un but particulier. Peut-être l'un utilise-t-il l'autre… Qui sait ? A moins qu'ils n'aient tous les deux un intérêt commun…

Sean croisa le regard de Logan dans le rétroviseur.

— Je n'arrive pas à croire qu'un proche d'Eddie soit impliqué, alors deux proches, encore moins ! commenta Madison. Pourquoi celui qui a effectivement commis le crime ne serait-il pas un tueur à gages ?

— J'en doute, répondit Sean. Tout a été si minutieusement planifié autour du musée, des catacombes, du costume… qu'il s'agit nécessairement d'un familier des studios. Et s'il y avait eu un tueur à gages, son commanditaire aurait dû le briefer avec précision, lui assurer un alibi… Ça semble peu probable.

Il poussa un soupir avant d'enchaîner :

— Ces deux minutes manquantes me rendent fou. Je suis convaincu que le tueur a eu *dès le début* l'intention de passer par les catacombes. Alors, pourquoi trafiquer la vidéo des studios, puisqu'il n'y repassait pas ? Pour nous orienter sur une fausse piste, d'accord… Mais laquelle ?

Ils s'arrêtèrent en chemin pour prendre des plats préparés et, en arrivant, firent halte dans le salon de la suite. Bogie, toujours accompagné de Jenny Henderson, était affalé sur le canapé, devant la télévision. Ils regardaient une rediffusion du *Danny Thomas Show*.

Jenny avait presque l'air… vivante.

— Bogie me raconte des choses absolument passionnantes sur Hollywood ! s'écria-t-elle.

— C'est super, Jenny ! répondit Madison en souriant.

— Nous avons réfléchi à la façon dont nous pourrions vous aider, répondit Jenny.

— Oui, enfin, on a surtout regardé la télévision ! grommela Bogie. Alors, qu'a donné l'interrogatoire ?

— Il m'a convaincu d'étudier de plus près les relations conjugales d'Eddie.

— Entièrement d'accord. Il faut regarder ça de très, très près, à mon avis.

Madison traversa le couloir pour entrer dans sa chambre, sous l'œil vigilant de Logan.

— Ne t'en fais pas, je la rejoins, murmura Sean à ce dernier. Elle ne risque rien.

— Bonsoir, alors. Demain matin, j'enverrai Tyler et les autres aux studios avec Madison, pendant que toi et moi interrogerons la charmante épouse d'Eddie Archer.

Sean acquiesça puis alla frapper à la porte de Madison. Elle le fit entrer aussitôt, mais ne se souciait plus d'être aperçue par ses collègues. Sean lui tendit les plateaux-repas, puis se débarrassa de sa veste et de son holster, et plaça son Glock de son côté du lit.

Ils s'installèrent au bureau pour manger. Ils se restaurèrent dans un silence relatif, seulement interrompu par des questions comme « Il y a encore du ketchup ? » ou « Tu peux me passer une petite plaquette de beurre, s'il te plaît ? »

Quand ils eurent fini, Madison se débarrassa des plateaux dans la poubelle. Sean la regardait faire. Elle était exceptionnelle, songea-t-il, et ce n'était pas seulement dû au fait qu'elle parlait avec les fantômes. Cela s'expliquait aussi par la grâce fluide, le naturel parfait de tous ses gestes. Elle restait authentique dans un univers, celui du cinéma et des effets spéciaux, essentiellement factice. En outre, la première impression qu'il avait eue en la voyant — celle d'un corps harmonieux, infiniment sensuel — s'était totalement vérifiée. Elle avait une peau satinée, des cheveux de soie, et quand elle le regardait de ses immenses yeux bleus, en soupirant de bien-être, elle était plus érotique encore que tout ce qu'il avait imaginé.

Il se leva et vint la prendre dans ses bras. Elle se lova contre lui. Il lui prit le menton et plongea les yeux dans les siens. Pourquoi ce bleu-là lui semblait-il infiniment plus beau que n'importe quel autre ?

— Qu'y a-t-il ? chuchota-t-elle.

— Rien. Je suis merveilleusement heureux d'être avec toi. Et épuisé… mais d'un épuisement auquel un peu d'activité ne saurait nuire, surtout pour bien dormir après.

— Je vois de quoi tu parles, fit-elle remarquer en riant.

Elle défit les boutons de sa chemise et lui caressa légèrement le torse. A ce simple contact, Sean s'embrasa des pieds à la tête. Il retira sa chemise tandis que la main de Madison s'aventurait vers la boucle de sa ceinture…

Plus tard, quand ils s'effrondrèrent dans les bras l'un de l'autre, repus et béats, elle demanda d'une petite voix :

— Dis-moi… Comment était-elle ? Je ne voudrais pas rouvrir de vieilles blessures, mais tu m'as parlé d'une femme, quand tu es rentré au Texas…

Il resta un moment silencieux, les yeux fixés sur elle, puis sourit.

— Billie Joe a été le grand amour de ma vie pendant quelques années, puis, les années suivantes, ma meilleure amie. Au départ, nous avions une relation passionnée, tumultueuse, qui a duré jusqu'à la fin de nos études. Ensuite…

— Ensuite ?

— Nos chemins se sont séparés. Je rêvais de venir travailler à Hollywood, et elle voulait se lancer dans la politique. Nous avons eu des disputes homériques et, pour finir, nous avons rompu. Je suis venu ici ; elle n'a pas quitté le Texas. Nous sommes restés en contact, cependant. Nous nous donnions régulièrement des nouvelles, essentiellement sur Facebook ou par e-mail. De loin, je suivais sa carrière. Elle était très dévouée à sa cause. Ses discours étaient fantastiques…

Il se tut un moment, pensif. Il revoyait Billie Joe Riley, rattrapée par la maladie. Son corps avait beau partir en petits morceaux, sa fougue et son courage restaient intacts.

Il avait compris depuis longtemps qu'ils n'étaient plus

amants mais amis, des amis très proches. Quand elle était morte, cependant, il avait eu l'impression de perdre le seul amour de sa vie. Leurs parcours avaient été si intimement liés…

La passion qui les avait unis s'était atténuée, certes, elle avait perdu sa dimension sexuelle, mais l'amour était resté, transformé, tout aussi fort. Peut-être même plus fort.

Il regarda Madison et lui caressa le visage, un sourire mélancolique aux lèvres.

— J'avais tout à apprendre en arrivant chez Archer. Je me suis plongé dans le travail. Ma vie privée se réduisait à quelques vagues liaisons, à des rencontres d'un soir… Et puis, un jour, j'ai appris que Billie Joe avait un cancer. Je précise qu'elle n'avait aucune famille. Son père les avait abandonnées, elle et sa mère, quand elle avait deux ans, et sa mère est morte quand Billie Joe n'avait que vingt-deux ans. Nous étions déjà ensemble, alors. Cela avait sans doute renforcé notre relation…

— J'imagine qu'elle avait beaucoup d'amis ?

— Oui, et ils l'adoraient, mais personne ne la connaissait aussi bien que moi. Et puis elle n'avait pas envie qu'on la voie malade, amaigrie, chauve, les traits tirés… Question de fierté, je suppose. En outre, cela l'épuisait d'essayer de soutenir la conversation avec des visiteurs. Bref, quand j'ai appris à quel point elle était malade, j'y suis allé. Elle a accepté que je reste. J'ai vu son médecin, un brave type qui ne donnait pas de faux espoirs. Ils tentaient tout ce qu'ils pouvaient, mais il ne m'a pas caché qu'il n'était pas très optimiste. Billie Joe, qui était intelligente, a vite compris que les choses ne s'amélioreraient pas. Même si, certains jours, ça allait mieux. Surtout au début… J'ai beaucoup réfléchi durant toute cette période. Je me suis rendu compte qu'en fait nous avions sacrifié notre histoire à nos ambitions, quand nous étions jeunes. Quelle erreur, de croire ainsi à l'ambition…

« Quand Billie Joe est morte, je m'étais taillé une solide

réputation dans l'imagerie de synthèse et les effets spéciaux virtuels, au Texas. Alors, je me suis installé à San Antonio. Je pensais bien revenir à Hollywood un jour ou l'autre, mais le cœur n'y était pas. J'ai commencé à travailler avec les Rangers et la police locale, pour des enquêtes. J'avais l'impression d'avoir creusé mon trou. »

Il fit une pause. Madison lui donna un léger coup de coude pour qu'il continue.

— Et puis, il y a quelques mois, un nommé Adam Harrison, spécialiste des enquêtes sur le paranormal pour des clients privés mais aussi pour l'Etat fédéral, a été contacté par le FBI pour monter une équipe de « chasseurs de fantômes ». Il a créé une première unité, qui a vite été débordée, même si leurs enquêtes concluaient souvent — mais pas toujours — à des fraudes, sans aucun phénomène surnaturel. Alors, il a décidé de créer une deuxième équipe, la nôtre. Je ne sais pas comment il s'y prend, mais il a un vrai talent pour dénicher ses agents. Cinq d'entre nous viennent du Texas et y travaillaient. Ma cousine Kelsey, elle, est originaire de Floride, mais elle connaît bien le Texas. Personne ne nous a obligés à intégrer l'équipe, évidemment. On nous a laissé le choix. En ce qui me concerne, je ne regrette pas d'avoir accepté. Ça m'a permis de prendre du recul, de savoir ce que je voulais vraiment.

— Toi, on t'a sollicité parce qu'on savait que tu pouvais communiquer avec les morts ? demanda Madison.

— Oui.

— Est-ce que… est-ce que tu es entré en contact avec Billie Joe, après son décès ?

— Une fois, répondit Sean en hochant la tête. Sur sa tombe. Elle m'a caressé le visage, m'a embrassé les lèvres et m'a dit qu'elle allait partir pour toujours, que nous devions nous dire adieu… et que je devais vivre pleinement ma vie.

Il se tut, bouleversé au souvenir de ce qu'il avait ressenti pendant l'agonie de Billie Joe, quand il finissait par espérer que la mort viendrait la délivrer de ses souffrances.

— J'ai l'impression que c'était quelqu'un d'exceptionnel, murmura Madison.

Sean hocha de nouveau la tête et la serra contre lui. Il n'avait pas besoin de lui dire à voix haute qu'elle aussi, elle était merveilleuse.

Il sentit qu'elle se lovait contre lui. Il lui souleva doucement le menton, plongea les yeux dans les siens.

— Et toi ? murmura-t-il. Ton histoire ?

— Il y a longtemps que je me vois comme une solitaire. Pas vraiment malheureuse, mais… convaincue d'être différente des autres, à cause de mon sixième sens. Une fois, pourtant, il y a eu quelqu'un…

— Qui ?

— Josh.

— Un grand amour ?

— Le grand amour de ma jeunesse. Il est mort avant de passer son diplôme, dans un accident absurde…

Elle raconta les circonstances de l'accident et enchaîna :

— Après sa mort, au cimetière, lui aussi m'a demandé d'accepter sa disparition, de continuer à vivre. Ensuite, j'ai eu quelques liaisons, mais sans lendemain. Bogie est venu chez moi assez vite, ce qui n'a pas facilité les choses. Je n'avais pas envie d'une relation sérieuse, de toute façon… J'ai eu ma première rencontre avec un fantôme quand j'étais toute petite, avec mon ami Billy. Quand j'ai raconté à ma mère qu'il était venu me parler, elle a été consternée. Elle n'a pas compris.

— Pauvre bout de chou ! s'écria Sean en souriant. Heureusement, maintenant, tu connais des gens qui peuvent te comprendre, n'est-ce pas ?

— C'est vrai, murmura-t-elle.

Ils s'étreignirent sans rien ajouter.

Puis finirent par s'endormir, paisiblement.

*
* *

Vengeance attendait. C'était affreux de devoir attendre ainsi, mais comment faire autrement ? La nuit était obscure, avec un brouillard épais, menaçant, au ras du sol.

Elle arriva en marchant sur la pointe des pieds dans l'herbe humide, folle de rage.

— Je vais abîmer mes chaussures neuves, grommela-t-elle. Et quel cauchemar d'arriver jusqu'ici !

— Vous êtes en retard.

— C'est déjà beau que je sois venue !

— Vous avez surtout de la chance que je ne vous ai pas dénoncée !

— Me dénoncer, moi ? Mais c'est vous qui avez tout fait ! C'est vous que je pourrais dénoncer !

— Je n'aurais rien pu faire sans votre aide, maugréa Vengeance.

— En tout cas, répliqua-t-elle en détournant la tête, je ne remets pas les pieds dans les catacombes, je vous préviens. Je l'ai fait une fois, ça suffit largement !

— Je ne vous demande pas d'y retourner.

— Ah bon ? Mais je croyais que vous vouliez de l'aide pour nettoyer. Pourquoi m'avoir fait venir, alors ? jeta-t-elle d'un ton irrité.

— Pour mourir, tout simplement, répondit Vengeance à voix basse.

Elle écarquilla les yeux.

Quand elle ouvrit la bouche pour hurler, il était trop tard.

14

Quand Madison s'éveilla, le lendemain matin, Sean n'était plus là. Elle trouva un mot sur l'oreiller l'informant qu'il était parti vérifier une intuition, et qu'elle retrouverait Logan et les autres dans le salon.

Elle jeta un coup d'œil au radio-réveil. Il avait dû partir très tôt, car il était tout juste 6 heures. Elle commençait à le connaître : s'il pensait tenir une piste, il n'était pas du genre à se rendormir. Il fallait qu'il fonce sans plus attendre.

En arrivant dans le salon, elle vit qu'on avait fait du café et préparé des brioches, des fruits et des pichets de jus d'orange.

— Servez-vous, lui dit Logan. Ensuite, vous viendrez aux studios avec Tyler, Kelsey et moi. Je dois y retrouver Sean pour me rendre avec lui à la police. Nous avons décidé d'y faire convoquer Helena LaRoux pour 10 heures. Kate et Jane y sont déjà.

— Merci, répondit Madison. Que fait Sean en ce moment, exactement ?

— Il a voulu examiner quelque chose dans les studios.

Debout devant le panneau d'affichage, Logan prenait des notes, traçait des diagrammes. Madison vit qu'il avait noté d'un côté le nom de Pete Krakowski et, de l'autre, celui d'Eddie Archer. Dans une colonne, sur la droite, tous griffonnaient leurs hypothèses, leurs interrogations et intuitions. Elle lut au hasard :

« Sans doute un complice. »

« Benita descend directement de Krakowski. »

« Liens entre Oliver et les anciens studios Claymore. »

Madison se prépara de quoi manger dans une assiette, et s'assit tout en regardant Logan continuer à écrire.

« Donc, deux tueurs. »

« Tous les deux connaissant bien les studios. L'un au moins y ayant facilement accès. »

« Le meurtre n'est pas d'ordre passionnel mais a été planifié. »

« Mobiles : à découvrir pour Marshall, côté Claymore. »

« Helena LaRoux, l'épouse actuelle : que gagnerait-elle à la condamnation d'Alistair ? Il y a eu un contrat de mariage. Eddie l'a en outre inscrite dans son testament, ainsi que Benita. »

« Héritier des studios : Alistair. »

« Mike Greenwood : connaît les lieux mieux que personne. »

« Andy Simons : associé d'Eddie. »

« Colin Bailey : présent sur les lieux au moment du crime. »

« Winston Nash : connaît également les studios. Sait faire fonctionner les caméras de sécurité. »

— Vous pensez avoir listé tous les suspects ? demanda Madison.

— Pour l'instant, oui, à moins que vous n'ayez une autre idée, répondit Logan en s'asseyant en face d'elle. Nous allons faire venir discrètement Oliver Marshall pour l'interroger, mais si vous voyez quelqu'un d'autre…

Elle hésita, s'étonnant elle-même de ce qu'elle allait dire.

— Eh bien, je… c'est peut-être anodin, mais je trouve que mon assistant, Alfie, se comporte bizarrement. Il a un côté un peu… comme ça, évidemment, mais ces derniers temps, c'est particulièrement flagrant. Je ne mets pas en doute ses compétences, c'est un excellent assistant. J'ai simplement remarqué qu'il avait été le premier à me téléphoner, le soir du crime, et que, depuis, il me harcèle de questions sur l'enquête.

Logan se leva pour ajouter le nom d'Alfie à sa liste.

Tyler, qui venait d'entrer, les salua en se servant un café.

— Où sont passés nos amis fantômes ? demanda-t-il.

— Bogie a pris Jenny sous son aile et, à mon avis, il l'a emmenée visiter le Hollywood d'autrefois, répondit Logan. Il va être temps de filer… Nous prendrons Kelsey au passage. Elle est en train de fouiller sur internet pour trouver d'autres détails sur les studios ou sur le tournage de *Sam Stone*.

Il dévisagea Madison en plissant les yeux, comme s'il soupçonnait qu'elle détenait inconsciemment une pièce du puzzle.

— Je vous ai dit tout ce que je savais ! assura-t-elle.

— Je suis sûr qu'il va vous revenir autre chose, répondit-il. Cela viendra en temps et en heure, ne vous inquiétez pas.

Il eut un brusque sourire et conclut :

— Allons-y !

Quel dommage que les journées n'aient que vingt-quatre heures, songea Sean en contemplant le cimetière qui s'étendait devant lui. Son nom de « cimetière de la Paix » lui convenait parfaitement. Le lieu, avec ses chênes centenaires qui ombrageaient les allées sinueuses, les mausolées, les tombeaux modernes ou ceux, richement ouvragés, de l'époque victorienne, respirait la sérénité. Une barrière séparait la nécropole des studios Archer et du cinéma, mais ce n'était pas la barrière qui intéressait Sean. Les meurtriers n'étaient pas passés par-dessus : ils avaient emprunté les catacombes.

Seulement, où ces labyrinthes souterrains débouchaient-ils à l'air libre ?

Ce ne serait pas facile à trouver…

Benny Knox, impressionné par le travail acharné des « chasseurs de fantômes » du FBI, lui avait fourni un plan du cimetière, ainsi que le registre de tous les enterrements.

— C'est comme dans tous les vieux cimetières, avait-il expliqué. Le gardien, qui n'avait d'ailleurs pas l'air enchanté que je le réveille à 7 heures du matin, soit dit en passant, m'a expliqué que ça changeait beaucoup, au fil des ans. Certaines tombes sont remplacées par d'autres. Beaucoup ont été vandalisées, avant qu'on ne renforce la sécurité. Les plus anciennes sont parfois soulevées par les racines des arbres. En fait, ça bouge tout le temps, et les morts finissent par tomber dans l'oubli.

Il avait enchaîné avec un soupir :

— A l'origine, le vieux Claymore possédait tout le domaine, puis il en a cédé une partie à la paroisse locale. C'est seulement ensuite que le cimetière est devenu un terrain public. Le registre est loin d'être complet, vous verrez. Beaucoup de documents se sont perdus. En tout cas, vous pouvez constater qu'il y avait beaucoup de cryptes, là-dessous. On y entassait les gens dans des cercueils en sapin, les uns au-dessus des autres. Il paraît qu'on y mettait surtout les pauvres qui n'avaient pas les moyens de s'offrir une pierre tombale.

— Est-ce que Claymore intervenait lui aussi pour aider les familles, ou avait-il seulement donné une autorisation à l'Eglise ? s'enquit Sean.

Cela aurait expliqué pourquoi les catacombes se prolongeaient jusqu'aux studios…, se dit-il.

— Je ne sais pas ! avait répondu Knox. Il y a plus de cinquante mille défunts, ici. Rien qu'à parcourir le registre, on a l'impression de se perdre dans un labyrinthe. Je ne l'ai pas lu !

A présent, Sean étudiait le plan pour tenter de s'orienter, et consultait le registre.

Apparemment, le vieux Claymore, le père du fondateur des studios Lucas Claymore, avait bel et bien apporté un soutien généreux à l'Eglise. Sean était même entré dans le mausolée de la famille Claymore. Il s'était attendu à le trouver fermé, et s'était promis de demander à l'un des gardiens de lui prêter la clé, mais il l'avait trouvé ouvert. C'était un joli monument, assez vaste, cerné de grilles de fer forgé. A l'intérieur, il y avait un autel et un banc. Une plaque sur le mur indiquait que les cendres de Lucas Claymore reposaient sous l'autel, avec d'autres membres de sa famille dont, bien sûr, son père, fondateur de la dynastie et généreux donateur de la paroisse locale.

Sean regardait autour de lui quand son portable sonna. C'était Eddie Archer, complètement paniqué.

— Helena a disparu ! lança-t-il d'une voix haletante. Je ne la trouve nulle part ! Knox a appelé. Il voulait qu'elle passe à la police ce matin pour préciser des détails sur notre entourage… en ta présence, et aussi avec Logan, apparemment.

— C'est exact, Eddie.

— Alors j'ai commencé à la chercher, avec Pierce, mais elle est introuvable ! Ni dans sa chambre ni nulle part !

— Elle a pu aller faire des courses avant son rendez-vous avec la police, Eddie, répondit Sean.

Il se sentait cependant mal à l'aise, comme si l'angoisse d'Eddie était contagieuse. Ou comme s'il était envahi d'un sombre pressentiment, de ceux qui font craindre une catastrophe…

— Tu as prévenu Knox ? demanda-t-il.

— Non, pas encore. Mais je vais le rappeler, demander un signalement, des recherches…

— C'est trop tôt, Eddie. Quand l'as-tu vue la dernière fois ?

— C'est Pierce qui…

— Peux-tu me le passer ?

Quelques secondes plus tard, Sean avait Pierce au bout du fil.

— La dernière fois que je l'ai vue, c'était hier soir, quand elle est montée se coucher, indiqua le majordome. Une heure avant Eddie, environ. Peut-être s'est-elle simplement absentée…

— Comment était sa chambre, ce matin ? A-t-elle dormi là ?

Il y eut un long silence. Sean imagina Eddie en train de scruter son majordome, le visage blême.

— Le lit n'était pas défait, répondit enfin Pierce.

— Est-ce que sa voiture est là ?

— Ne quittez pas. Je vais voir.

Il revint au bout d'une minute.

— Non, elle n'est ni dans l'allée ni dans le garage. Elle a dû se rendre quelque part, comme je le disais…

— Eddie a essayé de la joindre sur son portable, j'imagine ?

— Oui. Il tombe sur sa messagerie.

— Bon. L'essentiel, c'est de ne pas affoler Eddie, Pierce. Répondez-moi par oui ou par non : arrive-t-il à Helena de faire son lit le matin ? Avant qu'on ne vienne faire sa chambre ?

— Non.

— Merci, Pierce. Dites à Eddie que je vais moi-même prévenir Knox. Nous allons lancer un avis de recherche, y compris pour sa voiture.

— Eddie est très agité, Sean.

— Essayez de le calmer, si vous…

Sean ne put finir sa phrase. Eddie s'était emparé du téléphone pour hurler :

— Il n'est pas question que je me calme ! Il faut faire quelque chose !

— Eddie, si la voiture d'Helena n'est pas là, c'est qu'elle est partie quelque part, voyons… Acheter des croissants, par exemple…

— Elle ne mange pas de croissants !

— Alors, elle est partie chercher autre chose, des barres diététiques, que sais-je ! Reprends-toi, Eddie. Tu vas finir par faire une crise cardiaque.

— Je ne veux pas t'entendre dire que tout va s'arranger !

— Je ne dis pas ça. Je te demande seulement de ne pas paniquer. S'il s'est passé quoi que ce soit, la police et le FBI vont s'en occuper. Te mettre dans tous tes états ne servira à rien.

— Bon, bon, je vais me calmer…, grommela Eddie.

Il restait tout aussi nerveux mais, au moins, à présent, il semblait décidé à entendre ce qu'on lui disait.

— Tu comprends, Sean, reprit-il, d'abord il y a cette histoire avec Alistair, et maintenant c'est Helena… Ça me rend malade. Je ne comprends plus rien. Qui peut m'en vouloir à ce point-là ?

— Nous le saurons bientôt, Eddie, promit Sean. Nous ne sommes plus très loin de la vérité.

— Helena… Helena est morte, n'est-ce pas ?

— On n'en sait rien, Eddie. On n'en sait rien.

Sean sentit que sa voix sonnait creux.

Cependant, son estomac se noua. Et si Eddie avait raison ?

Mais non ! Pourquoi envisager une telle hypothèse ?

Pourquoi avait-il soudain, comme Eddie, le pressentiment qu'Helena était morte ? Elle n'était pas chez elle, c'était tout…

— Nous allons la chercher partout, Eddie. Je ne m'arrêterai pas avant de l'avoir retrouvée, dit-il.

— Merci, Sean. Que puis-je faire de mon côté ? demanda Eddie d'une voix rauque.

— Va voir Alistair. Tiens-lui compagnie. Vous avez besoin l'un de l'autre, en ce moment.

Sean raccrocha, puis appela Knox. Quand il l'eut mis au courant, il appela Logan pour le prévenir à son tour. Pour sa part, il allait continuer à fouiller le cimetière : maintenant que la police et le FBI étaient sur les dents pour chercher Helena, il n'avait aucune raison de sillonner lui-même Los

Angeles dans tous les sens. Il promit de rappeler quand il aurait fini, et de vérifier qu'Eddie était bien en sécurité avec Alistair.

Il reprit son plan du cimetière.

Où diable l'accès aux catacombes pouvait-il se trouver ? Il était forcément quelque part sous son nez. Les morts enterrés dans les cryptes n'y étaient pas arrivés tout seuls !

Avec un juron, il observa, autour de lui, les chérubins sculptés et les anges de pierre.

Ni le plan qu'il tenait ni le registre des familles ne mentionnaient quoi que ce soit sur les enterrements souterrains.

Il se mit à déambuler dans les allées, le plan à la main, en essayant de déterminer l'endroit où la galerie souterraine du cinéma pouvait bien déboucher.

— Helena a disparu, annonça Logan.

Ils venaient tout juste d'arriver aux studios : il était à peine 8 heures.

Kelsey et Tyler étaient partis interroger le gardien et les policiers en faction pour vérifier si tout s'était bien passé pendant la nuit.

— Helena ? Disparue ? répéta Madison, surprise.

— Eddie était monté la prévenir qu'elle devait passer au bureau de police, et il ne l'a pas trouvée. D'après Pierce, ils ne l'ont pas revue depuis qu'elle est montée se coucher, hier soir. Son lit n'était pas défait et sa voiture n'est plus là.

— Mais alors… Elle a aussi été victime du tueur, ou bien cela la rend-il plus suspecte encore ?

— Si ça se trouve, elle va peut-être rentrer tranquillement chez elle après avoir fait un peu de shopping. Ou alors, elle est tombée en panne… Ou on l'a tuée, répondit Logan. Je ne sais pas.

Ils s'avancèrent dans le hall.

— Madison, insista Logan, êtes-vous sûre de ne rien

vous rappeler ? Un détail qui semblerait anodin mais qui pourrait nous aider ?

— S'il y avait quoi que ce soit, je vous le dirais, Logan, assura-t-elle.

Tout en parlant, elle fronça soudain les sourcils et se tourna vers lui.

— Cela dit, murmura-t-elle, il y a une chose…

— Quoi donc ?

— Lucas Claymore.

— L'ancien propriétaire des studios ?

— Oui, celui qui a fondé les studios Claymore Illusions. A l'origine, sa famille possédait tout le domaine, et son père avait fait don d'une partie du terrain à la paroisse locale. C'est devenu un cimetière et ça l'est resté, même quand la paroisse a déménagé. Une fois, en me promenant, j'ai rencontré son fantôme. C'est un monsieur très âgé, très sympathique, très gentil. Alors… je sais bien que les fantômes n'apparaissent pas toujours quand on le souhaite, mais… peut-être que si vous veniez avec moi, il se manifesterait. Evidemment, je ne pourrai pas lui demander de but en blanc : « Hé, Lucas, est-ce que vous étiez dans le coin quand on a tué Jenny Henderson ? », mais avec un peu de chance, il nous dira quelque chose qui nous mettra sur la piste. Qu'en pensez-vous ?

— C'est une bonne idée, répondit Logan. D'ailleurs, Sean est en ce moment même en train d'explorer le cimetière. Il cherche l'entrée des cryptes… C'était ça, son intuition : il est convaincu que, s'il trouve l'entrée, cela nous permettra de suivre le tueur à la trace.

— Alors, allons-y, répondit Madison. Voulez-vous passer par la grille ? Elle donne sur la rue. Ou faut-il sauter par-dessus le mur ?

— Montrons un peu de respect, passons par la grille ! dit Logan. Je n'escalade les murs que lorsque je n'ai vraiment pas le choix.

Madison sourit. Elle se demanda si le gardien de service,

Colin Bailey ou Winston Nash, allait les voir sur les écrans de contrôle tandis qu'ils retraversaient le parking pour sortir dans la rue en direction du cimetière.

Ils atteignirent rapidement la grille. Le nom « Cimetière de la Paix » y était inscrit en élégantes lettres cursives, au charme démodé. En fait, ce cimetière aurait été plus à sa place dans une petite ville de Nouvelle-Angleterre que dans une métropole agitée comme Los Angeles. En tout cas, sa seule présence prouvait que des milliers d'immigrants étaient venus très tôt tenter leur chance, bien avant que la fièvre du cinéma ne s'empare de la ville.

Dès qu'ils furent entrés, Logan s'écria :

— Mais c'est immense !

— Oui, il y a beaucoup de monde, ici, à Los Angeles, rétorqua Madison. Des vivants et aussi des morts.

Logan hocha le menton.

— Par où commençons-nous ?

Elle tendit le bras vers une petite éminence.

— Par ce mausolée, à mon avis. C'est celui de la famille Claymore. C'est d'ailleurs l'un des plus beaux du cimetière... Il est tout en marbre.

— Combien de fois avez-vous croisé le fantôme de Lucas Claymore ?

— Une seule fois. D'abord, j'ai cru que c'était un vieux monsieur qui flânait tranquillement. Nous nous sommes mis à bavarder. J'étais avec Eddie, pour examiner les sculptures et les tombeaux en vue d'un film. Et puis, quand j'ai compris qu'Eddie ne le voyait pas, je me suis dit que c'était un fantôme ! C'est ce jour-là, d'ailleurs, qu'Eddie a deviné que je pouvais communiquer avec les morts... Allons voir si jamais Lucas a de nouveau envie de bavarder.

Ils empruntèrent le sentier qui menait au mausolée. La journée promettait d'être splendide ; le soleil était déjà haut dans le ciel. Le printemps tirait à sa fin et, en journée, il commençait à faire extrêmement chaud. Tout en marchant, ils examinaient les tombes. Les plus récentes s'ornaient de fleurs fraîches. Au-dessus des plus anciennes, usées par le temps, les frondaisons des vieux chênes semblaient s'incliner, comme pour rendre un dernier hommage à des défunts depuis longtemps disparus.

Ils arrivèrent devant le mausolée de la famille Claymore et trouvèrent la grille ouverte.

Logan consulta Madison du regard.

— C'est toujours ouvert ?

— Oui, répondit-elle. A l'intérieur, il y a un autel et un petit banc. Lucas est enterré sous l'autel.

— Ne serait-il pas plus prudent de fermer la grille pendant la nuit ?

— Ça ne doit pas être jugé nécessaire. C'est un endroit plutôt tranquille. Les murs du cimetière sont hauts, le portail de l'entrée est solide… En fait, il n'y a jamais eu d'incident, ici, avant la mort de Jenny.

Ils entrèrent dans le mausolée. Madison s'assit sur le banc. L'endroit était plein de charme. Trois vitraux, l'un au-dessus de l'autel, deux de part et d'autre, figuraient des scènes de l'Evangile. Au centre se trouvait un christ en gloire ; à gauche, un christ entouré d'agneaux et, à droite, une évocation des noces de Cana.

Logan s'assit à côté d'elle.

— Vous sentez quelque chose ? murmura-t-il.

Désappointée, elle fit signe que non.

— Est-ce ici que vous l'aviez vu la première fois ?

— Non. C'était dans une allée, pendant que nous cherchions les tombes les plus originales pour nous en inspirer dans nos créations.

— Vous vous rappelez l'endroit ?

— Très bien, oui. Un peu plus loin, il y a une autre éminence où on enterrait les indigents. Les funérailles et les pierres tombales étaient financées par un fonds caritatif. Plusieurs sont très joliment sculptées. Soit parce que les donateurs avaient vraiment bon cœur, soit parce qu'ils voulaient témoigner de leur générosité pour la postérité, j'imagine !

— Allons voir, suggéra Logan.

Ils sortirent du mausolée et reprirent le sentier sinueux.

— Regardez celle-ci ! s'écria Madison. N'est-elle pas superbe ? C'est Marian Hatfield qui l'avait fait faire pour Shelby McLaughton. C'étaient tous les deux des stars du cinéma muet.

La tombe était effectivement surmontée d'un ange sculpté, un doigt posé sur les lèvres. Juste au-dessous, on pouvait lire une inscription : « Le moindre chuchotement, au Paradis, résonne comme le chant des anges. »

— C'est ici que vous avez vu Claymore ? s'enquit Logan.

— Oui. Nous pouvons attendre un peu, si vous voulez.

Ils prirent place sur un banc voisin. Au bout d'un moment, ne voyant rien, Madison commença à se sentir nerveuse. Logan n'allait-il pas penser qu'elle lui faisait perdre son temps ?

Puis, tout à coup, la silhouette d'un vieil homme à l'apparence fragile, se dessina. Debout à l'ombre d'un chêne, il les observait.

— Il est là, murmura Madison.

Alors qu'il s'approchait de la chapelle du cimetière, Sean entendit sonner son portable. C'était Benny Knox : il décrocha aussitôt.

— Deux de mes hommes ont retrouvé la voiture d'Helena LaRoux, annonça Knox.

— Où ça ? Avec ou sans Helena ?

— Sans aucune trace d'Helena. La voiture est garée près de l'entrée nord du cimetière de la Paix, à cinq cents mètres environ du portail des studios. J'ai appelé la patrouille qui est sur place, mais ils n'ont pas vu la conductrice. Le gardien de nuit, Colin Bailey, non plus.

— Je suis justement dans le cimetière, répondit Sean en fronçant les sourcils.

— Vous avez trouvé quelque chose ?

— Pas encore. Je m'apprêtais à fouiller la chapelle.

Knox garda le silence quelques secondes, puis reprit :

— Dans quel but ?

— Je cherche un passage vers les cryptes.

— Je vous rejoins, répondit Knox. Je veux à tout prix retrouver Mme Archer. Evidemment, elle est peut-être avec des amis, mais pourquoi s'est-elle garée devant le cimetière, alors ? Bon sang, ça n'est pas un endroit pour faire du shopping !

Il poussa un juron, puis conclut :

— Cette histoire finit par me rendre dingue ! J'arrive.

Sean entra dans la chapelle et regarda autour de lui. Autrefois, elle avait été consacrée à saint Bartholomé, mais la paroisse du même nom avait déménagé depuis longtemps dans une autre partie de la ville. L'édifice ne servait plus qu'à célébrer des enterrements.

Sean y était d'ailleurs déjà venu, des années auparavant, pour les funérailles d'un ami. La bâtisse était grande pour une simple chapelle de cimetière, mais cette dimension s'expliquait parfaitement, vu qu'elle avait d'abord été l'église d'une paroisse. La nef centrale menant à l'autel était flanquée de larges bas-côtés. Des statues ornaient les murs. La tombe du premier pasteur, placée à l'origine sous l'autel, avait été transportée dans la nouvelle église.

L'endroit avait néanmoins conservé une atmosphère émouvante. Les prie-Dieu avaient toujours leurs coussins de velours rouge. Les murs étaient percés de vitraux victoriens représentant des agneaux, des colombes portant des rameaux d'olivier et, de part et d'autre de l'autel, deux anges se faisaient face.

Sean s'avança jusqu'à l'autel, s'arrêta et se retourna pour jauger les dimensions du bâtiment et son orientation par rapport aux studios Archer. Oui, il était *possible* que les galeries souterraines arrivent jusque-là.

Il n'y avait rien d'autre à voir dans la nef. Il emprunta l'un des bas-côtés et, derrière le chœur, remarqua une petite porte, qui permettait d'entrer dans la sacristie sans être vu de la congrégation. Il y pénétra.

La salle était plongée dans la pénombre ; seules deux lampes jetaient une faible lueur. L'endroit était sûrement utilisé comme appentis par les employés du cimetière, car on distinguait plusieurs brouettes rangées le long des murs, des sacs de terre et une série de vases sur des étagères. Dans un coin, des cônes de chantier entouraient une zone, comme si on allait y entreprendre des travaux. Il s'approcha, écarta les cônes, mais ne remarqua rien d'anormal. Sans doute allait-on consolider les fondations. Même si les murs semblaient en bon état, il y avait tellement de tremblements de terre à Los Angeles qu'une surveillance constante s'imposait.

Peu à peu, ses yeux s'accoutumant à la pénombre, il vit plusieurs pancartes de bois entreposées près de la pile de sacs. Il les souleva : elles portaient des mentions pour des toilettes, « Hommes » et « Femmes », mais étaient devenues hors d'usage car trop abîmées. Deux portes s'ouvraient à côté, sur lesquelles étaient peints un « H » et un « F ». Il les ouvrit, jeta un œil : c'étaient effectivement des toilettes.

Il revint vers les pancartes, en retourna d'autres et, finalement, en trouva une qui indiquait « Crypte ».

Il balaya la salle du regard. Il n'y avait aucune autre porte, rien qui indiquât l'emplacement d'un escalier.

Contrarié, il retourna examiner les toilettes côté hommes. Rien là non plus, sauf qu'en ressortant il vit qu'elles étaient plus étroites que ne le laissait supposer la distance entre les deux portes.

— Deux murs, et quoi au milieu ? grommela-t-il entre ses dents.

Il entra de nouveau du côté des femmes. Un miroir était

posé sur une vieille commode. Il retira le miroir, poussa la commode et, derrière, une petite porte apparut enfin. Un écriteau y était accroché, signalant : « Accès interdit — Danger. »

Sean ouvrit la porte.

Et découvrit une volée de marches, plongeant vers l'obscurité des sous-sols.

Madison se leva et salua Lucas Claymore d'un geste amical de la main. Elle s'avançait vers lui avec lenteur, de crainte qu'il ne disparaisse.

— Bonjour, monsieur Claymore, dit-elle gentiment.

Le fantôme hocha la tête d'un air triste, tout en jetant un coup d'œil à Logan Raintree, par-dessus l'épaule de Madison.

— Vous travaillez dans les studios, n'est-ce pas ? Les studios qui m'ont appartenu autrefois, dit-il.

— Oui, monsieur Claymore.

— Il vient de s'y produire un crime atroce…

— C'est vrai, répondit Logan, qui les avait rejoints.

Pendant un court instant, la silhouette du fantôme devint évanescente et parut se dissoudre dans la légère brise qui soufflait. Puis il réapparut.

— Nous sommes justement en train d'enquêter sur ce crime, monsieur Claymore, reprit Madison.

— Je ne connais pas le coupable, malheureusement…, soupira le spectre. Il y a eu des allées et venues, des lumières, du bruit, mais…

— Monsieur Claymore, coupa Logan, il y a des centaines de gens enterrés dans la galerie souterraine qui mène au cinéma, n'est-ce pas ?

— Oui, bien sûr !

— Pourquoi « bien sûr » ?

— C'était une tradition familiale, répondit le fantôme. Je ne sais pas tout, naturellement. Mon père est mort il y a si longtemps ! On y a d'abord mis les immigrants. Et puis il y a eu la Grande Dépression, la guerre… Dans ces années-là, il n'y avait pas de sécurité sociale et les enterrements coûtaient cher. Mon père apportait son secours aux familles. On l'aidait, bien sûr…

— Qui l'aidait ?

— Le révérend Parker, évidemment. Le curé de Saint-Bartholomé. Lui aussi, il y a bien longtemps qu'il est mort !

— C'est sûrement là que la galerie souterraine débouche, fit remarquer Logan en se tournant vers Madison. Dans la chapelle du cimetière !

— Il y a des années que ces catacombes sont fermées, dit le fantôme en soupirant. J'en avais pris moi-même la décision, à la mort du révérend Parker. Je n'avais pas envie que les amateurs de films noirs s'aventurent là-dessous en sortant du cinéma ! Croyez-moi, plus personne ne s'y est rendu depuis des années, et ça vaut mieux. Il y aurait eu du vandalisme. Ou alors, on aurait arraché les squelettes de leurs tombes pour les mettre dans des musées…

— J'ai bien peur que quelqu'un de bien vivant n'y ait pénétré récemment, pourtant, fit doucement remarquer Logan.

Claymore eut un petit grognement méprisant.

— C'est vrai, il aurait pu y avoir l'enquiquineuse ! Ah, celle-là ! jeta-t-il en secouant la tête.

— De qui parlez-vous, monsieur Claymore ? demanda Madison.

— Eh bien, de la femme d'Eddie Archer, bien sûr. J'aime bien Eddie Archer, que j'avais vu en votre compagnie, mademoiselle. Il fait honneur aux studios. Mais son épouse… Elle est tout le temps fourrée par ici, à fumer des cigarettes. Elle a même écrasé son mégot dans *mon* mausolée, vous vous rendez compte ? Elle passe des heures à attendre je ne sais qui, en glapissant dans son téléphone… Si vous voulez mon avis, elle prépare un mauvais coup !

— Est-ce que vous l'avez déjà vue à l'intérieur de la chapelle, monsieur Claymore ? demanda Logan.

Le fantôme fit signe que non.

— Je ne viens pas très souvent, vous savez. De temps à autre, quand j'ai envie d'un peu de calme… C'est un bel endroit et il me rappelle des souvenirs. Je ne peux rien vous dire d'autre, je le regrette.

Logan tirait déjà Madison par le bras, tout en prenant son portable dans sa poche.

— Venez, lui dit-il.

Elle le suivit en lançant :

— Merci, monsieur Claymore !

— Oui, merci infiniment ! ajouta Logan.

Un instant après, il poussa un juron sonore.

— Que se passe-t-il ? s'enquit Madison.

— Sean ne répond pas. Ça n'a pas l'air de passer. Je ne comprends pas pourquoi. Les portables marchent même dans les sous-sols des studios, pourtant !

Madison se figea, envahie par une brusque angoisse.

— C'est vrai, nous ne l'avons vu nulle part, alors qu'il était censé être dans le cimetière, murmura-t-elle. Où peut-il bien être ?

— Probablement dans la chapelle. Il pense qu'il y a une crypte en dessous, construite lorsque c'était encore une église paroissiale. S'il est descendu, cela peut expliquer pourquoi son portable ne marche pas. Ne vous inquiétez pas, nous allons le trouver ! C'est un bon agent, très entraîné. Vous, cela dit, ne me quittez pas d'une semelle, d'accord ?

Madison hocha la tête puis se mit à courir. Logan accéléra le pas pour rester à sa hauteur. A un moment, elle faillit trébucher sur une tombe, mais il la rattrapa à la dernière minute.

— Madison, dit-il gentiment en la prenant par le bras, inutile de se précipiter. Sean ne risque rien, j'en suis sûr.

Elle hocha de nouveau la tête et ils continuèrent d'un pas vif, mais sans courir. Quand ils arrivèrent devant la chapelle, cependant, elle accéléra de nouveau, tout en appelant Sean à tue-tête. L'écho de sa voix résonna sous la voûte. Il n'y avait personne.

— Passons par ici, suggéra Logan en la guidant vers un bas-côté.

Elle le suivit et ils entrèrent dans la sacristie, derrière le chœur.

— Attention où vous mettez les pieds, conseilla-t-il. Il n'y a pas beaucoup de lumière.

— Nous aurions dû demander à Lucas Claymore où se trouve l'entrée de la crypte !

En déambulant, elle vit les cônes de chantier dans un coin. Certains avaient été déplacés.

— Je me demande bien quels travaux ils comptent faire ici, remarqua-t-elle.

— Peut-être ont-ils constaté que le plancher risque de s'effondrer et ont-ils l'intention de le consolider…

Madison se pencha.

— Ça a l'air humide… Peut-être y a-t-il eu une fuite ?

— C'est possible. Apparemment, il y a eu de très gros orages, le mois dernier. Dans un sens, tant mieux, d'ailleurs. Il y aura moins d'incendies !

Tout en parlant, Logan tentait de nouveau d'appeler Sean.

— Toujours rien, marmonna-t-il.

— Essayons dehors, puisque Sean n'est pas ici.

— Si, il est ici. J'en suis sûr.

Il se dirigea alors vers les toilettes en criant : « Sean ! », mais les toilettes côté hommes étaient grandes ouvertes, et Madison vit qu'elles étaient vides.

Elle examinait le plancher entre les cônes de chantier, agenouillée, quand Logan l'appela.

— Madison !

Elle fit aussitôt volte-face.

— Vous l'avez trouvé ?

— Venez voir.

Elle se redressa, mais trébucha et tomba.

— Madison !

— J'arrive, répondit-elle. Je…

Au même instant, le plancher céda sous son poids et elle sombra dans le gouffre obscur qui venait de s'ouvrir.

15

Sean entendit un hurlement qui le pétrifia.

Il avait reconnu la voix de Madison.

Après avoir descendu l'escalier, un peu plus tôt, il s'était avancé d'une dizaine de mètres dans la crypte. A cet endroit, les cercueils n'étaient pas de bois, et toutes les tombes étaient couvertes de dalles de marbre ou surmontées de stèles en pierre ou en bronze. Il n'avait pas encore trouvé l'entrée de la galerie qui ramenait aux studios, mais ne renonçait pas. Le tueur était forcément passé par là. Il y avait nécessairement un indice quelque part, une empreinte, une tache de sang…

Le hurlement l'avait brutalement tiré de ses pensées. Il semblait très proche, sans que Sean puisse dire précisément d'où il venait.

— Madison ! cria-t-il de toute la force de ses poumons.

Elle répondit :

— Sean !

Puis il y eut un autre appel, émis cette fois par Logan :

— Sean ?

— Qu'est-il arrivé ? demanda Sean.

— Je suis passée à travers le plancher ! lança Madison.

— J'essaye de descendre la rejoindre, précisa Logan.

— Tu n'as rien, Madison ? demanda Sean, dont la voix résonnait sur les dalles de marbre.

— Non, rien de cassé… Je me suis remise debout. Mais je suis dans le noir complet !

— Continue à parler. Ça me guidera vers toi.

— D'accord. Eh bien, je crois que je vais être en retard au travail… A propos, est-ce que tu as retrouvé Helena ? Non, attends, ne réponds pas, il faut que je continue à parler… Figure-toi que Logan m'avait demandé si je me rappelais quoi que ce soit… Je n'en avais pas l'impression, et puis, comme nous étions en train d'arpenter le cimetière, j'ai pensé tout d'un coup au fantôme de Lucas Claymore, celui qui possédait les studios avant Eddie… Alors, nous sommes allés jusqu'à son mausolée…

Elle fit une pause pour reprendre son souffle.

— J'y suis allé aussi, lança Sean d'une voix forte. Logan, est-ce que tu vois Madison ?

— Je t'entends à peine ! s'époumona Logan. Non, je ne la vois pas encore… Je suis en train d'éclairer le trou pour pouvoir descendre, sauf si tu arrives à la faire remonter d'abord…

— Recommence à parler, Madison ! lança Sean.

Il se rendit compte qu'il s'était éloigné dans le mauvais sens, et revint sur ses pas en promenant sa torche autour de lui. Tout à coup, il se figea : il venait de voir du sang sur le sol.

Du sang encore frais.

— Madison ! cria-t-il, le cœur serré par l'angoisse. Parle !

Il suivit la trace sanglante. Elle menait à des tombeaux superposés.

— Je n'ai pas bougé, répondit Madison. Je ne sais pas très bien quoi te dire… Voyons… Ça m'a fait du bien de reprendre le travail, hier. J'ai hâte de m'y remettre aujourd'hui. Cela me… Tu sais, Sean, il fait vraiment très noir, ici !

Elle continua. Sean se rendit compte qu'en suivant les gouttes de sang il entendait aussi de mieux en mieux la jeune femme. Il prit un tournant sur la droite, se disant qu'il passait sans doute au-dessous de la sacristie.

Mais il y avait cet entassement de tombes qui lui barrait la route…

Intrigué, il posa la main sur l'une d'elles, où du sang avait coulé.

Il écarta le couvercle de marbre : il n'y avait rien à l'intérieur.

— Madison ? cria-t-il de nouveau. Je ne suis plus très loin de toi. Est-ce que tu vois ma torche ?

— J'aperçois une lueur. Je suis dans la crypte, au milieu des tombeaux… Il y a plusieurs galeries qui partent d'ici. L'une d'elles semble partir vers les studios, mais elle est en meilleur état que celle que… Oh !

Elle s'interrompit brusquement.

— Madison ! cria Sean, effrayé.

Il l'entendait maintenant avec une parfaite netteté.

— Je viens de voir quelque chose, répondit-elle d'une voix tremblante. Il y a une dalle brisée, et on dirait… Sean ! Tu pourrais orienter la lumière par ici ?

Madison poussa alors un cri terrifié.

— Madison ! cria-t-il de nouveau, frappant frénétiquement sur le mur de tombes qui les séparait.

— Ça va aller, répondit-elle d'une voix tremblante. Eclaire-moi.

— Qu'est-ce que tu vois ? insista-t-il.

Au même instant, il se rendit compte que l'un des tombeaux entassés s'écartait doucement. Il avait sans doute actionné un mécanisme sans y prendre garde, et il comprit qu'il s'agissait en réalité de fausses tombes, érigées à l'époque pour donner un cadre plus digne aux indigents enterrés sous terre.

Il braqua sa torche dans l'ouverture. Madison était là, livide, collée contre la paroi opposée.

— Je… je crois que j'ai retrouvé Helena LaRoux, dit-elle d'une voix étouffée.

La torche de Sean tomba soudain sur le corps d'Helena. Il se balançait à mi-hauteur, suspendu à une corde fixée à un crochet métallique destiné à l'origine à accueillir des fleurs, et qui s'était plié en deux sous le poids du cadavre.

L'autre extrémité de la corde était fixée aux poignées d'un cercueil. Helena avait les poignets tailladés, et c'était sans doute ce sang-là que Sean avait vu sur les tombes… Apparemment, Helena avait tenté de se suicider en se coupant les veines et, n'y étant pas parvenue, avait fini par se pendre.

Pourtant, quelque chose ne collait pas.

Sean enjamba l'ouverture et s'approcha du corps. Il plaça deux doigts sur la gorge d'Helena, mais il savait déjà qu'il était trop tard : elle était aussi glacée que les marbres des tombeaux. Il s'écarta pour ne pas effacer d'éventuelles empreintes.

La malheureuse évoquait maintenant l'un des pantins de latex et de cire qui trônaient dans les studios. On aurait presque dit Matilda, sauf que son cadavre était bien réel. Elle avait désormais le même aspect tragique qu'un mannequin de film d'horreur, alors que, la veille encore, c'était une femme bien vivante…

— Logan ? cria Sean. Nous avons trouvé le corps d'Helena. Je vais faire sortir Madison. Peux-tu prévenir Knox ? Il faut faire venir un médecin légiste.

Une heure plus tard, Madison était assise dans une voiture de la police, une couverture sur les épaules, une tasse de café à la main. Elle était couverte de poussière, mais n'était pas blessée en dépit de sa mauvaise chute. Il lui avait fallu répéter avec insistance qu'elle n'avait que des contusions et qu'elle serait sur pied dès le lendemain. A présent, elle n'avait qu'une envie : quitter cet endroit.

La vision la hantait encore. Quand la lueur de la torche de Sean avait commencé à percer l'obscurité, elle n'avait d'abord distingué que des ombres mouvantes dans la crypte. Puis le faisceau de la torche avait éclairé le macabre spectacle… Le corps d'Helena, oscillant sur sa corde, les yeux ouverts, le teint cadavérique, les poignets cerclés de rouge…

Avec des traces de sang qui commençaient à se figer sur le marbre du tombeau où elle s'était hissée…

Madison avait l'impression que ce regard vitreux la poursuivrait toute sa vie.

Quand les techniciens de scène de crime arrivèrent, équipés et bottés comme pour une décontamination, Sean était plongé dans une profonde conversation avec Knox et Logan. Le gestionnaire du cimetière les avait rejoints avec certains de ses employés. Ils étaient tous en état de choc.

Sean s'extirpa enfin du petit groupe pour s'approcher de Madison.

— Est-ce qu'Eddie est prévenu ? s'enquit-elle.

— Mike Greenwood est parti le mettre au courant.

— Est-ce qu'elle s'est suicidée parce qu'elle était coupable, Sean ? Lucas Claymore nous a raconté qu'elle passait son temps à arpenter le cimetière, son portable à la main, comme si elle attendait quelqu'un…

— Oui, Logan me l'a dit. Cela me conforte dans l'idée qu'elle ne s'est pas suicidée, en fait. Cela ne lui ressemble pas du tout. En revanche, il est certain qu'elle est venue de son propre chef, puisque sa voiture est garée près de l'entrée.

— Nous qui pensions qu'elle n'était pas assez intelligente pour échafauder un crime pareil…

— Je le pense encore, répondit Sean, même s'il faut attendre les conclusions du médecin légiste. Je vois mal, cela dit, Helena se faufiler dans une crypte obscure pour mettre fin à ses jours, pas plus que je ne la vois se tailler les veines ou se pendre. Si elle avait voulu se suicider, elle aurait sans doute préféré une overdose, chez elle, où elle était sûre qu'on la trouverait et qu'on la plaindrait d'avoir été incomprise…

— Mais alors, tu penses que son complice l'a tuée ? Et donc qu'elle avait quelque chose à voir avec la mort de Jenny Henderson ?

— Oh ! ça ne me paraît plus faire le moindre doute. Voilà pourquoi elle traînait dans le cimetière, répondit Sean. C'est elle qui savait qu'Alistair se trouvait à La Boîte noire, ce soir-là. Elle aussi qui savait que Jenny Henderson allait l'y rejoindre. Et c'est elle également, sans doute, qui a volé la clé de l'ascenseur à Eddie pour en faire une copie. Elle n'a pas commis le crime, mais elle était bel et bien complice.

— Mais alors… le meurtrier l'a éliminée parce qu'elle devenait dangereuse ?

— Probablement, répondit Sean en hochant la tête. Sans doute s'est-elle affolée quand elle a su que nous la convoquions, et a-t-elle couru demander ce qu'elle devait dire, par exemple. Ou alors, le meurtrier — ou la meurtrière — se méfiait d'elle d'une manière générale, ce qui peut se comprendre… Peut-être même avait-on prévu de la tuer dès le départ, par sécurité. Peut-être y a-t-il au meurtre de Jenny un mobile que nous ne connaissons pas encore, même si j'ai longtemps pensé qu'il s'agissait juste d'envoyer Alistair en prison pour très longtemps…

— Tu as une idée de celui ou celle qui peut être le coupable, maintenant ?

— Non, pas encore. Et à présent, hélas, il n'est plus possible d'interroger Helena, soupira Sean d'un air sombre. Notre seule piste, désormais, c'est la galerie que nous avons trouvée. Je ne l'ai pas encore explorée entièrement. Je le ferai dès que les techniciens de scène de crime en auront terminé. La seule chose dont je sois certain, c'est que cette galerie mène aux studios et que c'est par là que le meurtrier s'est échappé.

— Pourquoi a-t-on laissé Helena dans la crypte ?

— Sans doute pour éviter qu'on ne la retrouve trop vite, si jamais nous avions des doutes sur son suicide. Au moins, maintenant, Alistair va pouvoir être libéré !

Sean resta pensif un moment avant d'ajouter :

— Je pense aussi que le tueur n'aurait jamais imaginé que nous allions découvrir l'existence des galeries. Il a dû se dire que nous allions fouiller désespérément le musée sans trouver d'issue, et que nous n'aurions pas l'idée de chercher du côté du cimetière.

— Tu dis qu'Alistair va être libéré, mais va-t-on également abandonner les charges qui pèsent sur lui ?

— Cela dépendra du juge. En attendant, le seul fait d'annoncer sa libération peut déjà pousser notre criminel à commettre un faux pas.

Logan les rejoignit à grandes enjambées.

— Knox vient de me dire qu'ils ont fouillé la voiture d'Helena… et ont retrouvé une note qui annonce son suicide, sur le siège.

Sean haussa les sourcils, stupéfait.

— Elle a laissé un mot ?

— Oui. Les experts vont l'examiner.

— Je parie qu'il a été tapé sur ordinateur, grommela Sean.

— Exact ! Les techniciens vont donc fouiller les ordinateurs d'Eddie, chez lui et aux studios.

— J'aimerais voir ce mot, dit Sean. J'ai besoin de savoir exactement ce qu'il contient.

— Je vais dire à Knox de nous le transmettre.

Logan s'éloigna. Sean se tourna de nouveau vers Madison.

— La police va devoir interdire de nouveau l'accès des studios, tu sais. Au moins jusqu'à ce qu'on soit sûr que le réseau de galeries ne présente aucun risque pour la sécurité des bâtiments.

— Comment vont-ils s'en assurer ?

— En faisant venir des ingénieurs de structures. Cela veut dire qu'il nous faut avoir tout exploré avant leur arrivée, si nous voulons trouver des indices sur le passage du tueur.

— Les studios de nouveau fermés, c'est une catastrophe ! murmura Madison.

C'en était une pour Eddie, dont le fils était en prison et qui venait de perdre sa femme, mais aussi pour tous les employés d'Archer.

— Cela ne durera peut-être pas longtemps, répondit Sean. Du moins je l'espère.

Logan revenait avec, à la main, un sac en plastique contenant le message censé avoir été laissé par Helena.

Sean le lut à voix haute.

— « Je ne supporte plus la culpabilité que j'éprouve. C'est moi qui ai tué Jenny. Je voulais plus que ce que tu pouvais me donner, Eddie. Pardonne-moi. Puisse ma mort mettre fin à tout ce que vous endurez, et puissent Alistair et Dieu me pardonner. Helena. »

— Alors, ton avis ? s'enquit Logan.

— C'est du bidon, déclara Sean. Ce n'est pas Helena qui a écrit ça.

— Ce qui est étrange, murmura Logan, c'est qu'elle demande pardon à Eddie, à Alistair, à Dieu même, mais pas à sa principale victime, Jenny...

— Cela prouve bien que ce n'est pas elle, l'auteur du crime.

Knox s'approcha à son tour.

— Agent Cameron ? Eddie Archer vient d'apprendre la nouvelle. Nous lui avons conseillé de ne pas venir et de rester chez lui, où Mike Greenwood lui tient compagnie. Il demande si vous pouvez aller le voir.

— Entendu, j'y vais, répondit Sean. Ensuite, je reviendrai examiner les galeries dès que les techniciens de scène de crime en auront terminé.

— Que puis-je faire ? s'enquit Madison.

— Vous, jeta Knox en se tournant vers elle, vous feriez mieux de vous tenir à l'écart, mademoiselle Darvil. Nous allons tous être très occupés.

— Eddie n'a pas demandé à ce que j'aille le voir aussi ?

— Non. Il a simplement parlé de l'agent Cameron. Je vous conseille de rentrer chez vous prendre du repos. A moins que vous ne souhaitiez retourner travailler, si vous en avez l'énergie. Les studios ne sont pas encore fermés. M. Simons y est, avec des policiers en faction. Les employés ont été prévenus. Ça bavarde sec, fit remarquer Knox avec un mince sourire, mais apparemment le travail continue.

— Que souhaites-tu faire, Madison ? demanda Sean.

— Me nettoyer un peu et retourner travailler.

— OK. Je vais demander à Kelsey de te ramener à l'hôtel.

Eddie, qui d'ordinaire buvait très peu, faisait ce jour-là une entorse à ses principes. Il n'avait plus besoin de lutter pour sauver Alistair, mais il n'avait pas réussi à sauver son épouse.

Quand Pierce fit entrer Sean, le directeur des studios était affalé sur un sofa, dans un grand salon à l'arrière de la vaste demeure. Un soleil radieux faisait scintiller l'eau de la piscine et les pelouses soignées qu'on voyait à travers la baie vitrée. Mike Greenwood, assis sur une chaise en face du sofa, faisait tout ce qu'il pouvait pour remonter le moral de son patron.

Pierce jetait à Sean des regards consternés. Il semblait très inquiet pour Eddie, et ne fit pas le moindre commentaire sur la culpabilité d'Helena.

Eddie leva vers Sean un regard vitreux, aux paupières rougies.

— C'était bien Helena ? Tu en es sûr ? Tu l'as reconnue sans le moindre doute ? s'écria-t-il.

Sean s'assit à côté de lui en lui tapotant le genou.

— Oui, c'est bien elle. Je suis sincèrement désolé, Eddie.

— Elle s'est suicidée ?

Sean hésita avant de répondre.

— Elle était suspendue à une corde passée dans un crochet. Elle s'était tailladé les veines et a laissé un mot.

— La police me l'a lu, mais je n'y crois pas une seconde, marmonna Eddie. Tu y crois, toi ?

— Eddie, intervint Mike, tu ne devrais pas…

— Tu y crois, Sean ? répéta Eddie.

— Non, Eddie, répondit Sean en soupirant. Sauf que…

— Sauf que quoi ?

— Eh bien, il semble qu'Helena se soit rendue volontairement au cimetière. Elle devait avoir rendez-vous avec quelqu'un.

Eddie vida d'un trait son verre de whisky.

— Bref, tu es en train de suggérer que ma femme était une meurtrière, et qu'elle a tué cette jeune fille dans le seul but de nous nuire, Alistair et moi… Seulement, Helena est morte, Sean ! Elle est morte !

Sean ne savait plus quoi dire.

— Je suis désolé, Eddie, répéta-t-il à voix basse. Vraiment désolé.

Eddie se leva pour attraper la bouteille de scotch.

— On dit toujours qu'il ne faut pas tenter le sort. J'ai lutté désespérément pour sauver mon fils, j'ai dit tout ce que je savais au FBI, et pour quel résultat ? Pour qu'on retrouve Helena pendue, les veines ouvertes, avec un mot factice faisant croire à un suicide. Mais enfin, Sean, qu'est-ce qui se passe, bon sang ? Qu'est-ce qu'on me cache ?

Il agitait son verre, menaçant de le renverser.

— Qu'est-ce que tu me caches ? répéta-t-il avec désespoir.

Sean écarta les mains. Il était inutile de mentir à Eddie.

— Ecoute, Eddie, je pense qu'Helena ne s'est pas suicidée, effectivement, mais qu'elle était sûrement complice du criminel… Celui-ci a d'abord tué Jenny, et ensuite Helena elle-même. J'imagine ce que tu peux ressentir…

Eddie exhala un long soupir. Il ne pouvait s'empêcher de trembler.

Le portable de Sean sonna à ce moment : il décrocha précipitamment. Logan l'appelait depuis le bureau de police.

— J'apporte une nouvelle qui devrait un peu consoler Eddie, lança-t-il. Alistair va être libéré et, surtout, l'avocat a réussi à convaincre le juge d'abandonner les charges qui pesaient sur lui. Une fois qu'on lui aura retiré son bracelet électronique, il pourra rentrer chez lui.

— Alistair est libre et il n'est plus inculpé, Eddie, dit Sean en raccrochant. Tu peux aller le chercher.

Eddie carra les épaules et fixa la baie vitrée d'un air absent. Puis il secoua lentement la tête et répondit :

— Non. Je préfère qu'Alistair reste à la clinique pour l'instant. Quelqu'un essaye de nous détruire, et je ne veux pas que mon fils coure le moindre danger. Cela suffit déjà qu'on ait tué Helena ! Plus personne ne s'en prendra à ma famille, ni à mes studios !

— Les studios s'en tireront, Eddie, promit Mike en se mettant debout.

— Alors, retourne travailler, Mike, jeta Eddie en buvant une gorgée de whisky. Toi aussi, Sean. Il est temps d'attraper ce salaud. Ne laissez pas les flics tout mettre sur le dos d'Helena, comme ils l'avaient fait pour Alistair…

Sean et Mike échangèrent un coup d'œil anxieux.

— Ça nous ennuie de te laisser seul, Eddie, dit Sean.

— Ne vous inquiétez pas, Pierce est avec moi, répondit Eddie. Il va m'accompagner à la clinique. Nous allons rester tous les deux avec Alistair, en sécurité. Allez-y, c'est l'avenir des studios qui est en jeu. Pierce et moi… nous tiendrons le coup. N'est-ce pas, Pierce ?

— Bien sûr, Eddie, murmura Pierce.

Eddie avait les yeux pleins de larmes. Parce que Helena était morte ? Parce qu'il comprenait à quel point elle l'avait trahi ? Sans doute les deux…

Sean se leva pour prendre congé.

— Ne vous en faites pas, chuchota Pierce. Je l'emmène tout de suite voir Alistair.

Sean et Mike se dirigèrent vers le hall.

— Pauvre Eddie…, murmura Mike. Qu'un type aussi gentil ait pu se faire avoir par une garce comme Helena, ça me dépasse.

Il se tut puis, quand ils furent dehors, éleva la voix pour ajouter :

— Tu ne crois pas qu'elle a tué Jenny Henderson, puis qu'elle s'est suicidée ? Parce que finalement, même si on l'a obligée à écrire ce mot, elle est partie de chez elle volontairement, avec sa voiture… L'alarme ne s'est pas déclenchée. Pierce serait intervenu, sinon. Même s'il n'aimait pas beaucoup Helena, c'était la femme d'Eddie. Ou alors, elle partait faire du shopping et on l'a kidnappée…

— Je suis convaincu qu'elle était complice, Mike. Mais je ne sais pas encore jusqu'à quel point.

Sean s'arrêta devant sa voiture et, avant d'ouvrir la portière, se tourna vers Mike.

— Tu penses vraiment pouvoir garder les studios à flot ?

— Je vais faire tout mon possible. Tant que j'aurai la consigne d'Eddie, et tant que la police l'autorisera, nous resterons ouverts. Tu crois qu'on va nous obliger à fermer ?

— Sans doute pas tout de suite. La police va d'abord explorer le cimetière, avec le FBI bien sûr. Ça peut prendre un moment. Ensuite, tout dépendra du résultat…

— Bon. J'y retourne. Tiens-moi au courant, Sean. Finalement, c'est une chance que tu sois au FBI, maintenant !

Sean le regarda s'éloigner. Il se rappelait toutes les années où il avait travaillé avec Mike, un type calme et solide, qui ne haussait jamais la voix. Madison devait sûrement l'apprécier aussi…

Tandis que Mike faisait une marche arrière pour partir, Sean le salua de la main.

— Je n'ai pas changé, tu sais, Mike, murmura-t-il à voix basse. Je suis toujours le même.

Il démarra à son tour.

Tandis qu'il conduisait, un appel de Jane l'avertit que Logan avait convoqué Oliver Marshall dans les locaux de la police. Oliver s'y rendrait directement après avoir terminé ses prises de vue. Dans quatre heures environ, précisa Jane.

Oliver Marshall était en passe de devenir une vraie star, songea Sean. Pourquoi diable aurait-il échafaudé un crime pareil ?

Sauf qu'on ne savait pas toujours ce qui poussait les gens à agir. Les frustrations, le sentiment d'injustice, le désir de vengeance pouvaient être des mobiles puissants. Même si

Oliver n'avait rien à voir dans l'affaire, il savait peut-être quelque chose qu'ils ignoraient.

Par exemple, quel avait été son degré d'intimité avec Helena LaRoux ?

Ce serait une question à lui poser… Mais d'abord, la priorité, c'était d'explorer la crypte et les galeries souterraines.

Il ne faisait plus de doute, à présent, que le tueur était arrivé et avait fui par là. Seulement, il restait encore à trouver l'endroit exact où l'on pouvait y accéder depuis le cimetière.

Si Helena avait fait faire un double de la clé de l'ascenseur, c'était bien le signe que le tueur connaissait les studios et le cinéma comme sa poche. C'était elle, aussi, qui l'avait prévenu de la présence d'Alistair et de Jenny… Mais maintenant, il fallait également découvrir qui, parmi les suspects, connaissait l'existence des catacombes.

L'atmosphère, dans l'atelier, était pesante. Madison ignorait si quelqu'un avait divulgué ou non la nouvelle de la mort d'Helena mais, en tout cas, ses collègues chuchotaient entre eux et, quand elle les regardait, ils détournaient rapidement la tête. Presque personne ne lui adressait la parole.

Elle passa la journée à travailler au costume d'Oliver Marshall avec Alfie, consciente du silence qui les entourait. Alfie maintenait le rembourrage en place tandis qu'elle bâtissait. Il fallait être deux, car les pièces devaient être posées au millimètre près. Certaines des scènes impliquant le guerrier égyptien, joué par Oliver ou par sa doublure, étaient en effet très mouvementées. Il fallait que le costume tienne le coup.

— Tout le monde te regarde, murmura Alfie à un moment donné.

— Je sais.

— Ils se doutent que tu sais quelque chose. C'est vrai, d'ailleurs, non ? Quand je pense que tu aurais pu y rester ! Ça me donne la chair de poule… Comment as-tu fait pour trouver Helena, d'ailleurs ? Tu as une sorte de radar pour les cadavres ? Brrr !

— Voyons, Alfie, je suis passée à travers le plancher !

— Tout ça me paraît louche, en tout cas. D'abord elle laisse un message dans sa voiture, et ensuite elle s'engouffre dans une crypte sinistre pour se suicider ! C'est bizarre, non ? Cela dit, je l'ai toujours trouvée un peu zinzin. Enfin, à Hollywood, il y en a des tonnes dans ce genre-là, prêts à tout pour se faire connaître. Mais rien qu'à l'imaginer là-dessous… Et comment y est-elle descendue ? Elle devait connaître certains trucs grâce à Eddie, je suppose. Elle a dû apprendre à s'en servir. Ce qui m'étonne, d'ailleurs, parce que ce n'était pas franchement une lumière…

— Nous ne saurons sans doute jamais dans le détail comment elle s'y est prise, déclara sobrement Madison.

— Tout ça va bientôt se terminer, en tout cas, non ? Déjà, les studios restent ouverts. Mais quelle histoire ! D'abord on tue Jenny, puis on arrête Alistair et, pour finir, on retrouve Helena morte ! Evidemment, son corps était dans le cimetière, pas dans les studios… Mais c'est dur quand même pour Eddie, bien sûr. Oui, quelle histoire !

— D'après ce que je sais, les studios resteront ouverts au moins pendant que la police examine les souterrains. Ensuite, on verra. En attendant, essayons d'avancer, d'accord ?

— Oui, oui, d'accord… Mais tu sais, continua à pépier Alfie en baissant la voix, ici aussi, c'est toujours plein de flics. Ils gardent l'ascenseur. Et Bailey, dans le hall, se conduit comme un vrai dictateur. Il espionne tout le monde !

— Eh bien, comme ça, tu devrais te sentir en sécurité, non ?

— Allons, Madison, toi qui couches avec un agent du FBI, tu sais forcément quelque chose. Dis-le, enfin !

Elle lui jeta un coup d'œil surpris. Comment avait-il deviné ?

Il se contenta de sourire largement, comme le chat d'*Alice au pays des merveilles*.

— Les agents du FBI ont un devoir de confidentialité, Alfie. Même… même avec leurs intimes. *J'ignore* ce qui se passe. Tu pourrais maintenir le rembourrage un peu plus solidement, s'il te plaît ?

— OK.

Alfie resta silencieux quelques minutes. Puis il lança :

— On pourrait manger bientôt ? Commander des pizzas ?

— Bientôt, Alfie.

Quand Sean revint au cimetière, on avait retiré le corps d'Helena LaRoux pour l'emporter à la morgue. Les techniciens de scène de crime finissaient d'examiner la crypte. Il n'y avait plus grand monde sur les lieux. Kelsey avait conduit Madison à l'hôtel pour qu'elle se change, puis l'avait ramenée au travail avant d'aller rejoindre Eddie et Alistair à l'hôpital, comme le lui avait demandé Logan. Jane se trouvait dans les locaux de la police, Kate était partie pour la morgue, et Tyler montait la garde dans les studios. Il ne restait de l'équipe que Logan, que Sean venait de rejoindre.

Le directeur du cimetière était dans tous ses états. Il connaissait l'existence des catacombes, bien sûr, mais affirmait qu'on n'y avait plus enterré personne depuis cinquante ans. L'entrée n'avait jamais été scellée, car il fallait pouvoir accéder aux fondations pour y effectuer d'éventuelles réparations. C'était une exigence du code de l'urbanisme, en cas de tremblement de terre. Ce code n'existait pas encore à l'époque de la construction de la chapelle, bien sûr. Ses bureaux se trouvaient de l'autre côté de la rue, expliqua-t-il. Alors, pour assurer la sécurité, il fermait le cimetière le soir, et la police patrouillait régulièrement pendant la nuit. Il y avait eu quelques cas de vandalisme, mais peu fréquents, sans doute parce que les studios Archer se trouvaient juste à côté. En tout cas, aucune tombe n'avait jamais été profanée !

Le directeur, un homme encore jeune, était dans un tel

état de nerfs qu'ils l'autorisèrent à partir. Sans doute allait-il rentrer chez lui prendre un tranquillisant.

Logan et Sean regardèrent ensuite les techniciens de scène de crime aller et venir, chargés de sachets emplis de terre et de brindilles dans lesquels ils allaient chercher tous les indices possibles : empreintes, fibres…

— Le fantôme d'Helena LaRoux ne t'a rien dit, j'imagine ? demanda enfin Logan à Sean. Y a-t-il le moindre signe que… qu'elle soit restée ici-bas un moment ?

— Non, je n'ai rien senti. Elle est peut-être encore là, mais…

— On ne saura sans doute jamais, dit Logan en haussant les épaules. Ça varie tellement !

— Nous irons voir son corps à la morgue, un peu plus tard. En attendant, je voudrais jeter un dernier coup d'œil dans les tunnels.

— Tous les techniciens sont sortis… Nous allons pouvoir y aller.

Sean prit sa torche en main et s'avança. Knox était debout à l'entrée de la chapelle.

— Je vous laisse deux hommes en faction, dit-il. Prenez ça…

Il tendit un émetteur radio à Sean en ajoutant :

— Je ne pense pas que les morts vont sortir de leur tombe pour s'en prendre à vous, mais… Avec ça, au moins, vous pourrez communiquer avec l'extérieur, où que vous soyez. Dans les souterrains, le cimetière, les ateliers…

— Merci, dit Sean en prenant l'émetteur.

— Je suppose que vous préférez descendre là-dedans avant que les ingénieurs ne viennent vérifier les structures, hein ?

— Oui, si ça ne vous ennuie pas.

— Eh bien, je n'ai plus tellement le choix, maintenant que le message d'Helena LaRoux a prouvé que le gamin n'était pas coupable. Allez-y, vous avez carte blanche. Seulement, si une de ces galeries s'effondre sur vos têtes, je vous aurai prévenus !

Sean eut un bref sourire. Puis, suivi de Logan, il entra dans la chapelle et se précipita vers l'escalier qui menait aux catacombes.

Une fois en bas, ils s'arrêtèrent pour examiner la paroi de fausses tombes, maintenant percée d'une ouverture, qui barrait l'accès à la crypte où on avait retrouvé Helena.

— Je passe devant… J'ai l'habitude des toiles d'araignée, dit Sean.

— Je t'en prie !

— Nous partons du principe que le meurtrier est entré par ici pour atteindre le cinéma et qu'il est ressorti par le même chemin. Donc, il nous faut trouver laquelle des galeries mène au cinéma.

— Il n'y en a sûrement qu'une seule, non ?

— Pas forcément, mais prenons celle-ci pour l'instant. Surveille bien les parois : il y a peut-être d'autres fausses tombes qui dissimulent des accès secrets à d'autres passages. Ils avaient construit un véritable labyrinthe, là-dessous. Apparemment, il leur fallait beaucoup de place pour enterrer les indigents et les immigrants clandestins. Le premier pasteur de la paroisse y tenait. Cela devait rendre un grand service aux familles…

Ils marchaient avec d'infinies précautions depuis une petite heure quand, soudain, Sean entendit la voix de Knox dans sa radio.

— Cameron ? Oliver Marshall vient d'arriver à la police. Vous voulez que je l'interroge, ou vous venez vous en charger ?

— L'un de nous deux devrait y aller, suggéra Sean.

— Nous venons tous les deux ! répliqua Logan. Il est hors de question que l'un de nous deux reste seul ici. Cet endroit est bien plus terrifiant que les effets spéciaux des pires films d'horreur !

— Peut-être que les studios Claymore avaient participé à sa construction, qui sait ? fit remarquer Sean d'un ton sarcastique.

— Nous reviendrons demain poursuivre l'exploration. Ou ce soir, si tu préfères, mais, alors, avec l'équipe au complet.

— Knox ? Nous arrivons, dit Sean dans l'émetteur. Vos hommes vont rester sur place dans le cimetière, je suppose ? Il ne faudrait pas qu'un intrus se glisse ici.

— Ils ne bougeront pas, comptez sur moi !

Dans l'atelier, on ne parlait plus que de la découverte du corps d'Helena LaRoux. Les spéculations allaient bon train. Certains prétendaient s'être toujours doutés qu'elle mijotait quelque chose. D'autres s'inquiétaient surtout de l'avenir des studios. Ne risquaient-ils pas de fermer ? Les producteurs et réalisateurs pour lesquels ils travaillaient n'allaient-ils pas annuler toutes leurs commandes ?

Alfie avait commandé des pizzas pour Madison et lui. Ils allèrent les manger dans une petite salle de conférences, en compagnie de Mike. Madison, à qui les créatures effrayantes qu'ils fabriquaient n'avaient jamais fait ni chaud ni froid, ne put, cette fois, s'empêcher de frémir en voyant le mannequin dit « Matilda ». C'était absurde, bien sûr. Elle avait assisté à de multiples réunions et pris son déjeuner des centaines de fois dans cette pièce. Elle n'avait jamais rien ressenti d'autre, en les voyant, que la fierté d'appartenir à une entreprise aussi compétente que les studios Archer. Mais, à présent, elle ne pouvait s'empêcher de frissonner...

Alfie avala sa dernière bouchée de pizza, et déclara qu'il passait aux toilettes avant de retourner à leur table de travail.

Restée seule avec Mike, Madison demanda :

— Comment va Eddie ?

— J'ai bien cru qu'il allait s'effondrer, et puis il s'est repris. En fait, son premier mariage avec la mère d'Alistair a été un mariage d'amour. Ils se connaissaient depuis l'enfance et, quand elle est morte, il a eu le cœur brisé. Après elle, il s'est surtout choisi des compagnes pour des raisons physiques, à mon avis. Il se remettra de la mort d'Helena, surtout s'il comprend à quel point elle complotait contre lui.

Il se pencha pour donner une bourrade amicale à Madison.

— Les studios Archer s'en sortiront, tu verras !

Andy Simons entra dans la pièce. Il avait oublié de déjeuner et fixa les dernières parts de pizza avec envie.

— Servez-vous, lui dit Madison. Nous avons terminé.

— Merci.

Andy s'assit, avala en deux bouchées un morceau de pizza, puis regarda tour à tour Mike et Madison.

— Je viens d'avoir Eddie au téléphone, déclara-t-il. Il est à la clinique avec Alistair. Il préfère rester là pour l'instant, par sécurité. On dirait un chat qui s'est fait marcher sur la queue. Il se méfie de tout le monde... même de moi, ajouta Andy d'un air morose.

Il écarta les mains, l'air consterné.

— Alors que nous sommes associés depuis vingt ans !

— Mettez-vous à sa place, Andy, fit remarquer Madison. On vient de tuer sa femme et, par-dessus le marché, il apprend qu'elle voulait sa ruine. Ça fait beaucoup... Il doit se sentir profondément humilié !

— Oui, sûrement, reconnut Andy en haussant les épaules. Eh bien, j'y vais. Je lui ai promis de passer à la clinique.

— Transmettez-leur toute mon amitié, dit Madison.

— Entendu.

Andy attrapa les deux dernières tranches de pizza et fila.

— Moi, je retourne au travail ! dit Madison.

Elle consulta sa montre : il était presque 15 heures.

— J'ai pratiquement fini de monter le costume d'Oliver, reprit-elle. Il sera prêt pour demain... Nous sommes dans les délais.

— Nous, nous avons presque terminé le monstre et nous allons l'amener sur le plateau pour les finitions, répondit Mike en souriant. Comme ça, ils vont pouvoir continuer le tournage du *Sacrilège* même si les studios ferment de nouveau.

Madison hocha la tête tout en ramassant les boîtes de pizza et les serviettes en papier pour les mettre à la poubelle.

En traversant le hall pour regagner l'atelier, cependant, elle s'arrêta brusquement, saisie d'une soudaine angoisse. Son regard se posa sur les mannequins monstrueux qui trônaient non loin de l'ascenseur.

Quelque chose n'allait pas.

Elle examina le loup-garou aux prunelles mordorées, la sorcière, la jeune femme ensanglantée avec son regard borgne…

Et, tout à coup, elle vit un mouvement.

Elle retint le hurlement qui lui montait aux lèvres.

16

— Oui, j'ai des liens avec la famille Claymore, et donc, en un sens, des liens avec les studios et le cimetière, déclara Oliver Marshall.

Il était assis en face de Sean, dans l'un des bureaux de la police. Comme Benita avant lui, il avait compris que d'autres regardaient l'interrogatoire derrière un miroir sans tain et leur fit un signe de la main, comme s'il saluait des fans.

— Donc, Helena s'est suicidée, reprit-il avec gravité. Qui l'aurait cru ?

Il haussa les sourcils en fixant Sean.

— Vous pensez vraiment que je pourrais être impliqué dans cette affaire ? L'un de mes ancêtres était propriétaire de ce domaine, c'est vrai, mais ma branche de la famille n'a rien touché de l'héritage. Et je n'ai *jamais* revendiqué le nom de Claymore dans ma carrière.

Il s'exprimait courtoisement et semblait sincère.

— Nous vérifions toutes les pistes qui se présentent, Oliver, répondit Sean. Est-ce que par hasard, dans votre famille, il est arrivé qu'on évoque les catacombes situées sous la chapelle du cimetière ?

— Oui, bien sûr, mais je n'ai jamais su si c'était vrai ou non. Il y a souvent beaucoup d'exagération, dans les légendes familiales.

— Que racontait-on exactement ?

— Oh ! on disait qu'il y avait tout un tas de galeries, là-dessous. Mais comme personne ne les avait jamais vues…

Il eut un grand sourire et ajouta :

— Qu'il y ait une crypte juste sous la chapelle, ça, ça me paraissait vraisemblable. C'est souvent le cas, dans les vieilles églises. Je savais aussi que le vieux Claymore, le premier propriétaire, avait la réputation d'être très charitable. Mon père disait souvent qu'il organisait à ses frais des funérailles décentes pour les pauvres et les immigrants clandestins quand les familles ne pouvaient pas se le permettre.

Sean opta pour un changement de tactique.

— Avez-vous déjà travaillé avec Helena LaRoux ?

— Oui, une fois, pour un projet de série télévisée qui devait s'appeler *Au nom de la loi* mais qui n'a jamais réussi à se vendre, avoua Oliver avec une petite grimace. Je jouais le rôle d'un détective privé nommé Harper Mulligan, qui frôle toujours la légalité alors que son associé se montre très à cheval sur le règlement. Avec Helena, nous n'avons pas échangé deux mots sur le plateau. Quand mon personnage entrait en scène, elle incarnait une victime déjà morte…

Il pâlit brusquement, puis balbutia :

— Je n'avais plus pensé à ce détail… Quelle affreuse coïncidence ! Ça remonte à plusieurs années, cela dit. Eddie était encore marié avec Benita Lowe, à l'époque. Nous avions fait réaliser quelques effets spéciaux par les studios Archer, d'ailleurs, des mannequins de cadavres. Je bavardais souvent avec Benita, quand elle venait voir le tournage avec Eddie. J'ai toujours parlé avec elle beaucoup plus qu'avec Helena.

— Saviez-vous que Benita était la petite-fille de Pete Krakowski, le figurant électrocuté pendant le tournage de *Sam Stone* ?

— Oui, je le savais, reconnut Oliver. Nous nous étions tous deux aperçus que nous avions un lien avec les studios et que nous préférions rester discrets à ce sujet. En ce qui me concerne, je crois que c'était par fierté, pour prouver que je pouvais réussir par mon seul talent. Ça n'aurait peut-être rien changé que ça se sache, d'ailleurs… Benita, elle, redoutait vraiment qu'on apprenne qu'elle était une Krakowski. De toute façon, comme elle disait, son ancêtre était un tel coureur qu'il avait probablement un bon nombre de descendants ! Elle était encore très amie avec Helena, à ce moment-là. Ensuite, leur amitié n'a pas duré. Ce n'est pas à cause d'Helena qu'Eddie et Benita ont divorcé, cela dit. Il y a eu d'autres raisons, plus personnelles. Je ne sais pas lesquelles et je n'ai pas posé la question. Ce ne sont pas mes affaires. Ce que je sais, c'est que Benita aimait sincèrement Eddie et qu'elle avait beaucoup d'affection pour Alistair. Elle non plus n'a rien à voir dans cette affaire de meurtres, à mon avis.

— Bien. Une dernière question de routine, même si les flics ont déjà dû vous la poser… Que faisiez-vous, le soir où on a tué Jenny Henderson ?

— J'étais à Las Vegas, répondit Oliver en souriant, mais pas pour m'amuser, croyez-moi. Nous tournions des scènes en plein désert. Ça a duré jusqu'à l'aube. Des dizaines de gens peuvent en témoigner.

Sean se leva en tendant la main à l'acteur.

— Merci d'être venu, et merci pour votre témoignage.

— Je suis à votre disposition. Les studios Archer font un travail remarquable. J'aime beaucoup Eddie, et c'est un vrai plaisir de travailler avec Madison. Alors, si jamais je peux être utile…

Sean le remercia encore, puis rejoignit Logan et Knox dans la pièce voisine.

— Bon, qu'est-ce qu'on fait maintenant ? lança Knox. Il paraît peu vraisemblable qu'Helena ait monté ça toute seule, non ?

— Effectivement, je n'y crois pas, répondit Sean. Ce qui est intéressant, dans ce que nous venons d'entendre, c'est que cela corrobore l'opinion de Benita sur Krakowski. Si c'était un tel coureur et qu'il a laissé des enfants illégitimes un peu partout, nous avons intérêt alors à étudier l'arbre généalogique de tous nos suspects. C'est dans le passé qu'il faut chercher le mobile des meurtres, j'en suis convaincu. Je crois aussi que le meurtrier est inquiet. Il a cherché à nous faire croire à la culpabilité d'Helena, avec le message dans sa voiture puis la mise en scène du cadavre, mais nous n'y avons pas cru. Personne n'a mis fin à l'enquête en s'écriant : « Ah, c'était Helena la coupable, parfait ! » Nous continuons à chercher, au contraire. Il le voit, et non seulement ça l'inquiète, mais ça le rend encore plus dangereux.

— Bon..., répondit Knox. En ce qui concerne les studios, les employés sont partis, à cette heure-ci. Je vais laisser des hommes en faction. Il y a aussi le gardien, et j'imagine que vous allez envoyer quelqu'un de votre côté ?

Logan fit signe que oui. Sean se tourna vers lui :

— Tu pourrais te mettre sur l'ordinateur avec Jane, et chercher sur internet tout ce qu'on peut trouver sur Pete Krakowski ? Je voudrais vraiment savoir qui étaient ses maîtresses, à l'époque de *Sam Stone*.

— Je ne suis pas aussi convaincu que toi que notre affaire soit une histoire de vengeance, répondit Logan. D'après Benita Lowe, la veuve de Krakowski a touché une petite fortune, à sa mort, et personne ne l'a pleuré, dans sa famille.

— D'accord, il trompait sa femme et la maltraitait, et elle a sûrement été soulagée, mais peut-être qu'une autre femme s'est sentie lésée.

— Peut-être, mais elle est sans doute morte aussi depuis longtemps et... Oh ! Tu penses que c'est un enfant illégitime qui souhaite se venger, c'est ça ?

— Un enfant ou l'un de ses descendants, oui. Quelqu'un qui a grandi dans la frustration d'avoir vu une fortune lui échapper. Qui se dit, par exemple, que si Krakowski était resté en vie, il aurait pu divorcer, épouser sa maîtresse... Je sais, ça paraît un peu tiré par les cheveux. Seulement, Oliver Marshall a un alibi en béton. Et Helena est morte. Alors, il faut chercher ailleurs.

— Surtout que les descendants légitimes, médita Logan,

savaient sans doute que leur père ou grand-père n'aurait jamais divorcé, même s'il buvait et avait des maîtresses…

— Exactement. Benita a toujours entendu dire que son arrière-grand-père était un bon à rien, par exemple, mais sa famille n'a pas eu à déplorer sa mort, au contraire. En revanche, les descendants illégitimes ont pu entendre dire toute leur vie que si leur ancêtre n'était pas mort électrocuté sur un plateau, accidentellement ou non…

— Tu crois que Krakowski a pu être assassiné ? demanda Logan.

— On ne le saura sans doute jamais. Cela remonte à plus de soixante-dix ans et, à l'époque, l'enquête a conclu à un accident. L'important n'est pas tant ce qui s'est réellement passé que ce que les descendants *croient* qu'il s'est passé. Même Bogie s'est posé des questions, par exemple ! Or c'est bien aux studios Claymore que le meurtrier semble s'en prendre. Parce que ce sont ces studios qui ont fabriqué les effets spéciaux de *Sam Stone*, pas les studios Waterton où se déroulait le tournage. Peu lui importe que le propriétaire actuel soit Eddie Archer et qu'il n'ait rien à voir avec les Claymore. Bref, le meurtrier a pris Helena comme complice, mais je parie qu'il a quelque chose à voir avec Krakowski… C'est la seule explication que je voie pour le moment, soupira Sean. C'est une hypothèse audacieuse, je te l'accorde, mais elle mérite d'être vérifiée.

— Je vais faire des recherches sur internet, promit Logan, même s'il me semble difficile de découvrir qui couchait avec qui il y a plus de soixante-dix ans !

— Jane va t'aider, répondit Sean avec un petit rire. Elle est très forte pour lire entre les lignes… Bon, maintenant, je retourne aux studios.

— D'accord. Ensuite, quand tu rentreras à l'hôtel, essaie de te mettre aussi sur internet. Autant mettre à profit tes talents de hacker, pour une fois ! Je te suggère de passer d'abord chez Madison avec elle, cela dit, pour voir si Bogie aurait des lumières sur d'éventuelles maîtresses de Krakowski…

— Entendu.

Sean remercia Knox et ses collègues, puis s'en alla tout en composant le numéro de Madison sur son portable.

Elle ne répondait pas. Il essaya de joindre Tyler qui, lui, répondit aussitôt.

— Tout se passe bien ? demanda Sean.

— Oui. Les employés viennent de partir un peu plus tôt que d'habitude, mais il n'y a rien à signaler.

— Et Madison ?

— Elle va bien, ne t'inquiète pas. Je ne la quitte pas des yeux. Elle a déjeuné avec son assistant, en compagnie d'Andy et de Mike. Bailey est à son poste et il y a toujours deux flics à l'entrée.

— Parfait. J'arrive.

Madison avait réussi à ne pas crier et, très vite, elle s'aperçut que ce n'étaient pas les mannequins disposés dans le hall qui avaient bougé. D'ailleurs, ils ne pouvaient se déplacer qu'avec une télécommande, s'ils étaient munis de piles, ou avec les fils d'un marionnettiste.

Non, l'ombre qui venait de se faufiler, c'était Alfie.

— Alfie ! s'écria-t-elle. Qu'est-ce que tu fiches là ?

Elle se sentait désormais très mal à l'aise en sa présence, surtout depuis qu'il faisait preuve d'une curiosité malsaine sur ses rapports avec Sean.

— Je t'attendais, répondit-il.

— Moi ? Mais pourquoi ?

— Tout le monde est parti et... j'ai un peu peur de rentrer chez moi tout seul, avoua-t-il d'un air penaud. Tu comptes travailler encore longtemps ?

— J'ai un costume à finir, Alfie. J'ai promis à Mike qu'il serait prêt demain. Il va falloir te débrouiller pour rentrer.

Elle se dirigea vers l'atelier sans attendre sa réponse. En passant devant la loge du gardien, elle vit Tyler Montague, les yeux rivés sur la porte d'entrée. Aucune allée et venue ne lui échappait.

Elle échangea un sourire avec lui et poursuivit sa route.

Quand elle arriva devant la table où trônait sa machine à coudre, elle se rendit compte qu'Alfie l'avait suivie. Un frisson la parcourut.

— Alfie, qu'est-ce qui t'arrive, à la fin ?

Ici, à l'intérieur du bâtiment, elle n'avait pas peur. Tyler Montague montait la garde, il y avait un policier devant l'ascenseur du rez-de-chaussée, un autre à l'étage. Ils devaient vraiment s'ennuyer, d'ailleurs. Certes, la relève venait toutes les huit heures. Mais faire le planton pendant tout ce temps-là…

— Je te l'ai dit, je ne suis pas rassuré, répondit Alfie. On pourrait rentrer chez toi avec ta voiture… Mais non, que je suis bête ! Tu ne rentres pas chez toi, bien sûr. Tu attends ton bellâtre du FBI !

— Alfie, j'ai un costume à finir !

— Bon, soupira-t-il. Je reste avec toi.

Elle se mit alors à la machine. Alfie s'approcha et lui maintint le tissu et le rembourrage tandis qu'elle cousait. Il se débrouillait bien et savait anticiper au bon moment ce qu'elle allait faire. Alfie était un très bon assistant, et il n'y avait rien à lui reprocher sur ce point.

Quand le portable de Madison sonna, Alfie ne put réprimer un sursaut. Elle faillit se piquer à l'aiguille de la machine.

— Alfie, voyons ! protesta-t-elle en prenant son portable qu'elle avait posé sur la table.

— Madison ? fit une voix. C'est Tyler.

— Vous n'êtes plus avec le gardien ?

— Je dois sortir un moment. Colin Bailey a reçu un appel de Sean disant qu'il se passe quelque chose d'anormal dans le cimetière, et me demandant d'y faire un saut. J'y vais, mais vous n'avez rien à craindre : Bailey reste là, comme les flics, et Sean est en train d'arriver. Ne sortez pas, c'est tout. D'accord ?

Il parlait d'une voix calme, assurée, mais Madison n'en éprouvait pas moins une pointe d'inquiétude. Elle prit sur elle pour ne pas laisser voir son anxiété à Alfie.

— Entendu, répondit-elle. Alfie et moi sommes en train de finir le costume d'Oliver. Merci d'avoir appelé.

Elle raccrocha et s'aperçut qu'Alfie contemplait l'atelier désert d'un air nerveux.

— Tu vois, il ne reste plus que nous ! s'efforça-t-elle de plaisanter.

— Oui, et ça ne me rassure pas, murmura-t-il. Je n'arrive plus à me concentrer. Je suis sûr d'avoir vu bouger ce rat en caoutchouc…

— Non, Alfie, ce rat ne peut pas bouger !

A le voir si craintif, paradoxalement, elle se sentait mieux. Elle se mit même à rire.

— Moi aussi, quand je t'ai vu surgir au milieu des mannequins du hall, tout à l'heure, j'ai eu un coup au cœur, dit-elle d'un ton taquin. Mais ce n'étaient pas les mannequins qui avaient bougé. C'était toi !

— Qui était-ce ? répondit Alfie. Au téléphone, je veux dire…

— C'était Tyler, pour me prévenir que Sean arrive.

— Tant mieux ! s'écria Alfie. On pourra partir, quand il sera là ?

— Tu peux partir quand tu veux, Alfie.

— Je ne te laisse pas seule. Ce ne serait pas correct !

— Je ne risque rien et, dès que Sean sera là, je partirai à mon tour, répondit-elle, parfaitement consciente qu'Alfie s'inquiétait surtout pour lui-même.

D'ailleurs, quelques secondes plus tard, il demanda :

— Tu crois que le type du FBI pourrait m'accompagner jusqu'à ma voiture ?

Elle hésita. Elle se rendit compte qu'elle n'avait pas précisé à Alfie que Tyler partait pour le cimetière.

Pourquoi ? Parce qu'elle n'avait pas confiance en Alfie ? Alors qu'il semblait sincèrement anxieux ?

— Ecoute, aide-moi encore un peu, et dès que Sean sera là, nous partirons tous ensemble, répondit-elle.

Au même instant, les lumières s'éteignirent d'un coup. L'atelier, qui n'avait pas de fenêtres, se trouva plongé dans une profonde obscurité.

Alfie poussa un cri effrayé. Madison l'agrippa par le bras.

— Reste calme, Alfie… Dans une seconde, les lumières de secours vont s'allumer.

Effectivement, au même instant, une faible lueur jaunâtre clignota, dessinant dans la pénombre les silhouettes fantomatiques des mannequins et des créatures qui encombraient l'atelier.

— Que s'est-il passé ? chuchota Alfie.

— Je ne sais pas.

Madison, luttant contre sa propre peur, se mordilla les lèvres. Il y avait une grande paire de ciseaux dans son tiroir : elle y glissa la main et s'en empara.

— Je pense que nous ferions mieux de nous cacher, Alfie, murmura-t-elle.

— Où ça ?

Elle réfléchit à toute allure. Bailey était sûrement à son poste, comme les deux policiers en faction, mais il y avait peut-être *quelqu'un d'autre* dans le bâtiment.

— Va enfiler le costume d'Oliver dans la cabine, vite ! Comme ça, tu auras l'air d'un mannequin. Tout le monde sait que nous avons travaillé sur le costume de Sam Stone, aujourd'hui. Dépêche-toi !

— Mais on peut nous voir, avec les caméras de sécurité ! gémit Alfie.

— Pas si nous rampons par terre. Vas-y, faufile-toi jusqu'à la cabine d'essayage…

— Et toi ? Qu'est-ce que tu vas faire ?

— Je serai juste derrière toi, Alfie.

*
* *

Sean avait adoré vivre à Los Angeles mais, alors qu'il prenait la route des studios, il se rappela une chose qu'il y avait toujours détestée.

La circulation.

Dans cette ville, les embouteillages commençaient à 5 heures du matin et continuaient jusqu'à… 5 heures le lendemain matin.

Contrarié, il rappela Tyler avec ses écouteurs mains libres.

Tyler décrocha, lui aussi très contrarié.

— Pourquoi m'as-tu envoyé au cimetière, Sean ? s'écria-t-il. Les flics me disent qu'il ne s'y est rien passé. Ils ont passé la journée à regarder l'herbe pousser !

— De quoi parles-tu ? Je ne t'ai envoyé nulle part ! protesta Sean.

— Mais Bailey m'a dit que tu l'avais appelé pour me demander de venir ici !

Sean sentit un frisson glacé le parcourir.

— Je n'ai *jamais* appelé Bailey, Tyler.

— Mais alors… Bailey était sûr de lui, pourtant. Il a dû avoir quelqu'un qui se faisait passer pour toi. J'aurais dû m'en douter ! Quel imbécile je fais de ne pas t'avoir appelé pour vérifier ! On a sûrement voulu m'écarter des studios. J'y retourne tout de suite. Tiens ! Mais qu'est-ce que…

— Qu'est-ce qui se passe, Tyler ?

— La lumière des studios vient de s'éteindre !

— J'arrive dans cinq minutes, embouteillages ou non ! s'exclama Sean.

Il appuya comme un fou sur l'accélérateur et passa sur la bande d'arrêt d'urgence. Si les flics avaient quelque chose à dire, ils n'auraient qu'à le suivre jusqu'aux studios !

Tout en agrippant le volant, il composa le numéro de Madison.

Elle ne répondit pas. Il continua à foncer, puis son portable sonna. Il décrocha sur-le-champ. Pourvu que ce soit Madison ! Pourvu qu'elle lui dise qu'il venait d'y avoir une panne d'électricité, qu'elle était en sécurité avec les policiers, que l'individu qui avait appelé Bailey s'était fait prendre…

Mais ce n'était pas Madison. C'était Logan.

— Tu avais raison, Sean. Nous avons trouvé quelque chose, dans un vieux magazine… Enfin, c'est Jane qui a trouvé. Dans les années 1930, Krakowski a eu une liaison qui a fait la une de la presse à scandale, avec une nommée Elissa Sinclair. Et devine qui elle a épousé ? Et comment s'appelle son petit-fils ?

— Ne joue pas aux devinettes, dis-le-moi ! cria Sean. Et appelle les flics à la rescousse aux studios. Tout de suite !

Madison progressait à quatre pattes pour aller s'abriter derrière les rideaux de la cabine d'essayage quand elle entendit sonner son portable.

Hélas ! Elle l'avait laissé sur sa table de travail.

Elle continua à ramper en étouffant un juron. Elle n'osait pas retourner en arrière, au cas où quelqu'un les surveillerait sur les caméras de sécurité. Pourvu qu'il s'agisse d'une simple panne d'électricité !

Et où était Sean ?

Alfie rampait juste devant elle.

— Dépêche-toi ! murmura-t-elle.

Il s'exécuta. Tétanisé, il lui obéissait au doigt et à l'œil.

Tout à coup, ils entendirent une voix s'élever dans les haut-parleurs. C'était une voix que Madison ne reconnaissait pas, déformée, nasillarde. Une voix d'homme…

— Madison ? Eh oui, c'est moi. Voilà un moment que je te surveille… Tu as tout gâché, Madison. Maintenant, nous n'avons plus beaucoup de temps, alors écoute-moi sans broncher. Lève-toi ! Montre-toi, et je laisserai la vie sauve à ton jeune ami.

Alfie s'était retourné. Madison se pétrifia. Allait-il mourir à cause d'elle ?

Etonnamment, cependant, il fixait sur elle un regard empli de peur mais, aussi, de courage.

— Viens donc, suis-moi ! chuchota-t-il.

Elle le rattrapa. Ils se mirent enfin à couvert derrière les rideaux où se trouvait le costume d'Oliver Marshall. Madison se dit qu'une fois Alfie déguisé, immobile comme un mannequin de cire, elle pourrait se charger de détourner l'attention du tueur…

Mais où pouvait-elle aller ?

Il faudrait bien qu'elle aussi se cache quelque part. L'homme qui la traquait, visiblement, connaissait les studios… Mais elle aussi, après tout. Cela lui donnait un avantage. Elle lutterait jusqu'au bout pour sa vie !

— Alfie ? fit la voix dans le haut-parleur, avec un ricanement. Allons, Alfie, tu ne vas pas te sacrifier pour la petite préférée d'Eddie, non ? Elle m'a mis trop de bâtons dans les roues. Elle ne mérite pas que tu meures pour elle ! Allons, maintenant, sors, Madison !

Blotti derrière le rideau, livide, Alfie retint Madison par le bras. Elle se demandait où il trouvait la force de rester calme, en dépit de sa terreur.

— Ne réponds pas, chuchota-t-il. Restons ici. Si nous sortons, il n'hésitera pas à nous tuer tous les deux. Il n'en est plus à un meurtre près… Je ne veux pas que tu meures, Madison !

— Il faudra bien que je sorte à un moment donné. En attendant, déguise-toi, Alfie. Je t'en supplie !

Il faisait très sombre dans la cabine, mais Madison vit des larmes briller dans ses yeux.

— Alfie, insista-t-elle, enfile ce costume !

— D'accord, mais il faut que je me déshabille, et…

Elle comprit que la terreur le paralysait. Elle l'aida alors à retirer son jean tandis qu'il enlevait son T-shirt. Puis, pendant qu'il revêtait le costume de Sam Stone, elle fouilla dans la pile de déguisements qu'on laissait là, après des essayages, quand ils ne convenaient pas. Elle dénicha un genre de robe, sans doute la tenue d'une veuve pour un western dont ils avaient réalisé les décors. Elle l'enfila puis ferma les agrafes, les doigts tremblants. Elle tâtonna encore autour d'elle, tomba sur une perruque et la mit sur sa tête pendant qu'Alfie enfonçait le chapeau de Sam Stone sur son crâne.

Quand ils furent prêts, elle lui fit comprendre, d'un signe de tête, qu'ils devaient se mettre debout contre le mur et ne plus bouger. Alfie la dévisagea, fit une petite grimace en constatant qu'elle avait mis sa perruque de travers et la redressa.

— Madison ? reprit la voix. Alfie ? Venez donc me voir !

Ils tressaillirent. La voix n'émanait plus du haut-parleur.

Le tueur se trouvait maintenant dans l'atelier, avec eux.

Et il était tout proche.

Sean pila dans un crissement de pneus, furieux contre lui-même. Comment n'avait-il pas compris plus tôt ?

Il sortit de sa voiture et observa les studios. Dans la faible lueur des lampes de secours, les bâtiments paraissaient fantomatiques, terriblement menaçants. Il fonça vers la porte, qu'il trouva fermée. Il tenta de l'ouvrir d'un violent coup d'épaule, sans y parvenir.

Il colla son front contre la vitre pour tenter de comprendre ce qui bloquait.

Un homme était étendu de tout son long à l'intérieur… Un policier.

Il avait un couteau fiché dans le dos, et une longue traînée de sang s'étalait sur le sol.

Ils entendaient l'homme s'approcher à pas de loup. D'un instant à l'autre, il allait les découvrir, blottis dans la cabine… Madison se pencha pour ramasser à la hâte les ciseaux qu'elle avait apportés. Elle osait à peine respirer.

Les pas se firent plus proches encore, puis s'arrêtèrent juste de l'autre côté du rideau. Madison se redressa lentement, prête à bondir. Elle pourrait aveugler l'homme avec le rideau, par exemple, puis frapper avec ses ciseaux…

Au même instant, elle entendit son portable sonner de nouveau, là-bas sur la table.

Le tueur tendit l'oreille, eut un ricanement étouffé, puis fit un pas en avant.

— Allons, Madison ! Viens jouer ! s'écria-t-il.

Madison arracha brutalement le rideau, le jeta sur l'agresseur puis frappa de toutes ses forces avec les ciseaux. Hélas ! La lame s'accrocha au tissu et ils lui échappèrent des mains.

Madison carra les épaules, prête à l'attaque, mais l'homme était déjà en train de se dégager. Alfie cria :

— Attention ! Il a un couteau ! Il faut filer !

Ils se mirent à courir comme des fous. Au passage, elle vit une main sortir des plis du rideau, un énorme couteau entre les doigts.

— Vite, vers la sortie ! lança Alfie.

Ils se précipitèrent dans le hall.

Madison pila en découvrant le corps du policier étendu devant la porte.

— Nous n'aurons jamais le temps de le déplacer, dit-elle. Par là !

Elle poussa Alfie dans le premier bureau qu'elle trouva. Derrière eux, ils entendaient l'homme approcher d'un pas lourd.

— Mets-toi là comme un mannequin et ne bouge plus, Alfie !

— Madison, ne t'en va pas ! Reste !

Mais Madison était déjà partie, faisant volontairement du bruit. Elle s'arrêta devant les mannequins du hall, se faufila entre le robot et le vampire, et se figea en respirant à peine.

L'homme marchait toujours. Il fit une pause devant le bureau ouvert, y jeta un coup d'œil. S'il reconnaissait Alfie…

Mais il revint dans le hall et regarda autour de lui.

— Je sais que tu es là, Madison ! ricana-t-il.

Alors, dans la lueur jaunâtre des lumières de secours, Madison comprit tout à coup de qui il s'agissait. Il avait beau n'être ni grimé ni déguisé comme l'une de leurs créatures en latex, il offrait un spectacle effrayant. Un être d'ordinaire paisible et amical s'était soudain transformé en monstre au regard dément.

C'était incroyable !

Il se tut un instant, puis hurla :

— Madison ! Sors de ta cachette !

Il jeta un coup d'œil dans un autre bureau.

Sans attendre une seconde de plus, Madison fonça vers la seule issue possible : l'ascenseur. Mais, brusquement, son sang se figea dans ses veines. Elle n'avait pas la clé !

Par miracle, en entrant dans la cabine, elle vit que la clé se trouvait dans la serrure. Elle la tourna : l'ascenseur se mit à descendre lentement vers les sous-sols.

Elle sortit précipitamment, et se mit à courir droit devant elle, sans se soucier des morts dans leurs tombeaux.

En luttant pour ne pas céder à la panique, Sean revint à sa voiture, en sortit un cric et repartit vers la porte. Il lança le cric avec force. La vitre vola en éclats. Il passa la main dans l'ouverture pour forcer la serrure, puis appuya de toutes ses forces sur le battant. Tyler arriva au même instant du cimetière, pantelant d'avoir couru. Sans échanger un mot, ils se précipitèrent à l'intérieur en poussant le corps du policier sur le côté.

— Madison ! cria Sean, de toute la force de ses poumons.

Pas de réponse.

— Je vais voir dans l'atelier, lança Tyler.

— OK. Je m'occupe des bureaux.

Alors qu'il traversait le hall au pas de course, Sean entendit soudain un appel. Il tira son Glock.

— Ne tirez pas ! C'est moi, Alfie ! gémit une voix chevrotante. Nous nous sommes déguisés et j'ai dû me cacher là. Le meurtrier vient de passer… Il a regardé dans le bureau voisin, puis il a entendu l'ascenseur… Est-ce que Madison avait la clé ? J'espère, parce que sinon… Mon Dieu !

— Le meurtrier aussi a une clé, jeta brutalement Sean.

— Je… je viens avec vous. Je…

— Non, Alfie. Allez chercher l'autre flic. Il doit être quelque part dans le bâtiment. Dites-lui de prévenir que nous sommes dans les sous-sols et qu'il faut envoyer tout de suite des renforts.

Alfie fonça aussitôt en direction du hall.

Sean, de son côté, courut comme un fou vers le cinéma.

Madison s'enfonça à toute allure dans le tunnel du musée, se faufilant entre les mannequins et les cobras de plâtre. Elle courait en direction de l'escalier menant au cinéma quand son poursuivant surgit derrière elle. Il bondit par-dessus la statue d'un chacal et s'immobilisa à moins d'un mètre en ricanant.

Elle resta un instant pétrifiée d'horreur. Non seulement il avait un couteau, mais il brandissait aussi un revolver.

— Bailey ! parvint-elle enfin à articuler. Vous n'avez aucune chance de vous en tirer, vous savez… C'est vous qui avez tout gâché en tuant Helena pour faire croire à son suicide… C'était incroyablement stupide !

Il fronça les sourcils, l'air soudain furibond. Il pouvait sauter sur elle d'une seconde à l'autre. Il fallait rester en vie jusque-là… Au moins jusque-là… Le faire parler !

— Non, ce n'était pas stupide ! grommela-t-il. Helena n'était qu'une idiote. Elle m'a rendu service, d'accord, mais je savais que si les flics l'interrogeaient, elle aurait tout déballé et m'aurait tout mis sur le dos. Elle s'en serait sortie, et moi, j'aurais dû passer le reste de mon existence en prison ! Je n'avais pas le choix, vous comprenez ? Et puis, il a fallu que vous fourriez votre nez là-dedans, Madison.

Que vous aidiez ces salauds de fédés… A la demande de cet imbécile d'Eddie, en plus ! Il ne pouvait pas croire ce qu'avait conclu la police, tout simplement ? Pourquoi a-t-il fait venir le FBI ?

Il ricana de nouveau et poursuivit :

— Maintenant, vous allez mourir dans ces catacombes, Madison. Au milieu des morts !

— Les morts ne me dérangent pas. Je parle avec eux.

— Tant mieux ! Ça vous fera de la compagnie.

— Pourquoi avez-vous fait ça, Bailey ?

— Par vengeance. La vengeance, c'est moi qui l'incarne ! répondit pompeusement Bailey. Ils font un remake de *Sam Stone* avec ce fichu *Sacrilège*, mais personne ne s'est soucié du fait qu'il y avait eu un mort, sur le premier tournage. Un type assassiné… Pete Krakowski. Je suis le premier à vouloir le venger, pour qu'on nous rende enfin justice. Vous ne comprenez toujours pas ? Votre petit ami du FBI a fini par saisir, lui. Krakowski a été électrocuté parce qu'on avait mal réglé le montage électrique de la momie. Moi, j'appelle ça un meurtre !

Bailey parlait sans quitter Madison des yeux.

— Si vous voulez tout savoir, reprit-il, Krakowski était amoureux de ma grand-mère. Ils auraient fini par se marier, un jour, et elle aurait fait en sorte de venger sa mort, croyez-moi. C'est *moi* qui aurais dû hériter de l'argent versé par les studios. Au lieu de ça, la veuve officielle a touché une fortune et ma grand-mère s'est retrouvée à la soupe populaire. On a tué Krakowski pour qu'il n'ait pas le temps d'épouser celle qui l'aimait vraiment, qui l'aurait vengé. Et moi, je n'aurais pas passé ma vie dans une loge de gardien à faire des ronds de jambe. « Oui, monsieur, bien sûr, monsieur ! » Voilà pourquoi j'ai voulu envoyer Alistair en prison. Pour qu'Eddie comprenne enfin ce que c'est, de tout perdre !

— Je n'ai jamais rien entendu d'aussi absurde, Bailey. Alistair n'a jamais fait de mal à personne, et Jenny non plus. Eddie vous a toujours bien traité. D'ailleurs, ce n'est même pas un Claymore…

Elle pesait ses mots avec soin, pour ne pas faire sortir Bailey de ses gonds.

— Non, ce n'est pas un Claymore, mais les Claymore venaient juste après dans ma liste, figurez-vous… J'aurais d'abord éliminé ce salaud d'Oliver Marshall, puis cette traînée de Benita Lowe, qui n'a même pas de respect pour son ancêtre…

Madison comprit qu'il avait prévu plusieurs meurtres. Une véritable escalade…

— En tout cas, reprit-elle, j'aimerais savoir comment vous vous y êtes pris exactement. C'est vous qui avez tué Jenny, n'est-ce pas ? Ce n'est pas Helena. D'abord, vous vous êtes arrangé pour qu'on ne vous voie pas sur les vidéos, en arrêtant la caméra pendant deux petites minutes. Juste le temps de voler la tunique du prêtre égyptien. C'est ça ? Helena vous avait fourni une clé de l'ascenseur et vous avait prévenu de l'arrivée d'Alistair et de Jenny. Après le crime, elle vous a retrouvé dans les catacombes pour dissimuler la tunique et elle s'est enfuie par le cimetière. Vous aussi, après avoir caché l'arme du crime dans une urne funéraire… Je ne me trompe pas ?

Elle prit une profonde inspiration et enchaîna aussitôt :

— Vous aviez la chance de connaître à fond les locaux et le fonctionnement des caméras. Vous n'avez même pas eu à vous déplacer pour modifier l'enregistrement. Vous avez fait ça de votre loge, tranquillement, et c'est là qu'Alistair vous a trouvé quand il est venu vous chercher, complètement paniqué…

— Oui, j'ai réussi à construire un crime en chambre close, Madison. J'en suis fier, et normalement on n'aurait dû y voir que du feu !

Au même instant, une autre voix s'éleva. Madison tressaillit, stupéfaite.

— Continuez à le faire parler, gamine. Nous sommes là tous les deux. Nous allons voir ce que nous pouvons faire…

C'était Bogie.

— Merci, murmura-t-elle en le voyant à quelques mètres, au milieu du tableau de *Casablanca*.

A côté de lui, un peu en retrait, elle aperçut Jenny Henderson, manifestement nerveuse.

— Qu'est-ce que vous dites ? grommela Bailey.

Sans le vouloir, elle l'avait désarçonné. Peut-être aussi percevait-il vaguement l'arrivée des fantômes, inconsciemment. Il devait sentir un courant d'air glacé, une présence indéfinissable et menaçante…

Il se retourna à demi. Pas assez pour qu'elle puisse prendre la fuite, mais cela prouvait son désarroi.

— Qu'est-ce que vous mijotez ? lança-t-il par-dessus son épaule.

— Bogie vient de surgir, répondit-elle calmement. Vous savez ? Humphrey Bogart. Je vous l'ai dit, je parle aux morts. D'ailleurs, Jenny est là aussi. Jenny Henderson, la jeune fille que vous avez tuée…

— Je ne vous crois pas. Et c'est vous que je vais tuer, maintenant ! Vous n'y échapperez pas. Si les flics arrivent et m'abattent, tant pis. Vous serez déjà morte !

Il fit un pas en avant. Elle recula pour se mettre à l'abri du mannequin de Sam Stone. Dès que Bailey tendit le bras, elle jeta le mannequin sur lui. Bailey recula en vacillant, puis se redressa. Madison baissa les yeux vers le sarcophage. S'il n'était pas trop lourd, si elle pouvait le pousser…

Avant qu'elle se penche, cependant, le mannequin d'Humphrey Bogart traversa les airs depuis le tableau de *Casablanca*. Il n'alla pas très loin, mais retomba bruyamment en faisant sursauter Bailey. Paniqué, le gardien brandit son revolver et tira plusieurs coups sur le mannequin. Madison n'y connaissait rien en armes à feu. Est-ce qu'il lui restait encore des balles ?

— Qu'est-ce que… c'est que ça ? Qui est là ? balbutia Bailey en regardant frénétiquement autour de lui.

Un autre mannequin vola alors dans sa direction : celui d'Ingrid Bergman, incarnant le personnage d'Ilsa Lund.

Bailey tira de nouveau.

Puis il fit volte-face, braqua son arme sur Madison… Avec un cri, elle se tapit d'un bond derrière le sarcophage, le cœur battant la chamade.

Il allait l'abattre d'un coup de feu, finalement. Etait-ce mieux que d'avoir la gorge tranchée ?

Au même instant, cependant, une voix bien vivante résonna dans le tunnel. Sean arrivait en courant comme un fou, son Glock à la main.

— Jetez votre arme immédiatement, Bailey !

Bailey pivota sur les talons, son revolver toujours braqué.

— Jetez votre arme !

Bailey n'obéit pas.

Alors, Sean tira.

Bailey tomba en arrière. Une large tache de sang s'élargit sur sa chemise.

Madison se savait courageuse et, pourtant, maintenant, ses jambes refusaient de la porter.

Quand Sean, après avoir enjambé Bailey et les mannequins tombés à terre, se pencha pour la prendre dans ses bras, elle tenait à peine debout.

Il la souleva. Elle s'effondra contre lui, saisie de vertige, consciente d'être enfin en sécurité… et profondément amoureuse.

Comme dans un film, en fait.

Épilogue

Quand Madison s'éveilla, elle ressentit aussitôt une merveilleuse sensation de luxe et de confort.

Elle reposait dans des draps en coton et soie, doux au toucher, sensuels contre sa peau. En face d'elle, une brise légère soulevait les rideaux d'une véranda ouverte sur le ressac de l'océan tout proche.

Et puis, surtout, il y avait un homme allongé près d'elle… Sean, nu comme elle, qui la serrait dans ses bras. Elle se sentait protégée, en totale sécurité, comme dans un sanctuaire.

Ils ne pourraient pas rester éternellement ici à Hawaii, bien sûr. Ichabod l'attendait à la maison. C'était Alistair qui s'occupait de lui pour l'instant et, à son retour, Madison, qui adorait les animaux, allait adopter le petit chien d'Helena. « Le petit corniaud », comme le surnommait Sean avec affection.

En tout cas, pour l'instant…

Elle battit des paupières pour voir si Sean était réveillé aussi. C'était le cas : il la regardait, l'air amusé, un léger sourire aux lèvres.

— Belle journée ! murmura-t-il.

— C'est vrai !

Elle s'étira voluptueusement et sourit à son tour, les yeux fixés sur le ventilateur du plafond.

Eddie Archer avait vraiment bien fait les choses.

Les studios étaient fermés pour l'instant, le temps que la police nettoie les tunnels et scelle les catacombes après avoir redonné aux défunts des tombes décentes. Après leurs quelques jours de congé à Hawaii, Madison allait rentrer travailler sur des décors, dans le désert, près de Los Angeles. Sean, lui, devait rejoindre son unité à Chicago : on signalait des phénomènes étranges près du lac Michigan. Un groupe de cinéastes avec lesquels Sean avait déjà travaillé y avaient entrepris un documentaire sur les naufrages des grands lacs, et l'un des plongeurs venait de mourir dans de mystérieuses circonstances.

Elle se sentait un peu inquiète pour lui, mais c'était son métier, après tout. S'ils voulaient construire une vie commune, il fallait qu'elle l'accepte, tout comme il comprenait qu'elle tienne à conserver un travail qu'elle adorait.

Apparemment, les pensées de Sean étaient du même ordre.

— Tu penses vraiment pouvoir prendre un grand week-end, après ton travail dans le désert ? demanda-t-il.

— Oui, promit-elle en hochant la tête. Mais n'oublie pas que nous avons d'abord rendez-vous à Las Vegas !

Il lui caressa les cheveux, l'air attendri.

— J'ai compris maintenant que, même si on se dévoue pour un travail passionnant, l'essentiel, ça reste les autres. Ce sont eux qui comptent. La vie n'a pas de sens, sinon. Or, des rencontres qui comptent *vraiment*, on n'en fait guère qu'une fois dans sa vie. Deux, si on a de la chance… Alors, cette deuxième chance, il ne faut pas la laisser filer.

— Je serais capable de te suivre partout ! murmura-t-elle.

— Tu es là, non ? la taquina-t-il en l'embrassant.

Le ventilateur ronronnait au plafond, répandant une douce fraîcheur. Leur baiser se fit plus profond. Sean l'étreignit. Leurs deux corps se mêlèrent, la passion l'emporta…

Quelques heures plus tard, ils descendirent s'allonger sur la plage. Les jours précédents, ils avaient passé de longues heures avec toute l'équipe à analyser l'enquête qu'ils venaient de mener, à discuter de la façon dont une longue frustration pouvait transformer une personnalité, rendre un individu absolument obsédé par l'idée de vengeance.

— La haine, bien souvent, est un sentiment qui se transmet, avait expliqué Sean, soit au sein des familles, soit d'un individu à un autre.

Madison était d'accord. Ils en avaient beaucoup parlé, pour conclure que, lorsqu'ils auraient des enfants, ils veilleraient avec soin à leur enseigner la tolérance. Elle se souvenait avec émotion de cette conversation, car ils étaient encore intimidés par leurs sentiments. Les mots « je t'aime » n'avaient pas été prononcés à tort et à travers. Quand Sean les avait murmurés pour la première fois, elle avait compris qu'ils venaient du fond du cœur, que c'était pour la vie.

Finalement, après les réunions avec l'équipe, Eddie leur avait offert à tous deux ce séjour en amoureux, sans les autres. Madison fut d'autant plus surprise quand elle sentit un mouvement près d'elle, un courant d'air qui faisait voltiger le sable.

Elle leva les yeux : c'était Bogie, qui s'avançait comme s'il s'apprêtait à tourner une scène d'*African Queen*.

Jenny marchait à côté de lui, avec l'air soumis d'une petite fille à côté de son père.

— Bonjour ! s'écria Sean en se relevant pour épousseter le sable de son maillot de bain. Je croyais que vous détestiez voyager… Vous en avez fait, de la route, depuis Los Angeles ! Soyez les bienvenus !

Madison savait qu'aux yeux de Sean c'était Bogie qui lui avait sauvé la vie. Il en était infiniment reconnaissant au fantôme.

— Nous sommes venus vous annoncer notre départ, déclara Bogie.

— Votre départ ?

Jenny, souriante, glissa un bras sous celui de Bogie.

— Oui, Bogie a raison, dit-elle. Nous sommes restés pour accomplir une mission et nous l'avons accomplie. Alors, nous allons partir… Mais nous avons d'abord voulu vous dire adieu ici, au coucher du soleil ; et attendre avec vous *la lumière* qui va nous accueillir. Il n'y a rien de plus beau que le crépuscule à Hawaii.

Madison se demanda si Bogie allait ajouter quelque chose, mais il ne dit rien. Personne d'autre, à part Sean et elle-même, n'aurait pu voir les deux spectres. Comme ils étaient de toute façon seuls sur la plage, à cette heure-là, ils pouvaient bavarder avec leurs amis fantômes sans jouer la comédie.

Sean étala une serviette de bain sur le sable. Bogie et Jenny s'assirent. Ils se mirent à deviser agréablement. Bogie racontait ses souvenirs les plus cocasses. Madison et Sean riaient, suspendus à ses lèvres, conscients qu'ils n'entendraient plus jamais ces histoires. Jenny, bouche bée, fixait le fantôme de l'acteur d'un air d'adoration.

Peu à peu, le soleil se mit à décliner. Le ciel vira au pourpre et se stria de nuances fabuleuses, mauves, roses, mordorées…

Puis, alors que la nuit tombait enfin, une lumière aveuglante s'éleva à l'horizon.

Bogie se tourna vers Madison.

— Mes hommages, belle enfant… Au plaisir de vous avoir connue ! murmura-t-il.

Les yeux de Madison s'emplirent de larmes. Bogie prit Jenny par la main. Ils se levèrent et, d'un pas tranquille, s'avancèrent vers la lumière. Ils y pénétrèrent, elle les engloutit… Une seconde plus tard, ils avaient disparu.

Sean attira Madison à lui et lui caressa la joue.

— Et maintenant, place à la vie, dit-il doucement.

— A notre vie ! répondit-elle.

Ils reprirent lentement le chemin de l'hôtel, dans la pénombre. Il leur restait encore quelques heures avant de se mettre en route le lendemain.

Un long voyage les attendait. Pour toute la vie.

A paraître le 1er juillet

Best-Sellers n°609 • suspense

Le secret du tombeau - Amanda Stevens

Lorsque le cadavre d'une jeune femme est découvert dans le vieux cimetière de Charleston dont on lui a confié la restauration, Amelia Gray comprend que sa vie solitaire et tranquille est en train de voler en éclats. Car le meurtrier, comme s'il prenait un plaisir sadique à la provoquer, a dissimulé des indices pouvant mener jusqu'à lui au milieu des pierres tombales. Des indices qu'elle est la seule à pouvoir déchiffrer…

Aussi, quand l'inspecteur John Devlin lui demande son aide pour résoudre cette affaire, Amelia pressent qu'elle n'a pas le choix : elle va devoir mener l'enquête avec lui. Pourtant, elle qui cache depuis l'enfance un don terrible et étrange sait aussi qu'il lui faudrait à tout prix garder ses distances avec cet homme sombre et ténébreux, hanté par des ombres du passé. Sauf que l'attirance qu'elle ressent pour Devlin ne fait que s'intensifier à mesure que les indices la rapprochent du tueur… mais aussi du voile ténu qui sépare les vivants du monde des morts.

Best-Sellers n°610 • thriller

Capturée - Elizabeth Heiter

Appelée en renfort sur une scène de crime dans le bois de Bakersville, Evelyn Baine, profileuse au FBI, ne s'attendait pas à découvrir une mise en scène aussi macabre : les cadavres de deux jeunes femmes ont été enterrés à la verticale, les têtes émergeant du sol et exposées comme des trophées… Bouleversée, Evelyn pressent aussitôt qu'un tueur en série rôde dans la nature. Pourquoi a-t-il choisi ces femmes ? Et que signifie le cercle scarifié sur leur poitrine ?

Autant de questions qui l'amènent peu à peu à dessiner les contours d'un meurtrier à la personnalité violente et sadique. Un meurtrier qui, elle le devine, est proche, tout proche… et prêt à tuer de nouveau. Résolue à tout mettre en œuvre pour le faire arrêter, Evelyn prend alors une terrible décision : elle servira d'appât pour le forcer à se dévoiler…

Best-Sellers n°611 • roman

Là où la vie nous emporte - Susan Wiggs

Depuis des années, Daisy Bellamy est déchirée entre deux hommes – Logan, très séduisant mais tourmenté par une histoire familiale complexe, et Julian, dont le charme éclatant dissimule une profonde révolte intérieure. Même si, à l'âge de dix-neuf ans, un choix s'est imposé à elle et a conduit Julian à disparaître peu à peu de sa vie.

Quatre ans plus tard, accaparée par une carrière de photographe en plein essor dans la ville d'Avalon, Daisy mène une vie très agréable avec Charlie, son petit garçon adoré qu'elle a eu avec Logan, un père aimant et attentif. Pourtant, au plus profond d'elle-même, elle sent parfois que quelque chose manque à son bonheur.

C'est alors que Julian revient et, avec lui, la mémoire de l'été merveilleux de leur rencontre au bord du lac des Saules. Bouleversée, Daisy se retrouve confrontée au choix qu'elle croyait avoir laissé à tout jamais derrière elle…

Best-Sellers n°612 • roman

Le parfum de l'automne - Brenda Novak

Alors qu'elle vient d'envoyer promener Simon O'Neal, l'acteur le plus viril et le plus sexy d'Hollywood, parce qu'elle ne supportait plus ses frasques, Gail DeMarco se demande si elle n'a pas commis une erreur. Une erreur ? Il s'agit en fait d'une vraie catastrophe, oui ! Du jour au lendemain, tous ses clients quittent son agence pour se tourner vers la nouvelle attachée de presse engagée par Simon. Désespérée, et se sentant responsable de l'avenir de ses employés, Gail n'a pas le choix : il lui faut présenter des excuses à Simon. Sauf que celui-ci, qui cherche à redorer son image pour obtenir la garde de son fils de cinq ans, lui propose alors un marché : l'épouser pour qu'on le croie rentré dans le rang. Forcée d'accepter cet arrangement insensé, Gail se demande comment elle va bien pouvoir vivre avec cet homme chez qui elle déteste tout, absolument tout. Ou presque…

Best-Sellers n°613 • suspense

Le frisson de la peur - Lori Foster

Quand Arizona Storm se présente chez lui pour lui demander son aide, Spencer ne pense pas une seconde à refuser : comment le pourrait-il, alors que la jeune femme éveille en lui, depuis qu'il la connaît, un puissant sentiment protecteur ? Cependant, même s'il est persuadé de pouvoir l'aider dans l'enquête qu'elle mène sur un réseau de proxénétisme, Spencer sait aussi qu'Arizona s'attaque à de dangereux criminels, prêts à tout pour parvenir à leurs fins, et qu'elle n'hésitera pas une seule seconde à se mettre en danger pour les arrêter. Dès lors, il devra tout faire pour la protéger. Mais il sait aussi qu'en travaillant avec elle, il va devoir faire face aux réactions et aux sentiments étrangement intenses, brûlants, que fait naître en lui Arizona, dont l'émotion à fleur de peau, la fragilité et la féminité incandescente le touchent profondément…

Best-Sellers n°614 • historique

Fiançailles à Brentmore Hall - Diane Gaston

Angleterre, 1816

Anna ne sait si elle doit être heureuse ou terrifiée à l'idée d'avoir trouvé une place de gouvernante dans la somptueuse demeure de Brentmore Hall. Car si ses élèves Cal et Dory semblent adorables, leur père, Lord Brentmore, fait quant à lui l'objet d'étranges rumeurs. Ne dit-on pas qu'il a un passé plus que douteux ? Mais dès qu'elle rencontre le mystérieux marquis, un trouble profond l'envahit face à cet homme si séduisant et si sombre à la fois, visiblement marqué par la mort de sa femme. Mais ce drame peut-il expliquer qu'il se montre aussi distant avec ses propres enfants ? Puisqu'elle est désormais la gouvernante de ces derniers, Anna se doit de lui rappeler son rôle de père. Tout en se demandant si c'est uniquement par devoir qu'elle agit ainsi… D'où lui vient en effet cette curiosité brûlante qui la pousse à percer les secrets du marquis, alors même qu'il s'apprête à annoncer ses fiançailles avec celle qui est destinée à devenir une nouvelle mère pour les enfants ?

Composé et édité par les
éditions HARLEQUIN
Achevé d'imprimer en avril 2014

CPI
BRODARD & TAUPIN

La Flèche
Dépôt légal : mai 2014

Imprimé en France